기찻길

홍성원 장편소설
기찻길

초판 발행_2004년 2월 24일
 2쇄 발행_2006년 1월 13일

지은이_홍성원
펴낸이_채호기
펴낸곳_(주)**문학과지성사**
등록번호_제10-918호(1993. 12. 16)

주소_서울 마포구 서교동 395-2(121-840)
편집_전화/338-7224~5　팩스/323-4180
영업_전화/338-7222~3　팩스/338-7221
홈페이지_www.moonji.com

ⓒ (주)**문학과지성사**, 2004. Printed in Seoul, Korea

ISBN 89-320-1483-3

거짓길

홍성원 장편소설

문학과
지성사
2004

1

먼 북쪽 하늘에서 대포 소리가 쿵쿵 들려온다. 작년 여름 폭격으로 창문이 반쯤 날아간 역사(驛舍)에는 함박눈이 포근히 쌓여 검은 흉터가 하얗게 지워져 있다. 역과 마주한 길 건너 거리에는 집들이 빽빽이 들어차 있는데도 웬일인지 죽은 도시처럼 사람 하나 볼 수가 없다. 가끔 빈 거리로 군용 차량들이 지나다녔지만 지금은 그것들조차도 포 소리에 쫓기듯 하나 둘 거리에서 사라졌다. 거리의 모든 집들은 대문들을 굳게 닫아건 채 한겨울 모진 삭풍에 창문들만 심하게 덜컹대고 있을 뿐이다.

역에서 위쪽으로 서른 걸음쯤 올라가면 지붕이 반쯤 내려앉은 작은 창고 하나가 눈에 띈다. 이 창고는 전에는 철도 침목(枕木)들을 쌓아두던 곳인데 지금은 역 주위에 진을 친 구두닦이 소년들이 임시 숙소로 사용하는 건물이다. 소년들은 날이 저물면 미군 부대가 떠나간 빈 터에서 부서진 나무 상자나 레이션(야전용 비상식량) 박스 따위들을 주워 모아 이 창고에서 불을 피우고 옹기종기 모여 밤들을 새운다.

그들은 정호(正浩)라는 소년을 중심으로 원래는 다섯 명이었는데, 지금은 한 명이 죽어 모두 네 명이 남아 있다. 죽은 소년은 덕봉(德鳳)이라는 이름으로, 사흘 전 미군 부대 철조망을 넘다가 경비병의 총에 맞아 그 자리에서 즉사했다. 덕봉이 철조망을 넘어간 이유는 부대에 숨어 들어가 비스킷이나 레이션 따위의 먹을 것을 훔치려고 했기 때문이다. 여러 날 벌이가 없어서 덕봉은 철조망을 넘기 전 꼬박 이틀을 비스킷 다섯 개로 견뎌야 했다. 마지막으로 남은 비스킷 반쪽을 더운물에 개어 마시고는, 그는 더 이상 배고픔을 견디지 못해 친구들 몰래 철조망을 넘다가 흑인 보초병에게 들켜 그런 참변을 당한 것이다.

총 맞아 죽기 한 달 전까지만 해도 사실 구두닦이 박덕봉 일행들은 벌이가 제법 재미있고 쏠쏠했다. 당시의 미군들은 군화 한 켤레를 닦으면 '럭키스트라익'이나 '체스터필드'나 '카멜' 두 갑씩을 선뜻 선뜻 내주곤 했다.

그러나 중공군이 밀어닥쳐 후퇴하기에 급급해진 미군들은 요즘은 걸핏하면 눈을 부라리거나 욕을 할 뿐, 한 사람도 구두를 닦으려 하지 않는다. 구두닦이가 밥벌이인 소년들에게 이것은 생존에 관계되는 매우 심각한 사태였다. 그동안 벌어둔 돈으로 이럭저럭 살아왔지만 요즘은 돈도 바닥이 나서 당장 하루 한 끼 끼니 때우기도 난감했다. 박덕봉이 위험을 무릅쓰고 미군 부대 철조망을 넘은 것도 다 이런 그들 나름의 절박한 사정이 있었기 때문이다.

덕봉의 참변에도 불구하고 오늘도 역시 그들 네 명 중, 창구(昌九)라는 소년이 미군 부대 안으로 숨어 들어갔다. 덕봉이 총에 맞아 죽은 이후, 그들은 이 모험을 순번제로 하고 있다. 오늘은 마침 창구 차례여서 그는 미리 보아둔 개구멍을 통해 두 시간 전에 이미 미군 부대로 숨어 들어간 것이다.

창고에 지금 남아 있는 소년은 이 패의 우두머리인 정호와 영선 (榮善) 둘뿐이다. 정호는 올해 열여섯 살로 전쟁 전에는 서울에서 D중학교 2학년까지 다녔던 학생이다. 만일 전쟁이 터지지 않았다면 그는 겨울 방학을 지낸 후 내년 새 학기에는 어엿하게 3학년 학생이 될 판이었다. 그러나 전쟁은 그에게서 모든 것을 빼앗아가 버렸다. 아버지는 납북(拉北)되고 어머니는 폭격으로 죽어, 그는 하루아침에 천애의 고아로 전락한 것이다.

또 한 명의 소년인 영선이 역시 현재로서는 고아라고 할 밖에 없다. 그는 정호보다 한 살 아래로 전쟁 전에는 서울의 명문(名門) 중학인 K중학교 2학년 학생이었다고 한다. 그는 국민학교에서 월반(越班)을 했을 정도로 일행 중에서는 학교 공부에 가장 성적이 좋았던 모양이다. 그러나 학교 공부는 잘했는지 모르지만 구두 닦는 솜씨나 남의 물건을 슬쩍하는 솜씨 따위는 일행 중 가장 서툴고 가장 빙충맞은 소년이다. 특히 그의 행동 중 가장 꼴불견은 걸핏하면 으슥한 곳에 숨어 혼자 훌쩍훌쩍 청승맞게 우는 것이다. 본인의 말로는 자기 아버지가 유명한 의사였다고 자랑을 하지만, 일행 세 명 중 그의 말을 믿는 사람은 한 사람도 없다. 요컨대 영선은 일행 중에서 벌이가 적고 하는 짓이 어릿어릿해서 가장 괄시받는 인물로 되어 있다.

두 장만 남은 창고 유리창이 포 소리에 울려 다시 덜컹덜컹 흔들린다. 창고 안에 피워놓은 모닥불은 어느새 불꽃이 죽어 숯만 몇 덩이 빨갛게 남아 있다. 두 무릎을 껴안고 우두커니 앉았던 영선이가 문득 고개를 들어 마주 앉은 정호를 근심스레 바라본다.

"창구 이 새끼 뭘 하구 여태 안 오지?"

"글쎄, 너무 늦는데……"

"혹시 잡힌 거 아냐?"

정호는 대답 대신 불쑥 모닥불 앞에서 몸을 일으킨다.

모닥불에 빨갛게 볼이 익어서 그는 흡사 그림에 나오는 동천사(童天使)처럼 예쁘장해 보인다. 그러나 얼굴만 보고 그를 만만히 보았다가는 언젠가 그로부터 호된 배반과 역공(逆攻)을 당할 것이다. 얼굴은 단정하고 예쁘장하게 생겼지만 그는 일단 싸움이 붙으면 새끼 거느린 사나운 표범처럼 한순간에 다른 모습으로 무섭게 변하는 것이다.

"나 잠깐 나갔다 올게."

"어딜 가는데?"

"역에."

"오케이."

슈샨통(구두닦이통)을 메고 창고를 나와 정호는 곧 철조망 쪽으로 다가간다. 이중으로 쳐진 높은 철조망에 하얀 나무패가 간들간들 매달려 있다. 나무패에는 '출입금지. 이곳에 접근하는 자는 발포(發砲)함'이라고 붉은 글씨로 씌어져 있다. 정호는 잠시 목을 움츠린 채 망연한 시선으로 철조망 저쪽을 바라본다. 중공군에게 쫓겨 곧 남쪽으로 후퇴할 미군들이건만 미군 부대 안에는 아직도 엄청난 물자들이 곳곳에 쌓여 있다. 3초소 왼쪽 모퉁이에 산더미처럼 쌓인 궤짝들은 아마 수류탄이나 포탄 따위의 탄약들일 것이다. 그러나 이쪽 퀸셋 옆에 쌓인 것은 먼발치로 바라보아도 레이션 상자가 틀림없다. 바가지(철모)를 쓴 보초병 한 명이 먼발치로 정호를 발견하고 저리 가라는 듯 손을 홰홰 내둘러 보인다.

눈이 아직도 한두 송이씩 내리고 있어서 보초병의 등과 어깨에는 흰 얼룩이 박힌 듯 눈이 희끗희끗 얹혀 있다. 아마 상당히 오랫동안 눈을 맞으며 보초를 섰던 모양이다.

"께라웨이, 싸나가 벳치(get away, son of a bitch)!"

보초가 갑자기 큰 소리를 지르며 총구(銃口)를 홱 이쪽으로 돌린다. 정호는 흠칫 놀라 자신도 모르게 몇 발짝 뒤로 물러선다. 전에는 서로 농담도 주고받고 장난질도 잘 쳤는데 요즘에는 미군들 대부분이 걸핏하면 화를 내거나 총을 들이대며 신경질적으로 위협적인 동작을 해 보인다. 아마 전쟁에 지고 있어서 신경이 극도로 날카로워진 탓일 것이다. 정호는 문득 엊그제 맞아 죽은 덕봉이 생각이 머리를 스친다. 자기에게 향한 총구를 바라보며 그는 픽 웃음을 날린 뒤 느릿느릿 철조망에서 물러난다.

이상한 전쟁이다. 작년 여름에는 북한의 인민군이 경상도 낙동강까지 내리밀더니, 가을에는 다시 대한민국 국군과 유엔군이 평안도 청천강까지 북진을 했고, 이번에는 또 중공군이 쳐들어와 유엔군과 국군이 형편없이 남쪽으로 밀리고 있다. 다른 군대라면 모르지만 짱꼴라 중국 군대한테 미군들이 쫓기다니 정호의 상식으로는 도무지 이해가 되지 않는다. 저렇게 물자도 많고 덩치도 큰 미군들이 왜 아무것도 없는 가난뱅이 중공군한테 밀린단 말인가? 그러나 정호의 짧은 상식과 지식으로는 이번 전쟁은 전혀 풀 수 없는 난해한 수수께끼같이만 느껴진다. 저 막강한 미국 군대가 그 많은 물자와 장비에도 불구하고 가난한 중국 군대에 쫓겨 그의 눈앞에서 열차와 트럭으로 줄을 잇듯이 남쪽으로 내려가고 있는 것이다.

철조망을 떠나 눈들을 툭툭 차며 정호는 드디어 역 쪽으로 발걸음을 돌린다. 아직 아침을 못 먹었기 때문에 흡사 등가죽이 등허리에 착 달라붙은 느낌이다. 주머니에 손을 찔러 먹을 것을 찾으니

조그만 캔디 한 개와 초콜릿 반 토막이 손에 잡힌다. 그는 초콜릿
은 아껴두기로 하고 캔디만 꺼내 입에 넣고 우물거린다.

'어떻게 된 걸까, 창구 이 새끼는……'

벌써 두 시간이 지났는데도 창구는 전혀 소식이 없다. 문득 불길
한 생각이 들었으나 정호는 힘껏 머리를 내두른다. 만일 창구도 총
에 맞았다면 그들은 또 한 번 창구의 시체를 메고 철길 너머 십 리
밖에 있는 공동묘지까지 가야 한다. 덕봉이 총에 맞아 죽었을 때,
그들은 한 차례 공동묘지를 찾아간 일이 있다. 길도 멀고 시체도
무거웠지만 무엇보다 힘들었던 것은 땅이 꽝꽝 얼어 구덩이를 파
는 데 반나절이나 걸렸다는 것이다. 그러나 꽝꽝 언 땅을 묵묵히
곡괭이로 찍으면서도 그들은 누구 하나 불평을 말하지 않았다. 구
덩이를 다 파고 장작처럼 뻣뻣해진 덕봉의 시체를 구덩이 속에 넣
을 때는, 이를 악물고 참았지만 일행들의 눈에서는 눈물이 샘솟듯
볼을 타고 흘러내렸다.

한없이 슬펐다. 덕봉이 미군 부대 철조망을 넘은 것은 잘못이다.
그러나 앉아서 굶어 죽지 않으려면 덕봉은 위험을 무릅쓰고 미군
부대 철조망을 넘지 않을 수 없었다. 그들이 쉽게 찾을 수 있는 먹
을거리가 바로 그 철조망 너머에 있었기 때문이다.

입 안에서 굴리던 캔디가 다 녹아가자 정호는 문득 밥과 김치가
먹고 싶다. 밥과 김치를 먹어본 지가 언제였는지 그는 기억조차 까
마득하다. 대강 어림잡아 생각해도 아마 보름쯤은 지난 것 같다.
읍내는 이미 보름 전부터 모든 가게와 음식점들이 문을 닫고 철시
(撤市)를 했다. 돈이 있어도 그때부터는 음식을 사 먹을 수 없게
된 것이다.

드디어 대합실이다. 텅 빈 읍내 거리와는 달리 역사 안과 그 주

변에는 수천 명의 피난민들이 와글와글 들끓고 있다. 삼분의 일쯤
은 읍내 부근 피난민들이고 나머지 삼분의 이는 며칠에 걸쳐 화차
를 타고 멀지 않은 서울이나 그 북쪽에서 내려온 피난민들이다. 어
린애를 들쳐 업은 사람, 커다란 짐 위에 올라앉은 사람, 김밥이나
주먹밥을 먹는 사람, 누군가를 소리쳐 부르는 사람…… 피난짐들
이 무더기 무더기 역 주변의 공터에 쌓여 있고, 그것을 지키는 피
난민들은 한결같이 멍한 표정의 넋 나간 얼굴들이다. 개찰구 쪽은
새벽부터 시작하여 아직도 와글와글 밀고 밀리는 승강이가 벌어지
고 있다. 수십 명의 역원과 군인들이 개찰구 앞에 둘러서서 밀어닥
치는 피난민들을 소리를 지르며 밀쳐내고 있다.

정호는 곧 사람들을 헤치고 개찰구 쪽으로 다가간다. 역구내 왼
편의 시커먼 구름다리 너머로 기관차들과 화차들의 하얀 지붕이
바라보인다. 유리창이 달린 객차는 물론이고 곡간차와 뚜껑 없는
화차에도 피난민들은 콩나물시루의 콩나물들처럼 가득하다. 심지
어는 까마득히 높은 곡간차 지붕에도 사람들이 촘촘히 앉아 있다.
오랫동안 한곳에 앉은 채 고스란히 눈을 맞아서, 곡간차 지붕 위의
사람들은 모두가 희끗희끗 눈들을 덮어쓰고 있다. 담요나 이불을
목까지 둘러쓴 채 그들은 죽은 듯이 꼼짝도 않고 웅크리고 있는 것
이다.

정호는 다시 고개를 돌려 구름다리 건너편의 검은 기관차들을
바라본다. 하얀 김들만 푹푹 내뿜을 뿐 기관차들은 이 역에 도착
한 후 아직 한 바퀴도 구르지 않았다. 기관차가 언제 떠날 것인가
는 오직 미군의 알티오(RTO, 철도수송부) 직원들만이 알 뿐이다.
귓결에 문득 플랫폼 쪽에서 시끌시끌한 소음들이 들려온다. 어린
애 우는 소리, 서로 고래고래 이름들을 부르는 소리, 기차 화통의

칙칙 소리, 화차끼리 부딪는 꽝꽝 소리…… 벌써 수주일째 이 역
은 수만 명의 피난민들을 남쪽으로 실어 날랐다. 부상병을 실은 수
십 대의 객차가 매일 밤낮 없이 남쪽으로 미끄러지듯 내려갔으며,
밤에는 주로 탱크와 대포들을 실은 화차가 끊임없이 북쪽으로 줄
을 잇듯이 올라간 것이다. 그러나 이제는 전선(戰線)이 가까워서
올라가는 차는 별로 없고 내려가는 차만 많을 뿐이다. 중공군이 벌
써 며칠 전에 서울로 물밀듯 쳐들어왔기 때문이다.

정호는 다시 역을 물러 나와 태평여관 쪽으로 발걸음을 옮긴다.
태평여관은 바로 역 앞에 있으며, 얼마 전까지도 정호가 손님들의
구두를 단골로 닦아주던 여관이다. 주인 박사장은 벌써 일주일 전
에 여관 문을 닫고 온 가족이 피난을 떠나버렸다. 그러나 사람들은
모두 떠났어도 그는 왠지 태평여관에 가보고 싶었다. 혹시 재수 좋
으면 여관 부엌이나 뒤꼍에서 땅속에 묻어놓은 김칫독이라도 발견
할지 모르기 때문이다.

역전 광장을 가로질러 여관에 당도하자, 여관 대문이 안으로 벌
렁 자빠졌고 안방 마루 위에 어지럽게 흙발자국들이 찍혀 있다.

'벌써 도둑놈들이 다녀갔구나……'

잠시 망연하게 서 있던 정호는 곧 조심스레 집 안으로 들어선다.
마당, 펌프, 복도, 변소 등 그에게는 모두가 낯익은 것들이다. 그러
나 찬바람에 눈가루만 하얗게 날릴 뿐 집 안은 도깨비집처럼 썰렁
하고 적막하다. 갑자기 세상에 종말이 찾아와서 자기만이 홀로 이
집에 버려진 듯한 묘한 느낌이다. 그러나 정호는 용기를 내어 부엌
쪽으로 조심스레 다가간다. 설혹 도깨비가 튀어나온다 하더라도 그
는 김칫독만 발견하면 그 이상 고마운 일이 없을 것 같은 기분이다.

부엌문을 밀치고 안으로 들어서니 선뜻한 냉기와 함께 등 뒤에

서 이상한 소리가 들려온다. 정호는 순간 발을 멈추고 본능적으로 부엌문 뒤로 몸을 숨긴다. 만일 도둑이 들었다면 그는 한바탕 싸움이라도 벌일 각오다. 힘은 아직 어른만 못하지만 사태가 불리하면 그에게는 최후 수단으로 삼십육계가 있는 것이다.

그러나 숨을 죽이고 귀를 기울이던 정호는 갑자기 눈을 크게 뜨고는 쏜살같이 부엌을 나온다. 마루 앞에 털썩 무릎을 꿇더니 그는 느닷없이 고개를 숙여 마루 밑을 향해 소리를 치기 시작한다.

"바둑아! 바둑아! 나야 바둑아. 어서 이리 나와, 넌 왜 피난을 안 갔니? 그래그래 반갑다 바둑아!"

흰 몸에 검은 털이 박힌, 생후 두 달쯤 되는 강아지가 마루 밑에서 쏜살같이 달려나와 정호의 가슴에 덥석 안긴다. 정호는 바둑이를 품속에 껴안으며 갑자기 눈앞이 흐려지고 코허리가 시큰해진다. 바둑이도 그가 반가운 듯 미친 듯이 낑낑대며 마구 혀로 그를 핥는다. 잠시 사람과 동물이 한 뭉치가 되어 서로의 볼과 코를 열심히 비벼댄다.

뜻밖이다. 바둑이가 혼자 여관집에 있을 줄은 상상도 못한 일이다. 하긴 사람도 피난 떠나기 바쁜 판에 강아지까지 끌고 피난 갈 사람은 세상에 아무도 없을 것이다. 그러나 아무리 그렇다고는 해도 바둑이 혼자 여관집에 버려졌다는 것은 그로서는 도무지 용서할 수가 없다. 이제 겨우 두 달밖에 안 됐으니 바둑이는 버려지면 곧 굶어 죽을 것이 뻔하기 때문이다.

정호가 이윽고 바둑이를 안은 채 차근차근 몰골을 살핀다. 여관이 빈 지 일주일이 지났으니 바둑이는 그동안 꼬박 일주일을 굶은 셈이다. 다리와 몸통과 등허리를 만져보니 바둑이는 내처 굶었는지 과연 뼈들이 앙상하게 손에 잡힌다. 그러나 여윈 것보다 더 정호에게 안쓰러운 것은 바둑이의 털에 묻은 지저분한 얼룩이다. 그 동안 아궁이 속이나 마루 밑에서 잠을 잔 듯 눈송이처럼 하얗고 복실복실한 털에 검댕과 잿가루가 부옇게 덮여 있다. 검댕과 잿가루를 확인하자 그는 새삼스레 코허리가 시큰하고 알 수 없는 슬픔이 가슴께로 북받쳐 오른다. 언제나 그를 만나면 꼬리를 치며 반겨하던 바둑이다. 주인 박사장도 제쳐놓고 누구보다 구두닦이 정호를 제일로 열렬히 반겨했던 바둑이다.

"가자 바둑아, 이젠 나하구 같이 가는 거야."

바둑이를 안고 여관을 나오니 눈발이 다시 펄펄 날린다. 역 쪽에서는 아직도 시끌시끌한 소리만 들릴 뿐 기차가 떠날 기색은 조금도 없다. 포 소리가 그럴싸해서 그런지는 모르지만 아까보다 훨씬 더 가까이에서 들리는 것 같다. 정호는 바둑이를 안은 채 역 쪽을 향해 겅정겅정 뛰기 시작한다.

그러나 그가 넓은 역 광장을 삼분의 이쯤 뛰어갔을 무렵이다. 그의 왼쪽으로 네댓 발짝 앞서 가던 소녀가 무언가에 발이 차인 듯 폭삭 눈 위로 넘어진다. 소녀는 그러나 넘어졌던 눈 위에서 용수철처럼 다시 발딱 일어난다. 오버 주머니에 찔려 있던 장갑 한 짝이 소녀가 일어서자 눈 위로 툭 떨어진다. 소녀는 그러나 그것도 모르는 채 곧장 역을 향해 미친 듯이 달려갈 뿐이다.

정호는 곧 몸을 굽혀 떨어진 장갑을 집어든다. 장갑은 회색 바탕에 토끼 머리가 수놓인 벙어리장갑이다. 그는 사라진 소녀 쪽을 바라본 뒤 장갑을 곧 바둑이 앞발에 끼워준다. 그러나 서둘던 소녀의 행동을 생각하자 그는 막연하게나마 소녀가 왠지 궁금하다. 그토록 서둘러서 뛰어가던 모습으로 보아 뭔가 그녀에게 중대한 사태가 발생한 것이 분명하다.

역 안으로 들어와 이리저리 살피자니 문득 제1개찰구 쪽에 아까 그 소녀의 쥣빛 오버가 눈에 띈다. 소녀는 역원의 소매를 부여잡고 눈물을 글썽이며 애걸하다시피 소리를 치고 있다.

"아저씨, 들여보내주세요! 홈 안에 저의 아저씨가 기다리구 계세요!"

"안 돼!"

"심부름 갔다가 늦었어요. 아저씨를 만나야 해요. 아저씨를 못 찾으면 전 큰일 나요!"

"안 된다면 안 되는 줄 알어! 아무리 떠들어야 소용없어!"

"아저씨, 부탁이에요! 그 아저씰 잃어버리면 전 세상에 혼자예요!"

"안 비켜? 당장 물러서! 안 비키면 이걸루 후려 패겠어!"

역원이 손에 든 긴 막대기를 소녀 앞으로 불쑥 내민다. 소녀가 드디어 눈물을 번쩍이며 몽둥이에 쫓기듯 뒷걸음질로 물러난다. 키는 정호보다 약간 작았으나 나이는 정호와 동갑쯤 되는 것 같다. 소녀는 곧 아랫입술을 깨물고 사람들 사이를 이리저리 헤치며 눈발이 휘날리는 역 밖으로 걸어나온다.

정호는 한동안 우두커니 서 있다가 곧 몸을 돌려 소녀를 따라 역 밖으로 나간다. 밖은 새털처럼 부드러운 눈송이가 하늘을 가득 메운 채 소리 없이 날아 내리고 있다. 역사 벽에 등을 기댄 채 소녀는 정호가 나타나자 아득한 눈길로 회색 허공을 바라보고 섰다. 머리털은 겨우 귀를 덮은 학생풍의 단발이고 오뚝한 콧날, 단정한 이마에, 눈은 검은 동자가 유난히 맑고 새까맣다. 방금 눈길을 달려온 탓인지 두 볼은 흡사 잘 익은 홍옥 빛을 하고 있다. 시선을 아득히 허공에 둔 채 그녀는 무슨 생각을 하는지 돌부처처럼 꼼짝도 하지 않는다.

"아가씨."

어떻게 부를 것인가 망설이다가 정호는 건달들을 흉내내어 제일 무난하게 '아가씨'로 소녀를 부른다. 소녀는 그러나 들었는지 말았는지 아득한 눈길로 꼼짝없이 허공만 바라보고 있다. 정호는 좀더 가까이 다가가 아까보다 더 큰 목소리로 정중하게 입을 연다.

"아가씨, 나 좀 보자구."

소녀가 그제야 깜짝 놀란 듯 고개를 돌려 정호를 돌아본다.

"저 말이에요?"

"응."

"무슨 일이시죠?"

"이거 당신 거지?"

"아, 네. 제 거에요."

"자 받어."

소녀가 장갑을 받아든 후 정호에게 까딱 목례를 보낸다.

"고마워, 전해줘서……"

처음엔 얼결에 존댓말을 했으나 상대가 자기 또래의 소년임을 알자 그녀는 자연스레 말을 놓는다. 정호가 다시 소녀를 향해 어른스런 어투로 입을 연다.

"아깐 왜 그랬어? 역 안에서."

대답이 없다. 고개를 약간 앞으로 숙인 채 소녀는 눈물을 참는 듯 아랫입술을 꼭 깨문다. 정호가 막 다음 말을 물으려 하자 소녀가 문득 고개를 쳐든다.

"아무 일두 아니야."

"아무 일두 아니라니?"

"아저씨가 홈 안에 계셔서 들여보내달라구 졸랐을 뿐이야. 허지만 이젠 포기했어. 아저씨한테 오히려 짐만 된다는 걸 깨달았어."

"누군데, 아저씨라는 사람이?"

"우리 오촌 당숙이야."

"부모님들은 어쩌구 왜 하필 오촌 당숙을 따라가려구 하는 거지?"

"안 계셔 두 분 다…… 그동안 줄곧 당숙님 내외분이 돌봐주셨어."

"그럼 이렇게 섰을 게 아니라 얼른 당숙님을 따라가야 하잖아? 자 이쪽으루 날 따라와. 홈으루 몰래 숨어 들어가는 비밀 통로를 알구 있으니까."

소녀는 그러나 꼿꼿이 선 채 정호의 급한 몸짓을 우두커니 보고만 있다. 정호가 다시 몸을 돌려 화가 난 듯 입을 연다.

"뭘 하는 거야? 따라오라는데?"

"그만두겠어."

"왜? 어쩔려구 그래? 당숙님을 놓치면 너 혼자 어떻게 살아갈려구?"

소녀가 갑자기 빙글 몸을 돌려 역사 벽에 이마를 갖다 댄다. 아랫입술이 하얗게 질리도록 그녀는 결사적으로 눈물을 억누른다. 정호는 소녀의 갑작스런 행동에 잠시 어이가 없는 듯 우두커니 서서 지켜볼 뿐이다. 얼마쯤의 침묵이 흐르자 소녀가 다시 더듬거리듯 입을 연다.

"아저씬 아마 어쩔 수가 없으셨을 거야. 날 데려가구 싶었지만 어쩔 수 없어서 날 버리셨을 거야. 난 아저씰 찾아가면 안 돼. 내가 다시 찾아가면 아저씬 너무너무 가슴이 아프실 거야."

"대체 무슨 소릴 하구 있어?"

"당숙님이 날 심부름 보내신 건 날더러 두 번 다시 당신 앞에 나
타나지 말라는 뜻이었어. 눈앞에서 날 쫓아버릴 수가 없으셔서 심
부름을 핑계 삼아 날더러 스스로 떠나가도록 이르신 거야. 헌데 난
그것두 모르구…… 이제야 겨우 그걸 깨달았어. 내가 너무 어리석
었어."

정호는 소녀의 말이 자기한테 하는 것인지 소녀 자신한테 하는
것인지 알 수가 없다. 그러나 방향은 어딘지 모르지만 그녀가 말한
내용만은 충분히 이해가 된다. 당숙은 아마 소녀에게 심부름을 보
낸 후 그사이에 자기 혼자 홈 안으로 슬쩍 도망을 쳐버린 모양이
다. 소녀는 처음에는 그 사실을 몰랐다가 나중에야 간접적으로 일
의 내막을 깨달은 것 같다. 당숙은 결국 조카에게 별로 급하지도
필요하지도 않은 심부름을 시켜, 조카를 멀리 떼어버리는 데 성공
한 것이다.

"심부름 보낼 때 다시 만날 장소를 약속하지 않았어?"

"했어. 그런데 돌아와보니 약속 장소에 아무두 안 계셔."

"아무두라니? 당숙님 혼자가 아닌 모양이군?"

"응, 모두 다섯 식구야. 당숙님 숙모님 그리구 육촌 동생들."

"흥, 그럼 계획적으로 너만 떼어놓구 저희 식구끼리만 홀랑 날랐
군?"

대답이 없다. 정호는 어이가 없는 듯 침을 탁 눈 위에 뱉는다.

알 만한 일이다. 아니 당숙이 조카를 버리는 일쯤은 실은 아무
일도 아니다. 어떤 부모는 아직 핏덩이인 갓난애까지도 대합실이
나 길모퉁이에 슬그머니 버리고 도망친다. 버려진 갓난애는 구경
꾼들이 둘러서서 혀만 끌끌 찰 뿐 아무도 선뜻 돌보거나 데려가지

않는다. 어린애는 결국 하루쯤 버티다가 얼어 죽거나 굶어 죽어, 역원이 멀리 밭 둔덕 같은 곳에 땅을 파고 묻는 것이다.

기적 소리가 뺙 울려서 정호는 놀라 홈 쪽을 돌아본다. 다섯 대의 기관차 중 맨 뒤쪽의 기관차가 검은 연기를 푹푹 내뿜으며 서서히 레일 위를 구르기 시작한다. 그는 후딱 소녀를 돌아보고 급한 목소리로 다짐하듯 소리를 친다.

"나 저쪽에 가보구 올게 꼼짝 말구 여기 있어! 친구들한테 갔다 올 거야! 곧 올 테니까 여기 그대루 있으라구!"

뒷걸음질로 달려가는 정호를 소녀는 말없이 우두커니 바라보고 있다. 정호는 곧 바둑이를 안고 창고 쪽을 향해 바람처럼 달려간다.

2

숨을 헐떡이며 창고에 도착하니 창고에는 모닥불이 짓밟힌 채 영선이조차 보이지 않는다. 정호는 잠시 바둑이를 안고 멍한 표정으로 창고 안을 휘둘러본다. 어디들 갔을까? 자기만 내버려두고 먼저 역으로 들어갔을 리는 만무하다. 만일 역으로 자기들끼리만 들어갔다면 창고 벽에 정호가 볼 수 있도록 백묵으로 표시라도 해두었을 것이다. 그러나 창고에는 표시는 고사하고, 잘 타고 있을 모닥불조차 누군가가 발로 짓밟아 깨끗하게 꺼버렸다. 정호는 할 수 없이 바둑이를 안고 서둘러 창고를 빠져나온다.

"정호야!"

그러나 정호가 뒷걸음질로 막 창고를 빠져나올 무렵이다. 창고 뒤쪽에서 영선이가 피투성이 얼굴로 허겁지겁 달려온다.

“정호야! 큰일 났어! 지금 창구하구 진영이가 뺑코하구 맞붙었어! 둘이 뺑고한테 무지하게 당하구 있어! 네가 가야 걔들을 구하겠어!”

“어디야!”

“변소 뒤!”

정호가 가슴에 안은 바둑이를 후딱 영선에게 건네준다.

“가자!”

눈길을 앞서 달려가며 정호는 전신으로 분노와 격정이 치밀어 오른다. 뺑코란 전부터 이 역 부근에서 여객들을 상대로 소매치기와 절도를 전문으로 해오던 사내다. 그는 나이가 스물일곱으로 정호가 이 역에 나타나기 전에는 바로 구두닦이 소년들의 우두머리 행세를 해오던 자다. 주먹이 세고 칼을 잘 쓰는 그는 구두닦이 소년들의 왕초 자리에 올라앉아 소년들로부터 매일 한 번씩 일정액의 자릿세를 뜯어오던 악질이다. 그런데 어느 날 정호가 이 역에 나타남으로써 그는 하루아침에 왕초 자리에서 쫓겨났다. 쫓겨난 이유는 정호가 그를 파출소 순경에게 찔렀기 때문이다. 어느 시골 할아버지의 주머니를 터는 것을 목격하고 정호는 뺑코의 소행을 즉시 파출소에 알려준 것이다. 그런데 그 길로 붙잡혀 들어간 뺑코가 오늘에야 다시 이 역에 모습을 나타낸 모양이다. 창구와 진영이가 맞붙었다지만 그들의 힘으로는 뺑코의 상대가 되지 않는다. 더구나 뺑코는 형세가 불리하면 서슴없이 칼을 꺼내 얼굴이고 가슴이고 북북 그어대는 무서운 놈이다. 영선이의 얼굴이 피투성이가 된 것도 틀림없이 뺑코와 맞붙었다가 얻어터진 상처일 것이다. 뺑코를 상대하여 잠시나마 싸울 수 있는 사람은 정호네 패들 중에서는 오직 정호 한 사람뿐인 것이다.

"비켜 진영아!"

변소 뒤 공터에 다다른 정호는 댓바람에 구두통을 내던지고 곧장 뺑코의 정면으로 육박한다. 대충은 예측한 일이지만 싸움은 벌써 창구와 진영이의 패배 쪽으로 기울어져 있다. 두 아이는 모두 눈퉁이가 찢기고 코피가 터져 얼굴이 온통 피투성이다. 갑자기 정호가 나타나자 뺑코가 멈칫하더니 의외로 반갑다는 듯 히죽이 웃어 보인다.

"너구나 정호. 반갑다 개새끼야. 네 덕에 나 빵깐에서 고스란히 보름을 썩었지. 그 안에서 푹푹 썩으면서 나 네 생각 많이 했다. 나가기만 나가면 난 제일 먼저 너부터 손봐줄 작정이었어. 헌데 네가 제 발루 찾아왔으니 이렇게 황송하구 고마울 데가 어디 있냐? 자 덤벼 개새끼야! 오늘은 널 아주 깨끗하게 끝내주지!"

마주 섰던 진영을 한 손으로 휙 밀치면서 뺑코가 번개처럼 몸을 틀어 정호의 덜미를 덮치려 한다. 그러나 그보다 한 발 앞서 정호의 단단한 주먹이 뺑코의 턱을 딱 소리가 울리도록 후려친다. 덜미를 잡으려던 뺑코의 손이 턱주가리를 얻어맞자 허공을 스치며 변소 뒷벽을 쾅 후려친다. 다음 순간 정호의 몸뚱이 전부가 다이빙을 하듯이 일직선으로 뺑코에게 돌진한다. 뺑코가 정호의 박치기를 맞고 다리를 휘청 꺾더니 눈밭에 털썩 엉덩방아를 찧는다. 뒤미처 정호가 발을 들어 뺑코의 목줄기를 번개처럼 내지른다.

"퍽!"

목줄기를 겨누고 내지른 발이 뺑코가 피하는 바람에 뺑코의 입술에 정통으로 적중한다. 뺑코가 두 손으로 얼굴을 감싸 쥐고 몸을 훌렁 뒤로 돌려 오뚝이처럼 벌떡 일어선다. 발길을 맞은 뺑코의 입에서는 끈끈한 피가 깍두기 국물처럼 시뻘겋게 흘러내린다. 정호는 그러나 일어난 뺑코에게 다음 공격을 가하는 대신 재빨리 뒷걸음질을 치며 방어 태세를 취하고 있다. 그는 뺑코가 이만 한 공격으로 물러설 위인이 아니라는 것을 알고 있다. 지금까지는 정호의 연속적인 공격으로 뺑코가 정신없이 당하고 있었지만 앞으로는 뺑코 쪽에서 정호에게 본격적인 공격을 가해올 차례인 것이다.

"좋았어! 아주 근사했어! 너 그동안 주먹이 제법 단단해졌구나?"

뺑코는 손수건으로 피를 닦으며 의외에도 넓적한 얼굴에 싱글싱글 웃음을 떠올린다. 정호는 그러나 눈 하나 깜짝 않고 뺑코의 느릿느릿한 동작을 뚫어지게 쏘아보고 있다. 그는 전쟁으로 부모를 잃은 후 어떠한 싸움에서도 져서는 안 된다는 것을 철저히 깨닫고 있다. 옛날에는 부모가 있어서 싸움에 지더라도 방패막이 되어줄 사람이 있었지만 지금은 싸움에 지면 그것이 바로 그의 끝장이나 마찬가지다. 더구나 지금은 파출소 순경들조차 모두 피난을 떠나고 온 거리가 텅텅 비었다. 만일 이 싸움에서 정호가 진다면 뺑코는 서슴없이 그를 죽일지도 알 수 없다. 따라서 정호는 자기가 죽지 않기 위해서는 반드시 뺑코에게 이겨야 한다는 것을 알고 있다. 만일 뺑코에게 지는 날이면 정호에게는 오직 싸늘한 죽음만이 있을 뿐이다.

"창구야!"

뺑코가 문득 창구를 부른다. 한 걸음 물러서서 코피를 닦던 창구가 훌쩍 뒤로 물러서며 뺑코를 다시 바라본다.

"뭐야!"

"난 너한텐 감정 없어. 너하군 옛날처럼 형과 아우루 지내구 싶단 말야. 내가 빵깐을 도망쳐 나온 건 바루 정호 저 새끼 때문이야.

저 새끼만 없애버리면 우린 얼마든지 옛날처럼 다정하게 지낼 수 있단 말야. 어떠냐 창구야? 너 나하구 옛날처럼 다시 손잡을 생각 없어?"

"집어쳐! 우린 이제 어린애가 아냐! 당신 보호는 필요 없어! 우리끼리두 얼마든지 잘 살아갈 수 있단 말야."

"흥, 그럴까? 정말 너희들끼리 잘 살아갈 수 있을 것 같애? 세상은 그렇게 쉬운 게 아니야. 대구 부산 어디를 가두 너희들한텐 꼭 누군가가 나타날 거야. 난 그 친구들이 너희들한테 어떻게 할지 다 알구 있어. 하긴 나두 옛날에는 너희들한테 좋지 않게 굴었지. 허지만 이젠 너희들두 옛날처럼 어린애가 아니란 걸 알아. 내가 옛날에 나빴다는 것두 난 이제야 확실하게 깨달았어. 만일 너희들이 나하구 다시 손을 잡는다면 난 너희들을 정말 친동생처럼 다정하게 대해줄 거야. 옛날에 걷던 세금 같은 건 앞으루는 절대루 안 뜯겠다구 맹세할 수 있어."

"닥쳐!"

정호가 문득 고함을 내지르고 뺑코 왼쪽으로 슬금슬금 돌기 시작한다. 창구 진영 영선 등은 꼼짝없이 서서 정호의 동작을 지켜보고 있다. 뺑코 옆으로 천천히 돌던 정호가 어느새 눈으로 덮인 석탄 더미 위로 올라간다. 정호의 발에 밟힌 눈이 뭉개지며 그 속에 쌓인 검은 석탄들이 드러난다. 정호가 곧 발걸음을 세우고 석탄 더미 위에서 뺑코를 비스듬히 내려다본다.

"난 당신이 무슨 소릴 해두 한마디두 믿질 않아. 우리가 원하는 건 당신이 빨리 우리 앞에서 없어져주는 거야. 만일 우리 앞에서 없어지지 않음 우리가 당신을 없애버리겠어!"

"흥, 없애버려? 진짜 없애버릴 놈은 바루 너야. 난 네놈이 경찰에 찔러서 보름 동안이나 빵깐에서 썩었어. 설마 넌 이 뻥코 아저씨가 그걸 잊어버렸다군 생각하지 않겠지? 난 그 빚을 갚기 위해 죽음을 무릅쓰구 경찰 호송차에서 도망쳐왔어."

"좋아, 맘대루 해봐! 당신 같은 악질 인간은 빵깐에 열 번이라두 다시 처넣어줄 테니까!"

"야, 너들 이 얘기 들었지? 이건 나하구 이 새끼하구의 싸움이 야. 구경하는 건 상관없지만 너들은 절대루 우리 싸움에 끼어들지 말라구! 끼어들었다 얻어터지면 그건 너들 책임이니까 다치기 싫 으면 멀찍히 물러서라구!"

뻥코가 말을 마치고 문득 허리춤에서 손을 뽑는다. 뒤미처 그의 손에서 커다란 칼날이 메뚜기처럼 툭 튀어나온다. 정호는 그러나 이런 사태를 예측한 듯 조금도 놀라지 않고 석탄 더미 너머에서 무 언가를 홱 뽑아든다. 정호가 손에 뽑아든 것은 의외에도 1미터 남 짓한 기다란 쇠꼬챙이다. 그는 뻥코가 칼을 뽑을 것을 알고 미리 석탄 더미 위로 올라가 쇠꼬챙이 가까이에 서 있었던 것이다.

"어쭈? 너 정말 나하구 한판 붙을 작정이가?"

"덤벼! 잔말 말구!"

뻥코가 곧 칼을 고쳐들고 옆걸음으로 슬금슬금 석탄 더미 위로 올라온다. 그의 뒤쪽에는 창구와 진영이가 어느 틈에 돌들을 손에 들고 같은 방향으로 천천히 돌고 있다. 눈송이만 다시 펄펄 날릴 뿐 주위에는 이들 다섯 명 외에는 아무도 보이지 않는다. 뻥코가 드디어 석탄 더미 꼭대기에서 정호와 정면으로 마주 선다. 두 사람 의 간격은 2미터쯤의 거리로 어느 쪽이라도 공격을 가하면 대뜸 승부가 날 판이다. 칼과 꼬챙이를 엇비슷이 겨눈 채 두 사람은 한 동안 꼼짝없이 마주 쏘아본다. 그러자 갑자기 석탄 더미 아래에서 돌 한 개가 핑 하고 날아와 뺑코의 뒤통수를 정통으로 후려 때린다. 뺑코가 몸을 비틀하더니 번개처럼 몸을 돌려 창구에게 돌진한다. 그러나 너무 급히 몸을 돌린 뺑코는 창구에게 이르기 전에 눈위로 발을 헛딛고 보기 좋게 나뒹군다. 정호가 어느 틈에 뺑코 뒤로 달려가 칼을 쥔 뺑코의 손을 사정없이 발로 짓밟는다. 뺑코의 손에서 칼이 떨어지자 정호가 재빨리 뺑코의 목줄기에 기다란 쇠꼬챙이를 내리꽂을 듯이 들이댄다.

"움직이지 마!"

"……"

"야 창구야, 그 칼 집어 와!"

"오케이!"

창구가 곧 칼을 주워들고 진영과 영선과 함께 정호에게로 한달음에 달려 올라간다. 뺑코는 정호의 쇠꼬챙이 밑에서 눈살을 잔뜩 찌푸린 채 어이없는 듯 정호를 올려다본다. 정호가 곧 쇠꼬챙이를 겨눈 채 헐떡이는 뺑코에게 싸늘하게 입을 연다.

"우린 당신을 죽일 수두 있어. 이 꼬챙이를 내리박으면 당신은 꽥 소리두 못하구 깨끗하게 뻗는 거야. 보는 사람은 아무두 없어. 석탄 더미를 까뭉개면 당신은 내년 봄까지 깨끗하게 석탄 더미 밑에 묻히는 거야."

"정호 잘못했어. 한 번만 봐주게. 나 두 번 다시 자네들 앞에 나타나지 않겠어."

눈을 꿈적이며 사정하는 뺑코에게 정호가 꼬챙이를 고쳐 잡으며 고개를 천천히 내둘러 보인다.

"당신 말은 믿을 수가 없어. 허지만 당신한테 한 가지만 분명히 말해두겠어. 만일 우리 앞에 또 한 번 나타나면 그땐 당신을 묶어서 우리가 직접 경찰에 넘겨주겠어. 우린 이젠 어린애가 아니야. 당신 따윈 조금두 무섭지가 않단 말야."

"그래 느덜 많이 컸어. 나두 이젠 인정한다구. 그러니까 이렇게 자네들한테 당하구 있지 않나. 자 이제 고만 비켜줘. 땅바닥에 누워 있으니 몸이 막 떨려오는군."

창구가 문득 뺑코 몰래 정호의 옆구리를 쿡쿡 찌른다. 정호는 창구가 무슨 이유로 옆구리를 찌르는지 알고 있다. 창구는 이왕 뺑코를 때려눕혔으니 이대로 그냥 놓아줄 게 아니라 단단히 혼을 내주거나 아예 죽이라는 뜻인지도 모른다. 정호는 그러나 창구를 무시한 채 뺑코의 목줄기에서 꼬챙이를 훌쩍 들어낸다.

"꺼져 우리 앞에서!"

"알겠네."

소년들이 몇 발짝 뒤로 물러서자 뺑코가 곧 몸을 털고 눈 위에서 일어선다. 정호가 말없이 역 쪽으로 몸을 돌리자 뺑코가 문득 등 뒤에서 으르렁거리듯 입을 연다.

"두구 보자 이 새끼들. 언젠간 꼭 이 빚을 갚아줄 테니까."

정호는 뭐라고 대꾸를 하려는 진영이를 아무 소리 말라는 듯 팔을 잡아 돌려세운다. 역 앞에 다다라 뒤를 돌아보니 뺑코는 어느 틈에 어딘가로 사라져서 보이지 않는다.

빈 드럼통들이 가득 실린 곡간차에 휘발유 냄새가 코를 찌른다. 정호 일당은 드럼통 위에 가마니짝을 깔고 앉아 제가끔 창구가 쌔벼(훔쳐) 온 레이션 깡통들을 따서 게걸스레 먹고 있다. 깡통의 내용물은 레이션 중에서도 최고로 치는 비프 즉 쇠고기다. 바둑이까지도 영선의 무릎에 올라앉아 영선이 떼어주는 대로 쇠고기를 넙

죽넙죽 받아먹고 있다.

창구의 쇼털(훔치기) 솜씨는 역시 일행 중에 최고라고 할 밖에 없다. 좀 늦는다고 생각했더니 그는 큼지막한 오버 주머니에 주먹 크기의 쇠고기 통조림을 무려 열두 개나 집어넣고 돌아왔다. 통조림은 네 명에게 공평하게 나누어졌다. 그러나 먹는 음식은 공평하게 나누도록 되어 있지만, 그 외의 다른 물건들은 훔쳐 온 사람의 개인 소유로 되어 있다. 창구는 통조림을 열두 개나 훔쳐 온 외에 담배 한 보루와 손전등 한 개, 그리고 어디서 훔쳤는지 하모니카까지 쌔벼 왔다. 미군 부대에 하모니카가 있으리라곤 상상도 못한 일이다. 통조림들은 선선히 나누어주었지만 창구는 그 나머지 물건들은 깨끗이 자기 소유로 오버 안주머니에 얌전히 쑤셔넣고 있다.

창구는 전쟁 전부터 고아로 자란 친구로서 자기 성이 박(朴)가라는 것만 알 뿐 자기 나이도 정확히 모르는 녀석이다. 고아원에서 겨우 국민학교를 졸업한 채 그는 영어라고는 알파벳도 모른다. 그러나 영어의 알파벳도 모르지만 미군들과 말을 할 때는 일행 중 가장 유창하게 그들과 의사를 소통할 수 있다. 그는 처음에는 정호에게 일정한 거리를 유지하며 상당한 경계심을 드러내었다. 고아원까지도 제 발로 도망쳐나올 만큼 그는 아무리 지내기 좋은 곳이라도 누군가에게 지배를 받는 것을 죽기보다도 싫어하는 성격이다. 정호에게 처음 적개심을 드러낸 것도 바로 그런 이유에서다. 그는 정호가 일당들을 모아놓고 자기까지 그 패에 끌어들여 자기 부하로 삼으려는 것으로 생각했다. 그래서 정호가 우리 패에 끼라고 권유를 했을 때, 그는 대뜸 욕설을 퍼붓고 정호에게 오히려 맞상대를 청했던 것이다. 싸움은 이틀 동안 네 차례나 맞붙은 끝에 결국 정호의 승리로 끝났다. 하지만 그는 싸움에 졌어도 밖으로 빙빙 나돌며 정호네 패에는 한 달 가까이 끼지 않았다. 구두통을 메고 시내로 혼자 싸돌아다니며 그는 외로운 단독 생활을 고집스레 지킨 것이다. 그러나 이렇게 혼자 싸돌아다니던 그에게 어느 날 생각지도 않은 큰 불행이 닥쳐왔다. 굴다리 밑의 양아치 패들에게 창구는 반죽음이 되도록 흠씬 몰매를 맞은 것이다. 창구가 결국 정호를 찾은 것은 이 일이 있은 직후의 일이다. 그는 비로소 자기 단독으로는 살아가기 어렵다는 것을 절실하게 깨달은 것이다. 하지만 그는 정호네 패에 들어와서도 걸핏하면 어딘가로 사라졌다가 이삼 일 후에야 어슬렁어슬렁 돌아오곤 했다. 어디 갔다 오느냐고 물어도 그는 결코 속 시원히 대답하는 일이 없다. 정호를 대하는 태도 역시 그는 딴 친구들과는 전혀 다르다. 진영이와 영선이는 정호에게 절대적인 충성을 보이지만, 창구만은 무언가 정호에게 끝까지 호락호락 말려들지 않는다. 그러나 창구의 이런 태도를 정호는 어쩐 셈인지 별말 없이 묵묵히 용서하고 있다. 창구의 이러한 일탈(逸脫) 행동을 정호가 왜 용서하고 받아들이는지는 지금으로서는 아무도 정확하게 알 수가 없다.

"어잇 추워! 찬 걸 먹었더니 몸이 막 떨리는데?"

진영이다. 빈깡통을 휙 차 밖으로 내던지고 진영은 힐끗 창구 쪽을 돌아본다.

"야 창구야, 이 차 정말 떠나는 거냐?"

"그래 기다려봐."

"난 아무래두 믿어지질 않아. 이 차가 정말 떠나는 차라면 왜 사람들이 이 차에 한 명두 타지 않나 말야."

"알티오 껀다리 싸징한테 내가 직접 들었다구. 미군들은 지금 피난민들한테 어느 차가 먼저 떠날 건지 비밀루 하구 있는 거야. 피

난민이 탄 차를 달구 가면 막상 군용차는 한 대두 달구 갈 수가 없
기 때문이야."

"그럼 저쪽에 피난민들이 탄 차는 그냥 내버리구 간단 말인가?"

"물론이지. 알티오에선 끌구 갈 차하구 버리구 갈 차하구 미리
전부 정해놨다는 거야. 지금은 피난민들이 잔뜩 타구 있지만 정작
떠날 때는 뚝뚝 떼어놓구 다른 걸 달구 간다는 거야."

"그래 지금 우리가 탄 차가 이따가 정말 떠날 차란 말이지?"

"싸징 군화를 공짜루 닦아주면서 내가 직접 물어봤어. 그랬더니
껑다리가 고개를 끄덕이며 손을 들어 바루 이차를 가리켰어. 3번
홈에 있는 이 차가 바루 오늘 떠날 차라는 거야."

알티오 싸징의 말이라면 믿어도 좋을 만큼 틀림없다. 이번에는
영선이가 빈 깡통을 버리고 트림을 하며 정호를 바라본다.

"뺑코 이 새낀 어딜 갔을까? 설마 빈 거리에 혼자 남는 건 아니
겠지?"

"그 새끼두 틀림없이 역 안에 들어왔을 거야. 지금쯤 면도칼 감
춰 들구 피난민들 주머니나 북북 긋구 다닐 거야."

"근데 정호야, 우리 이번에 전부 어디루 내려갈 작정이야?"

"부산."

"누구 부산 가본 사람 있어?"

"……"

"부산 가본 사람이 한 명두 없잖아? 만일 부산에 내려가서 일터
못 잡으면 어떡허지?"

정호는 대답 대신 아득한 시선으로 1번, 2번 홈을 바라본다. 일
자로 늘어선 긴 열차에 무수한 피난민들이 빼곡하게 올라타고 있
다. 곡간차, 무개화차(無蓋貨車), 석탄차, 화물차, 심지어는 높은

곡간차의 까마득한 지붕 위에도 피난민들이 촘촘하게 진딧물처럼 올라앉아 있다. 모두가 같은 운명들이다. 정호네 패가 일자리도 없이 무작정 남쪽으로 떠나듯이 그들도 역시 기다리는 사람이나 일터도 없는데 무작정 남쪽으로 향하고 있다. 이 혹독한 추위 속에 그들은 따듯한 자기 집과 귀중한 세간들을 모두 버리고, 보퉁이 몇 개만을 간단히 꾸려 든 채 남부여대(男負女戴), 짐들을 이고 지고 남으로 내려가기 위해 삭풍 휘몰아치는 열차 위에 올라앉아 있다. 열차는 한나절씩 한곳에 멈춰 선 채 언제 떠날지 알 수가 없다. 방향이 남쪽이라는 것만 알고 있을 뿐 이 열차가 어디로 가는지도 모르는 채 피난민들은 불평 한마디 없이 묵묵히 차에 올라 눈을 맞으며 차가 떠나기를 기다릴 뿐이다.

왜 그들은 이토록 추운 날씨에 자기 집과 세간들을 버리고 눈을 맞으며 화차 지붕 위에 올라앉아 있는가? 일자리도 없고 기다리는 사람도 없는데 그들은 왜 모두 남쪽으로 내려가기 위해 필사적으로 열차 위에 올라타는가? 전쟁 때문이다. 갑자기 들이닥친 흉악한 전쟁이 삽시간에 이 나라를 대혼란의 난장판으로 만든 것이다.

정호는 이 전쟁이 왜 일어났는지 알 수가 없다. 어른들의 말로는 소련의 앞잡이인 이북 공산당이 갑자기 삼팔선을 침범함으로써 이 전쟁을 일으켰다고 한다. 그러나 전쟁 이유야 뭐라도 상관없다. 정호는 전쟁의 이유 따위는 뭐가 되든 알 바 아니다. 그가 진짜로 알고 싶은 것은 누가 부모를 죽였고, 누가 평화스러운 학교에서 그를 거리의 구두닦이로 내몰았는가 하는 것이다. 전쟁은 어른들의 것이다. 그는 이 전쟁에는 말 한마디 참견하지 않았다. 이 전쟁은 순전히 어른들이 꾸몄을 뿐 정호는 너무 어려서 전쟁에는 눈곱만큼도 관여한 일이 없다. 그러나 눈곱만큼도 관여하지 않은 정호에게

이 전쟁은 어처구니없게도 가장 혹독한 불행과 고통을 안겨주고 있다. 그는 자기가 지금 겪고 있는 이 엄청난 불행이 누구 때문에 생긴 것인지 묻고 싶다. 누가 나를 지금의 이 꼴로 만들었는가고 그는 큰 소리로 항의라도 하고 싶다. 그러나 항의를 하고 싶어도 그는 자기 주위에서 항의할 사람조차 발견할 수가 없다. 전쟁은 정호를 무자비하게 짓밟은 채 아직도 심통이 덜 풀린 듯 그를 정처 없이 남쪽으로 내몰고 있는 것이다.

"야, 영선아."

갑자기 진영이가 큰 소리로 영선을 부른다.

"임마 너 그 강아지 새끼 언제까지 끼구 있을 거냐?"

일행들이 그제야 모두 영선이 끌어안고 있는 바둑이 쪽을 바라본다. 바둑이는 모처럼 배불리 먹었는지 영선의 품 안에서 숨소리도 없이 죽은 듯 자고 있다. 바둑이를 한번 내려다본 후 영선이 단호하게 입을 연다.

"내가 키울 거야."

"뭐? 키워? 주인두 귀찮아서 버리구 간 강아진데 니가 뭐라구 그 강아지를 키워?"

"그럼 어떡허니? 내버릴 수두 없지 않어?"

"왜 없어? 내버리라구? 본래 있던 태평여관에 되갖다놓으면 될 것 아냐?"

"싫어! 그렇겐 못해. 산 짐승을 어떻게 굶어 죽으라구 내버리냐? 바둑이는 그 집에 되갖다놓으면 이틀두 못 가 굶어죽는다구."

진영과 창구가 영선을 무시하고 정호에게 어떻게 할 것인가 말 없이 눈으로 묻는다. 정호가 일행들을 돌아보더니 한참 만에 느릿느릿 입을 연다.

"내가 태평여관에서 데려오긴 했지만 나두 바둑이를 어떻게 할 것인지 구체적으루 생각해보지 않았어. 허지만 이제 모든 결정은 영선이 너한테 달린 것 같다. 난 네가 키우겠다면 그렇게 하는 게 좋다는 생각이야."

"정호 너 그거 제정신으로 하는 말이야? 먹을 게 없어서 멀쩡한 사람두 굶어 죽는 판에 남이 버리구 간 강아지를 키운다니 그게 말이나 되는 소리야? 우리가 지금 놀러 가는 거야? 강아지 데리구 소풍이라두 가는 거니?"

이번에는 창구다. 잠시 화차 안에 침묵이 흐른다. 그 틈에 다시 진영이가 끼어든다.

"야 좋은 수가 있어. 그거 우리 비상식량으루 남겨두자. 데리구 다니다가 먹을 거 없으면 그거라두 잡아먹자구."

진영이 의기양양하게 주위를 둘러보는데 영선이 눈물을 글썽이며 갑자기 큰 소리로 입을 연다.

"너들 모두 내 말 잘 들어. 난 절대루 바둑이를 내버리지 않겠어. 바둑이 때문에 너들한테 조금두 귀찮게 안 할 거야. 바둑이 먹을 걸 걱정들 하는데 그것두 너들 도움 없이 나 혼자 따루 해결하겠어. 먹을 걸 따루 구하든가 내 몫을 떼어 바둑이를 먹이든가, 너들은 바둑이 먹이에 대해서는 조금두 걱정하지 말란 말이야. 그리구 미리 말해두는데 비상식량 어쩌구 하는 말은 두 번 다시 꺼내지 마. 바둑이는 이 시각부터 내 식구구 가족이야. 진영이 너 또 그딴 소리 꺼내면 다음엔 비상식량으루 내가 너부터 잡아먹을 거야."

진영이 뭐라고 말을 하려는데 갑자기 기관차 한 대가 기다랗게 기적을 울린다. 정호는 창구 진영과 함께 후딱 고개를 돌려 곡간차 밖을 내다본다. 기적을 울린 기관차는 방금 전까지도 피난민 열차를 뒤로 달고 2번 홈에 멎어 있었던 것이다. 그런데 지금은 피난민 열차를 떼어버리고 검은 연기를 푹푹 내뿜으며 엉뚱하게도 멀리 내려갔다가 선로를 바꿔 3번 홈의 그들의 곡간차 쪽으로 달려오고 있다.

"뭐야 이거? 우리 곡간차 쪽으루 오구 있잖아?"

"야, 그래 바루 이쪽이다! 봐라. 틀림없지? 우리 곡간차루 달려오는 거야!"

"와아! 신난다! 우리가 그럼 제일 먼저 떠나는구나?"

"내가 뭐랬어! 바루 우리 차야! 알티오 꺽다리 싸징이 이 차라구 했단 말이야!"

기관차가 드디어 3번 홈으로 접어들며 속력을 푹 줄이고 그들의 곡간차 쪽으로 천천히 다가온다. 그들의 곡간차 앞뒤로는 무개화차 석 대와 곡간차가 무려 넉 대나 연결되어 있다. 기관차를 잃어버린 피난민 열차에서는 피난민들이 아우성을 치며 열차에서 내리느라 법석을 떨고 있다. 곡간차가 드디어 덜컹 하는 굉음과 함께 기관차와 연결되어 쭈뼛쭈뼛 뒤로 움직인다. 그러나 잠시 후 또 한 번 덜컹 하더니 곡간차는 기관차에 이끌려 기적과 함께 천천히 남쪽으로 움직이기 시작한다.

"야 간다!"

"앉어 모두!"

"우리가 제일 먼저잖아?"

"이크, 문 닫어! 피난민들이 몰려온다!"

정말이다. 아낙네, 노인, 어린애 할 것 없이 피난민들이 짐들을 이고 진 채 레일을 뛰어넘으며 움직이는 열차 쪽으로 허겁지겁 달려오고 있다. 눈으로 뒤덮였던 하얀 철길에는 어느 틈에 피난민 집

단이 개미 떼처럼 쫙 깔려 있다. 어린애가 엎어지고 짐 보퉁이가
나뒹굴고 철길 위에는 삽시간에 아비규환(阿鼻叫喚)의 수라장이
벌어졌다. 동작이 빠른 몇몇 피난민들은 어느 틈에 움직이는 곡간
차 위로 보퉁이를 내던지고 훌쩍훌쩍 뛰어오른다. 문을 닫으려던
정호네 곡간차에도 이미 두 명의 피난민이 몸을 날려 올라타고 있
다. 그러나 이것도 잠시 동안의 일이고, 기차가 차츰 속력을 내자
피난민들은 한둘씩 넋 빠진 표정으로 떠나는 기관차를 지켜보고
섰다. 차의 속력이 너무 빨라져서 그들은 위험을 느끼고 차에 타는
것을 포기하게 된 것이다.

그러나 바로 이때다. 무심히 밖을 내다보던 정호가 문득 고개를
돌리더니 영선을 향해 고함을 친다.

"야 영선아! 나 여기서 내릴 테니 너들 먼저 내려가 있어!"

정호의 뜻밖의 행동에 일행들은 깜짝 놀라 기차 밖으로 고개들
을 내민다. 정호는 이미 고함과 동시에 차에서 뛰어내려 옷에 묻은
눈들을 툭툭 턴 후 떠나가는 그들에게 손을 흔들고 있다.

"먼저 가! 부산에서 만나자! 나두 곧 뒤따라간다!"

기차가 점점 멀어진다. 진영과 영선이 뭐라고 외쳤지만 정호의
귀로는 한 마디도 알아들을 수가 없다. 차가 이윽고 눈가루를 휘날
리며 맨 마지막의 뒤칸까지 레일에서 휙 사라진다. 시끄럽던 소음
이 갑자기 멎고 레일에는 이제 아무것도 남아 있지 않다. 정호는 곧
몸을 돌려 재빨리 주위를 둘러본다. 정호가 지금 찾는 것은 쥣빛 오
버코트의 아름다운 그 소녀다. 그는 무심히 달리는 곡간차 위에서
뜻밖에도 먼발치로 그 소녀의 모습을 번개처럼 발견한 것이다.

3

기차를 놓친 피난민들이 레일 위에 몰려선 채 넋 빠진 표정으로 아득히 사라진 기차 꽁무니를 바라본다. 기차는 점점 속력을 더해 어느새 맨 뒷칸만이 작은 점처럼 레일 위에 조그맣게 남아 있다.

"안 다쳤니?"

주위를 살피는 정호의 옆에서 문득 누군가가 말을 물어온다. 정호가 후딱 몸을 돌리자 의외에도 그의 앞에 아까의 그 소녀가 말끄러미 그를 보고 서 있다.

"암치두 않아."

"왜 내렸어? 그냥 타구 가지 않구?"

정호는 갑자기 말문이 막혀 소녀의 눈길을 피해 느릿느릿 홈 쪽으로 걷는다. 기차를 내린 것은 바로 이 소녀 때문이다. 왜 내렸느냐는 질문을 받자 그는 갑자기 얼굴이 확 붉어진 것이다.

잠시 서로 말들이 없다. 기차를 놓쳐 넋 나간 듯 서 있던 난민들은 이제 하나 둘씩 홈 위로 올라서고 있다. 정호와 소녀도 그들 틈에 끼어 착잡한 표정으로 홈 위로 올라선다. 기차를 놓쳐버린 난민들은 모두가 하나같이 절망과 공포의 표정들이다. 소녀가 나란히 정호 옆으로 붙어 서자, 정호가 돌아보며 생각난 듯 입을 연다.

"기다리라구 했는데 아깐 역 앞에서 어디루 갔었어?"

"기다렸었어 반시간이나. 난 그쪽에서 날 아주 잊어버린 줄 알았어."

"일이 생겨서 늦어진 거야. 가봤더니 안 보여서 내가 얼마나 역 근처를 찾아 헤맸다구."

"그럼 나 때문에 일부러 기차에서 뛰어내린 거야?"

정호는 대답 대신 씽긋 소녀에게 웃어 보인다. 뛰어내린 이유는 뭐라도 좋다. 그는 기차에서 소녀를 본 순간 거의 본능적으로 몸을 날려 뛰어내린 것이다. 왜 뛰어내렸는가를 생각하기 이전에 그의 몸은 이미 기차에서 털썩 땅바닥 위로 내던져져 있었던 것이다

"모처럼 떠나는 기차를 탔는데 왜 일부러 뛰어내렸어? 기차에는 친구들두 같이 있었잖아? 그러다 먼저 떠난 친구들 아주 못 만나면 어떡헐려구?"

"염려 마. 또 딴 기차가 얼마 안 있어 떠날 거야. 난 어떤 기차가 떠나는지 벌써 다 알아뒀어. 다음엔 바루 이 기차가 떠날 거야. 자 어서 이 차에 타. 내 말을 믿으라구."

정호는 말을 마치자 훌쩍 텅텅 빈 어느 곡간차 위로 뛰어오른다. 이 차에도 역시 지금 현재는 난민들이 한 명도 타고 있지 않다. 정호는 그러나 창구를 통해 이 차가 곧 두번째로 떠날 것을 알고 있다. 지금은 난민들 중 아무도 타고 있지 않지만, 정작 떠날 때는 다른 곳에 있던 기관차가 이쪽 레일로 진입해서 이 차들을 달고 떠나게 되어 있다는 것이다.

"자 어서 내 손 잡어. 내 말만 믿어. 틀림없다니까."

소녀가 잠시 머뭇거리다가 이윽고 정호의 손을 잡고 힘겹게 차 위로 올라온다. 가볍다고 생각한 소녀의 몸이 정호에겐 의외로 힘에 겹도록 무겁게 느껴진다. 앉을 곳을 찾아 두리번거리자 소녀가 다시 의심스러운 듯 입을 연다.

"어떻게 이 차가 떠날 거라구 장담하지?"

"철도는 지금 미군 알티오라는 데서 모든 계획과 시간표를 짜구 있어. 떠날 찬지 안 떠날 찬지는 그 사람들이 그때그때 형편 따라

정한단 말야. 헌데 내 친구가 미군 군화를 닦아주구 미리 그걸 알아냈어. 아까 봤잖아, 우리들이 탄 차가 제일 먼저 떠나는 걸."

정호는 입으로는 지껄이면서 손으로는 분주히 앉을 곳을 정리하고 있다. 이 차에도 역시 삼분의 이나 휘발유 드럼통들이 실려 있다. 정호가 곧 드럼통 위로 기어올라 종이 푸대 두 장을 그 위에 깐 뒤 소녀에게 다시 손을 내민다.

"올라와 이리."

소녀는 예쁘장한 얼굴과는 달리 운동 신경은 지극히 둔한 것 같다. 정호의 손을 잡고 올라오는데도 그녀는 두 차례의 실패 끝에 겨우 세번째에야 드럼통 위로 간신히 올라온다. 소녀를 푸대 위로 앉힌 정호는 점퍼 안주머니에 손을 찔러 통조림 하나를 꺼내 능숙하게 따기 시작한다.

"고향이 어디야?"

"서울."

"나두 서울인데…… 서울 어디지?"

"K동."

"나하군 세 정거장 거리군. 난 P동에 살았어."

소녀는 무릎을 두 팔로 껴안은 채 그 위로 턱을 괴고 이마로 비오듯이 땀을 흘린다. 정호가 문득 통조림을 따다 말고 의아한 표정으로 소녀를 돌아본다.

"왜 그래? 어디 아퍼?"

"아냐 아무것두."

"몸은 추워서 떨리는데 이마엔 땀이 나잖아?"

정호는 말을 하면서 주머니를 뒤져 손수건을 꺼내든다. 그러나 손수건을 꺼내든 채로 그는 그것을 소녀에게 줄 용기가 나지 않는

다. 땀과 때, 코까지 말라붙어 손수건이 마치 걸레처럼 더럽기 때
문이다.

"아프면 말을 해. 내가 약을 구해올게."

"아픈 게 아니야."

"아니면?"

"어지러워."

"왜 어지러워?"

"속이 비어서 그런가 봐."

"응? 언제부터 굶었는데?"

"어제 점심……"

정호는 깜짝 놀라 분주히 손을 놀려 통조림을 딴다. 어제 점심부
터 굶었다면 만 하루를 고스란히 굶은 셈이다. 그는 그제야 왜 소
녀가 드럼통 위를 기어오르는데 그토록 힘겹게 숨을 헐떡였는지
깨닫는다. 그녀는 운동 신경이 둔한 것이 아니라 너무 오랫동안 굶
어서 몸에 힘이 없었던 것이다.

"자, 이거 먹어."

소녀가 무릎 위에서 머리를 들고 고개를 천천히 가로흔든다.

"괜찮아. 내 걱정 말구 어서 먹어."

"이건 내가 먹을려구 딴 게 아냐. 바루 거길 줄려구 딴 거란 말
야. 쇠고기 통조림이야. 자 여기 숟갈두 있어."

정호는 호주머니에서 숟갈을 꺼내 옷깃에 정성스레 닦은 후 통
조림과 함께 불쑥 디민다. 그러나 소녀는 본 척도 않고 여전히 고
개를 살래살래 내두른다.

"난 앞으루 이틀쯤 더 굶어두 살 수 있어. 작년 가을엔 나흘이나
굶구두 살았어. 그건 그쪽 양식이야. 난 남의 양식을 빼앗아 먹구

싫진 않아."

"빼앗아 먹는 게 아니라구. 내가 이렇게 거저 주잖아?"

"양식은 모두에게 소중한 거야. 왜 그걸 나한테 주는 거지?"

소녀의 뜻밖의 질문에 정호는 갑자기 화가 치민다. 음식이 얼마나 중요한가는 그도 이미 알고 있다. 그러나 그는 소녀를 위해 친구들까지 버린 채 달리는 기차에서 일부러 뛰어내린 사람이다. 그는 왠지는 알 수 없지만 이 소녀가 첫눈에 마음에 들었고 좋게 보였다. 왜 좋게 보였는지 묻는다면 그로서는 전혀 할 말이 없다. 홀로 역에 버려진 그녀가 정호에겐 어쩐지 불안하고 딱해 보였던 것이다.

"이걸 왜 너한테 주는지는 나두 잘 모르겠어. 허지만 산 사람은 뭐라두 먹어야 살 것 아냐? 대체 언제까지 굶을 작정이야? 먹지 않구 살 순 업잖아?"

소녀의 커다란 눈망울에 문득 그렁그렁 눈물이 떠오른다. 울음을 참기 위해 꼭 다문 입술이 핏기를 잃어 백지장처럼 하얗게 질려 있다. 아마 그녀의 마음속에는 지금 자존심과 굶주림이 무서운 기세로 싸우고 있을 것이다. 그녀는 어쩌면 정호에게서 불량한 사내들에게서 풍기는 막연한 두려움을 느꼈는지도 알 수 없다. 정호의 일방적인 갑작스런 친절에 그녀로서는 본능적으로 경계심을 품지 않을 수 없었을 것이다.

"나하구 같이 있는 게 싫어서 그래?"

정호가 드디어 조마조마한 마음으로 가장 두려운 질문을 한다. 다행히 소녀가 아니라는 듯 고개를 천천히 내둘러 보인다.

"아냐. 그게 아냐."

"그럼 내가 무서운 모양이군? 내가 깡패나 건달처럼 보여?"

"그것두 아냐."

"그럼 뭐야?"

소녀가 갑자기 커다란 눈으로 뚫어지게 정호를 돌아본다. 눈물이 주르르 볼을 타고 흘러내려, 꼭 다문 입술의 양쪽 끝에서 천천히 멎는다. 입술에 잠시 경련이 일더니 소녀가 드디어 안간힘을 쓰듯 입을 연다.

"나 조금 전까지 죽을려구 했었어."

"뭐? 죽을려구?"

"달리는 차루 달려간 것두 바루 죽을려구 그랬던 거야."

"자살……? 어휴, 너……?"

"그런 눈으루 보지 마. 살아갈 희망두 자신두 없었어. 헌데 달리는 차 쪽으루 뛰어가다가 언뜻 차 위에 있는 거길 보게 됐어."

"날?"

"그리구 그때 내가 무슨 생각을 한 줄 알아?"

"무슨 생각을 했는데?"

"거기가 날 보구 뛰어내리면 죽지 않을 수두 있다구 생각했어."

"무슨 소리야 그건?"

"말한 그대루야."

서로를 뚫어지게 바라볼 뿐 두 사람은 한동안 말들이 없다. 잠시후 소녀가 다시 입을 연다.

"헌데 달리는 기차에서 거기가 정말 뛰어내렸어. 너무 놀랍구 신기해서 난 내 눈을 의심했어. 그리구 다시 거기한테 엉뚱한 생각을 하기 시작했어. 거기가 나 때문에 뛰어내린 게 아니라면 난 어차피 죽어야 한다구 생각했어. 이상하게 들릴지 모르지만 아직두 그 생각은 변하지 않았어. 왜 갑자기 기차에서 뛰어내렸는지 그 이유를 나한테 설명해줄 수 있니?"

정호는 목젖이 딱딱하게 굳어, 침을 제대로 삼킬 수가 없다. 그가 기차에서 뛰어내린 것은 분명히 소녀 때문이다. 한데 소녀에게는 그의 행동이 생사를 가늠하는 중대한 의미로 받아들여지고 있다. 어째서 소녀가 자기 행동에 그런 의미를 부여했는지는 알 수가 없다. 그것은 어쩌면 죽음과 맞닥뜨린 사람이 최후의 희망을 긁어모으려는 안간힘과 같은 것인지도 모른다. 막다른 골목에 부닥친 그녀에게 정호의 갑작스런 출현이 뜻밖의 의미로 전달된 셈이다.

"어떻게 얘기해야 곧이듣겠어? 난 정말 거기 때문에 기차에서 뛰어내렸어. 거기가 철길 쪽에 언뜻 뵈길래 앞뒤 생각 없이 무작정 뛰어내렸다구."

커다랗게 열린 소녀의 검은 눈이 잠시 살피듯이 정호의 얼굴을 더듬는다. 입술은 굳게 닫혀 핏기를 잃었지만 두 눈은 정호를 향해 무수한 질문과 이야기를 하는 것 같다. 이번에는 왠지 정호 쪽에서 코허리가 찡해오고 눈에 서서히 눈물이 괴어온다. 갑자기 그에게도 소녀로부터 거대한 슬픔의 덩어리가 파도처럼 전염된 것이다.

그들은 같은 운명이다. 하늘과 땅에 목을 놓아 불러보아도 그들에게는 아무도 대답하는 사람이 없다. 이틀, 사흘, 열흘을 굶어도 그들에겐 어느 한 사람 따뜻한 밥 한 끼 대접하는 사람이 없다. 그들은 불과 작년 여름까지도 부모를 비롯한 주변 사람들의 무수한 사랑과 보살핌 속에 아름답고 행복한 삶을 살아왔다. 비 맞을 것을 걱정하여 학교까지 우산을 들고 찾아온 어머니의 온화한 미소, 동생을 때려 코피가 터졌다고 무서운 얼굴로 꾸중을 내리시던 아버지의 엄한 얼굴, 백화점에서 새로 사온 품이 넉넉한 깨끗한 교복, 포충망(捕蟲網)을 들고 곤충을 채집하던 저 떠들썩한 동급생 급우들, 제삿날 할아버지 영정 앞에서 큰절을 하면서 낄낄 웃던 사촌

형제들, 낡은 벽시계, 시렁 위의 꿀 항아리, 할머니의 옛날얘기, 정
원에 만개한 채송화와 백일홍…… 이토록 풍부하게 그들을 에워
싼 모든 재산들이 그러나 지금은 어딘가로 송두리째 날아가고 없
다. 그들은 이제 쌍스러운 욕을 해도, 남의 물건을 도둑질해도 누
구 한 사람 꾸중하는 사람이 없다. 손톱 밑에 때가 새까맣게 끼어
도 손을 씻으라고 채근하는 사람이 없고, 해가 져서 캄캄해도 들어
와 자라고 호통치는 사람이 없다. 그들이 세상에서 믿을 사람이라
곤 오직 자기 한 사람뿐이다.

갑자기 그들은 줄 떨어진 연(鳶)처럼, 일체의 세상 사물로부터
홀로 떨어져 격리된 외톨이가 된 것이다.

그런데 이렇게 외로운 세상에서 정호는 자기와 똑같은 인간을
눈앞에 또 한 명 보게 된 것이다. 눈앞의 소녀는 분명히 그와는 성
도 다르고 과거도 다르다. 그는 오늘 이전에는 이 소녀를 한 번도
만나본 일이 없다. 그러나 그녀의 번쩍이는 눈을 보자 그는 갑자기
자신의 모습을 이 소녀에게서 보는 것 같다. 그녀와 그는 불행하다
는 의미에서는 어느 쪽으로도 기울지 않을 만큼 공평하고 평등하
다. 전쟁은 그와 소녀에게 고아라는 불행과 고통을 공평하게 나누
어준 것이다.

정호가 드디어 눈물을 감추기 위해 소녀에게서 휙 고개를 돌린다.
"어서 받어 이거. 안 받으면 차 밖으루 내던져버리겠어."
소녀가 곧 정호의 손에서 조심스레 통조림을 받아든다.
"혼잔 싫어, 같이 먹어."
"먹었어 난. 내 생각 말구 어서 먹으라구."
소녀가 아무 말 없이 통조림에 숟갈을 꽂는다. 소녀를 등지고 돌
아앉았지만 정호의 신경은 온통 소녀의 숟가락질에 쏠려 있다. 만

하루를 굶었다니 그는 소녀의 굶주림이 어떤 것인가 충분히 상상된다. 그도 작년 가을 무렵에 사흘을 내처 굶어본 일이 있다. 굶주림은 첫날이 가장 견디기 어렵고, 사흘이 지나면 현기증만 일 뿐 별로 심하게 괴롭지가 않다. 가장 견디기 힘든 때가 바로 굶기 시작한 첫날인 것이다.

"나 민소연(閔素姸)이라구 해."

소녀가 문득 돌아앉은 정호에게 목멘 목소리로 조용히 이름을 밝힌다.

"거긴 뭐야?"

"김정호."

"대동여지도의 김정호?"

"응, 이름이 같아."

음식을 씹기 위해서인지 소녀는 다시 말이 없다. 이번에는 정호가 돌아앉은 자세로 소녀에게 불쑥 묻는다.

"어느 학교 다녔어?"

"S여중."

"몇 학년?"

"3학년."

3학년까지 다녔다면 정호보다 오히려 1학년이 위다. 아마 전쟁이 터지지 않았다면 올봄에 그녀는 4학년*이 되었을 것이다.

"거긴 몇 학년이지?"

"같애."

한 학년이 분명히 아래건만 정호는 얼핏 거짓말을 한다. 소녀보

---

* 당시에는 중·고등학교가 분리되지 않았음.

다 한 학년 아래라는 것이 그는 갑자기 부끄러웠던 것이다.

"부모는 모두 어떻게 되셨어?"

"아버지는 붙잡혀가시구 어머니는 시굴 가셨다가 폭격으루 돌아가셨어. 거긴?"

"우린 아버지 어머니가 지난여름에 다 어딘가루 붙잡혀가셨어."

"뭘 하셨는데?"

"두 분 다 대학교 선생님이셨어."

"어머니두?"

"응, 아버진 법과대학 교수구 어머니는 음악대학 교수였어."

"우리 아버진 공무원이셨어. 외무부에 근무하셨어."

소녀가 문득 팔을 뻗어 돌아앉은 정호를 툭툭 건드린다.

"받어 이거."

정호가 몸을 돌리니 소녀가 의외에도 통조림을 반이나 남긴 채다.

"왜 남겼지? 다 먹지 않구?"

"됐어 이젠. 그건 남겼다 나중에 먹어."

"바보. 다 먹어치워. 나중엔 내가 구두 닦아서 돈을 벌어 딴 음식을 사 먹을 거란 말야. 그리구 통조림 여기 하나 더 남았단 말야. 자 어서 도루 받어. 먹던 거 마저 먹어."

"아니, 갑자기 많이 먹으면 위가 놀라서 배탈이 날지두 몰라. 정말 먹구 싶지 않아서 그래. 됐다 나중에 내가 먹겠어."

정호가 할 수 없이 통조림을 받아 뚜껑을 닫고는 점퍼 안주머니에 찔러 넣는다. 소녀가 추운 듯 몸을 웅크리고 다시 정호를 찬찬히 바라본다.

"어디루 갈 거지?"

"부산."

"동무들과 헤어져서 앞으루 어떡헐 거야?"

"부산에 내려가면 다시 만나."

"나두 구두를 닦구 싶은데……"

정호가 빙긋 웃으며 고개를 홰홰 내두른다.

"여자는 안 돼. 구두 닦는 것두 쉬운 일이 아냐."

"죽는다는 것 생각해봤어?"

소녀를 힐끗 돌아본 후 정호가 가볍게 고개를 끄덕여 보인다.

"응, 여러 번이야."

"어떻게 될까? 사람이 죽으면?"

"깨끗이 이 세상에서 없어지는 거지 뭐. 난 죽어보진 못했지만 남들이 죽는 건 많이 봤어."

"시체 말이지?"

"응, 작년 여름 언젠가는 개가 시체를 뜯어먹는 걸 훤한 대낮에 내 눈으루 직접 봤어. 아주 맛있게 뜯어먹었어. 뼈까지 오드득오드득 열심히 씹어가며 말이야."

소녀의 커다란 눈에 문득 공포의 빛이 안개처럼 자욱이 뒤덮인다. 정호가 곧 그것을 발견하고 화제를 서둘러 딴 곳으로 돌린다.

"나두 전에는 죽음을 여러 번 생각했었어. 이렇게 외롭구 고통스러운 세상에 더 이상 살아봤자 무슨 의미가 있느냐구 말이야. 허지만 막상 죽을려구 생각하니 돌아가신 어머니 얼굴이 무섭게 내 앞을 가로막는 거야. 이 빙충맞은 못난 녀석아, 이왕 세상에 태어났으면 사는 데까지 살아볼 일이지 왜 비겁하게 네 손으루 네 목숨을 끊을려구 하느냐!…… 난 어머니의 이런 모습을 보구는 왠지 버럭 화가 치밀었어. 죽을려구 생각했던 내 자신이 아주 비열하구 치사하게 보이는 거야. 어머니의 꾸중은 백번 옳았어. 우리는 무슨 일이 있어두 끝까지 살아남아야 돼. 우리는 살아 있기 때문에 이렇게 외롭구 고통스러운 거야. 이렇게 사무치게 괴롭구 슬픈 것두 바루 우리 살아 있는 사람들만이 누릴 수 있는 최대의 특권이야. 우린 이렇게 살아 있기 때문에 고통과 슬픔까지 느낄 수 있는 거야."

"하지만 사는 게 고통뿐이라면 사는 의미는 어떻게 되지?"

"그건 고통을 받는 사람이 그 고통을 어떻게 느끼는가에 달린 거야. 우린 고통까지두 사랑해야 돼. 고통이 바루 우리가 살아 있다는 증거 아니겠어?"

소녀가 한동안 아득한 시선으로 정호의 얼굴을 처음 보듯이 바라본다. 정호는 소녀의 시선이 느껴지자, 왠지 전신으로 뜨거운 용기와 삶의 기쁨이 느껴진다. 지금까지 그는 이 세상에 자기 혼자뿐이라고 생각했다. 그러나 마주 앉은 소녀를 바라보자 그는 이미 혼자가 아닌 누군가와 함께한 자신을 발견했다. 한 사람을 새로이 친구로 맞는다는 것은, 그만큼 그 사람에게는 삶의 재산이 붙는다는 증거다. 그는 옛날에는 부모들에 의해 많은 사람들을 재산으로 지니고 있었다. 그러나 그토록 주변에 넘쳐나던 재산들이 지금은 전쟁에 의해 어딘가로 흩어져 그의 곁에서 사라졌다. 그는 이제 남들의 도움이나 보살핌에 의해서가 아니라 자기 스스로 하나하나 새로운 재산을 만들어가야 한다. 삶에 있어서의 재산이란 단순히 돈이나 물질이 아니다. 삶의 재산은, 그에게 끊임없이 관심을 보여오는 타인들의 무수한 시선과 간섭이다. 그는 옛날에는 아버지의 꾸중을 몹시 괴롭고 언짢게 생각했다. 그러나 아버지가 잡혀가신 지금은 아무도 그에게 꾸중을 내리는 사람이 없다. 그는 어째서 옛날에는 아버지의 꾸중을 못마땅하게 생각했는지 알 수가 없다. 아버지는 그를 사랑했기 때문에 그에게 끊임없이 꾸중도 내리시고 호통도 치셨던 것이다. 그러나 지금의 그에게는 그를 꾸중하고 보살 펴줄 아무런 울타리도 남아 있지 않다. 무수한 인간들이 가까운 주변에 득실거리지만 그들은 그에게는 영원한 타인들일 뿐이다.

그렇다면 그는 이런 타인들을, 언제까지 울타리 밖의 타인들로만 남겨둘 작정인가? 전쟁으로 잃어버린 옛날 울타리만 생각하고 그는 언제까지 드넓은 이 세상에 가난하고 외롭게 혼자만 살아야 할 것인가? 아니다! 과거에 부모들이 만들어준 울타리는 이미 깨끗하게 그에게서 사라지고 없다. 그는 전쟁에 의해 모든 울타리를 한꺼번에 파괴당했다. 오직 그만이 이 세상에서 새로운 삶을 개척해갈 하나뿐인 주인인 것이다.

정호가 소녀에게 느낀 갑작스런 기쁨도 바로 이 주인 의식 때문이다. 그는 부모들의 울타리가 허물어진 이후, 최초로 자기만의 작은 울타리 안에 한 소녀를 그의 동료로 맞이했다. 울타리는 반드시 외부로부터 자신을 보호하자는 뜻만이 아니다. 그가 스스로 울타리가 되어 타인을 보호해주는 것도 울타리가 지닌 또 하나의 뜻인 것이다.

"이름이 뭐라구 했지?"

"민소연."

"앞으루는 이름을 부르겠어."

소녀가 모처럼 환하게 웃어 보인다. 사기처럼 하얀 이들을 드러낸 채 이번에는 소녀가 조심스레 입을 연다.

"나두 거길 이름으루 부르겠어. 이름 부르는 거 싫지 않지?"

"좋아, 얼마든지 불러."

마주 웃던 두 사람의 눈에 새로운 눈물이 괴어온다. 그러나 이번에 떠오르는 눈물은 아까와는 다른 가슴 뭉클한 기쁨의 눈물이다.

그들은 상대가 부옇게 보일 때까지 서로의 얼굴을 뚫어지게 바라
보고 있다.

그러나 바로 그때 꽝 하는 폭음과 함께 두 사람이 드럼통 위에서
털썩 모로 쓰러진다. 정호가 벌떡 몸을 일으켜 재빨리 소녀를 드럼
통 위로 일으켜 세운다.

"괜찮아?"

"응, 정호는?"

"나두 괜찮아. 헌데 뭐지?"

두 사람은 서로를 부둥켜안은 채 거의 동시에 차 밖을 내다본다.
차가 움직인다. 피난민, 화차, 플랫폼, 전주들이 천천히 차 밖에서
뒤로 뒤로 흘러가고 있다.

"봐, 우리 차가 움직여!"

"응, 알아."

"믿어지지 않아. 저 피난민들은 어떡허지?"

"화통들이 많으니까 다음에 모두 떠나게 될 거야."

그때다. 정호가 문득 소녀를 놓고 드럼통 위에서 번개처럼 차
바닥으로 뛰어내린다. 그러자 열린 화차 문밖에서 한 사내가 헐레
벌떡 뛰어오며 차 바닥에 손을 짚고 정호를 향해 고래고래 고함을
친다.

"정호! 손 좀 잡아줘! 정호야 부탁이다! 어서 손 좀 잡아달라
구!"

정호는 그러나 손을 잡는 대신 갑자기 발을 들어 사내의 손을 무
자비하게 콱 짓밟는다. 사내가 악 하고 비명을 지르더니 차 문에서
후딱 떨어져 삽시간에 뒤쪽으로 사라진다. 정호가 한동안 차 밖을
내다본 후 아무 일 없다는 듯 다시 훌쩍 드럼통 위로 뛰어오른다.

그러나 정호가 드럼통 위로 올라오자 소녀가 눈을 크게 뜨고 공포
에 질린 얼굴로 정호를 뚫어지게 바라본다. 소녀가 드디어 입술을
떨며 격한 목소리로 더듬더듬 입을 연다.

"정호 지금 무슨 짓을 한 거야? 왜 그 사람 손을 짓밟았어?"

"우릴 괴롭히는 나쁜 놈야. 난 그놈이 우리 화차에 타는 게 싫
어."

"나뻐두 그렇지. 어떻게 사람한테 그런 짓을 할 수 있어? 그 사
람두 전쟁을 피해 남쪽으루 피난 가는 사람 아냐?"

"그놈은 피난보다 소매치길 하기 위해 남쪽으루 내려가는 거야.
그놈이 얼마나 우릴 괴롭혔는지 소연인 아마 상상두 못할 거야. 차
타기 직전에두 나 그놈하구 대판 싸웠어. 싸우다 불리하니까 칼을
뽑아들구 우릴 죽이려구까지 한 놈이야."

"그래두 손까지 짓밟을 건 없지 않아! 그러다 잘못 떨어져서 차
밑으루 들어갔음 어쩔 뻔했어?"

정호는 갑자기 대꾸가 막혀 소녀를 외면한 채 우두커니 차 밖을
내다본다. 뺑코가 얼마나 지독한 놈인가를 그는 말로 그녀에게 설
명할 방법이 없다.

차는 점점 속력을 내어 역을 벗어나 시외를 달리고 있다.

4

S역을 떠난 피난 열차는 다음 날 새벽녘에야 어느 작은 시골 역
에 도착했다. 그러나 밤새도록 달렸다고 해보았자 중간에 역마다
반시간 내지 한 시간씩 쉬어서 겨우 하룻밤을 걸려서 팔십 리 정도

를 남쪽으로 내려왔을 뿐이다.

중간에서 피난민들이 무수하게 올라탔기 때문에 곡간차 안은 짐과 사람들로 발 들여놓을 틈도 없이 빽빽하게 들어찼다. 처음에는 입구 쪽의 드럼통 위에 올라앉은 정호와 소연도 지금은 사람들에게 밀려 제일 안쪽으로 물러나야 했다.

그동안 밖은 눈이 그친 대신 모진 바람이 쇳소리를 내며 쌩쌩 불고 있다. 처음에는 손발이 몹시 시리더니 지금은 감각을 잃어 저릿저릿하게 얼어붙는 듯한 느낌이다. 밤새도록 좁은 곳에 웅크리고 앉아 있어서 허리와 목, 어깨 등도 참나무 장작처럼 뻣뻣하게 굳어 있다. 양쪽 철문들이 꼭꼭 닫혀 있는데도 바람은 어디선가 끊임없이 차 안으로 불어온다. 문틈으로 부옇게 새벽빛이 스며들 뿐 차 안은 아직도 칠흑처럼 캄캄하다. 차 바닥에 휘발유가 흘러 있기 때문에 아무리 차 안이 어두워도 불은 절대로 켤 수가 없다. 만일 불을 켜다가 휘발유에 옮겨 붙으면 차 안은 삽시간에 불바다가 될 것이기 때문이다.

밖에서 저벅저벅 사람 발자국 소리가 다가오더니 누군가가 드륵 곡간차 문을 열어젖힌다. 차 안이 갑자기 환해져서 사람들이 저마다 눈을 찌푸리고 밖을 내다본다. 밖은 훤한 들판에 흰눈이 소복이 쌓여 있고, 이곳에서도 역시 많은 난민들이 열차를 타기 위해 화차 주위로 떼를 지어 몰려들고 있다.

"이거 같이 좀 탑시다요!"

차 앞으로 우 몰려든 사람들이 드디어 하나 둘씩 짐들을 들어올리며 높은 곡간차로 기어오른다. 그러나 차 안에 들어찬 난민들이 이들을 그대로 용서할 리가 만무하다.

"올라올 데 없어요!"

"내려서슈 어서!"

"자릴 보구 올라와야지!"

"추워요, 문 닫아요!"

넓은 곡간차 이곳저곳에서 일제히 아우성치듯 고함들이 터져나온다. 그러나 차 주위로 몰려든 난민들은 이들의 고함 소리는 들은 척도 않고 차 위로 짐들을 던지며 마구 기어오르고 있다.

"같이 좀 탑시다래! 밤새두룩 들판에서 벌벌 떨며 기다렸수다!"

"거 모두 같은 처지에 조금씩 죄문 되지 않소?"

"조금만 비켜주슈! 두 발만 바닥에 좀 붙입시다!"

올라탄 사람들은 짜증 정도가 고작이지만, 차 위로 타려는 사람들은 살기마저 느껴질 만큼 결사적이다. 소란과 고함과 욕설이 교환된 뒤 누군가가 재빨리 열려진 철문을 드르륵 닫는다. 아직 못 탄 피난민들이 밖에서 악을 쓰며 철문을 쾅쾅 두드린다. 그러나 일단 닫혀진 철문은 아무리 두드려도 두 번 다시 열리지 않는다. 약 오륙 분쯤 악다구니가 들리더니 드디어 차 밖의 사람들이 딴 곳으로 몰려가고 밖이 다시 조용해진다.

코앞도 안 보이던 차 안이 날이 새면서 조금씩 부옇게 밝아진다. 피난민들은 이제 자리들을 잡은 뒤 하나 둘 보퉁이들을 끌러 비상식량들을 꺼내 먹기 시작한다. 어떤 사람은 김밥, 어떤 사람은 시루떡, 그리고 어떤 사람은 콩가루를 한 움큼씩 툭툭 입 안으로 털어넣고 있다. 곡간차 지붕 위에 올라탄 사람들도 밥들을 먹기 시작하는지 부산하게 지붕 위를 저벅저벅 걷고 있다. 정호도 곧 점퍼 안주머니에 손을 찌르며, 꼭 붙어 앉은 민소연을 조심스레 돌아본다.

"우리두 먹을까?"

소연은 대답 대신 고개를 천천히 가로흔든다. 정호는 그러나 아무 말 없이 통조림을 불쑥 소연에게 디민다.

"난 괜찮아. 배가 조금두 고프지 않아."

"받으라구 어서."

"괜찮대니까……"

"여기 또 하나 있단 말야. 그건 어제 저녁 그쪽에서 먹던 거야."

소연이 드디어 정호의 손에서 통조림과 숟갈을 못 이기는 체 받아든다. 배가 안 고프다는 소연의 말은 터무니없는 거짓말이다. 굶주림이 얼마나 치사한 고통인가는 굶어보지 않은 사람은 상상조차 할 수 없다. 굶주림은 아무리 자존심 강한 인간이라도 삽시간에 개나 돼지 같은 동물로 전락시킨다. 그것에는 염치도 체면도 없고 오직 살벌하고 무서운 본능만이 있을 뿐이다. 사람의 생존과 관계된 본능이어서 어쩌면 굶주림의 고통은 인간의 본능 중에서도 가장 치사하고 비열하고 원초적인 것인지도 모른다.

식사가 끝났다. 소연은 정호의 힐난에도 불구하고 다시 자기 몫의 통조림을 세 숟갈쯤 남겨놓았다. 그녀는 어쩌면 정호보다 굶주림에 훨씬 큰 고통을 당했던 경험이 있는 것 같다. 다음에 닥쳐올 더 큰 굶주림에 대비하여 그녀는 결사적으로 자기 몫의 통조림을 남기겠다고 우긴 것이다.

난민들 각자가 아침을 끝내자 차 안에 갑자기 묘한 활기가 돌기 시작한다. 기차는 한 번 멈춰선 이상 한 시간 안으로는 절대로 떠나지 않는다. 갑자기 곡간차 맞은편 구석 쪽에서 작은 소동이 벌어진다. 소동은 어느 스무 살쯤 되는 아가씨가 갑자기 자리에서 일어나 밖으로 나가겠다고 우긴 것에서 비롯되었다.

"미안해요. 조금만 비켜주세요."

"왜 이래, 이 아가씨?"

"죄송해요. 부탁이에요."

"갑자기 어딜 나가려는 거요? 비킬 수가 있어야 비켜주지?"

"그 다리 조금만 치워주세요. 얼른 나갔다 돌아오겠어요."

"글쎄 밖엔 뭣 하러 나가려는 거요? 당신두 보다시피 어디 옴싹이나 할 수 있어야지?"

여인이 갑자기 울 것 같은 표정으로 들릴 둥 말 둥 하게 작은 목소리로 입을 연다.

"급해서 그래요. 저두 참을 데까진 참았어요. 이젠 더 이상 참을 수가 없어요……"

잠시 차 안에 묘한 침묵이 흐른다. 여인이 참을 수 없다는 것은 바로 소변을 뜻하는 말이다. 아마 평화로운 시절에 이런 말을 들었다면 차 안의 남자들은 일제히 왁 하고 웃음을 터뜨렸을 것이다. 그러나 차 안의 무수한 남자들은 누구 하나 웃지를 못한다. 그들은 그 처녀의 고통이 얼마나 지독한가를 잘 알고 있다.

남자들은 간편하다. 그들은 깡통을 준비한 채 필요하면 아무 때라도 바지의 앞단추를 끄르면 그만이다. 깡통에 받아진 남자들의 소변은 남자들에 의해 손과 손으로 철문 앞까지 릴레이가 된다. 철문 앞에서는 곧 소변만 비워지고 빈 깡통은 다시 원래의 주인에게 아까와는 역순으로 재빨리 되돌려진다. 그러나 남자들은 이토록 간편하지만 여자들에게는 이 작업이 지긋지긋하게 고통스럽다. 그들은 남자들처럼 바지 단추를 끄를 수가 없다. 촘촘히 들어앉은 난민들을 헤치고 그들은 매번 용변을 보기 위해 온갖 수모를 받아가며 곡간차 밖으로 나가야 하는 것이다. 따라서 그녀들은 번거로움과 수치감을 피해, 최대한도로 요의(尿意)를 참는다. 그녀들이 못 참겠다고 말했을 때는 정말 인내의 극한점에 달해 더 이상 참을 수가 없을 때다. 전쟁에 쫓기는 여인들에게는 결국 배설의 자유마저 이렇게 고통스러운 행사인 것이다.

처녀가 울 것처럼 용무를 밝히자 차 안의 딴 여인들도 일제히 자리에서 일어선다. 그때까지 참고 있던 다른 여인들도 갑자기 처녀를 따라 이 틈에 모두 용변들을 해결하려는 것이다.

차 안은 여인들이 자리를 일자 걷잡을 수 없는 혼란에 빠진다. 다리가 밟히고 허리를 발로 차여 이곳저곳에서 짧은 비명들이 단속적으로 들려온다. 구석에 앉았던 민소연 역시 혼란을 틈타 서둘러 자리를 인다. 그러나 소연이 자리를 일자 정호도 뒤따라 엉거주춤 자리를 인다. 소연이 힐끗 고개를 돌려 의아한 표정으로 정호를 돌아본다.

"어딜 가려구?"

"친구들 좀 찾아봐야겠어."

"있을까 여기?"

"그 기차가 만일 이 역에 섰다면 친구들두 모두 이 역에 내렸을 거야."

소연은 고개를 끄덕한 뒤 먼저 조심스레 드럼통을 내려간다. 잠시 후 그들은 곡간차에서 내려 각자 반대 방향으로 손을 흔들고 헤어진다.

바람이 차다. 하얗게 눈으로 뒤덮인 들판에 자그마한 시골 역사만이 홈 저쪽에 외롭게 서 있다. 피난 열차와 반대편인 이쪽 철길에는 대포와 탱크를 실은 무개화차가 북쪽을 향해 길게 늘어서 있다. 미군 서너 명이 탱크에 기대어 서서 멍한 눈길로 피난 열차를 바라보고 있다. 눈은 멍하게 열려 있지만 껌들을 씹고 있어서 입은 끊임없이 오물거린다. 정호는 곧 점퍼 깃을 올리고 피난 열차들을 올려다보며 화통 쪽을 향해 느릿느릿 걸음을 옮긴다.

피난 열차는 가지각색이다. 석탄을 싣는 뚜껑 없는 상자형 화차, 사방이 툭 터진 평평한 무개화차, 다락같이 지붕이 높은 검은 색깔의 곡간차, 원통형 기름 탱크가 실린 유조 화차…… 난민들은 그러나 이런 화차들에 마치 앵두나무에 앵두가 열리듯 촘촘하게 들어앉아 있다. 그중에 제일 위험스러운 사람들은 곡간차 지붕 위에 까마득히 올라앉은 사람들이다. 살을 에일 듯한 모진 추위 속에 그들은 곡간차 지붕에서 고스란히 밤을 새운다. 화통에서 뿜어나온 검은 그을음을 덮어써서 그들의 얼굴은 한결같이 검댕으로 거뭇거뭇하다. 오르내리기가 위험한 탓으로 그들은 딴 화차의 사람들처럼 좀체 밑으로 내려오지 않는다. 두툼한 이불이나 담요를 목까지 둘둘 감은 채 그들은 마치 바윗돌처럼 높다란 지붕 위에 꼼짝 않고 앉아 있는 것이다.

정호는 계속 기관차 쪽으로 걸어가며 각종 화차 위의 피난민들을 차근차근 훑어본다. 친구들이 이 화차들에 탔으리라고는 그도 좀체 믿을 수가 없다. 그러나 혹시 알 수가 없어 그는 끈질기게 친구들을 찾고 있다.

문득 한 곡간차 위에서 여자의 우는 소리가 가늘게 들려온다. 정호는 주춤 발을 세우고 곡간차 지붕 위를 아득하게 올려다본다. 포대기에 어린애를 싸안은 여인이 조용히 흐느끼면서 한 손으로 쇠고리를 잡고 지붕에서 위태롭게 아래로 내려오고 있다. 한 손에 어린애를 안고 있어서 여인은 아차 하면 당장 땅으로 떨어질 것 같다. 지붕 위에 여러 명의 남자들이 있었으나 아무도 그 여인을 도와주려 하지 않는다. 정호는 곧 앞뒤 생각 없이 한달음에 곡간차로 달려가 여인에게 손을 내민다.

"아주머니, 그 아기 이리 주세요!"

여인이 힐끗 정호를 내려다본 후 아무 말 없이 포대기를 정호에게 내려준다. 눈자위가 빨갛게 충혈된 것으로 보아 여인은 상당히 오랫동안 울고 있었던 모양이다. 정호가 이윽고 어린애를 안은 채 열차의 연결쇠로 내려와 다시 땅으로 조심스레 내려선다. 여인도 곧 뒤따라 내려오더니 정호에게 조용히 두 손을 내밀어 보인다.

"고마워요. 이리 주세요."

정호가 다시 어린애 싼 포대기를 여인에게 건네준다. 여인은 어린애를 받아들자 곧 몸을 돌려 터덜터덜 열차에서 멀어진다. 사방이 온통 새하얀 눈밭인데 여인은 어디를 가는지 곧장 벌판으로 꿈꾸듯이 걸어가고 있다. 정호가 우두커니 여인의 뒷모습을 보고 있는데 등 뒤에서 불쑥 소연의 목소리가 들려온다.

"뭘 해, 여기서?"

정호는 빙글 몸을 돌려 소연의 얼굴을 멍하게 바라본다.

"어디 가지, 저 아줌마?"

"글쎄?"

"저 아줌마 혹시 미친 것 아니야?"

"설마?"

"이상하잖아? 어린앨 안구 왜 한없이 눈벌판 쪽으루 가느냐 말야."

과연 이상하다. 역을 등지고 곧장 눈벌판 쪽으로 가던 여인이 드디어 한곳에 멈춰선 후 땅으로 조용히 내려앉는다. 정호가 소연을 외면한 채 혼잣말하듯 중얼거린다.

"나 저쪽에 좀 가봐야겠어. 소연이 먼저 곡간차에 올라가 있어."

"아냐, 나하구 같이 가. 저 아줌마 정말 미쳤다면 열차루 다시 뫼

56

서와야 해."

둘은 곧 걸음을 재촉하여 여인을 향해 바쁘게 걸어간다. 기차는 연기만 칙칙 내뿜을 뿐 쉽게 떠날 것 같지 않다. 레일이 깔린 자갈밭을 지나자 그다음은 다시 질펀한 눈벌판이다.

여인은 눈으로 뒤덮인 개천가의 작은 둑 위에 내려앉아 있다. 앞서 여인에게 다가가던 정호가 여인 앞에 이르자 천천히 발걸음을 세운다. 여인은 정말 미치기라도 했는지 밥 먹는 숟가락을 들고 장난하듯이 눈구덩이를 파헤치고 있다.

"뭘 하세요, 아주머니?"

대꾸가 없다. 왼팔로는 아기를 꼭 껴안은 채 오른손으로는 숟가락을 쥐고 계속 눈과 언 땅을 기계적으로 파헤치고 있다. 이번에는 소연이 여인을 향해 두려운 표정으로 입을 연다.

"아주머니 뭘 하세요? 어서 열차루 돌아가세요."

여인이 드디어 동작을 멈추고 충혈된 눈으로 정호와 소연을 올려다본다. 석탄 검댕으로 하얀 얼굴에 검은 얼룩이 살짝 묻었지만 여인은 퍽 조용하고 아름다운 얼굴을 지니고 있다. 잠시 머뭇거리듯 입술을 움직이더니 여인이 드디어 차분하게 입을 연다.

"땅이 얼었어요. 파지질 않아요. 삽 같은 연장두 구할 수가 없구…… 우리 아기 어떻게 하죠? 불쌍한 우리 아기 어떻게 하죠?"

"무슨 말씀이세요? 왜 땅을 파시려는 거죠?"

"우리 아기가 죽었어요. 난 지금 우리 아기 무덤을 만들려는 거예요."

"네에?"

정호와 소연은 거의 동시에 포대기에 싸인 아기를 내려다본다. 얼굴 반쪽만 겨우 밖으로 드러난 아기는 과연 죽은 듯이 백지장처

럼 얼굴이 새하얗다. 잠시 멍하니 말이 없던 정호가 한참 만에 여
인에게 엄숙하게 입을 연다.

"아주머니 일어서십시오. 구덩인 제가 파겠습니다."

"괜찮아요. 저 혼자두 돼요. 어짜피 땅이 얼어서 맨손으루는 땅
을 팔 수가 없어요."

"땅은 팔 수가 없지만 작은 돌무덤은 만들 수가 있습니다."

"돌무덤이 뭐죠?"

"시체 위루 돌을 둥그렇게 쌓아올리는 겁니다. 그렇게 해두면 새
나 들짐승들두 시체에 함부루 덤벼들지 못합니다."

여인이 고개를 끄덕이더니 안고 있던 아기 포대기를 조용히 눈
바닥에 내려놓는다.

"고마워요 아르켜줘서. 잠깐 우리 아기 좀 봐주시지 않겠어요?"

"아닙니다. 저희들두 거들죠. 개천 바닥이라 돌은 아마 눈 밑에
얼마든지 있을 겝니다."

여인이 정호와 소연을 향해 두 눈 가득히 눈물을 떠올린다. 감사
의 말을 하고 싶은 눈치지만 감정이 북받쳐 말이 제대로 안 나오는
모양이다. 세 사람은 곧 사방으로 흩어져 눈을 파헤치고 돌들을 줍
기 시작한다.

기묘한 장례식이다. 돌들이 꽝꽝 땅바닥에 얼어붙어 있어서 돌
을 줍기도 어렵지만 시간도 의외로 많이 걸린다. 얼어붙은 돌을 떼
어내기 위해서는 돌을 발로 차거나 다른 돌로 얼어붙은 돌을 내려
쳐야 한다. 작업도 더디고 힘도 들지만 세 사람은 언 손을 불어가
며 부지런히 돌들을 한곳으로 모은다. 정호는 돌들을 주워 나르면
서도 끊임없이 고개를 돌려 열차 쪽을 돌아본다. 만일 열차가 기적
이라도 울리면 그는 일손을 놓고 한달음에 열차로 달려가야 한다.

아기 장례식을 거드는 일도 중요하지만 열차를 놓쳐서는 더 큰 일이기 때문이다.

드디어 눈구덩이 주위에 돌들이 수북이 쌓여졌다. 여인이 포대기를 끌어안더니 한동안 죽은 아기의 볼에 자기 볼을 열심히 비벼댄다. '기영아' '기영아'라고 낮은 소리로 부르는 것은 아마 죽은 아기의 이름인 모양이다. 여인의 동작을 지켜보던 소연도 여인을 따라 하염없이 눈물을 흘린다. 소연과 우연히 시선이 마주치자 여인이 고개를 들어 호소라도 하듯 빠르게 입을 연다.

"세상에 태어나 일 년두 채 못 살았어요. 내일모레가 우리 기영이 첫돌이에요. 한 해두 채 살지 못하구 저세상으루 떠나갔어요."

소연이 손으로 입을 가리고 여인을 외면한 채 격렬하게 흐느긴다. 정호는 그러나 화난 표정으로 갑자기 여인에게 큰 소리로 외치듯 입을 연다.

"아주머니, 시간이 없습니다! 언제 기차가 떠날지 모릅니다!"

여인이 그제야 울음을 삼키며 팔에 안은 아기 포대기를 얕은 구덩이 속으로 얌전히 내려놓는다. 잠시 머뭇거리는 표정이더니 여인이 이윽고 포대기 위에 작은 돌 하나를 조심스레 얹어놓는다. 정호가 곧 여인 곁에 앉으며 아기 포대기 위로 다른 돌들을 얹기 시작한다.

돌들이 차례로 놓여진다. 처음에는 작은 것부터 느리게 놓이던 돌들이 포대기가 완전히 돌들에 묻히자 빠른 속도로 차근차근 놓여진다. 그동안 날이 훤하게 밝아 아침 햇살이 눈부시게 흰 눈벌판 위로 쏟아지고 있다. 아기의 시체가 워낙 작아서 돌무덤은 흡사 작은 소쿠리를 엎어놓은 것 같다. 마지막 한 개까지 다 놓여지자 여인이 드디어 무릎을 꺾고 작은 무덤 앞에 단정히 꿇어앉는다.

두 손을 마주 잡고 고개를 숙인 것으로 보아 여인은 아마 기도를
올릴 모양이다.

　기도는 길지 않았다. 소연도 여인의 뒤쪽에 앉아 두 손을 마주 잡
고 여인과 함께 기도를 올린다. 정호는 그러나 지금까지 기도라는
것을 해본 일이 없기 때문에, 두 여인이 기도를 올릴 동안 하늘도
보고 먼 산도 보며 가끔은 열차 쪽도 힐끔힐끔 곁눈질로 볼 뿐이다.

　기도를 다 올린 여인과 소연은 즉시 무덤 앞에서 눈을 털고 일어
선다. 여인이 다시 한 번 돌무덤 쪽을 바라본 후 천천히 몸을 돌리
더니 열차를 향해 걸어가기 시작한다.

　"고마워요, 두 분……"

　"괜찮아요 아주머니."

　"뭐라구 감사해야 할지 모르겠어요. 두 분은 서루 남매지간인가
요?"

　"아니에요. 친구예요. 피난길에 우연히 S역에서 만났어요."

　정호는 소연과 여인의 대화를 두어 걸음 떨어져서 묵묵히 들으며
걷고 있다. 이번에는 소연이 여인을 향해 조심스레 질문을 한다.

　"어디까지 가세요?"

　"대구까지요."

　"혼자신가요?"

　"네, 아빠가 군인이어서 같이 갈 수가 없었어요."

　"아기를 어떻게 잃으셨어요?"

　"아마 폐렴에 걸렸던 것 같아요. 밤새두룩 열이 끓더니 새벽 두
시경에 조용히 숨을 거뒀어요."

　잠시 대화가 끊어진다. 열차가 좀체 떠날 기색이 없자 난민들이
그 틈을 이용해 상당히 많이 열차에서 내려와 있다. 어떤 난민들은

나무들을 주워 모아 홈 위에 모닥불을 피워놓고 둥그렇게 둘러서서 불까지 쬐고 있다. 여인이 갑자기 철길로 들어서며 우뚝 그 자리에 발을 세운다.

"참 이거 약소하지만 감사의 표시루 받아주세요."

여인이 문득 주머니에서 지폐 몇 장을 꺼내 두 사람 앞으로 내민다. 정호가 얼른 손을 내밀어 받으려 하자 소연이 재빨리 정호를 밀치고 여인 앞으로 성큼 나선다.

"우린 보수를 받기 위해 아주머니를 도운 게 아니에요. 아주머니 생각은 감사히 받겠지만 그런 돈은 받을 수가 없어요."

"제가 너무 섭섭해서 그래요. 실례인 줄은 알지만 사양 말구 받아주세요."

"아니에요. 거두어주세요. 우린 아주머닐 거든 것만으루두 벌써 충분히 보상을 받구 있어요."

"어디까지 가시죠 두 분은?"

"부산까지요."

"대구까지만이라두 저하구 함께 가시지 않겠어요?"

"저희들은 따루 자리가 있어요. 저 곡간차가 바루 저희들 자리에요."

"제 자린 곡간차 지붕 위여서 같이 가자구두 못하겠군요. 허지만 이렇게 헤어지다니 너무 섭섭해서 어떡허죠?"

"아니에요. 저희들은 그럼 여기서 이만 가보겠어요."

"그럼 내일이라두 다시 만나요. 도와줘서 정말 뭐라구 감사해야 할지 모르겠어요."

"안녕히 가세요, 아주머니."

"네, 안녕히들 가세요."

여인과 간단히 작별한 뒤 두 사람은 곧 몸을 돌린다. 한 걸음쯤 뒤처져 따라오던 소연이 문득 정호에게 조심스럽게 입을 연다.

"미안해 정호."

정호는 소연이 미안하다는 말이 무엇을 뜻하는지 알고 있다. 그러나 그는 못 들은 체하고 아무 말 없이 앞서 걷는다. 왠지 모르게 화가 치민다. 정호도 옛날에는 남들에게서 그런 돈 같은 것을 받아본 일이 없다. 이쪽에서 스스로 도와준 일이니까 보수는 처음부터 기대하지도 않았던 것이다. 그러나 옛날에는 어쨌는지 모르지만 지금은 전혀 사정이 다르다. 통조림은 이제 소연이 남긴 것까지 포함해서 겨우 반 통쯤이 남았을 뿐이다. 하룻밤에 겨우 팔십 리를 가는 열차는 언제 목적지인 부산에 닿을지 알 수가 없다. 만일 열차가 열흘쯤 걸려 부산에 닿는다면, 그들은 그 열흘 동안 돈 한 푼 없이 쫄쫄이 굶어야 한다. 그런데 이렇게 급박한 사정 중에 소연은 주는 돈까지 정호의 앞을 가로막아 거절하고 말았다. 정호도 물론 양심상으로는 그 돈을 넙름 받을 수가 없다. 그러나 지금은 양심의 아픔보다 당장 굶주린 배를 채울 돈이나 음식이 필요한 때다. 아무리 양심을 깨끗하게 지켜봤자 양심이 굶주린 배를 채워주지는 않는다. 한데 이런 절박한 사정 속에 소연은 주는 돈까지도 그를 무시하고 깨끗하게 거절해버렸다. 정호가 괘씸하게 생각하는 것은 바로 그녀의 이런 무례한 행동이다. 그녀는 마치 자기 혼자만 양심이 깨끗한 듯이, 정호를 무시한 채 여인이 주는 돈을 깨끗이 거절한 것이다.

어느새 곡간차 앞이다. 그러나 차를 올려다보니 철문이 굳게 닫혀 있다. 정호가 곧 문 앞으로 다가가 주먹으로 쾅쾅 철문을 두드린다.

"문 좀 열어주십시오! 전 아까부터 이 곡간차에 타고 있던 사람입니다!"

"열 수 없소! 딴 데루 가보시오!"

"여보세요. 이 곡간차엔 제가 제일 먼저 타구 왔단 말입니다! 제 자린 바루 왼쪽 구석입니다. 어서 여십시오. 그 안에 제 자리가 있습니다!"

"이 자식아, 피난차에 네 자리 내 자리가 어디 있어? 여긴 지금 바늘 하나 꽂을 틈두 없단 말야! 시끄럽게 굴지 말구 어서 딴 데 가서 알아보라구!"

정호가 철문을 뚫어지게 쏘아보며 어이없는 표정으로 허청허청 뒤로 물러선다. 소연이 곧 정호에게 다가와 조심스런 손길로 그의 팔을 잡는다.

"가 딴 데루. 우리가 너무 오랫동안 자리를 비운 게 잘못이야."

할 수 없다. 아마 온종일을 두드러도 철문은 두 번 다시 열리지 않을 것이다. 두 사람은 곧 딴 자리를 찾기 위해 나란히 고개를 젖혀 곡간차 지붕 위를 올려다본다. 딴 곳들은 모두 사람들이 꽉꽉 찼는데 곡간차 지붕만은 약간의 여유가 있어 보인다. 소연이 문득 팔을 들어 한 곡간차의 지붕 위를 가리킨다.

"어때 저 위? 저 위가 제일 넓어 뵈잖아?"

"그래, 넓어 뵈는군. 헌데 정말 저 위에 올라탈 자신 있어?"

"딴 자리가 없으니 도리 없잖아? 자 정호가 먼저 올라가."

점퍼의 지퍼를 목까지 올리고 정호가 앞서서 곡간차 지붕 위로 올라간다. 차에는 사람이 오르내릴 수 있도록 굵은 쇠사다리가 붙박이로 설치되어 있다. 잠시 후 두 사람은 사다리를 기어올라 아득한 지붕 꼭대기에 조심스레 내려앉는다.

5

먹장 같은 어둠을 뚫고 열차가 가파른 고갯길을 칙칙폭폭 힘겹게 오르고 있다. 막힐 것 없는 곡간차 지붕 위로는 세찬 눈보라가 살을 엘 듯 거칠게 휘몰아친다. 숨이 턱턱 막힌다. 바퀴에서 전달된 엄청난 진동이 까마득한 곡간차 지붕 위를 사정없이 흔들어대고 있다. 무섭다. 이대로 열차가 계속해서 달려가면 당장 곡간차 전부가 산산이 부서져 조각조각 분해될 것 같다.

정호와 소연은 어느 틈에 한 뭉치가 되어 어깨들을 꼭 맞댄 채 옆으로 부둥켜안고 있다. 추위 때문만이 아니다. 끊임없이 기우뚱대는 곡간차 지붕 위에서 그들은 굴러 떨어지지 않기 위해 결사적으로 서로를 끌어안고 있는 것이다. 말은 한마디도 주고받을 수가 없다. 추위로 입술들이 얼어붙은 탓도 있지만 진동 소리가 너무 요란해서 고함을 치지 않고는 말이 전혀 들리지 않기 때문이다.

정호의 어깨에 비스듬히 기댄 소연의 머리가 문득 무언가를 찾듯이 뒤쪽으로 젖혀진다. 그들의 뒤에는 할아버지 한 분이 머리 위까지 담요를 둘러쓰고 눈사람처럼 하얗게 앉아 있다. 고마운 할아버지다. 부산까지 간다는 이 할아버지는 벌써 이틀째 정호와 앞뒤로 앉아 있다. 정호네가 굶는 것이 보기에 딱했던지 할아버지는 자기 백설기를 끼니때마다 그들에게 나누어주곤 했다. 벌써 며칠째 감기에 들려 있어서 할아버지는 목이 쉬어 말을 한마디도 하지 못한다. 끊임없이 콜록콜록 기침을 해서 목구멍이 완전히 갈라진 것이다.

할아버지 다음 자리에 앉은 사람은 배가 불룩 튀어나온 심술 사나운 중년이다. 사다리 바로 앞에 앉아 있는 이 사람은 누군가가 일이 있어 곡간차를 내려가려고 하면 심통을 부려 자리를 좀체 비켜주지 않는다. 짐도 딴 피난민들에 비해 엄청나게 많이 지붕 위로 실어놓고, 가뜩이나 비좁은 지붕 위의 공간에 그는 떡 버티고 앉아 한 발짝도 물러서지 않는다.

정호네 바로 옆에 앉은 사람들은 어머니와 딸의 모녀간이다. 이들도 역시 심술 사납기는 중년 사내에 못지않다. 커다란 이불 보퉁이로 통로를 막아놓고 이들은 자기들의 자리에는 어떤 사람도 통과시키지 않는다. 눈이라도 수북이 내리쌓이면 지붕 위는 빙판처럼 상당히 미끄럽다. 하지만 이들은 딴 사람들이 못 오게 하기 위해 일부러 자기 주위의 눈들을 쓸어내지 않고 그대로 놔두는 것이다.

정호의 가슴에서 머리를 쳐들자 눈송이가 갑자기 소연의 머리털을 뒤덮는다. 바람을 등지고 앉은 정호의 등에는 어느새 눈 더미가 수북이 휘몰려 있다. 지붕을 따라 기다랗게 늘어앉은 난민들은 마치 석고상들처럼 꼼짝없이 눈보라를 맞고 있다. 그러나 이렇게 죽은 듯이 앉아 있지만 그들은 누구 한 사람도 마음을 놓거나 조는 사람은 없다. 만일 깜박 졸기라도 했다가는 아차 하는 순간에 달리는 열차에서 땅으로 떨어져 죽기 때문이다.

소연이 다시 쳐들었던 머리를 정호의 어깨에 바싹 들이댄다. 부끄러움이나 수치심은 이미 오래 전에 사라지고 없다. 소연의 몸이 처음 가까이 접근했을 때 정호는 묘한 기분이 들어 어리둥절한 채 그녀를 응시했다. 어깨가 엇갈려 가슴이 맞닿는 순간 정호는 자기에게는 없는 뭉클한 촉감을 소연에게서 느꼈기 때문이다. 이것은 정호로서는 생전 처음 경험하는 묘한 느낌이었다. 자신도 모르게 그의 몸에서 이상한 열기가 후끈하게 솟아오른 것이다. 오버에 가려진 소연의 가슴 밑에 정호는 이런 뭉클함이 숨겨져 있으리라곤 상상도 하지 못했다. 그러나 지금까지는 동료라고만 생각해온 그녀의 가슴이 그에게는 깜짝 놀랄 만큼 풍만했고 부드러웠다. 그는 이런 뭉클한 촉감을 옛날 어렸을 때 어머니에게서나 잠시 받아본 기억밖에 없다. 까마득한 옛날의 어머니 가슴만이 그에게는 뭉클했던 촉감으로 기억 속에 살아 있을 뿐이다. 한데 소연에게서 같은 촉감을 느끼게 되자 정호는 걷잡을 수 없는 묘한 기분에 사로잡혔다. 그는 왠지는 알 수 없으나 앞으로는 소연을 친구의 한 사람으로 대할 수 없으리라는 두려움이 느껴졌다. 소연에게서 이런 뭉클한 촉감을 느낀 이상 그녀는 이미 그의 친구가 될 수 없다. 어느 틈에 그녀는 같은 또래의 친구에서 낯모르는 성숙한 여인으로 저만큼 멀리 느껴진 것이다.

그러나 이것은 소연의 몸을 처음으로 안았을 때 느낀 일시적인 충동에 불과하다. 곡간차 지붕 위는 너무나 춥고 위험스러웠다. 어떠한 감정도 이렇게 춥고 위험한 상황 하에서는 더 이상 다른 느낌으로 발전할 수가 없다. 더구나 소연은 정호가 느낀 감정의 변화를 전혀 의식하지 못하는 눈치다. 그녀는 덜컹대는 곡간차 지붕 위에서 위험하다고 생각될 때마다 정호의 가슴에 무의식적으로 파고든 것이다.

갑자기 눈보라가 뚝 멎더니 귀청을 찢을 듯한 무서운 소음이 들려온다. 정호와 소연은 자신도 모르게 와락 서로의 몸을 좀더 억세게 끌어안는다. 정신을 차릴 수가 없다. 세상의 모든 시끄러운 소음이 일시에 그들의 머리 위로 덮쳐오는 듯한 느낌이다. 아무것도 보이지 않는다. 눈보라가 갑자기 뚝 멎은 대신 얼굴에 알 수 없는 훈훈한 훈기가 느껴진다. 기차는 여전히 캄캄한 어둠 속을 기다란 곡간차들을 끌고 사정없이 달려가고 있다. 눈을 부릅뜨고 사방을 둘러보아도 전혀 눈에 보이는 것이 없다. 훈훈하게 변한 주변의 공기 속에 문득 매캐한 석탄 연기 냄새가 느껴진다. 그러자 갑자기 정호의 입에서 커다란 고함이 터져나온다.

"터널이야, 터널! 기차가 터널 속으루 들어온 거야!"

소연은 알았다는 듯 고개를 크게 끄덕여 보인다. 눈보라가 갑자기 끝난 것은 기차가 터널 속으로 들어왔기 때문이다. 석탄 연기 냄새가 매캐해서 정호는 정신없이 기침을 터뜨린다. 주위는 여전히 어둠에 묻혀 아무것도 볼 수가 없다. 소리들이 모두 굴속에 갇혀 한없이 크게 부풀어 오른다. 바퀴 소리, 덜컹대는 소리, 기차 화통의 칙칙 소리, 너무나 컴컴하고 시끄러워서 정호는 자칫하면 방향 감각을 잃을 것만 같다. 소연은 머리를 정호의 가슴에 파묻은 채 두 손으로 귀를 꼭 틀어막고 있다. 무어라도 보여야 몸에 중심을 잡을 텐데 아무것도 볼 수가 없어 몸이 제멋대로 이리 쏠리고 저리 쏠린다. 정호는 마치 자기 몸이 지옥에라도 떨어진 듯한 무서운 착각에 사로잡힌다.

그러나 곧 그의 주위에서 모든 소음들이 일시에 사라진다. 훈훈하던 온기가 차가운 눈보라로 변하고 주위가 다시 원래대로 어슴푸레 밝아진다. 열차가 어느 틈에 터널을 벗어나 아까처럼 다시 넓은 들판으로 빠져나온 것이다.

주위가 보인다. 소연도 그새 고개를 들어 주위를 조심스레 둘러본다. 그러나 그녀가 목을 빼고 정호의 등 뒤를 바라보는 순간이다. 갑자기 소연의 꽁꽁 언 입에서 비명에 가까운 외침이 터져나온다.

"아아 없어요! 할아버지가 안 보여요!"

정호가 후딱 고개를 돌린다. 아니 정호뿐 아니라 주위의 사람들이 일제히 몸을 돌려 할아버지 쪽을 돌아본다. 정말 없다. 방금 전까지도 그곳에 앉아 있던 할아버지가 마치 하늘에라도 올라간 듯 어디에서도 보이지 않는다. 정호가 문득 소연을 놓고 엉금엉금 기어서 할아버지 자리 쪽으로 다가간다. 그러나 할아버지의 옷 보퉁이만 남아 있을 뿐 정작 할아버지는 부근 어디에서도 볼 수가 없다. 정호는 다시 몸을 굽힌 채 배불뚝이 중년 쪽으로 엉금엉금 기어간다. 할아버지와 마주 앉아 있었기 때문에 그는 할아버지가 어떻게 되었는지 알 수 있을 것 같았기 때문이다.

"아저씨, 할아버지 못 보셨어요?"

중년이 정호의 고함 소리에 마주 커다랗게 고함을 친다.

"못 봤어. 아마 굴속에서 정신을 잃구 떨어지신 모양이야!"

"굴속에 들어가기 전엔 여기 계신 걸 보셨나요?"

"봤어, 등을 굽히구 기침까지 하시는 걸 똑똑히 봤어!"

"그럼 할아버지 어딜 가신 거죠?"

"간 게 아니구 떨어진 거야! 그러구 보니 아까 굴속에서 뭐가 쿵 하구 떨어지는 소릴 들은 것 같다!"

정호는 아무 말 없이 다시 자기 자리로 돌아온다. 몸이 마구 떨려온다. 방금 전까지도 함께 계시던 할아버지가 터널을 통과하는 동안 감쪽같이 없어지셨다. 달리는 열차에서 떨어지셨다면 할아버지는 이미 돌아가신 게 틀림없다. 무서운 일이다. 총 맞아 죽고, 폭격 맞아 죽고, 심지어는 피난길에 열차에서 떨어져서도 사람들은 죽는다. 굶어 죽고, 얼어 죽고, 병들어 죽고, 총 맞아 죽고, 도처에 죽는 사람들뿐이다. 아마 지금 이 시간에도 전선에서는 피아(彼我) 양쪽의 병사들이 전투 중에 서로 싸우면서 무수히 죽고 죽이고 할 것이다.

소연은 갑자기 다가온 정호에게 와락 달려들어 얼굴을 파묻는다. 추위와 공포가 한데 뒤엉켜서 소연은 온몸을 와들와들 떨고 있다. 떨고 있는 소연을 내려다보자 정호에게 문득 걷잡을 수 없는 분노가 치밀어 오른다. 그는 대체 그 착한 할아버지를 누가 죽였는지 알고 싶다.

어른들은 아이들에게 싸우지 말라고 끊임없이 가르치고 있다. 개 같은 짐승들이나 싸우는 것이지 사람은 절대로 싸워서는 안 된다고 입이 닳도록 가르치고 있다. 그러나 아이들에게는 싸우지 말라고 가르치는 어른들이, 어른들 자기네들끼리는 가장 격렬하게 싸우고 있다. 어른들의 싸움은 아이들과 달라서 아주 조직적이고 지극히 잔혹하다. 그들은 어떻게 하면 상대편을 좀더 많이 죽일 수 있을까를 궁리한 끝에, 가장 효과적으로 사람을 죽일 수 있는 무기라는 것을 연구해낸다. 무수한 과학자들이 머리를 쥐어짜가며 좀더 효과적인 무기, 즉 가장 간편한 방법으로 가장 많은 사람들을 가장 치명적으로 죽일 수 있는 무기들을 연구하고 있다. 이들이 연구해낸 무기들은 너무나 효과적이어서 어떤 것은 단 한 개로도 도시 하나를 불구덩이로 만들 수가 있다. 아무리 사나운 짐승이라도 사람들은 동물을 잡기 위해서는 이런 무기들을 사용하지 않는다. 코끼리 같은 크고 힘센 동물도 사람은 라이플 한 자루만 있으면 간단하게 쓰러뜨릴 수 있다. 그렇다면 세상에 그 많은 무서운 무기들은 도대체 무엇을 잡기 위해 만들어낸 물건들인가? 대답은 간단하다. 그 많은 무기들은 모두 사람을 죽이기 위해 오랜 연구 끝에 만들어낸 물건들이다. 사람이 사람을 죽일 때라야만 사람들은 그 많은 다양한 무기들을 필요로 하는 것이다. 결국 어른들은 아이들에게는 주먹질 정도의 싸움조차도 못하도록 꾸짖으면서 자기들끼리는 전쟁터에서 하루에도 수백 명씩 사람을 죽이는 조직적인 싸움을 하고 있다. 세상에 그 어떤 싸움도 전쟁보다 더 큰 싸움은 없다. 사람이 할 수 있는 싸움 중에서 가장 큰 싸움이 전쟁인 것이다.

동녘 하늘이 부옇게 밝아올 무렵에야 열차가 산들로 둘러싸인 작은 시골 역에 도착했다. 이 역도 역시 피난민들로 엄청나게 북적대고 있다. 정호네 열차 말고도 이 역에는 이미 두 대의 피난 열차가 먼저 와 기다랗게 멈춰 서 있다. 밤새도록 휘몰아친 눈보라를 피해 피난민들이 열차에서 내려 역사와 주변 창고 속에 발 들여놓을 틈도 없이 꽉꽉 들어찼다.

정호와 소연도 열차가 멈추자 즉시 곡간차 지붕에서 땅으로 내려왔다. 손발이 장작처럼 뻣뻣하게 얼어서 두 사람은 자칫하면 땅으로 떨어질 뻔했다. 너무나 춥다. 감각을 잃은 손과 발은 이미 아무런 아픔도 전해주지 않는다. 특히 소연은 추위와 허기와 긴장에 시달려서 곡간차 지붕에서 내려오자 술 취한 사람처럼 몸을 제대로 가누지 못한다. 정호는 문득 이대로 놔두면 소연이 땅에 쓰러져 죽을지도 모른다는 두려움에 사로잡힌다. 사실 역 주변에는 추위에 얼어 죽은 동사자(凍死者)의 시체가 어느 역에나 한둘씩은 있다. 대부분의 동사자는 추위에 약한 나이 많은 노인이거나 열 살미만의 어린애들이다. 할아버지가 터널에서 떨어져 죽은 것도 추위와 오랜 감기로 기진맥진하여 기력을 잃었기 때문이다. 너무 오랫동안 추위와 허기에 시달리면 사람은 멍한 마비감과 함께 잠이마구 쏟아진다. 정호도 이미 지난 초겨울 오랜 열병 끝에 그런 경험을 한 바 있다. 그런 때 찾아오는 잠은 매우 평온하고 달콤하다. 그러나 그 달콤한 잠은 바로 죽음의 잠인 것이다.

열차에서 내린 두 사람은 간신히 발을 끌며 역사 쪽으로 걸어간다. 그러나 사람들이 문 앞에까지 가득 들어차서 두 사람은 역사를 포기하고 역구내로 되돌아 나온다.

쉴 곳도 없고 추위를 피할 벽 같은 가리개도 없다. 바람을 피할 수 있는 곳이면 어디나 사람들이 꽉꽉 들어차 있다. 어떤 사람은 추위에 견디다 못해 위험을 무릅쓰고 차바퀴 밑에까지 들어가 있다. 열차 두 대를 지나친 두 사람은 무작정 어딘가로 비틀대며 걸어간다. 눈이 하얗게 쌓인 텅 빈 홈 위에 문득 사람 형상의 이상한 물체가 눈에 띈다. 가까이 가서 살펴보니 밤사이에 얼어 죽은 어느 중년의 뻣뻣한 시체다. 눈 속에 밤새도록 그대로 방치해서 시체 위로는 눈이 5센티 두께로 하얗게 뒤덮여 있다. 시체의 얼굴이 하얗게 보이는 것은 눈 때문이 아니고 얼굴에 앉은 서리 때문이다. 정호의 바로 뒤로 따라오던 소연이 시체를 발견하고는 갑자기 폭삭 눈 위로 주저앉는다. 정호가 달려들어 쓰러진 소연을 정신없이 흔들어댄다.

"정신 차려 소연아! 여기서 쓰러지면 죽는 거야!"

백지장처럼 하얀 소연의 입술이 잠시 경련이라도 하듯 파르르 떨린다. 정호가 계속 몸을 흔들자 소연이 드디어 안간힘을 쓰듯 입을 연다.

"미안해 정호…… 난 이제 한 발짝두 걸을 수가 없어……"

"무슨 소리야! 정신 차리라구! 여기서 쓰러지면 넌 당장 얼어 죽어!"

"어쩔 수 없어, 다리에 힘이 없어…… 부탁이야 정호, 날 제발 이대루 놔둬…… 나 때문에 정호까지 잘못되게 할 수 없어……"

간신히 말을 끝내고 소연이 스르르 눈을 감는다. 사태가 심상치 않음을 깨닫고 정호가 사정없이 소연의 몸을 잡아 흔든다.

"눈 떠! 잠들면 안 돼! 나를 보라구! 눈 뜨구 나를 보란 말야!"

이를 악물고 참았던 눈물이 왈칵 정호의 볼을 타고 흘러내린다. 죽어서는 안 된다. 세상에서 가장 나쁜 죄는 노력도 하지 않고 자기 생명을 포기하는 것이다. 어떠한 죄도 죽는 것 이상으로 나쁜 죄는 세상에 없다. 이 참담한 시대에 우리들이 지금 해야 될 일은 무슨 수단을 써서라도 죽지 않고 살아남는 것이다.

"바보! 눈 떠! 눈 뜨구 어서 일어나! 누군 살구 싶어 사는 줄 알아? 죽는 게 비겁해서 억지루 사는 거야! 아버지 어머닐 생각해서 이를 악물구 사는 거란 말야!"

"나두 살구 싶어…… 허지만 아무리 애를 써두 난 이제 살아질 것 같지 않아…… 내가 살면 정호가 고생이야…… 그리구 나 눈이 감겨, 지금 여기서 편안히 자구 싶어……"

정호가 드디어 무릎을 꿇고 소연의 앞에 등을 대고 돌아앉는다.

"업혀 어서! 난 친구를 눈앞에서 죽도록 내버려둘 수 없어! 저쪽에 작은 다리가 있어. 그 밑에 가면 아마 바람은 피할 수 있을 거야. 자 이제 내 등에 업혀! 자더라두 내 등에서 자란 말이야!"

소연이 땅바닥에 쓰러지려 하자 정호는 더 기다리지 않고 두 손을 뒤로 돌려 소연의 몸을 자기 등 쪽으로 잡아끈다. 잠시 의식을 잃었던 소연이 마지막 힘을 내어 정호의 부축으로 그의 등에 몸을 의지한다. 소연의 체중이 등 위에 느껴지자 정호는 잠시 눈앞이 캄캄해진다. 그러나 그는 이를 악물고 다리에 힘을 주어 땅에서 겨우 일어선다.

땀이 흐른다. 감각을 잃은 둔탁한 다리가 하얀 눈벌판을 지척지척 위태롭게 걸어간다. 소연은 등에서 기절이라도 했는지 척 늘어진 자세로 아무런 반응이 없다. 레일 안쪽의 침목들 위를 걸어가며 정호는 두번째로 소연을 향해 묘한 감정이 솟구친다. 그는 이제 이 의미 없는 텅 빈 세상에 자기가 누군가와 함께 있다는 사실을 깨닫는다. 자기 등에 업힌 이 소녀는 어느 틈에 남이 아니라 그의 분신(分身)으로 느껴진다. 그가 아니면 이 소녀는 한두 시간 이내로 생명을 잃을지도 모른다. 소중한 한 생명이 자기 손에 맡겨졌다는 사실에 정호는 자신도 모르게 엄청난 힘과 용기를 느낀다. 그는 어느 틈에 남의 도움을 받아온 소년에서 남에게 도움을 주는 어른으로 성큼 자란 듯한 느낌이다. 자기밖에 이 소녀를 도울 사람이 없다면 그는 자기 목숨을 나눠서라도 이 소녀를 기어이 살려내야 하는 것이다.

드디어 다리 밑이다. 다리가 걸린 철길 밑의 개천은 폭이 약 10미터가 될까 말까 하다. 개천 복판은 물이 얼어 눈이 하얗게 덮여 있고, 다리가 시작되는 이쪽 교각(橋脚) 밑은 하늘과 뒷벽이 막혀 모래땅이 서너 평 남아 있다. 다행인 것은 개천 양옆으로 마른 갈대가 무성하다는 것이다. 당장이라도 불을 만들 수 있는 땔감이 눈앞에 무진장 널려 있는 것이다.

등에 업힌 소연을 교각 밑 모래밭에 내려놓고 정호는 다시 몸을 돌려 소연의 윗몸을 잡아 흔든다.

"정신 차려 소연아! 잠들면 그대루 죽는 거야! 잠시만 여기서 기다려! 내가 곧 모닥불을 피울 거야!"

대꾸가 없다. 정호는 소연을 교각에 기대어 앉혀두고 개천으로 달려가 키 높이로 자란 마른 갈대들을 손으로 미친 듯 잡아 꺾기 시작한다. 겨우내 마른 갈대들은 다행히 발로 짓밟자 밑동이 쉽게 부러진다. 삽시간에 마른 갈대 한 아름을 꺾은 정호는 다시 교각 밑으로 한달음에 달려간다. 교각에 기대어 앉혀둔 소연은 여전히 잠에 취한 듯 두 눈을 꼭 감고 있다. 정호는 서둘러 갈대들을 헤쳐 놓고 성냥을 꺼내 열심히 그어대기 시작한다. 그러나 추위로 감각을 잃은 손은 성냥통과 성냥개비를 제대로 잡을 수가 없다. 성냥을 거의 반 통이나 허비해서야 정호는 간신히 작은 불꽃을 일구는 데 성공한다.

성냥에서 갈대로 불이 옮겨 붙자 갈대들이 활활 타면서 모래밭이 삽시간에 대낮처럼 밝아진다. S역을 떠난 지 사흘 만에 처음으로 대하는 따듯한 불이다. 오랫동안 얼어 있던 전신의 피부가 따뜻한 불을 대하자 녹아내리듯 불을 반긴다.

불이 커지는 것을 지켜본 정호는 서둘러 손을 털고 소연에게 다가간다. 교각에 등을 비스듬히 기댄 채 소연은 여전히 눈을 감고 앉아 있다.

"자, 불 지폈어. 정신 차리구 눈 좀 떠봐!"

정호가 소연의 팔을 잡아끌자 소연이 힘없이 모로 쓰러진다. 정호는 갑자기 두려움이 느껴져서 쓰러진 소연을 서둘러 잡아 일으킨다.

"정신 차려! 뭘 하는 거야? 자지 말구 눈을 뜨라구!"

대꾸가 없다. 소연의 몸은 정호가 흔드는 대로 아무렇게나 흔들리고 있다. 죽었나 싶어 코밑에 귀를 대어보니 아직 따듯한 김이 가냘프게 새어나오고 있다. 눈물이 앞을 가린다. 소연의 겨드랑이에 두 손을 찔러 넣고 정호는 그녀의 몸을 뒤로 껴안아 불 가까이 끌고 간다. 그러나 불 앞으로 끌어왔을 뿐 정호는 그 이상은 아무 방도가 서지 않는다. 그는 갑자기 자신도 모르게 입속으로 중얼중얼 기도 비슷한 말을 중얼대기 시작한다.

"하느님, 제발 이 소녀를 살려주십시오! 이 소녀만 살려주신다면 전 앞으로 무슨 일이라도 하겠습니다! 제 목숨을 대신 거둬가셔두 좋습니다! 스무 살까지만 저를 살게 하시고 나머지는 이 소녀에게 주십시오! 하느님 부탁입니다! 제발 이 소녀를 죽음에서 구해주십시오!⋯⋯"

나머지 기도의 말은 격정과 함께 끊겨 격렬한 흐느낌으로 바뀐다. 다시 한 번 소연의 코밑에 귀를 대어보니 숨결은 여전히 불규칙하게 뿜어나오고 있다. 그러나 그는 숨소리만으로는 그녀가 어떻게 될 것인지 가려낼 방도가 없다. 이대로 그냥 죽을 것인지 다시 소생할 것인지 알 수가 없다. 한동안 격렬하게 흐느끼던 정호가 갑자기 소연을 내려놓고 땅에서 벌떡 몸을 일으킨다.

불이 다시 꺼져가고 있다. 소연을 미몽(迷夢)에서 깨우려면 무엇보다 따뜻한 불이 필요하다. 그는 나머지 갈대들을 불 속에 쓸어넣고 새로운 땔감을 구하기 위해 다시 갈대밭으로 한달음에 달려간다.

갈대밭은 비스듬히 제방 위로 올라가 작은 들과 연결되어 있다. 갈대들을 짓밟아 손으로 갈대들을 끌어 모으던 정호의 눈에 문득 들 복판에 서 있는 자그마한 원두막 같은 것이 눈에 띈다. 끌어 모은 갈대들을 내버리고 정호는 다시 원두막 쪽으로 달려간다. 겨우내 들에 버려진 원두막은 네 기둥과 마루만 남고 네 벽은 거의 다 바람에 날아가고 없다. 정호는 곧 원두막에 올라 마루로 깐 판자들을 손으로 힘껏 잡아뜯는다. 마루가 뜯긴다. 서너 장을 거푸 뜯어낸 정호는 이번에는 다시 두 팔을 뻗어 야트막한 원두막 지붕을 있는 힘껏 위로 민다. 한쪽이 이미 허물어진 지붕은 정호가 힘을 쓰자 갑자기 우지끈 소리와 함께 통째로 들려 원두막 아래로 떨어진다. 먼저 지붕 위의 쌓였던 눈이 쏟아지고 그 아래 짚 뭉치와 서까

래들이 와르르 흩어져 떨어진다. 정호는 곧 원두막을 내려와 판자와 서까래 몇 개를 어깨에 둘러멘 뒤 나머지 한 손으로는 무너진 지붕의 짚 뭉치를 집어든다.

빈 들과 제방에 눈이 쌓여 있어서 나무들과 짚단을 운반하는 것은 생각보다 어렵지 않다. 소연이 있는 교각 밑에 도착하니 갈대로 지핀 불은 겨우 불씨만 남아 있다. 짚단을 풀어헤쳐 불씨 위로 던지자 이내 짚 더미가 커다란 불덩이로 타오른다. 정호는 그 위로 다시 마루 판자와 서까래를 서로 어긋나게 이리저리 포개놓는다.

불을 대강 되살려낸 정호는 다시 소연에게 다가간다. 소연은 새우처럼 몸을 구부린 채 모로 쓰러져 죽은 듯 움직임이 없다. 겨드랑 밑에 손을 넣어 등 뒤에서 일으켜 세웠으나 소연은 아직도 의식이 없는지 아무런 반응이 없다. 등 뒤에 짚 뭉치를 괴고 정호는 소연을 불 가까이 일으켜 앉힌다. 그동안 불은 판자와 서까래로 옮겨 붙어 아까와는 다른 세찬 열기를 내뿜고 있다. 소연의 앞으로 되돌아온 정호는 이제는 그녀의 발에서 신을 벗기고 발을 주무르기 시작한다. 그러나 두툼한 오버코트를 입고 있어서 불기운이 소연의 몸에 제대로 전달되지 못하는 것 같다. 눈앞에 따듯한 모닥불이 있으니 오버코트는 이제 추위를 막기보다 열을 막는 장애물이다. 앉아 있는 소연을 한 팔로 떠받치며 정호는 다시 한 손으로 소연의 몸에서 코트를 벗기기 시작한다. 힘들여 코트를 벗겨낸 정호는 코트를 땅에 깔고 이번에는 아예 소연을 코트 위로 안아 눕힌다. 의식을 잃은 소연의 몸은 여전히 정호의 손길 따라 움직일 뿐 아무런 반응이 없다. 불길이 점점 거세어지면서 정호의 이마에는 어느새 찐득하게 땀이 솟는다. 소연의 얼굴과 손발을 번갈아 주무르는데 갑자기 소연의 몸 어딘가에서 피가 흐르기 시작한다. 놀라서 손발과 얼굴 등은 살피는데 어디선가 계속 피가 흘러 그녀의 코트에까지 뚝뚝 떨어진다. 그러나 잠시 동작을 멈춘 순간 정호는 정체 모를 피가 어디서 흐르는지 알아낸다. 어디서 어떻게 상처가 났는지 모르지만 피는 바로 정호의 왼손 등에서 방울방울 떨어지고 있다. 손수건을 꺼내 손을 대강 묶었지만 피는 좀체 그치지 않는다. 그러나 피 때문에 의식을 잃은 소연을 그대로 방치할 수는 없다. 그는 계속 소연의 손발과 얼굴 그리고 팔다리를 번갈아 주무른다.

상당한 시간이 흘렀다. 모닥불에서 끼치는 뜨거운 열기로 정호는 어느새 몸 전체로 더위를 느낀다. 모닥불의 열기를 참다못해 정호는 드디어 윗몸에 걸친 점퍼를 벗는다. 죽은 듯 몸을 맡긴 채 모닥불 앞에 누워 있던 소연도 조금씩 반응을 보이더니 이윽고 길게 한숨을 내쉰다. 긴 한숨을 신호로 하여 소연은 의식을 되찾은 듯 꼭 감긴 눈꺼풀 밑에서 가끔씩 눈동자를 굴린다. 소연의 작은 반응으로 희망을 되살린 정호는 팔다리를 주무르다 말고 고개를 숙여 소연을 찬찬히 내려다본다.

"소연아, 정신 들어? 정신 들었으면 눈 한번 떠봐."

정호의 말을 들었는지 소연이 이윽고 가늘게 눈을 뜬다. 아니 눈을 뜨는 것과 동시에 몸을 움직여 땅에서 일어나려 한다.

"가만있어, 움직이지 말구. 좀더 몸을 녹여야 해."

소연의 입술이 움직인다. 입술이 파르르 떨리더니 그녀가 이윽고 힘겹게 입을 연다.

"이쪽이 너무 뜨거워. 나 좀 일으켜줘……"

"뜨거워? 알았어, 내 곧 일으켜줄게."

누워 있는 소연에게 팔을 늘여 정호가 그녀를 조심스레 일으켜 앉힌다. 언 몸을 녹인다는 생각만 했지 그녀가 뜨거워할 줄은 상상도 못한 일이다. 계속 몸 한쪽만 불을 쬐어 몸의 일부분이 뜨거움을 느낀 모양이다. 힘겹게 일어나 앉은 소연이 불 앞에서 얼마쯤 뒤로 물러난다. 그리고 문득 정호를 보더니 그녀가 눈을 크게 뜨고 외치듯 입을 연다.

"아 피, 정호 손이 온통 피투성이야!"

손을 얼른 등 뒤로 감추고 정호는 아무 일 없다는 듯 빙그레 웃어 보인다.

"갈대 꺾다가 다쳤나 봐. 이제 괜찮아. 소연이두 이제 괜찮은 거야?"

핏기 없는 하얀 얼굴로 소연이 천천히 고개를 끄덕인다. 엷은 미소까지 떠올리는 것으로 보아 그녀도 이제 한고비는 넘긴 것 같다. 잠시 머뭇거리다가 정호가 다시 입을 연다.

"잠시 혼자 있어두 되겠어?"

"왜? 어딜 가려구?"

"나 얼른 역에 좀 가볼려구."

"역엔 왜?"

"먹을 걸 좀 구해 와야지. 몸이 녹았으니 이젠 뭐라두 먹어야 될 것 아냐."

6

소연이 그제야 고개를 들어 주위를 찬찬히 둘러본다. 뒤에는 교각과 연결된 콘크리트 벽이 높다랗게 둘려 있고, 앞에는 모닥불 너머로 꽁꽁 언 개천과 갈대 무성한 제방이 뻗어 있다. 서너 길 높이의 머리 위로는 두 개의 교각에 얹혀 철도 레일이 뻗어 있고, 좌우 양쪽에는 눈으로 덮인 하얀 들판이 아득히 펼쳐져 있다. 점점 의식이 되살아나면서 소연이 마주 앉은 정호를 건너다본다.

"여기가 어디지? 우리가 어떻게 여길 왔어?"

"생각 안 나? 우리 뒤쪽에 작은 역이 있어. 그리구 여긴 철교 밑이야."

"왜 역 쪽에 있지 않구 우리만 이런 데 와 있는 거야?"

"역엔 사람들이 너무 많아서 우리가 쉴 만한 빈자리가 없었어. 쉴 곳을 찾다 보니까 여기까지 오게 된 거야."

정호는 말을 마치고 모닥불 앞에서 몸을 일으킨다.

"나 얼른 역에 좀 다녀올게. 소연인 여기서 천천히 몸 녹이구 있어."

"역엔 왜 가려는 거야?"

"먹을 걸 좀 구해 와야겠어. 벌써 두 끼나 굶었잖아."

"먹을 걸 어떻게 구하지?"

"나한테 돈이 조금 남아 있어. 역 밖으루 나가보면 어디선가 먹을 걸 구할 수 있을 거야."

소연이 허락하는 뜻으로 고개를 천천히 끄덕여 보인다. 시장하다는 생각은 없다. 추위의 고통이 너무 심해서 그동안 굶주림의 고통은 잠시 잊혀진 셈이다. 그러나 몸이 녹고 아리던 손발에도 감각이 살아나자 굶주림은 기다렸다는 듯 다시 고통으로 되살아난다. 언제쯤 밥이란 것을 마지막으로 먹었는지 기억조차 아득하다. 정호의 통조림, 할아버지의 백설기 떡, 그것이 열차를 탄 후 가끔씩 먹어온 음식의 전부다.

정호가 드디어 모닥불을 손본 후 활발하게 웃어 보이며 소연에게 다짐을 한다.

"내가 올 때까지 여기 꼭 있어야 해. 여기서 한 발짝이라두 움직이면 우린 영원히 헤어질지두 몰라."

"알았어, 여기 꼭 있을게."

"오케이, 그럼 얼른 다녀올게."

"빨리 와야 해."

"염려 마."

갈대숲을 헤치고 제방으로 올라와 정호는 빠른 걸음으로 흰 눈이 덮인 철길 위로 올라선다. 바람이 숨길을 막는다. 훤히 터진 철길 저쪽에는 여전히 기관차 석 대가 연기를 내뿜으며 꼼짝없이 서 있다. 홈과 창고, 역사 주변에는 곳곳에서 연기가 꾸역꾸역 솟아오른다. 추위를 막기 위한 모닥불의 연기가 아니다. 열차가 멈춘 채 언제 떠날지 기약이 없자 피난민들이 가족 단위로 노천에 솥을 걸고 아침밥들을 짓는 연기인 것이다. 집에서 준비해 온 피난민들의 비상식량도 이제는 모두 동이 나버렸다. 행상들이 없는 것이 아니다. 김밥, 시루떡, 팥죽, 계란 등 피난민들은 돈만 있으면 얼마든지 행상들로부터 요기할 음식을 사 먹을 수 있다. 그러나 줄곧 이런 음식들만 먹어온 피난민들은, 너무 오랫동안 더운밥을 먹지 못해서 이제는 시간만 있으면 돌 위에 솥을 걸고 역구내에서 자기들 손수 밥을 지어 먹기로 한 것이다. 피난민들이 역구내에서 너 나 없이 밥들을 짓자 자연스레 행상들 역시 반찬을 만들어 역 안으로 팔러 들어온다. 짠지, 김치, 고추장, 간고등어 등이 주로 행상들이 파는 몇 가지 안 되는 반찬이다. 난민들은 밥을 다 지어놓고 행상들로부터 이런 찬들을 사서 가족끼리 노천에 둘러앉아 허겁지겁 식사들을 하는 것이다.

철길에서 플랫폼으로 올라서니 정호의 굶주린 코에 밥 짓는 냄새가 침이 괼 만큼 맹렬하게 풍겨온다. 어떤 가족은 밥을 다 지어 벌써 둘러앉아 정신없이 식사 중이다. 방금 솥에서 퍼낸 밥에서는 뜨근끄근한 김과 함께 밥 향기가 모락모락 피어오른다. 정호의 발길이 자신도 모르게 그들 주위에서 천천히 멈춰 선다. 견딜 수 없을 만큼 강한 유혹이 치밀어 오른다. 염치나 자존심 따위는 이미 오래전에 사라지고 없다. 밥 한 공기만 얻을 수 있다면 그는 그들에게 서슴없이 무릎을 꿇고 구걸이라도 할 것 같다. 그러나 식사가 계속될 동안은 어떤 구걸도 그들에게 통하지 않는다. 구걸은 그들이 식사를 다 끝내고 배가 불렀을 때 가능하다. 밥은 얻기가 힘들지만 눌은밥 따위는 잘하면 얻을 수 있을지 모른다.

정호가 다시 발걸음을 옮겨 역사 쪽으로 걸어간다. 우물이 있는 역사 왼쪽에는 사람들이 흡사 장터처럼 붐비고 있다. 밥쌀을 씻고 그릇들을 부시기 위해 피난민 여인들이 서로 다투어 두레박질을 하고 있다. 원래의 두레박은 어딘가로 없어지고 여인들은 저마다 자기 두레박들을 만들어 쓰고 있다. 전깃줄에 매인 두레박들은 생김새와 크기가 가지각색이다. 양동이, 들통, 주전자는 물론이고 납작한 냄비까지 두레박으로 사용되고 있다. 우물 옆으로 돌아가던 정호가 갑자기 그 자리에 우뚝 멈춰 선다. 개털모자를 눌러쓴 소년 한 명이 어딘가 그의 눈에 낯익어 보인다. 소년은 한 손에 물이 가득 담긴 양동이를 들고 기우뚱한 걸음걸이로 낑낑대며 앞서 걸어가고 있다. 오른쪽 발에 꿴 신발이 해져서 소년의 뒤꿈치가 시커멓게 비어져나와 있다. 정호가 곧 가슴을 두근대며 소년의 등 뒤로 부지런히 다가간다. 비록 거지처럼 누더기를 걸쳤지만 소년은 틀림없는 정호 친구 중의 한 사람이다. 정호가 이윽고 소년에게 다가가 목멘소리로 커다랗게 이름을 부른다.

"영선아!"

양동이를 힘겹게 들고 가던 소년이 주춤 발을 세우고 정호를 급히 돌아본다. 검댕과 때가 새까맣게 끼어 있지만 그는 틀림없는 그의 친구 영선이다. 영선이 잠시 등신처럼 서 있다가 갑자기 양동이를 내려놓고 정호의 두 손을 와락 잡는다.

"정호야!"

두 소년은 한동안 손들을 마주 잡은 채 목들이 메어 다음 말을 잇지 못한다. 너무나 변한 영선이다. 불과 닷새밖에 안 된 사이에 영선은 완전히 누더기를 걸친 거지로 변해버렸다. 하긴 영선이 쪽에서 바라보자면 정호도 역시 거지처럼 보일 것이다. 세수 한번 제대로 못한 그들의 얼굴은 기차의 검댕과 때까지 더께로 끼어 얼굴과 손발이 거의 까맣게 변한 것이다.

"창구하구 진영인 어디 있니?"

"걔들은 여기 없어. 열차루 먼저 내려갔어."

"무슨 소리야? 그럼 너 혼자 여기 남아 있단 말이야?"

"응, 여긴 나 혼자 있어. 걔들은 이틀 전에 여길 떠났어."

"넌 왜 그럼 같이 안 갔냐?"

"갈 수가 없었어. 열차에서 내려 물 뜨러 간 사이에 열차가 걔들만 싣구 남쪽으루 먼저 떠난 거야. 내가 막 달려갔을 땐 열차는 벌써 저쪽 철교 위를 지나구 있었어."

알 만하다. 그는 남고 싶어 남은 것이 아니라 열차가 떠나가는 통에 어쩔 수 없이 혼자 처진 것이다. 이번에는 영선이가 눈물을 훔쳐내며 정호의 얼굴을 의아스레 바라본다.

"넌 언제 이리루 왔니?"

"오늘 새벽이야. 바루 저 기차루 내려왔어."

"너두 혼자야?"

"아냐, 여자 애가 하나 있어. 지금 저쪽 철교 아래서 내가 돌아오길 기다리구 있어. 추위에 몸이 얼어서 기진해서 쓰러진 걸 내가 모닥불을 피워 간신히 되살려놨어."

"가자, 정호야."

"어딜?"

"저기 보이는 거적때기 뒤에 내 구두통하구 먹을 것 하구 바둑이가 기다리구 있어. 너 그동안 쫄쫄 굶었지? 자 어서 가자. 거기 가면 내가 얻어 온 눌은밥하구 주먹밥이 있어."

눌은밥과 주먹밥이라면 그것은 틀림없이 영선이 구걸을 해온 음식이다. 그러나 너무나 시장한 정호는 그런 것을 가릴 만한 여유가 없다. 정호가 말없이 영선을 따라가자 영선이 다시 신명이 나서 커다랗게 지껄여댄다.

"야, 나 어제저녁에 뺑코 새끼 가는 거 봤다. 새끼 어떤 갈치하구 으스대며 내려가더라. 근사한 잠바에 털모자까지 사 쓴 걸 보니 틀림없이 어떤 피난민 돈지갑을 땄을 거야."

복잡한 피난 열차는 뺑코에겐 다시없이 훌륭한 벌이터다. 그가 좋은 옷에 여자까지 낚았다면 틀림없이 영선의 말처럼 누군가의 돈지갑을 소매치기했을 것이다. 정호가 말없이 걸음을 재촉하자 영선이가 다시 입을 연다.

"여기선 이 바께쓰만 있으면 눌은밥 따위는 얼마든지 얻어먹을 수 있어. 두레박이 없는 피난민들한테 물을 길어주고 밥을 얻어먹는 거야."

"밥이 많냐?"

“응, 만일을 대비해서 밥을 큰 깡통으루 두 깡통이나 얼어났어. 물을 축여서 주먹밥을 만들었더니 깡깡 얼어서 돌덩이처럼 딱딱하게 되어버렸어.”

영선이다운 비상식량의 갈무리다. 순진하고 겁 많은 영선이로서는 창구나 진영이처럼 남의 물건을 슬쩍하는 용기는 없다. 그는 남의 물건을 슬쩍할 바에야 차라리 깡통을 차고 비럭질하는 쪽을 택하는 성격이다.

“다 왔어. 여기야.”

영선의 말과 함께 개 짖는 소리가 요란하게 들려온다. 노끈에 목이 묶인 바둑이가 정호를 발견하고 길길이 뛰며 반가운 듯 짖어댄다. 정호가 다가가 바둑이를 끌어안자 바둑이가 꼬리를 휘두르며 정호의 얼굴을 온통 혀로 핥는다. 정호가 한 손으로 바둑이를 밀쳐내며 흥분한 강아지를 진정시킨다.

“알았어, 바둑아. 이제 그만 해. 그래그래 나두 반갑다. 알았으니까 이제 그만 해!”

바둑이가 묶인 곳은 두 무더기의 침목들 사이다. 두 무더기의 침목 더미 사이에 다 헐어빠진 가마니짝 한 장이 발처럼 늘어져 있다. 영선이 가마니짝을 들치고 안으로 들어가며 정호에게 기세 좋게 턱짓을 한다.

“들어와 어서, 여기가 내 잠자리야.”

허리를 굽히고 안으로 들어가니 바닥에 역시 가마니짝이 깔려 있고 그 위로 여러 개의 깡통들과 양재기 따위가 널려 있다. 영선이 곧 안쪽 구석에서 깡통 두 개와 군용 숟갈을 꺼내놓는다.

“이건 밥이구 이건 깍두기야. 자 시장할 테니 물에 말아서 얼른 먹어.”

정호는 고개를 끄덕하고 숟갈을 든 채 잠시 말이 없다. 목이 멘다. 무려 일주일 만에 처음 대하는 하얀 밥이다. 비록 남에게서 비럭질해 온 밥이지만 영선의 따뜻한 우정을 대하자 무언가가 울컥 가슴 위로 치밀어 오른다. 사실 영선은 네 명의 패거리들 중에서 가장 겁이 많고 얼뜬 친구였다. 의사의 집안에서 응석받이로 귀하게만 자란 탓에 공부는 잘했는지 모르지만 동아리 사이의 싸움이나 경쟁에서는 언제나 제일 꼴찌였고 걸핏하면 눈물을 흘리곤 했다. 그러나 지금의 정호에게는 그런 것이 조금도 문제되지 않는다. 그토록 얼뜨고 어수룩한 영선이가 지금의 그에게는 세상에 오직 하나뿐인 가장 가까운 친구인 것이다.

"영선아 너두 같이 먹자."

"아냐, 난 많이 먹었어. 조금 전에두 반 그릇이나 더 먹은걸?"

"참 영선아."

"왜 그래 또?"

"나 이 밥 딴 데루 가져가두 괜찮겠니?"

"딴 데 어디?"

"나 말구 또 한 사람이 저기 있어. 너만 좋다면 이 밥을 가져가서 그 애하구 나눠 먹구 싶어서 그래."

"아 그 여자 애 말이니?"

"응."

"좋아, 밥은 얼마든지 있어. 자 보라구. 여기 이렇게 큰 깡통으루 두 개나 더 있잖아."

"그럼 나 이 밥 가지구 얼른 그 애한테 가봐야겠어. 거기 모닥불 두 피워놨으니까 이 밥을 데워서 그 애하구 같이 먹겠어."

영선이 잠시 눈을 깜박이며 정호의 얼굴을 뚫어지게 쏘아본다.

갑자기 그들 사이에 여자 아이가 끼어들어 영선의 얼굴에는 분명히 언짢은 기색이 떠돌고 있다.

"대체 누구니 그 여자 애?"

"나두 만난 지 얼마 안 돼. 열차 타기 바루 전에 우연히 역에서 만난 아이야. 민소연이란 이름인데 그 애두 우리처럼 부모를 다 잃어버렸어."

"좋아, 같이 가보자."

"너두 가려구?"

"너하구 다시 만났으니까 그 애두 우리하구 같이 가게 될 거 아냐?"

"고맙다 영선아. 자 그럼 얼른 가보자."

영선이 곧 깡통 두 개와 숟갈 두 개를 찾아든다. 잠시 후 두 소년은 줄이 묶인 바둑이를 끌고 눈이 하얗게 뒤덮인 철길 위로 다시 나온다.

역에서 철교까지는 불과 200미터가 될까 말까 하다. 영선은 밝은 데서 자세히 바라보니 왼쪽 다리를 약간씩 절고 있다. 왜 그러느냐고 정호가 물었더니 열차에서 뛰어내리다가 다리를 약간 삐었다는 이야기다. 하긴 고아가 된 그들에겐 다리쯤 삔 정도는 아무 문제도 되지 않는다. 그들은 병신만 안 될 정도면 어떤 상처도 심각하게 고민하지 않는다.

철교 밑에 도착하니 의외로 소연의 모습이 보이지 않는다. 정호는 가슴이 덜컥 내려앉아 대뜸 이리저리 사방을 둘러본다.

"없잖아? 어딜 갔지?"

"글쎄. 꼭 여기 있으라구 했는데……"

"혹시 네가 안 와서 널 찾으러 나간 것 아니야?"

정호는 고개를 갸우뚱한 뒤 피워놓은 모닥불을 찬찬히 바라본다. 만일 소연이 오래전에 떠났다면 모닥불이 이렇게 활활 탈 리가 만무하다. 설혹 어딘가로 떠났다 하더라도 그녀는 그들이 오기 직전에 잠시 어딘가로 자리를 비운 것이 분명하다. 그러나 바로 그때 바둑이가 노끈을 당기며 가까운 갈대숲을 향해 컹컹 짖기 시작한다. 두 소년이 몸을 돌려 갈대숲을 바라보는데 갑자기 갈대가 흔들리면서 소연의 목소리가 들려온다.

"왔구나 정호! 나 여기 있어!"

두 사람은 바둑이를 달래면서 흔들리는 갈대숲을 멍하니 바라본다. 소연이 뜻밖에도 갈대숲 복판에서 두 손으로 갈대들을 헤치며 이쪽으로 걸어오고 있다.

"어딜 갔었어? 기다리라구 했는데!"

"나 이젠 몸이 다 녹았어. 오히려 너무 더워서 얼음을 깨구 세수 좀 하구 오는 길이야."

"빨리 와, 역에 나갔다가 친구 한 명을 찾아냈어."

소연이 이쪽을 바라보며 언덕을 내려와 그들 쪽으로 다가온다. 땟국으로 새까맣던 그녀의 얼굴이 세수를 한 탓인지 몰라보게 희고 깨끗하다. 정호가 곧 다가온 소연을 바둑이를 끌어안고 서 있는 영선에게 소개한다. 영선에게 안긴 탓인지 바둑이도 이제는 소연에게 꼬리를 치고 있다.

"이쪽은 신영선, 난리 전엔 서울 K중학 2학년 학생이었어."

소연이 고개를 까딱 숙인 뒤 바둑이 머리를 쓰다듬으며 빠르게 입을 연다.

"아주 예쁜 강아지구나. 난 민소연이라구 해. 나두 역시 전쟁 전엔 서울 E여중에 다녔었어."

“E여중이면 우리 학교하구 아주 가까운 학교잖아?”

“응, 길 하날 사이에 두구 두 학교가 마주 있었지.”

“집은 어디였어?”

“P동.”

“난 G동이야.”

잠시 말들이 끊어진다. 정호가 곧 영선이 가져온 깡통 두 개를 집어든다. 모닥불은 그동안 많이 이울어서 연기나 불꽃은 없고 새빨간 숯불만 그득히 남아 있다. 작대기로 불들을 서너 번 뒤적인 뒤 정호가 그 위로 깡통들을 올려놓는다. 깡통 하나에는 밥이 담겼고 나머지 하나에는 건건이가 담겨 있다. 소연이 깡통 속을 넘겨다 본 후 정호와 영선을 번갈아 바라본다.

“어디서 났어, 이 음식들?”

“영선이가 구해 온 거야.”

“영선인 어디서?”

“피난민들한테 물을 길어주구 그 수고비루 얻은 거야.”

소연이 고개를 끄덕한 뒤 깡통 앞으로 조심스레 내려앉는다. 어떤 밥이라도 상관없다. 설혹 비럭질한 밥일지라도 그들에게는 이 밥이 절대적으로 필요하다. 굶어서 쓰러져 죽기보다는 비럭질을 해서라도 그들은 끝까지 살아남아야 한다.

“영선인 언제 이 역에 도착했어?”

“이틀 전이야.”

“왜 혼자 이 역에 남은 거지?”

“물을 길러 열차에서 내려왔는데 그동안 기차가 출발해서 기차를 놓쳐 나 혼자 남은 거야.”

“그럼 그 후로는 이 역에서 떠나는 기차가 한 대두 없었어?”

"어제 한 대 지나갔는데 역을 그냥 통과해서 아무두 탈 수가 없었어."

불 위로 올려놓은 깡통에서 드디어 더운 김이 모락모락 피어오른다. 사람들보다 바둑이가 먼저 음식 냄새를 맡고 깡통 가까이 코를 가져간다. 영선이 재빨리 바둑이의 목줄을 잡아당기자 정호가 자리에서 일어서며 소연을 찬찬히 내려다본다.

"우리 어디 좀 다녀올 테니 그동안 바둑이하구 이 깡통들 끓나 봐줘."

"또 어딜 가려구?"

"얼굴 좀 씻구 와야겠어."

"그래 다녀와."

"가자 영선아."

영선이 곧 자리에서 일어나 바둑이를 묶은 노끈을 큰 돌로 눌러 놓는다.

"이렇게 해두면 멀리 안 가. 우리 그럼 다녀올게."

영선이 말을 끝내고 앞서 가는 정호를 부지런히 따라간다. 다리 밑은 개천물이 꽁꽁 얼었지만 위쪽은 물살이 급해 울퉁불퉁한 얼음 사이로 물 흐르는 소리가 또랑또랑 들려온다. 정호 뒤로 바싹 따라붙으며 영선이 불쑥 말을 물어온다.

"몇 살이야 저 애?"

"열일곱."

"그럼 나보다 두 살 많잖아?"

"많으면 어때?"

"학년두 우리하구 같은 학년인가?"

"하나 윌 거야."

"난 네가 여자 애라구 하길래 아주 쪼끄만 계집앤 줄 알았어."

정호가 대답 대신 털썩 물가에 쭈그려 앉는다. 소연의 나이를 묻는 영선의 태도에, 정호는 왠지 웃음이 나온다. 영선은 원래 정호네 패들과 학년은 같지만 일행들 중에서는 유일하게 나이가 제일 어린 열다섯 살이다. 공부를 유난히 잘했던 그는 국민학교 3학년 무렵에 일 년 월반을 했기 때문이다. 따라서 영선은 자기보다 나이가 한 살만 위여도 깍듯이 형이라고 부르는 묘한 습성을 지니고 있다. 정호와 처음 알게 되었을 때도 영선은 정호를 깍듯이 형으로 불렀다. 그러나 동급생에게서 형 소리를 듣는 것이 정호는 왠지 어색하고 쑥스러웠다. 그래서 형 자를 붙이는 것을 정호 쪽에서 깨끗하게 못하도록 막은 것이다. 한데 이번에는 소연을 만나고도 그는 무언가 거북함을 느끼는 것 같다. 아마 그는 할 수만 있다면 소연을 깍듯이 누님으로 부르고 싶었을 것이다. 윗사람에 대한 영선의 존경심은 병적일 만큼 엄격하고 철저한 것이다.

얼음 밑을 흐르는 찬물이라 손을 담그니 뼛속까지 찌르르하다. 세수라면 그토록 싫어하던 영선이도 오늘만은 어쩐 셈인지 열심히 찬물을 얼굴에 찍어 바른다. 이것은 영선뿐 아니라 정호 역시 마찬가지다. 만일 소연만 옆에 없었다면 그들은 세수 같은 것은 꿈에도 생각하지 않았을 것이다.

세수를 끝낸 두 사람은 다시 개천을 따라 철교 밑으로 내려간다. 멀찍이 다리 밑을 내려다보니 소연이 허리를 굽히고 숟갈로 깡통 속을 열심히 휘젓고 있다. 아마 불 위에 올려놓은 음식들이 부글부글 끓기 시작하는 모양이다.

"앞으루 저 앨 어떡할 거지?"

영선이 턱으로 소연을 가리키며 다시 정호에게 말을 걸어온다.

"너희들만 반대 안 한다면 우리 패에 함께 끼워주겠어."

"난 찬성이야, 헌데 저 애가 우리하구 함께 있을려구 할까?"

"우리가 가라구 하기 전엔 저 애두 우리하구 함께 있구 싶어할 거야. 하긴 우리하구 헤어지구 싶어두 저 앤 갈 데가 아무 데두 없어."

"저 앤 부모를 어떻게 잃었어?"

"둘 다 대학교 선생님이었는데 인민군이 한꺼번에 잡아간 모양이야."

"그럼 죽지는 않았구나?"

"인민군이 잡아갔음 그건 바루 죽은 거야. 힘들게 잡아간 사람들을 여태 안 죽이구 놔뒀을 것 같애?"

영선이 잠시 고개를 떨구고 시무룩한 표정으로 생각에 잠긴다. 영선이 이렇게 생각에 잠길 때는 헤어진 그의 아버지를 생각할 때다. 서로 길이 엇갈려 아버지를 잃은 그는 아직도 자기 아버지만은 세상 어딘가에 죽지 않고 살아 있다고 굳게 믿고 있다.

영선이 자기 아버지가 살아 있다고 믿는 데는 또 하나의 그럴듯한 이유가 있다. 그의 아버지는 서울에서도 꽤 유명한 의사였다고 한다. 따라서 설혹 인민군들한테 잡혀갔다 하더라도 인민군들에게 부상자나 환자가 있는 한 그들을 치료하기 위해서라도 인민군들이 자기 아버지만은 죽이지 않고 살려놓았을 거라는 이야기다. 영선은 이 이야기를 수백 번도 넘게 정호네 패들에게 떠들어대었다. 아무도 믿지 않는 그 이야기를 영선은 지칠 줄도 모르고 기회만 있으면 열심히 떠들어대는 것이다. 그러나 영선의 이런 확신도 이번 피난길에서만은 기가 죽은 듯 끽소리가 없다. 두번째로 피난을 떠나야 하는 마당이라 영선이도 이번만은 아버지의 생존을 확신하기가 어려웠던 모양이다.

갈대를 헤치고 모닥불 쪽으로 다가가니 소연이 허리를 펴며 빨간 얼굴로 두 사람을 바라본다. 바둑이는 그동안 심심했던지 두 사람을 보고는 목줄을 당기며 펄쩍펄쩍 뛰고 있다. 영선이 바둑이를 어를 동안 소연은 손수건을 꺼내 깡통을 싼 뒤 불 위에서 땅으로 조심스레 옮겨놓는다. 물을 붓고 끓인 밥이라 밥은 완전히 흰죽처럼 풀려 있다. 깍두기가 섞인 정체불명의 건건이 역시 물을 붓고 끓여서 뜨거운 김과 함께 김치 냄새가 시큼하게 풍겨온다. 그러나 정호와 소연의 코에는 시큼한 김치 냄새까지도 침이 돌 만큼 구수하다. 정호가 곧 깡통 앞에 앉으며 소연에게 불쑥 밥 깡통을 디밀어준다.

"먼저 먹어."

"아냐, 난 나중에 먹겠어. 둘이 먼저 먹어."

"아, 난 안 먹을 거야. 그 밥은 정호하구 소연이 먹으라구 가져온 거야."

영선이가 손을 홰홰 내저으며 바둑이를 끌고 모닥불 반대편에 쭈그려 앉는다. 정호가 다시 깡통을 디밀며 소연을 향해 재촉하듯 말한다.

"먹으라니까 어서. 기차가 언제 떠날지 모르는데 우리두 얼른 밥 먹구 역 쪽으루 다시 올라가봐야지."

"알았어, 허지만 배고프긴 마찬가지야. 나 혼자 먹긴 싫어. 정호두 그럼 같이 먹어."

정호는 소연을 힐끗 바라본 후 자신도 모르게 침을 꼴깍 목으로 삼킨다. 먹고 싶다. 아니 먹고 싶은 정도가 아니고 미칠 정도로 시장하다. 지금까지 애써 참아온 것만도 정호에겐 몸이 떨릴 만큼 고통스런 인내였다. 아마 이것은 마주 앉아 있는 소연에게도 마찬가지 고통일 것이다. 그들이 지금까지 견뎌온 굶주림은 굶주림이라는 표현보다는 고통에 더 가까운 무서운 것이었다.

"좋아 그럼 같이 먹자."

말을 마친 정호의 숟가락이 어느 틈에 곧장 깡통 속으로 들어간다. 그러나 소연의 숟가락 역시 정호보다 조금도 늦지 않다. 두 사람의 숟가락이 깡통 속에서 동시에 딸깍 부딪친다.

7

열차가 멎는다.

엄청나게 큰 역이다. 사방으로 등불들이 휘황하게 밝혀졌고 불빛 속에 무수한 군인들이 바쁘게 움직이고 있다. 피난민 역시 엄청나게 많다. 어두워서 잘 보이지는 않지만 역사와 홈과 주변 공터에 무수한 피난민들이 빈틈없이 자리잡고 있다.

홈도 수십 가닥의 레일을 따라 예닐곱 개가 넘는 것 같다. 각 홈마다 군용 열차와 피난 열차가 흰 연기를 칙칙 내뿜으며 가끔 빽빽 기적을 울린다. 미군 엠피(MP, 헌병)들이 호각을 불어대고 군인들이 끊임없이 홈과 레일 위를 이리저리 뛰어다닌다. 기차 소리, 발자국 소리, 호각 소리가 한데 어울려 역구내는 마치 장터 복판처럼 번잡하고 시끄럽다.

"여기가 어디지?"

영선이 침침한 불빛을 받으며 곡간차 지붕 위에서 위태롭게 역사 쪽을 바라본다. 턱 밑에 붙잡아 맨 털모자 깃에 입김으로 맺힌

물방울이 꽁꽁 얼어서 유리구슬처럼 반짝인다. 홈에는 비나 눈을 막기 위해 양철 지붕이 길게 덮여 있고, 여러 대의 기관차 화통에서 뿜어나온 수증기가 지붕 주변을 안개처럼 자욱하게 뒤덮고 있다. 정호가 천천히 고개를 내두르자 소연이 목을 움츠리고 자신 없이 입을 연다.

"대전 아닐까?"

"대전?"

"응."

"뭘 보구 대전이라는 거야? 역 이름이 안 보이잖아?"

"우리가 지금까지 보아온 역 중에서 이 역이 제일 커, 그렇담 이 역은 경부선과 호남선이 갈라지는 대전역이 틀림없어."

영선은 동의라도 구하듯 정호 쪽을 힐끗 돌아본다.

"야 정호야, 넌 어디 같니?"

"몰라, 한 번이라두 와봤어야지……"

그렇다. 정호 영선 소연 세 사람 중 아무도 대전역에 와본 사람이 없다. 그들은 전쟁이 터져서 처음으로 열차를 타고 이곳까지 내려왔다. 지도상으로는 대전이 어디쯤 있는지 알고 있으나 실제로 와보기는 이번이 생전 처음이다.

문득 가까운 곳에서 헌병들의 호각 소리가 날카롭게 밤공기를 찢는다. 소리나는 쪽을 무심히 돌아보니 누군가가 레일들을 가로질러 허겁지겁 이쪽으로 달려오고 있다. 도망치는 사내는 피난민인 듯 검정 오버에 작은 가방을 손에 들고 있다. 너무 급하게 도망쳐 오느라고 사내는 자갈을 까뭉개며 당장 쓰러질 듯 레일 위에서 비틀댄다. 호각 소리 울리는 역사 쪽에서 이윽고 세 명의 헌병들이 총을 들고 사내 뒤를 급히 추적해 온다. 갑자기 벌어진 이 뜻밖의 구경거리에 주위의 모든 피난민들이 긴장된 표정으로 헌병들과 사내 사이의 추격전을 지켜본다. 헌병들이 드디어 도망치는 사내를 향해 날카로운 호각과 함께 위협적으로 고함을 친다.

"정지! 서지 않으면 발포한다! 정지! 정지!"

도망치던 사내가 공교롭게도 정호네가 타고 있는 곡간차 앞으로 달려온다. 앞이 곡간차에 가로막히자 사내는 몸을 낮춰 곡간차 바퀴 밑으로 쑥 들어간다. 아마 곡간차 바퀴 밑을 통과해서 더 멀리 도망치려는 의도인 것 같다. 그러나 사내가 바퀴 밑으로 사라지자 갑자기 벼락치는 듯한 총소리가 역을 울린다. 달려온 헌병들이 땅바닥에 한쪽 무릎을 꿇더니 도망치는 사내를 향해 총을 쏘기 시작한 것이다.

총소리는 예닐곱 발이 연거푸 울린 후, 헌병들이 다시 움직이자 갑자기 뚝 멎는다. 헌병들이 곧 레일 위를 가로질러 곡간차 앞으로 껑충껑충 다가온다. 바퀴 밑으로 들어간 사내는 어쩐 셈인지 아무런 기척도 없다. 갑자기 울려퍼진 총소리에 놀라서 역 안의 무수한 피난민들은 누구 하나 말이 없다.

"이리 나와 이 새끼야!"

헌병 한 명이 열차 밑을 향해 총을 겨누며 고함을 친다.

"죽은 척 말구 어서 나와 이 새끼야! 이젠 도망쳐야 소용없어 이 새끼야!"

대답이 없다. 곡간차 지붕 위에 올라앉은 정호와 영선은 현장을 볼 수가 없어 어떻게 된 셈인지 알 수가 없다. 소연은 총소리가 세차게 울리자 정호와 영선에게 둘러싸인 채 몸을 부들부들 떨고 있다. 시간이 지나도 사내 쪽에서 기척이 없자 헌병들이 손전등을 비추며 곡간차 밑으로 조심스레 기어 들어간다.

　침묵이 흐른다. 헌병 두 사람은 차 밑으로 들어갔고 나머지 한 사람은 총을 겨눈 채 손전등을 비추고 있다. 주위에 흩어진 피난민의 눈들이 일제히 손전등이 비춰진 차 밑을 향하고 있다. 총대가 차바퀴에라도 부딪치는지 끊임없이 밑으로부터 둔탁한 쇳소리가 들려온다. 헌병들이 이윽고 차바퀴 밑에서 엉금엉금 기어 나와 홈 위로 다시 올라온다.

　"없는데."

　"없어?"

　"안 뵈, 직접 갈길 걸 위협만 한 게 잘못이야."

　"그럼 이 새끼 어디루 튀었지?"

　"몰라, 어처구니없군. 눈앞에서 놓치다니."

　"핏자국 같은 것두 없어?"

　"암것두 없어. 자갈 까뭉갠 흔적뿐이야."

　망연히 서 있던 헌병들이 문득 몸을 돌려 근처의 피난민들을 돌아본다.

　"아저씨들 방금 이리루 도망쳐 온 놈 어디루 내뺐는지 모르십니까?"

　"차 밑으루 들어가는 것만 봤지 그 뒤루는 어두워서 아무것두 못 봤수다."

　"분명히 이 밑으루 기어 들어갔죠?"

　"예, 그건 틀림없수다. 헌데 그 사람 무얼 잘못해서 잡으려는 거요?"

　"남의 돈가방을 들치기했어요. 피난민을 가장한 직업적인 소매치깁니다."

　"저런 죽일 놈."

헌병들이 다시 한 번 차 밑을 비춰본 뒤 맥 빠진 표정으로 하나
둘씩 몸들을 돌린다.

"가자, 잡긴 틀렸어."

"이렇게 사람들이 많으니 맘대루 총을 쏠 수가 있나."

헌병들이 총들을 메고 레일을 가로 건너 홈 위로 올라온다. 주위
에서 지켜보는 난민들은 헌병들 뒤만 멍하니 바라볼 뿐 여전히 죽
은 듯 말이 없다. 그러나 헌병들이 멀찍이 사라지자 누군가가 문득
정호의 옆구리를 쿡쿡 찌른다. 정호가 깜짝 놀라 뒤를 돌아보니 영
선이 아무 말 없이 어둠 속을 조심스레 손으로 가리킨다.

"저쪽 석탄차 뒤 좀 봐."

화차들의 칙칙대는 소음 속에 영선이 잔뜩 겁에 질려 억눌린 목
소리로 소곤댄다. 귀에 바싹대고 지껄이는 말이어서 주위의 소연
이조차도 그의 말을 듣지 못한 눈치다.

"뵈니?"

"응."

"바루 저놈이야. 헌병들이 물러가자 저놈이 불쑥 석탄 더미 뒤에
서 일어났어. 나두 첨엔 피난민인가 했는데 자세히 보니 그놈이 틀
림없어."

어슴푸레한 어둠을 뚫고 사내는 급수탑(給水塔) 너머에 멎어 있
는 석탄차 뒤로 돌아간다. 기다란 열차들이 빛을 가려서 그쪽은 이
쪽보다 더 어둡고 컴컴하다. 그러나 정호는 그 사람의 손에서 분명
히 헌병들이 말한 손가방을 볼 수 있었다. 정호가 갑자기 목소리를
낮춰 영선의 귀에 대고 재빨리 입을 연다.

"나 내려갔다 올게."

"어딜 가려구?"

"그놈인지 아닌지 알아보구 오겠어."

"관둬, 위험해! 잘못 건드렸다가는 네가 외려 다칠 거야."

"괜찮아. 염려 말어. 뒤루 멀찍이 따라가서 그놈인지 아닌지만 확인하구 올 거야."

영선이 잠시 망설이는 듯하다가 결심이라도 한 듯 눈을 반짝이며 입을 연다.

"같이 가 나하구."

"안 돼 넌."

"너 혼자 뒤따라가면 위험하단 말이야. 난 멀찍이 떨어져 갈 테니 너는 바싹 따라붙어 자세히 살펴보라구."

"글쎄 넌 안 된대두. 혼자 남아 있을 소연이를 생각해야지."

"지금 둘이 무슨 얘기들 하구 있어?"

소연이다. 바둑이 목줄을 소연에게 건네준 뒤 영선이 자리를 일며 분주하게 등을 돌리고 바지 단추에 손을 댄다.

"아 오줌 마려. 정호야 너 오줌 누러 안 내려갈래?"

정호가 재빨리 눈치를 채고 영선과 함께 자리를 인다.

"응 같이 가자. 나두 소변 좀 봐야겠어."

소연은 두 사람이 소변을 보겠다는 말에 바둑이를 끌어안으며 목을 잔뜩 움츠린다. 정호가 곧 일어선 자세로 소연을 향해 당부하듯 입을 연다.

"소변 보구 얼른 올게. 소연인 바둑이 데리구 꼼짝 말구 기다리구 있어."

"응 내 걱정 말구 어서들 다녀와."

영선이 먼저 사다리를 타고 조심스레 지붕에서 내려간다. 잠시후 정호가 뒤따라 내려가자 영선이 손짓을 하며 빠른 동작으로 오른편 홈으로 내려선다.

어둡다. 긴 열차 행렬이 불빛을 가려 이쪽 구내는 깊은 물속처럼 침침하고 어슴푸레하다. 정호가 급히 영선을 따라잡자 영선이 홈에서 철길로 내려서며 숨을 헐떡이듯 입을 연다.

"너 봤지?"

"뭘?"

"가방 들치기한 놈 말인데 그놈 어딘가 눈에 익지 않니?"

정호가 아무 말 없이 영선의 눈을 마주 쏘아본다. 그렇다. 그놈은 소매치기 전문인 뺑코와 아주 흡사하다. 잠시 어둠 속에 놈이 달리는 것만 보았을 뿐이지만 두 사람은 그 짧은 순간에도 놈이 뺑코가 아닐까 하고 직감적으로 생각했다. 정호는 자기 혼자 그렇게 생각한 줄 알았는데 영선이 역시 자기와 똑같은 생각을 하고 있었음을 확인하고 놀란다. 흥분된 영선을 진정시키려는 듯 정호가 예사로운 표정으로 느릿느릿 입을 연다.

"아닐 수도 있어. 체격이 좀더 커 보였어. 차라리 뺑코였으면 좋겠어. 뺑코보다 더 무서운 놈인지두 몰라."

"아냐, 뺑코가 분명해. 달리는 폼이 뺑코 그놈하구 꼭 같았어."

"어느 쪽으루 놈이 뛰었지?"

"이쪽이야."

열차들의 행렬이 끝나자 앞쪽으로 툭 터진 벌판이 나타나고, 벌판에서 모진 들바람이 숨을 막듯 마주 불어온다. 앞서 가던 정호가 발을 세우며 하얀 눈밭 위를 찬찬히 내려다본다. 흰 눈밭 위에는 한 줄로 길게 사람의 발자국이 철조망을 따라 왼쪽으로 곧게 찍혀 있다. 방금 지나간 발자국이어서 눈밭에는 발자국의 형태가 생김새 그대로 선명하게 남아 있다.

"이게 바루 그놈 발자국이지?"

"응, 저 고장난 화차들 뒤쪽으루 뻗어 있어."

부서지고 고장난 화차 여러 대가 별도의 공터 레일 위에 아무렇게나 방치되어 있다. 아마 고장나 못쓰게 된 화차들을 수리를 위해 이쪽 외진 곳에 따로 모아둔 모양이다.

"우리가 따라온 걸 모르구 있을 테니 놈은 우리를 경계하지 않을 거야. 놈한테 몰래 다가가서 우선 동정부터 살피자구."

"위험해. 가까이 가지 마. 놈한텐 칼이 있어. 위험하니까 여기서 돌아가서 헌병들한테 신고를 하자구."

"어디 숨었는지두 확실히 모르면서 어떻게 신고를 해? 좋아 넌 여기 있어. 내가 먼저 가서 동정을 살필 테니."

"알았어, 빨리 와야 해. 너무 늦으면 난 돌아가서 헌병들한테 신고할 거야."

영선이 발걸음을 세운 뒤 주변의 열차들과 그 너머에 있는 피난 열차와의 거리를 가늠한다. 정호는 그러나 영선을 남겨둔 채 눈밭을 가로질러 부서진 화차들이 멈춰 서 있는 왼쪽 철길 쪽으로 다가간다. 발자국은 화차들 옆을 돌아 블록 담장이 둘린 좁은 공터로 뻗어 있다. 처음에는 뛰어간 듯 발자국의 간격이 넓었으나 지금은 천천히 걸어간 듯 발자국의 간격이 훨씬 좁아졌다. 레일 여러 가닥이 함께 놓인 공터에는 아무것도 싣지 않은 고장난 화차들이 눈을 하얗게 덮어쓴 채 들쭉날쭉 늘어서 있다. 어슴푸레한 빛이 흰 눈에 반사되어 이곳은 오히려 철길 쪽보다 주위가 더 밝은 것 같다. 공터에는 화차들 외에 침목 더미와 레일 더미 그리고 석탄 더미도 드문드문 눈에 띈다. 발자국은 화차들 사이를 이리저리 휘돌다가 은신처가 가까워진 듯, 한군데 눈 위에 무질서하게 몰려 있다. 여러 대의 부서진 화차 중 범인은 어느 한 곳에 몸을 숨긴 것이 아닌가 싶다.

범인과의 거리가 가까워진 것을 느낀 정호는 걸음을 천천히 하며 좀더 주의 깊게 사방을 살핀다. 기차들의 소음만 멀리 들려올 뿐 이쪽은 인적이 없어 뜻밖으로 조용하다. 철길과 담장이 평행선으로 가다가 이제부터는 점점 좁아져서 공터가 흡사 뿔처럼 좁직하다. 그 좁직한 공터 끝에는 콜타르를 칠한 창고 비슷한 검은 판잣집이 하나 서 있다. 아마 역에서 곡괭이나 삽 따위의 연장을 넣어두는 창고인 모양이다. 멀리서 창고를 살피던 정호는 거의 본능적으로 범인이 이 창고에 숨어 있다고 확신한다. 그곳 이상은 담장도 끊겼고 뒤쪽으로 역과 외부를 경계짓는 철조망이 둘려 있기 때문이다.

가슴이 뛴다. 뒤를 돌아보니 영선의 모습은 벌써 아무 데도 보이지 않는다. 아마 공터 부근까지 따라오다가 더 이상 오지 못하고 침목 더미 뒤에라도 몸을 숨긴 모양이다. 화차들 사이로 뻗어 있던 발자국은 이제는 방향을 틀어 정호의 예상대로 검은 창고 쪽으로 곧게 찍혀 있다. 놀라운 것은 창고 부근의 눈 위에 범인의 발자국과 다른 또 하나의 발자국이 함께 섞여 찍혀 있는 것이다. 뺑코 하나라고 생각했는데 범인은 또 한 명의 공범이 있었던 모양이다.

정호의 가슴이 더욱 급하게 뛰기 시작한다. 뺑코 하나로도 벅찬 상대인데 다른 공범이 또 있다면 더 이상의 추적은 위험하다. 더구나 이곳은 역과의 거리가 너무 멀어 구원을 청하기도 쉽지 않다. 만일 범인들과 정면으로 맞닥뜨린다면 정호는 도리 없이 그들에게 큰 해를 당할지도 모른다. 위험을 무릅쓰고 범인들과 부닥치기보다는 차라리 역으로 후퇴하여 헌병들에게 범인들을 신고하느니만 못한 것이다.

그러나 그때다. 정호가 발길을 돌려 막 현장을 떠나려는 순간, 조용하던 공터 어디에선가 사람의 말소리가 두런두런 들려온다. 장난이라도 하는 듯한 그 말소리에는 서로 다른 두 사람의 목소리가 번갈아 섞여 들린다. 한쪽은 부드러운 남자 목소리고 다른 한쪽은 간드러진 젊은 여자의 목소리다. 여자는 뭐가 즐거운지 말 사이에 간간이 깔깔거리며 웃기도 한다. 연애 중인 젊은 연인들이 자기들만의 비밀 장소에서 은밀히 사랑을 나누는 듯한 정겹고 다정한 목소리들이다. 정호의 예측대로 남녀 두 사람의 목소리는 공터 끝의 검은 창고에서 간단없이 흘러나오고 있다.

정호는 뜻밖의 여자 목소리에 맥이 탁 풀리면서 한편으로는 안심이 된다. 창고 앞에 찍힌 또 하나의 발자국은 바로 지금 창고에서 웃고 있는 여인의 발자국이 분명하다. 염려했던 뺑코의 공범은 뜻밖에도 여자였던 셈이다. 발자국이 한 줄로 길게 난 것은 뺑코 혼자 범행에 가담했고 여인은 창고에서 기다리고 있었다는 증거다. 뺑코는 결국 돈가방을 들치기한 후 자기 애인이 기다리고 있는 이 창고로 도망쳐 온 것이다.

생각을 거듭했지만 정호는 어찌해야 좋을지 선뜻 결심이 서지 않는다. 공범이 사내 아닌 여자라 해도 그는 어른 두 사람을 상대하기는 어렵다고 생각한다. 여자는 대수롭지 않다고 하더라도 뺑코는 총탄 속을 도망쳐 온 대담무쌍한 들치기다. 죽음을 각오하고 총탄 속을 도망쳐 올 만큼 뺑코는 그 손가방에 대단한 집착을 보이고 있다. 섣불리 뺑코에게 도전을 했다가는 언제 그로부터 발악적인 역습의 칼침을 맞을지 모르는 것이다.

정호가 이윽고 결심을 굳힌 듯 짐짓 발소리를 내며 창고 쪽으로 다가간다. 밖에서 기웃거리며 창고 내부의 동정을 살피기보다는 대담하게 상대를 불러내어 범인의 사실 여부를 확인하고 싶었던 것이다. 두 사람의 말소리가 갑자기 멎은 것은 안에서 정호의 발자국 소리를 들었다는 이야기다. 갑작스런 공격에 대비해서 정호가 창고 밖 오륙 미터 앞에 멈춰 서자, 아니나 다를까 창고 문이 열리더니 이십 대의 젊은 여자 한 명이 태연하게 문 앞에 나타난다.

"누구세요?"

"나 이 역의 역원이오. 헌데 댁은 누구시오?"

"역원이 새벽에 무슨 일루 이 먼 데까지 찾아오셨죠?"

"창고에 연장 좀 가질러 왔시다. 헌데 댁은 누군데 창고에서 나오시오?"

"이 창고엔 암것두 없어요. 쉴 데를 찾다가 창고가 비었길래 지금 우리 부부가 잠시 들어와 쉬구 있어요."

"그 창고는 쉬는 데가 아니오. 우리 역에서 쓰는 창고니까 어서 창고를 비워주시오."

대꾸가 궁색한 듯 여인이 잠시 뒤로 물러나 창고 안으로 고개를 돌린다. 누군가에게 말을 하는 모양인데 목소리가 너무 작아 이쪽에서는 들을 수가 없다. 정호가 부릅뜬 눈으로 창고 문을 바라보는데 여인이 갑자기 악 소리를 지르며 엎어질 듯 창고 안으로 끌려들어간다. 뒤미처 창고 문이 더 크게 열리더니 양복을 걸친 사내 하나가 문 앞을 막듯이 나타난다.

"목소리가 귀에 익다 했더니 내 귀가 역시 틀림없군. 벌써 죽은 줄 알았더니 너 참 질긴 녀석이다. 헌데 똘마니들을 어떡허구 너 혼자 여기까지 왔냐? 나하구 또 맞장 뜨구 싶어 찾아온 건 아닐 테지?"

"뺑코, 역시 너였구나. 아니길 바랐는데 역시 너 뺑코였구나?"

"그래 바루 뺑코 형님이다. 오래간만에 뺑코 형님을 만나서 실망이 크다 이 말씀이냐?"

어슴푸레한 새벽빛에 보아도 그는 틀림없는 옛날의 그 뺑코다. 가느다란 눈, 커다랗게 굽은 코, 훤칠한 키, 그리고 그의 손에 무언가 늘 들려 있는 것도 옛날에 자주 보아온 영락없는 그 뺑코다.

"자 이제 인사가 끝났으니 이쪽으루 가까이 다가오시지? 이런 데까지 날 찾아왔음 나한테 뭔가 볼일이 있었을 것 아니야? 똘마니들이 안 뵈는 걸 보니 이 근처에 또 숨겨둔 모양이지?"

뺑코의 동작이 조심스러운 이유를 정호는 그제야 알 것 같다. 그는 정호가 근처 어딘가에 친구들을 몰래 잠복시킨 것으로 알고 있다. 그래서 선뜻 덤벼들지 못하고 정호의 동정을 살피고 있었던 것이다. 뺑코의 약점을 간파한 정호가 드디어 여유 있게 입을 연다.

"네놈 들치기 솜씨는 여전하더군. 헌병들 총알은 용케 피했지만 우리들 눈까지야 피할 수 없지. 들치기한 돈가방 어떻게 생겼는지 구경 좀 하자. 뵈주기 싫다면 할 수 없구."

"이 새끼 지금 무슨 소릴 하는 거야? 돈가방은 뭐구 들치기는 또 무슨 소리야? 너 사람 잘못 짚었어. 난 밤새 이 창고에서 내 깔치하구 빠구리하구 있었단 말야."

"빠구리 좋아하네. 우리 식구 네 명이서 네놈 들치기하는 거 첨서부터 끝까지 다 봤단 말이야. 오리발 내밀어야 우리한텐 통하지 않아. 헌병들한테 신고해서 네놈 짐이라두 털어보라구 할까?"

"환장하네. 신고하다니 뭘 신고하겠다는 거야? 난 정말 아무 짓두 안 했어. 돈가방 어쩌구 하는데 그건 대체 무슨 얘기야?"

"옛정을 생각해서 봐줄려구 찾아왔더니 역시 네놈하군 말이 제대루 통하지 않는군. 안 통하면 할 수 없지. 잘 있어 뺑코, 난 이만 가봐야겠어."

정호의 위협이 통했는지 뺑코가 한숨과 함께 어깨를 축 늘어뜨린다. 잠시 무언가를 생각하는 빛이더니 뺑코가 이윽고 급하게 입을 연다.

"대체 어떻게 하겠다는 거야? 가긴 어딜 간다는 거야?"

"역 앞에 바루 헌병대가 있더군. 아이들보구 뺑코 형님 잘 지키라구 하구 난 지금 바루 헌병대에 가볼려구."

"씨발놈. 좋아 우리 좋은 방향으루 해결하자. 너들 한참 궁할 텐데 내가 이번에 인심 한번 크게 쓰지."

"인심 가지군 어림없지. 우선 어떻게 생겼는지 돈가방부터 구경 좀 하자구."

"미친놈, 그걸 내가 여태까지 가지구 있을 것 같냐? 잡히면 그게 바루 증거물인데 그걸 내가 열쳤다구 여기까지 들구 왔겠냐? 말하는 거 보니 너 아직 멀었다. 그 돈가방 보구 싶으면 저쪽 눈밭이나 뒤져보라구."

정호가 고개를 내두르며 뺑코의 뒤를 넘겨다본다. 쫓겨 들어갔던 젊은 여자가 다시 밖으로 머리를 내민다. 뺑코의 눈치를 살피더니 그녀가 빠르게 입을 연다.

"몇 푼 줘서 얼른 보내. 언제까지 말싸움만 하구 있을 거야?"

"좋은 말 할 때 들어가 있어. 낯반대기 확 그어버리기 전에!"

어느 틈에 뺑코의 손에 작은 칼날이 번쩍인다. 여인이 칼을 보고는 얼른 창고 안으로 사라진다. 뺑코가 등으로 문을 닫더니 정호에게 다시 큰 소리로 입을 연다.

"좋아, 시간 끌지 말구 우리 좋게 반타작하자. 어때? 한참 궁할 텐데 너 돈 냄새 좀 맡구 싶지 않아?"

뺑코의 뜻밖의 제안에 정호는 잠시 말이 없다. 이런 협상을 기대하고 뺑코를 찾아온 것이 아니다. 뺑코가 범인임을 확인한 뒤 헌병들에게 그의 범행을 신고할 작정이었다. 그러나 뺑코로부터 뜻밖의 제안을 받고 보니 정호는 잠시 생각이 혼란스럽다. 지금까지 그는 뺑코의 말처럼 돈 한 푼 없이 주린 배를 움켜쥐고 거지처럼 지내왔다. 영선이가 얻어와서 뭉쳐둔 주먹밥도 오늘로 이제 단 한 개가 남았을 뿐이다. 오늘밤에 겨우 대전에 도착했으니 앞으로 부산까지 가자면 며칠을 더 굶어야 될지 알 수 없다. 갑자기 그의 눈앞에 소연의 창백하고 초췌한 모습이 떠오른다. 자기 혼자의 고통이라면 그는 이를 악물고서라도 참을 수 있다. 그러나 소연과 영선을 생각하면 자기 어려움은 뒷전이고 그들의 어려움이 뼈를 깎듯 고통스럽다. 누구의 돈인지도 모르는 그 돈은 지금 뺑코의 수중에 있다. 뺑코를 못 본 듯이 눈감아주기만 하면 그는 지금이라도 당장 큰돈을 손에 쥐고 역 밖으로 나가 따끈따끈한 국밥을 사 먹을 수가 있는 것이다.

"어떠냐 정호야? 뭐 오래 생각할 것두 없어. 난 그 돈을 따오느라구 이틀 전부터 뒤를 밟았어. 그걸 뺏기지 않을려구 총알 속을 뚫구 도망쳐 왔단 말야. 헌데 넌 내가 따 온 돈을 땀 한 방울 흘리지 않구 앉아서 손만 내밀구 있다. 이거 누이 좋구 매부 좋구 얼마나 기분 삼삼한 일이냐? 너랑 나랑 반타작하자는데 이래두 날 꼭 헌병대에 찔러야겠냐?"

"반타작 좋아. 그래 돈은 모두 얼마냐?"

"가방은 큰데 돈은 몇 푼 되지 않았어. 다 털어두 큰 거 두 다발에 잔돈 몇 푼하구 자잘한 패물들뿐이었어."

"못 믿겠어. 그걸룬 안 돼. 반타작하자면서 겨우 그걸루 내 입을 씻자구?"

"씨팔, 이거 못해 먹겠군? 어떻게 해야 날 믿을 거야? 뱃속이라두 열어 보일까? 그렇게 궁금하면 왜 진작에 오지 않았냐? 가방 열기 전에 진작 왔으면 될 것 아냐?"

"두 다발 내놔."

"뭐? 두 다발 다? 너 두 다발 주구 나면 난 손가락 빨란 말이냐?"

"싫으면 관둬, 난 패물은 필요 없어. 큰 거 두 다발만 내놓으라구."

뻥코가 잠시 망설이더니 후딱 몸을 돌려 창고 안으로 들어간다. 잠시 후 다시 나온 뻥코의 손에는 돈 다발 두 개가 단단히 들려 있다.

"대가리에 피두 안 마른 새끼가 돈맛은 알아가지구…… 쓰레기 같은 패물들 말구는 현금은 이게 전부란 말이야. 이걸 몽땅 널 주구 나면 난 대체 뭘 먹구살라는 거냐?"

"잔소리 말구 어서 던져. 아이들 너무 오래 땅바닥에 엎져 있단 말야."

"아이들이 있기나 있는 거냐? 아이들 핑계 대구 혹시 너 혼자 독식(獨食)하는 거 아냐?"

"나 지금 생각이 바뀔려구 하구 있어. 그 돈 빨리 안 던지면 그냥 돌아갈 수두 있단 말야."

"알았어, 알았다구. 헌데 이거 던지기 전에 먼저 나한테 약속 하나 해줘야겠다. 이걸 받구두 더 달라면 난 정말 더 줄 게 없어. 손해나는 장사지만 나 지금 많이 참구 있는 거야. 어때? 나중에 또 더 내놓으라구 떼거지 쓰는 거 아닐 테지?"

"알았어. 그딴 걱정 말구 돈이나 어서 던져."

돈다발이 뺑코의 손을 떠나 포물선을 그리며 정호 발 앞에 떨어진다. 정호가 곧 돈다발을 집어들자 뺑코가 등 뒤에서 커다랗게 소리를 친다.

"잘 가라 정호! 난 오늘밤에 이 역을 뜰 거야. 헌병대에 찔러봤자 그땐 너무 늦는단 말야."

정호가 대꾸 없이 어둠 속으로 고함을 친다.

"창구야! 다 끝났다! 먼저 화차루 내려가 있어!"

현장에 없는 창구에게서 대답이 있을 리 없다. 정호는 그러나 아랑곳 않고 빠른 걸음으로 공터에서 물러난다. 생각지도 않은 거액의 현금이다. 그리고 그 현금은 어느새 정호를 뺑코의 공범으로 만들고 있다. 그러나 무슨 상관인가? 중요한 것은 지금 그의 손에 거액의 현금이 있다는 것이다. 이 돈만 있으면 그는 당분간 아무 걱정도 없는 것이다.

어느새 정호는 공터를 벗어나 피난민 열차들이 늘어서 있는 홈쪽으로 다가간다. 뺑코가 있는 검은 창고는 열차들에 가려 이제는 눈에 보이지도 않는다. 철길을 건너 두번째 홈으로 막 오르는데 누군가가 등 뒤에서 급하게 그를 부른다.

"정호야!"

"어 영선아."

"왜 이렇게 늦었니?"

정호는 잠시 숨을 고른 후 고개를 천천히 가로 내두른다.

"아니었어."

"아니라니?"

"범인인 줄 알았는데 알구 보니 어떤 여자야. 여자가 용변이 급해 눈 속으루 마구 뛴 거야. 뺑코는 아마 총질할 때 딴 데루 샌 모양이야. 추운데 괘니 헛고생만 했어. 뺑코 같은 악바리가 쉽게 잡힐 리 만무하지."

8

날이 밝아온다. 어느 역이나 마찬가지지만 대전역 역시 피난민들로 만원을 이루고 있다. 딴 역에 비해 구내가 넓어서 오히려 이역에는 몇 배나 더 많은 피난민들이 득실대고 있다.

밤새도록 열차에서 시달린 피난민들이 날이 부옇게 밝아오자 여기서도 역시 솥을 걸고 밥들을 짓고 있다. 가족끼리 둘러앉아 밥을 짓는 피난민들 사이로 행상들이 찬거리를 들고 소리소리 외치며 다닌다. 행상들의 찬거리는 가지각색이다. 간고등어, 김, 간장, 고추장, 짠지, 김치, 두부, 계란…… 그러나 이 중에 가장 팔리는 물건은 까치집만 한 크기의 다발로 묶어 파는 땔감용 나뭇단이다. 역안에서 밥을 지어 먹자면 제일 요긴한 것이 땔감이다. 아무리 쌀이 있고 찬거리가 많더라도 땔감인 나무가 없으면 밥을 아예 지을 수가 없다. 따라서 피난민들은 아무리 값이 비싸도 더운밥을 지어 먹기 위해 땔감용 나무만은 사지 않을 수가 없다.

땔감용 나무는 우리가 잘 아는 장작이나 삭정이가 아니다.* 어디서 어떻게 마련한 것인지는 알 수 없으나 모두가 판자 쪽을 쪼개어

---

* 이즈음엔 지금처럼 연탄도 가스도 없었다.

한 다발씩 묶어놓은 것들이다. 판자 쪽은 사과 궤짝, 탄약 궤짝은 물론이고 마룻장, 책상 서랍, 의자 다리 따위에서, 때로는 반들반들 윤이 나는 장롱이나 화장대에서 뜯어왔음 직한 것들도 있다. 전시여서 옛날처럼 땔감 공급이 끊긴 판이라 도시 주변의 나무라는 나무는 닥치는 대로 불쏘시개가 되어버린다. 아마 행상들이 팔러 온 땔감들도 필시 피난 떠난 빈집에서 절취해 온 것일 것이다. 대문에 자물쇠가 물려 있는 집은 스스로 빈집임을 알려주는 결과여서, 남아 있는 주민들에게는 가장 손쉬운 약탈의 대상이다. 주인이 떠난 지 미처 한 시간도 되지 않아 이런 집은 약탈자들에 의해 삽시간에 집안 세간들이 사라지거나 파괴되는 것이다.

엄청나게 번잡하다. 열차에서 내린 정호, 소연, 영선 세 사람은 피난민 인파에 섞여 여러 개의 홈들을 지나 지금 큼지막한 역 대합실로 떠밀려 들어가고 있다. 대합실에 들어선 수많은 피난민들은 정호네 패들이 가까이 다가가면 슬금슬금 길을 터준다. 이유는 피난민들의 눈에 이들 세 명의 소년 소녀들이 양아치 아이들로 보였기 때문이다. 하긴 세 사람 스스로 생각해도 자기들의 몰골들은 갈데 없는 양아치 무리다. 도리가 없다. 꼭 일주일 동안을 그들은 열차 위가 아니면 다리 밑이나 석탄 창고 등에서 입은 옷 그대로 한뎃잠을 자곤 했다. 소연은 그래도 시간이 나는 대로 부지런히 세수도 하고 옷도 열심히 털어 입는다. 그러나 정호와 영선은 엊그제 철교 밑에서 오직 한 번 세수라는 것을 해보았을 뿐이다. 특히 두 사람 중 영선의 옷주제는 누가 보더라도 얼굴을 찡그릴 만큼 더럽고 흉측하다. 원래는 흰 편인 영선의 피부는 지금은 땟국이 앉아 까만 석탄덩이처럼 반들반들 윤이 난다. 더부룩이 자란 그의 머리털은 수세미처럼 머리 위로 아무렇게나 뒤엉켜 솟아 있다. 5미리 이상 자란 그의 손톱에는 검은 매니큐어를 칠한 듯이 끈적한 때의 켜가 찐득하게 엉겨붙어 있다. 그러나 영선의 몰골 중 가장 보기에 흉측한 것은 그의 엉덩이 부분과 커다란 두 발이다. 원래의 그의 바지는 까만 물을 들인 군인들의 사지 바지였다. 그런데 이 바지가 얼마나 낡았던지 지금은 엉덩이 부근에 광목과 융단 쪼가리가 걸레 뭉치처럼 두둑하게 기워져 있다. 달아서 터진 구멍을 바늘을 구해 영선이 대충 얼기설기 기운 것이어서, 기워놓은 솜씨도 솜씨지만 그 모양새가 가관이다. 제일 처음에 기워 붙인 천은 둥글납작한 광목천인 모양이다. 한데 이것이 다 낡아서 얼마 못 가 구멍이 나자, 두 번째는 긴 장방형의 융단 쪼가리를 기워 붙였다. 한데 이놈마저 북 찢겨서 마지막에는 담요 쪼가리를 두툼하게 기워 붙여서, 엉덩이에 흡사 큰 방석이 달려 있는 듯한 꼴인 것이다. 그러나 또 하나의 꼴불견에 비하면 엉덩이는 그래도 괜찮은 편이다. 그는 지지난 역에까지는 낡은 농구화를 신고 있었다. 한데 이놈의 뒤꿈치가 다 달아서 신 밖으로 때가 시커먼 맨 발꿈치가 비어져나왔다. 옷은 해지면 꿰맬 수가 있지만 신발은 바닥이 닳아 없어지면 바늘 따위로는 덧대거나 꿰맬 수가 없다. 두 시간 가까이 수리를 해보려고 애를 썼지만 그는 결국 수리를 포기하고 새 신발을 하나 구하게 된 것이다. 영선이 새로 구한 신발은 누군가가 신다 버린 미군들의 헌 군화인데 역 근처 쓰레기통에서 우연히 찾아낸 물건이다. 얼마나 오래 신었던지 이 군화는 뒤꿈치가 다 낡아 없어지고 바닥 역시 실밥이 뜯어져 윗덮개와 신발창이 제멋대로 너덜대는 것이다. 그러나 영선은 이 낡은 군화가 지난번의 구멍난 농구화보다는 훨씬 더 마음에 들었던 모양이다. 우선 이놈은 신발창이 너덜대긴 하지만 농구화를 신었을 때처럼 맨발이 직접 땅바닥에 닿지 않는다.

그는 발견 즉시 농구화를 군화로 갈아 신은 후 너덜대는 앞창에다
가 가는 전깃줄을 칭칭 감았다. 영선은 결국 춥지 않고 배고프지
않으면 멋이나 체면 따위는 전혀 고려하지 않는 철저한 실용주의
자다. 따라서 그는 배가 고프면 깡통을 주워들고 서슴없이 구걸도
하며, 옷이 해지고 신발이 떨어지면 아무렇게나 꿰매 입거나 노끈
으로 칭칭 휘감고 다니기도 하는 것이다.

번잡한 대합실을 빠져나온 세 사람은 잠시 역 앞에 서서 눈부신
듯 역 앞 광장을 바라본다. 전선에서 제법 거리가 먼 탓인지 이곳
에는 시가지에 사람도 많고 상점들도 아직 즐비하다. 줄곧 열차를
타고 지저분한 피난민들만 보아온 그들은, 깨끗하고 밝은 거리와
말쑥한 옷차림의 행인들을 눈앞에 대하자 왠지 자기들이 밝고 평
화로운 별세계에 불청객으로 불쑥 뛰어든 듯한 기분이다. 후방이
지만 넓은 역전 광장 한편에는 이곳에도 역시 피난민들이 무리 지
어 앉아 있다. 부옇게 터오는 새벽빛을 바라보며 피난민들은 느린
동작으로 아침밥 지을 준비들을 서둘고 있는 것이다.

"어디루들 갈 거야?"

묵묵히 두 소년을 따라나온 소연이 그제야 근심스러운 듯 정호
와 영선을 번갈아 바라본다. 영선은 거지 같은 몰골에 두 팔로 바
둑이까지 힘겹게 끌어안고 있다. 바둑이 역시 주인을 닮아 복슬복
슬하던 하얀 털이 어느새 때가 끼어 희뿌연 회색빛이다.

"갈 데는 없어. 그냥 궁금해서 나와본 거지."

정호다. 사실 역 밖으로 나오자고 한 것은 바로 정호 자신이다.
그에게는 지금 뺑코에게서 위협 끝에 받아낸 두 다발의 현금이 있
다. 그는 그 돈으로 오래간만에 더운 국밥도 사 먹고, 옷도 한 벌
새로 사 입을 작정이다. 그러나 조금 전까지도 돈 한 푼 없던 빈털

털이가 갑자기 흥청망청 돈을 쓴다면 영선과 소연은 틀림없이 그 돈의 출처를 의심하게 될 것이다. 따라서 그는 두 사람이 납득할 수 있도록 돈의 출처를 어떻게 해서든 그럴듯하게 둘러대야 한다. 만일 그 돈이 뺑코에게서 뜯어낸 것으로 탄로나면, 영선은 혹 눈감아줄지 모르지만 소연은 결코 용서하지 않을 것이다. 문제는 뺑코에게서 뜯어낸 거액의 돈을 그녀에게 어떤 거짓말로 그럴듯하게 둘러대는가 하는 것이다. 정호가 잠시 우두커니 서 있었던 것은 바로 그 거짓말을 궁리하고 있었기 때문이다.

"영선아."

정호가 문득 영선을 부른다.

"왜?"

"우리 어디 가서 점심이나 데워 먹자."

"좋아 헌데 어디쯤이 좋지?"

"여긴 너무 사람이 많아. 저쪽으루 가서 우리 자리를 한번 찾아보자."

"그래 가보자."

"기다려."

정호가 영선의 팔을 잡으며 힐끗 옆에 선 소연을 돌아본다.

"소연인 몸두 불편한 것 같으니까 여기서 잠깐 기다리구 있어. 우리 둘이 적당한 자리를 잡은 후 소연일 다시 데릴러 올 테니까."

"아냐, 불편하지 않아. 나두 너희들하구 같이 가겠어."

"쉴 자리 찾으려면 사방으루 바쁘게 쏘다녀야 된단 말야. 여기서 잠깐 쉬구 있으면 우리 둘이 금세 돌아올 거야."

"그래 소연인 바둑이 데리구 여기서 쉬어. 우리 둘이 싸돌아다니는 게 훨씬 단출하구 편하니까."

영선이 얼른 안고 있던 바둑이를 소연의 품에 떠안긴다. 소연이 바둑이를 받아 안자 정호가 다시 소연을 향한다.

"여기서 한 발짝두 움직이면 안 돼. 오 분 안으루 돌아올 테니까 바루 여기서 꼼짝 말구 기다리구 있으라구."

"알았어, 어서 가봐."

"응 다녀올게."

말을 마친 정호는 즉시 몸을 돌려 역 앞 광장으로 걸어간다. 주위에는 피난민들이 아침밥을 짓기 위해 하나 둘 짐을 끌러 솥과 냄비 등을 꺼내놓는다. 어떤 피난민은 밥 지을 준비로 가족끼리 돌을 괴어 임시 화덕을 만들고 있다. 동작이 빠른 어떤 가족은 벌써 신문지를 불쏘시게 삼아 냄비 뚜껑으로 열심히 부채질을 하고 있다.

광장을 바쁘게 앞서 가던 정호가 문득 방향을 틀어 왼편 시가지의 좁은 골목길로 들어선다. 큰 군화를 질질 끌며 뒤따르던 영선이 정호가 향하는 엉뚱한 방향에 의아한 얼굴로 입을 연다.

"쉴 자리 찾는다구 하더니 대체 어디루 자꾸 가는 거야?"

"잔말 말구 따라와."

"여긴 북쪽하구 달라서 주인 떠난 빈집이 없단 말야. 안으로 들어가봐야 사람들한테 눈총이나 받을 뿐이야."

정호가 문득 골목길 중간에서 어두컴컴한 건물 뒤로 재빠르게 휘어진다. 영선이 뒤따라 건물 뒤로 돌아들자 정호가 발을 세우며 뭔가를 살피듯 사방을 두리번거린다.

"나 실은 역에서 나오면서 뭔가 이상한 걸 땅에서 주웠어. 자 바루 이 물건인데 줍구 나서 펴보니까 엄청난 돈다발이잖아."

영선이 두 눈을 똥그랗게 뜨고 두 개의 돈 다발을 뚫어지게 쏘아본다. 너무나 엉뚱한 물건이어서 그는 안색까지 창백하게 질려 있

114

다. 잠시 넋을 잃고 돈뭉치를 바라본 후 영선이 두려운 표정으로 조심스레 정호를 바라본다.

"놀랬다. 엄청난 돈이구나?"

"응, 나두 깜짝 놀랐어."

"누굴까, 잃어버린 사람이?"

"개찰구 바루 입구니까 누가 지나가다가 자기두 모르게 흘린 것 같아. 돈을 주워들구 우두커니 서 있는데두 누구 한 사람 날 이상하게 보는 사람이 없었어."

"하느님 선물이다. 거기 얼마나 오래 서 있었니?"

"아까 오다가 오줌 마렵다구 한 거 알지? 돈을 줍는 바람에 오줌두 못 누구 한 일 분 동안 그 자리에 우두커니 서 있었어."

"그렇담 임자는 벌써 떠났어. 임자가 역 안에 있다면 담박에 너한테 달려왔을 거야."

"나두 그런 생각이야. 헌데 이 돈을 어떡하면 좋지?"

"어떡하긴? 네가 주웠으니 그 돈은 이제 네 돈이야. 하느님 선물이라니까. 우리두 이젠 고생 끝이다. 그 돈으루 당장 밥두 사 먹구 옷두 한 벌씩 새루 사 입자."

"주웠다구 그 돈이 바루 내 돈이 되는 건 아니야. 지금 여러 가지 생각 중인데 난 이 돈을 지금 바루 파출소에 신고하는 게 좋을 것 같다."

"야, 너 미쳤어? 파출소에 갖다주면 파출소 순경들만 횡재하는 거야. 이렇게 난민들이 복작대는데 순경들이 어떻게 돈 임자를 찾아준다는 거야? 말루는 우리를 장하다구 칭찬하면서 돈 임자를 꼭 찾아주겠다구 말할 테지. 허지만 돈에는 주인 표시가 없단 말야. 표시가 없는데 순경들이 어떻게 진짜 돈 임자를 찾아주겠어?"

"그럼 네 말은 우리가 그냥 이 돈을 쓰자는 이야기냐?"

"물론이지, 도리가 없잖아? 임자가 있어야 돌려주지?"

"좋아 헌데 우리 둘이는 이해를 한다지만 소연인 아마 우리하구
생각이 다를걸?"

"다르다니?"

"걘 담박 이 돈을 파출소에 갖다주라구 할 거야. 너두 며칠 겪어
봤으니까 걔 성격 잘 알잖아?"

"글쎄. 걘 나두 잘 모르겠다. 허지만 난 파출소에 주는 건 결사반
대야."

"나두 파출소는 내키지 않아. 허지만 그 애를 어떻게 설득하지?"

영선이 잠깐 생각하는 빛이더니 좋은 생각이 떠오른 듯 고개를
번쩍 든다.

"나한테 맡겨. 걘 내가 무시하겠어."

"무시하다니?"

"그 돈을 내가 주웠다구 할 테니까 넌 쏙 빠지란 말야. 너하구 그
애하군 친하지만 나하군 별루 친하지 않아. 파출소에 갖다주라구
그 애가 우기면 난 못하겠다구 딱 잡아떼겠어. 설마 내가 잡아뗀다
구 걔가 날 파출소에 고해바치진 않을 테지?"

"그래 그거 좋은 생각이다. 너라면 그 애두 마음대루 못할 거
야."

"돈 이리 줘."

정호가 잠시 망설이다가 돈 뭉치 한 개만을 영선에게 건네준다.

"하나는 피난길에 쓰도록 하구 나머지 하나는 내가 갖구 있다가
부산에 가서 우리들 장사 밑천을 해야겠어. 부산에 간다 해도 돈이
없으면 당장 밥벌이를 할 수 없잖아?"

영선이는 착한 아이다. 그는 돈이 탐나서 다 달라는 것이 아니다. 정호는 그것을 잘 알고 있었으나 한 뭉치는 만일을 위하여 자기가 꼭 지니고 싶었다. 영선이 곧 고개를 끄덕이고 돈다발 한 개를 받아 자기 안주머니에 깊숙이 쑤셔넣는다.

"이 돈을 내가 받아넣긴 하지만 이 돈의 진짜 임자는 내가 아니구 너야. 그러니까 앞으루 돈 쓸 일이 생기면 언제나 네가 쓸 데를 말해주라구."

"알았어."

"아아, 난 꿈만 같애. 이 돈만 있으면 부산 아니라 제주도까지라두 얼마든지 갈 수 있어. 하느님이 우릴 봐주신 거야. 우리 사는 게 너무 불쌍해서 하느님이 이 돈을 내려주신 거야."

정호는 영선이 좋아하는 모습을 씁쓸한 표정으로 잠잠히 바라본다. 이 돈은 하느님이 아니라 소매치기 전문의 최고 악당인 뺑코에게서 뜯은 것이다. 만일 영선이 그 사실을 안다면, 이렇게 밝은 표정으로 좋아하지만은 않을 것이다. 정호가 곧 몸을 돌려 영선의 팔을 꽉 잡는다.

"자, 이제 역으로 돌아가서 소연이 데리구 국밥이나 사 먹으러 가자."

"응, 그래, 어서 가자."

두 사람이 역으로 돌아오니 소연이 웅크리고 앉았다가 밝은 표정으로 몸을 일으킨다.

"쉴 곳 찾았어?"

"응 찾았어."

"어디야?"

"우리만 따라와."

영선이 바둑이를 받아 안은 후 정호를 앞질러 휘적휘적 역 광장
을 질러간다. 그동안 날이 훤히 밝아서 광장에는 아침 햇살이 눈부
시게 내리비추고 있다. 두둑한 돈다발이 주머니 속에 들어 있는 탓
인지 영선의 걸음걸이가 유난히 경쾌하고 활발하다. 정호가 소연과
서너 걸음 처져 가며 문득 소연을 향해 낮은 목소리로 입을 연다.

"할 말이 있어."

"뭔데?"

"영선이가 오늘 새벽에 역 안에서 돈을 주웠어."

"돈을?"

"꽤 많은 돈이야. 자기 말루는 개찰구 부근에서 밖으로 나오다가
우연히 주웠다는 거야."

"그래서?"

"돈을 잃어버린 사람은 안됐지만 영선인 그 돈을 우리랑 같이 필
요할 때 쓰겠다는 거야. 부산까지 가자면 아직 멀었으니까 그동안
그 돈으루 밥두 사 먹구 옷두 새루 사 입자는 거야."

"안 돼 그건. 남의 돈을 주웠으면 주인을 찾아줘야 되잖아? 우리
가 그 돈을 쓰는 건 그 돈을 도둑질하는 거나 마찬가지야."

"허지만 어떻게 돌려주겠어? 돈 잃어버린 사람 손 드시오 하구
역 안에서 소리라두 칠까?"

"방법은 있어."

"무슨 방법?"

"돈 주운 내력을 자세히 이야기하구 파출소에 그 돈을 맡기면
돼."

"그래 네 말대루 맡긴다구 하자. 허지만 파출소 순경은 그 돈을
어떻게 임자에게 찾아주지?"

"그건 우리가 알 바 아니야. 우리는 돈만 돌려주면 그것으루 깨끗이 끝나는 거야."

"어이 빨리 와! 무슨 얘긴데 그렇게 길어?"

영선이다. 정호와 미리 약속이 되어 있어서 영선은 정호가 지금 왜 뒤쪽에서 꾸물대고 있는지 알고 있다. 정호가 곧 영선을 향해 큰 소리로 고함을 친다.

"먼저 가! 얘기할 게 있어서 우린 천천히 뒤따라가겠어!"

말을 마친 정호가 다시 소연을 돌아본다.

"우리가 영선이더러 그 돈을 파출소에 갖다주라구 하면 영선인 아마 우리 둘을 버리구 저 혼자 몰래 도망쳐버릴 거야. 생각해봐, 주머니에 돈이 두둑한데 뭐가 아쉬워서 우리한테 붙어 있겠어?"

"내가 한번 타일러볼게. 그 앤 착한 아이니까 어쩜 내 말을 들을지두 몰라."

"그럴까? 영선인 물론 네 말처럼 아주 착하구 순진한 아이야. 허지만 그 돈을 파출소에 갖다줄 만큼 그 애는 어리석지두 않구 맹물 같이 착하지두 않어. 나두 첨엔 그 애길 듣구 돈을 파출소에 돌려 줘야 한다구 생각했어. 헌데 그 애길 꺼내니까 영선이가 대뜸 화를 내는 거야. 그 애 애긴 우리가 그 돈으루 사탕이나 사 먹구 극장이나 갈 거라면 자기두 기꺼이 그렇게 하겠다는 거야. 헌데 우린 그 돈으루 부산까지 내려갈 동안 굶어 죽구 얼어 죽지 않기 위해 밥이나 사 먹구 옷이나 한 벌씩 사 입을 거라는 거야. 말하자면 그 돈이 우리에게는 살기 위해 절대로 필요한 생활비나 마찬가지라는 거야. 비록 우리가 땀 흘려 번 돈은 아니지만 우리한텐 그 돈이 절대적으루 필요하다는 얘기였어."

"정호두 그렇게 생각해?"

"물론 나두 마찬가지야."

소연이 잠시 말이 없다가 긴 한숨과 함께 침울하게 입을 연다.

"나는 올바른 행동이니 정직이니 하는 것들은 힘들고 어려울 때 지켜져야 더욱 가치 있구 보람 있는 일이라구 생각해. 여유 있고 편안할 때 그런 걸 지키는 건 누구나 쉽게 할 수 있는 일이라는 생각이야. 나두 그 돈이 지금의 우리한테 얼마나 요긴하게 쓰일지 잘 알구 있어. 영선이 바지와 큰 구두를 볼 때마다 나는 매번 가슴이 아파 눈물이 나려는 걸 억지루 참구 있어. 허지만 우리가 고통받는다구 해서 나쁜 짓을 해두 좋다는 법은 없어. 아무리 우리에게 굶주림과 추위가 닥쳐와두 그것 때문에 남의 돈을 쓴다는 건 우리들 자신을 변명하는 비겁한 행동밖에 되지 않아. 고통을 받고 어려울 때 그 유혹을 이긴다는 것, 그게 진짜루 우리한테는 가치 있구 소중한 일이야."

소연은 말을 마치자 재빨리 손수건을 눈으로 가져간다. 정호 역시 웬일인지 코허리가 찡해오며 두 눈에 눈물이 핑 돈다.

너무 오랫동안 잊혀졌던 묘한 여운의 진지하고도 따듯한 충고다. 정호에게 있어 지금까지의 삶은 주변의 남들을 적으로 삼은 피투성이의 싸움과 다름없었다. 내가 온전하게 살아남기 위해서는 나를 대신하는 남들의 고통이 필요했고, 내가 편안하고 배부르기 위해서는 남들이 대신 불편하고 배를 곯아야 했던 것이다. 양심, 정직, 착함 따위는 상대에게 공연히 약점만 노출하는 행위일 뿐이다. 처음에 그는 배고픔을 견디다 못해 남에게 손을 벌려 동정을 구해본 일이 있다. 그러나 동정이라는 것은, 금고 앞에 앉은 백만장자가 지나가는 걸인의 깡통 속에 동전 몇 푼을 장난삼아 땡그랑 던져주는 것에 불과하다. 그에게 또 잊혀지지 않는 일은, 걸식을 했을 때 상대편이 보내오는 모멸에 찬 차가운 눈빛이다. 사람은 아직 가난하다는 정도로는 남들로부터 모욕을 받을지언정 무시당하지는 않는다. 그러나 완전히 무일푼의 거지가 되면 사람들은 그 걸인을 멸시가 아니고 인격 없는 물건을 대하듯 차갑게 무시해버린다. 정호가 최초로 밥을 구걸한 곳은 어느 큼지막한 대중식당이었다. 문을 밀고 식당으로 들어서니 종업원은 정호를 향해 눈살을 찌푸리며 무얼 주문하겠느냐고 물어왔다. 걸인과 다름없는 정호의 옷주제에 종업원은 노골적인 멸시의 표정으로 마지못해 식사 주문을 물어온 것이다.

그러나 정호는 밥을 사 먹으러 온 것이 아니라 밥을 얻어먹으러 그 식당을 찾아갔다. 그는 공손히 두 손을 마주 잡고 멸시에 가득 찬 종업원을 향해 자기가 매식(買食)이 아니라 걸식을 하러 왔음을 솔직히 고백했다. 그러자 지금까지 애써 인내를 보여온 종업원은 갑자기 태도를 돌변하여 정호의 멱살을 틀어잡았다. 종업원은 정호가 가난해 보이기는 했으나 밥을 사 먹으러 온 손님이라고 생각했다. 그래서 그를 친절하게 대하지는 않았지만 한 사람의 손님으로 예를 갖춰 대해주었다. 그러나 정호가 밥을 빌러 온 거지로 드러나자 그는 갑자기 정호의 멱살을 틀어잡아 개처럼 밖으로 끌고 나갔다. 거지임이 판명된 정호라는 사람은 그 순간 이미 한 몫의 사람이 아니다. 그는 겉모습은 사람이지만 밥을 빌어먹는 거지라는 이름의 사람 이하의 사람이다. 말하자면 이 사회는 가난한 사람까지는 한 몫의 사람으로 대접해주지만 그 사람이 무일푼의 거지가 되었을 때는 이미 거지일 뿐 사람이 아닌 것이다. 종업원이 정호의 멱살을 틀어잡은 것은 정호가 더 이상 사람이 아니기 때문이다. 정호는 이미 거지이기 때문에 나가주시오 하는 따위의 사람의 말이 필요하지 않다. 거지에게는 사람의 말 대신 짐승에게나 행사되는 무자비한 폭력이 있을 뿐이다. 비록 사람은 사람이지만 거지는 그 사회가 공개적인 합의 하에 사람이 아닌 비인격체로 추방해버린 존재인 것이다.

거지는 빌어먹을 뿐 범죄를 저지른 죄인은 아니다. 그러나 그는 가진 것이 없다는 이유로 사회로부터 죄인 이하의 무서운 모멸과 폭행을 당한다. 정호가 여기서 뼈저리게 느낀 것은, 없는 것도 결국 무서운 죄라는 사실이다. 그는 왜 식당 종업원이 자기의 멱살을 틀어잡았는가 분명히 깨달았다. 그는 결국 아무것도 없는 거지였기 때문에 종업원으로부터 아무 이유 없는 폭행을 당해야 했다. 여기서는 양심이니 정의니 하는 것은 아무런 의미도 힘도 없다. 그가 폭행을 당하지 않기 위해서는 오직 한 가지 방법이 있을 뿐이다. 무슨 짓을 해서라도 돈을 벌어 최소한 비럭질을 하는 무일푼의 거지는 되지 말아야 한다는 것이다.

정호는 여기까지 생각이 미치자 그 후로는 두 번 다시 걸식이나 구걸만은 하지 않기로 작정했다. 양심과 정직을 팔아서라도 결코 거지만은 될 수가 없다. 차라리 무일푼의 거지가 될 바에는 굶어 죽거나 도둑이 되는 쪽이 훨씬 더 현명하다. 거지가 되어 발길로 채이거나 목덜미를 틀어잡힐 바에야 차라리 당당하게 죄를 지어 신체가 구속당하는 죄수가 되는 쪽이 훨씬 낫다는 생각인 것이다.

그런데 이런 정호의 생각 속에 소연의 진지한 충고가 실로 오랜만에 훈훈한 입김처럼 전해온 것이다. 너무나 오랫동안 밀쳐두었던 양심과 정의가 실로 오래간만에 소연에 의해 잠깐이나마 일깨워진 것이다.

9

날이 저물었다.

거리에는 어느 틈에 땅거미가 깔리고 길가의 즐비한 상점들도 등불들을 환히 밝히고 있다. 조금 전까지도 한두 송이씩 띄엄띄엄 내리던 눈송이가 갑자기 하늘을 까맣게 뒤덮더니 지금은 눈도 못 뜰 만큼 자욱하게 쏟아지고 있다. 역 앞 광장을 반이나 채우고 있던 피난민들도 이제는 잘 곳을 찾아 제각기 사방으로 부산하게 흩어지고 있다. 이제 겨우 여섯 시가 지났건만 짙은 구름이 하늘을 뒤덮어 주위는 흡사 한밤중처럼 캄캄하다.

"어잇 추워!"

바둑이와 함께 꼼짝도 없이 웅크리고 있던 영선이가 갑자기 부르르 몸을 떨고는 참담한 표정으로 정호를 돌아본다. 그러나 정호는 웅크린 자세 그대로 영선의 말은 들은 체도 않고 쏟아지는 눈송이만 묵묵히 바라보고 있다.

어쩔 수가 없다. 많은 현금을 가지고 있으면서도 그들은 하루 온종일 창고 앞에 웅크리고 앉아 있다. 정호와 영선 두 사람은 그래도 비슷한 처지의 소연보다는 덜 괴롭다. 그들은 낮에 배가 너무 고파 역 앞 행상들에게서 인절미를 양껏 사 먹었다. 그러나 소연은 이들이 사 온 떡조차도 고개를 조용히 내저을 뿐 손도 안 대고 거절이다. 이유는 그들이 사 온 떡이 누군가가 잃어버린 남의 돈으로 사 온 음식이기 때문이다. 소연은 비록 입으로는 아무 말도 없었으나 그런 돈으로 사 온 음식은 아예 손도 대지 않기로 작정한 모양이다.

"정호야."

영선이 드디어 참을 수 없다는 듯 웅크린 창고 처마 밑에서 몸을 엉거주춤 일으켜 세운다.

"날이 저물었어. 어떡헐 작정이야? 여기서 이렇게 밤을 새울 순 없지 않어?"

정호는 그러나 무릎을 껴안은 채 여전히 꿀 먹은 벙어리다. 영선이 드디어 안고 있던 바둑이 목에 새로 구한 가죽 목줄을 단단히 죄어 묶는다.

"말해봐, 어떡헐 거야? 시내루 안 가겠으면 눈보라 치지 않는 역이나 딴 데 지붕 있는 곳으루 찾아가자구."

다시 침묵이다. 어느새 어둠이 짙어져서 세 사람은 서로의 표정이 어떻게 변했는지 알아볼 수가 없다. 웅크리고 앉은 윤곽만 보일 뿐 자잘한 몸동작은 어느새 어둠에 묻혀버렸다. 정호가 끝내 대답이 없자 영선이 다시 할 수 없다는 듯 눈을 피해 처마 밑으로 웅크리고 앉는다.

날이 저물자 기온이 뚝 떨어져 휘몰아치는 눈보라와 함께 세 사람을 모질게 괴롭히기 시작한다. 너무 오랫동안 웅크리고 앉아 있어서 발은 얼어 감각이 없고 팔다리는 조금씩 저려오기 시작한다. 피가 통하지 않아 저리기도 하지만 너무 찬 곳에 붙박혀 있어서 몸의 신경마저 마비된 느낌이다.

암담하다. 정호는 이제 참기도 지쳐서 소연에게 꾸역꾸역 분노 같은 것이 치밀기 시작한다. 정호도 물론 자기가 지닌 돈이 옳은 돈이 아님을 잘 알고 있다. 그러나 아무리 옳지 않은 돈이라도 이렇게 고집스럽게 버틸 이유는 없을 것 같다. 두 시간 가까이 설득을 펴봤지만 소연은 끝내 한마디도 대꾸가 없다. 차라리 이렇게 고집스럽게 나올 줄 알았으면 애초부터 그녀를 무시하고 자기들 생각대로 돈을 쓰는 것이 좋을 뻔했다. 정호가 지금까지 참아온 이유는 그래도 같은 동행자로서 그녀의 묵인이나 허락을 받아보자는 심산에서다. 그러나 아무리 끈덕지게 기다려도 그녀는 끝내 자기 고집을 꺾지 않고 있다. 등을 구부리고 목을 움츠린 채 완강히 입을 다물고 죽은 듯이 웅크리고만 있는 것이다.

"어 추워! 불이라두 피워야지 이대룬 정말 얼어 죽겠다."

다시 영선이다. 영선은 엄살이 없는 친구다. 겁이 많고 얼뜨기는 하지만 그는 좀처럼 엄살은 떨지 않는다. 그런데 이토록 참을성 많은 영선이가 끊임없이 조바심을 내듯 앉았다가는 일어서고 일어섰다가는 다시 앉는다. 사실 세 사람의 일행 중에서는 영선이가 옷주제로 보아 가장 추위를 못 견디도록 되어 있다. 정호는 두꺼운 모직 잠바, 소연은 바지에 오버코트를 입고 있는데 영선은 입은 옷이라야 위아래로 걸레나 다름없는 홑겹의 군대 작업복을 걸쳤기 때문이다. 그러나 영선은 이런 지독한 추위 속에서도 끊임없이 투덜대기만 할 뿐 정작 소연에게는 불평 한마디 하지 않고 있다. 그는 자기들의 이런 고생이 소연 때문임을 잘 알고 있다. 소연이 고집만 꺾어준다면 그들은 당장이라도 따뜻한 음식을 사 먹을 수가 있고, 훈훈한 여관방을 찾아들 수가 있다. 하지만 원래가 착하고 어진 영선은 끝까지 소연에게는 원망 한마디 하지 않는다. 정호가 그녀를 두둔하고 있는 이상, 그는 모든 것을 정호에게 맡기고 자기는 모르는 체 두 사람의 눈치만 살피고 있는 것이다.

"정호야."

땅에서 일어나 발을 구르며 영선이 다시 떨리는 목소리로 입을 연다.

"나 잠깐 역 쪽으루 가서 불 피울 나무 좀 찾아보겠어. 불이라두 피우지 않구는 이대루 꼿꼿이 동태가 될 것 같다."

"기다려."

말 한 마디 없이 앉아 있던 정호가 그제야 불쑥 처마 밑에서 몸을 일으킨다.

"같이 가자 나하구."

"아냐, 혼자두 돼. 넌 그냥 여기 있어."

정호가 대답 대신 옷에 묻은 눈을 툭툭 턴다. 주위에는 이제 함박눈이 휘몰아쳐 발목이 빠질 만큼 눈이 두둑이 내리쌓였다. 정호가 영선 쪽을 힐끗 바라본 후 문득 허리를 굽혀 웅크리고 있는 소연의 이마를 내려다본다.

"우리 불 피울 나무 좀 구해 오겠어. 우리가 다시 올 때까지 바둑이좀 데리구 있어."

"정호."

막 떠나려는 정호를 향해 소연이 문득 떨리는 목소리로 입을 연다.

"뭐야 말해봐."

"가지 마."

"왜 그래? 가지 말라니 여기서 그냥 얼어 죽자는 이야기야?"

"아냐, 이런 눈 속에서 어떻게 땔나무를 찾겠다는 거야? 돈이 있으니까 여관에라두 가. 나 같은 거 아마 꼴두 보기 싫을 거야."

말을 마친 소연의 어깨가 갑자기 격렬하게 아래위로 들먹인다. 억눌렀던 슬픔이 한꺼번에 폭발한 듯 소연의 입술 사이에서 격한 흐느낌이 토막토막 끊어져 나온다. 소연의 흐느낌을 듣게 되자 정호도 갑자기 목이 콱 메어온다. 그토록 완강하게 버텨오던 그녀의 고집이 드디어 정호 앞에서 허망하게 꺾여지고 있다. 그러나 소연의 이런 꺾임은 그녀의 물러섬이나 패배를 뜻하는 것은 아니다. 그녀의 고집이 꺾이는 것을 보게 되자 정호와 영선 쪽은 오히려 짙은 패배감과 당혹감을 느낀 것이다.

할 말이 없다. 흐느끼는 소연에게 위로의 말이라도 하고 싶지만 정호는 안타까움만 가중될 뿐 위로의 말이 한마디도 생각나지 않는다. 끝 모르게 휘몰아치는 눈보라를 온몸으로 맞으며 정호는 장승처럼 서서 소연의 흐느낌을 묵묵히 내려다볼 뿐이다. 그러나 다행히도 소연의 흐느낌은 길지 않았다. 소연이 천천히 몸을 일으키더니 정호를 무시하고 영선을 향해 입을 연다.

"영선아."

"……"

"용서해줘."

"내가 뭘……"

"나 실은 정호나 영선이한테는 귀찮은 손님이나 마찬가지야. 지금까지 줄곧 폐만 끼쳤지 내가 해준 것은 아무것두 없어. 난 어째서 영선이와 정호가 날 지금까지 돌봐주는지 모르겠어. 아무 도움도 안 되는 나 같은 사람을 왜 선뜻 내버리지 못하구 지금까지 묵묵히 참아주는지 모르겠어. 허지만 이젠 정호나 영선이가 왜 날 돌봐주는지 알 것 같아. 주은 돈 몇 푼이 문제가 아니라 우리는 지금 살아남는 게 가장 중요해. 나두 이젠 정호나 영선이처럼 꿋꿋이 살아갈 용기 같은 게 필요하다는 걸 깨달았어."

영선이가 갑자기 소연을 외면하고 코를 홱 눈 속으로 풀어 던진다. 코끝을 소매로 쓱 문지른 후 영선이 드디어 소연을 정면으로 바라본다.

"그래 앞으루두 또 파출소루 가자구 할 거야?"

"돈 임자는 내가 아니야. 그건 영선이가 결정할 문제야."

"그럼 그 문제에 대해서는 앞으루 더 이상 간섭 안 한다는 이야기지?"

"응, 난 아무 말 않겠어."

"좋아, 그럼 얼른 가자구. 우선 어디 가서 몸부터 녹여야겠어."

소연이 고개를 끄덕한 후 다시 몸을 돌려 정호를 바라본다. 갑자기 시선이 부딪친 두 사람은 어둠 속에서 잠잠히 서로의 얼굴을 어색하게 바라본다. 소연이 곧 눈을 깜박이며 정호를 향해 조심스레 입을 연다.

"미안해 정호."

"……"

"난 정호가 그렇게 끈덕지게 나하구 맞설 줄은 생각도 못했어. 날 버리구 떠나려니 생각하구 떠날 때만 묵묵히 기다리구 있었어."

정호는 어둠 속으로 고개를 천천히 가로 내두른다. 내버리고 갈 수도 있다. 편하기로 말하자면 그녀와의 동행은 정호에게 거추장스러운 커다란 짐일 뿐이다. 사실 부산에 도착하더라도 그녀에게서는 다른 사내 친구들처럼 어떤 도움이나 협조를 기대할 수 없다. 닥치는 대로 먹고 아무 데나 쑤셔 박혀 잠을 자는 그들에게, 소연은 이제 막 어른이 되려는 여자이기 때문에 그들의 자유로운 행동에 많은 제약과 장애를 줄 뿐이다. 그러나 정호는 어떠한 경우라도 이제는 그녀를 결코 내버리고 갈 생각이 없다. 그는 소연을 내버리고 가면 그녀가 장차 어떻게 될 것인가를 누구보다 잘 알고 있다. 소연 또래의 무수한 젊은 여자들이 술집이나 미군 부대 근처에서 예전에는 전혀 상상도 할 수 없는 처참한 생활들을 꾸려가고 있다.

나이 많은 여자들만이 그런 곳에서 비참한 삶을 꾸려가는 것은 아니다. 소연보다 더 어린 열대여섯 살 소녀들도 입술에 새빨간 루주를 칠하고 미국 병정들을 상대로 하여 끔찍한 생활들을 하고 있는 것이다.

전쟁의 참담한 비극은 남자들만의 몫이 아니다. 남자들은 물론 직접 전투에 참가하여 생명을 잃거나 팔다리를 잃는 등 전쟁의 직접적인 피해를 입는다. 그러나 후방에 처져 있는 여인들도, 상대는 비록 다르지만 남자들 못지않은 무서운 고난과 전투를 치르고 있다. 그들의 전투 상대는 두말할 것도 없이 하루하루의 생활과의 싸움이다. 전쟁으로 모든 것을 한꺼번에 잃은 그들은 굶어 죽지 않고 살아남기 위해 어떠한 수단과 방법도 마다하지 않는다. 사람은 삶을 중단할 수는 있지만 생활은 잠시라도 중단할 수가 없다. 삶이 괴로워서 스스로 목숨을 끊을 수는 있지만 생활이 괴롭다고 해서 굶고 살 수는 없다는 이야기다. 여자들이 겪어야 될 비극은 바로 여기서 비롯된다.

남자는 아무것도 없을 때 최후로 가장 손쉬운 그들의 노동력을 판다. 노동력까지도 팔 수 없게 될 때 남자는 그야말로 걸인이 되는 도리밖에 없다. 그러나 여자들은 아무것도 팔 수 없는 최악의 경우라도, 바로 그들이 여자이기 때문에 마지막 한 가지 팔 것이 남아 있다. 그것은 바로 남자라면 누구나 갖고 싶어하는 그들에게 가장 소중한 여자라는 몸뚱이다.

무수한 여자들이 이 최후의 상품을 팔고 있다. 아무도 이런 여자들을 비난할 자격은 없다. 그들은 그것을 팔기 이전에, 그들 나름으로 굶주림을 포함한 온갖 고통들을 참아가며 최후의 순간까지 몸을 지키려 노력했다. 온갖 수단을 다 동원해본 끝에 그들은 더 이상 어찌할 수가 없어 최후로 그들의 몸을 상품으로 내놓은 것이다. 차라리 남자로 태어났더라면 그들은 이런 비극은 맛보지 않았을 것이다. 여자로 태어났기 때문에 그들은 최후의 순간에 이런 참담한 길을 택하게 된 것이다.

소연의 경우도 마찬가지다. 소연 자신은 여자의 몸이 상품으로 되리라고는 상상도 못할 것이다. 그런 나락의 길로 떨어질 바에야 차라리 죽음을 택하리라고 생각할지 모른다. 그러나 그런 길로 떨어진 여자들도 처음에는 모두 소연처럼 죽음을 각오했던 여자들이다. 죽음을 각오하고 최후의 순간까지 버텼지만 그들이 죽음을 택하기 전에 먼저 불행이 닥쳐온 여자들이다. 죽음은 여러 조건과 알맞은 기회가 주어져야만 가능하다. 죽음에 무슨 조건과 기회가 있느냐고 하겠지만, 기회가 주어지지 않으면 내 스스로 행하는 자살조차도 내 자유가 아닌 것이다.

눈이 계속 내려온 누리에 하얗게 쌓인다. 역 쪽에서는 군용 열차들이 끊임없이 기적을 울리며 넓은 역 구내의 레일 위를 엇갈려 오가고 있다. 정호가 드디어 생각을 굳힌 듯 빙글 몸을 돌려 시내 쪽으로 앞서 걷기 시작한다. 처져 있던 영선이 바둑이를 다시 끌어안고 정호를 바싹 따라와 신이 나서 지껄인다.

"야 정호야, 어디루 먼저 갈 거니?"

"밥집."

"밥집이라면 나한테 맡겨. 저 모퉁이에 따끈따끈한 국밥집이 있단 말야."

정호는 말만 들어도 대뜸 입 안에 흥건하게 침이 괸다. 그러나 그는 걸음을 세우고 뒤를 천천히 돌아본다.

"영선아, 너 먼저 밥집에 가. 난 소연이하구 얘기 좀 하다가 갈 테니까."

"좋아, 헌데 너 그 애한테 왜 그렇게 쌀쌀맞게 구는 거냐? 난 걔가 불쌍해 죽겠어. 우릴 해칠려구 그런 게 아니잖어?"

"알았어, 나두 지금 사과할려구 기다리는 거야."

"좀 친절하게 대해주라구. 아주 착하구 맘씨 좋은 여자 애야."

"알았다니까. 어서 가봐."

영선이 후딱 몸을 돌리더니 바둑이를 땅에 내려놓고 껑충껑충 뛰어서 눈 속으로 사라진다. 줄곧 영선의 품에 강제로 안겨만 있던 바둑이는 땅바닥에 놓여 자유롭게 되자 하얀 눈밭을 이리저리 뛰며 영선의 뒤를 경정경정 따라간다. 영선이 사라지고 조금 기다리자 소연이 타박타박 정호 앞으로 다가온다.

"여기서 뭘 해?"

"기다리구 있었어."

"영선인 어딜 갔지?"

"먼저 저 모퉁이 국밥 집으루 달려갔어."

"영선이 아직두 나한테 화가 덜 풀렸어?"

"아냐, 영선인 그런 애가 아냐."

두 사람이 잠시 말이 없다가 나란히 몸을 돌려 눈 속으로 걸음을 옮긴다.

"소연아."

정호가 문득 소연을 부른다.

"왜?"

"고마워."

"뭐가?"

"소연인 아까 날더러 왜 내가 소연일 버리지 않느냐구 물어왔어.

허지만 내가 진짜루 겁내는 건 소연이가 날 버리지 않을까 하는 거야."

"어째서 그런 생각을 하게 됐지? 내가 왜 정호를 버린다는 거야?"

"나두 옛날엔 지금처럼 나쁘지 않았어. 전쟁이 나기 전까진 가끔 말썽을 피우긴 했지만 부모님 말씀 고분고분 따르던 그냥 보통의 평범한 아이였어. 헌데 외톨이가 되어 혼자서 어렵게 벌어먹구 살다 보니 자기두 모르게 조금조금씩 지금처럼 아주 못된 사람이 되어버린 거야. 이젠 너무너무 못된 짓을 많이 해서 웬만한 못된 짓은 못된 짓으루두 느껴지지 않아. 헌데 이번에 소연이 말을 듣구 보니 나두 모르는 새에 내가 얼마나 나쁜 놈이 되었는가를 깨달았어. 어떻게 해서든 살아보자구 죽지 못해서 온갖 짓 다 했지만, 그게 결국 나두 모르게 나를 차츰차츰 나쁜 길루 빠지게 한 거야. 허지만 소연이 덕에 나두 이젠 확실히 깨달았어. 어떤 게 옳구 어떤 게 그른지 분별하는 힘이 내 마음속에 생긴 거야."

"그럼 됐어. 나쁘다는 걸 알았으면 그걸루 이미 충분한 거야."

"그리구 한 가지 고백할 게 있어."

"뭔데 또?"

"소연인 날 어떻게 생각해?"

"어떻게 생각하다니?"

정호가 잠시 말을 끊고 두려운 표정으로 소연을 돌아본다. 그가 지금 소연에게 하려는 이야기는 어른들이 흔히 말하는 '나는 너를 사랑한다'라는 말이다. 허지만 그는 그런 말을 소연에게 어떻게 표시해야 좋을지 알 수가 없다. 만일 소연이 놀라기라도 하는 날이면 그는 차라리 그런 말을 안 하느니만 못한 것이다. 소연이 어떻게

132

받아들일까를 생각하자 그는 갑자기 말문이 막혀버린 것이다.

"무슨 얘긴지 어서 해봐. 망설이는 걸 보니 아주 중대한 얘긴가 보지?"

피할 수가 없다. 소연의 시선을 정면으로 대하자 정호는 불쑥 자신도 모르게 입을 연다.

"나 소연일 사랑하구 있어."

이번에는 소연 쪽에서 걸음까지 멈추고 정호와 우뚝 마주 선다. 숨 막힐 듯한 침묵이 흐른다. 눈이 계속 펄펄 날려서 그들의 머리 위로 하얀 베일처럼 내리쌓인다. 주위에 온통 휘날리는 눈이어서 두 사람은 마치 이 세상에 둘만이 남겨진 듯한 묘한 기분에 휩싸인다. 그러나 이 묘한 기분은 소연의 다음 동작에 의해 간단히 무시된다. 마치 아무 일 없다는 듯 소연이 가만히 손을 뻗어 정호의 손을 꼭 잡았기 때문이다.

"가."

함께 몸을 돌려 나란히 걸으면서 두 사람은 손들을 꼭 맞잡은 채 묵묵히 말이 없다. 눈은 계속 펄펄 날려 두 사람의 홧홧한 얼굴을 서늘하게 식혀주고 있다. 소연이 곧 작은 돌다리를 건너면서 쨍쨍한 목소리로 쾌활하게 입을 연다.

"난 옛날에 눈이 오면 밤새두룩 잠이 안 왔어. 내가 잠잘 때두 계속 올 걸 생각하면 너무너무 아까워서 잠을 잘 수가 없었어."

"난 눈이 오면 좋기두 했지만 한편으룬 화가 났어."

"어머나 왜? 눈이 오는데 왜 화가 나?"

"우리 집 근처에 논이 있었는데 눈이 수북이 내리쌓이면 스케이트를 탈 수가 없었거든."

"스케이트를 탈 줄 알아?"

"그럼, 아버지가 중학에 입학하자 입학 선물루 사주셨어. 첨엔
얼마나 넘어졌는지 엉덩이가 아파서 밤에 잘 때 엎드려서 잠을 자
야 했어."

"몸이 상당히 재빠른 줄 알았는데 정호두 어렸을 땐 나처럼 잘
넘어졌던 모양이지?"

"아냐, 둔해서 넘어진 게 아니구 장난이 유난히 심했어. 난 자전
거두 국민학교 4학년 때 가랭이에 다리를 넣어서 거뜬하게 탈 수
있었어."

"어른 자전거를?"

"응, 안장 위에 올라앉으면 다리가 짧아서 발이 페달에 닿지 않
아. 그래서 안장 위루 타지 못하구 자전거 가랭이루 써커스 하듯이
탔던 거야."

"난 운동이라면 비참한 기억밖에 없어."

"비참하다니?"

"정호는 운동회 때 달리기 잘했어?"

"그건 내 전문 종목이야. 릴레이 대표루 뽑혀가지구 언제나 마지
막 주자루 뛰었어."

"난 정반대야. 창피한 얘기지만 난 운동회 때 2등을 해본 게 최
고 기록이야. 늘 꼴지만 했기 때문에 운동회만 닥쳐오면 기가 죽어
서 뒷전으루만 빙빙 돌았어."

"헌데 어떻게 2등을 했지?"

"국민학교 5학년 때라구 기억하는데 그땐 달리기 도중에 주판으
로 간단히 계산을 해야 하는 과정이 있었어. 말하자면 일제히 출발
선에서 같이 뛰어가서, 달리기 중간쯤에 주판을 들구 더하기 문제
의 답을 내어 다시 꼴인점으루 달리는 거야. 헌데 난 그날두 역시

134

제일 꼴찌루 중간까지 뛰어갔어. 허지만 주판을 잘 놨기 때문에 제일 늦게 도착했지만 거기서 제일 먼저 답을 내갖구 1등으루 달린 거야. 그런데 한참 꼴인점으루 달리다 보니 내 뒤에서 따라오던 아이들이 다시 나를 네 명이나 앞질렀어. 결국 아홉이 뛰었는데 난 꼴인점에 5등으루 들어간 거지."

"그럼 5등이지 어째서 2등이야."

"이유가 있어."

"무슨 이유?"

"나보다 네 명이 먼저 꼴인점에 들어갔지만 주판 놓은 답들이 틀려서 세 명이 등외가 되어 그 덕에 내가 2등이 된 거야."

"답이 틀리면 먼저 들어와두 쳐주지 않았군?"

"그래, 네 명이 앞서 꼴인했지만 그중에 한 명밖에는 답이 맞는 아이가 없었어."

정호가 갑자기 고개를 숙이고 정신없이 쿡쿡 웃는다. 소연이 곧 웃는 정호를 한 손으로 왈칵 장난스레 떠민다.

"비참한 기억은 그뿐이 아니야."

"또 있어?"

"술래잡기나 공놀이 같은 걸 해두 난 언제나 술래만 했어. 아무리 딴 아이를 잡을려구 해두 나한테 잡히는 애는 아무두 없었어. 그래서 체육 시간 내내 나만 술래를 도맡아 했어."

"아아, 말만 들어두 비참해지는군. 그럼 학교에서 소연이가 남보다 잘한 건 하나두 없잖아?"

"왜? 운동만 비참했지 딴 것들은 아주 잘했어."

"좋아. 이번엔 자랑거리 좀 들어보자구."

"관둬, 시시한 것들이야. 정호한테 비하면 아무것두 아닌 시시한 것들이야."

"공부는 어땠어?"

"썩 잘하진 못했지만 그런대루 괜찮았어."

"주판을 잘 놨다니 공부는 아주 잘한 것 아니야?"

"공부란 건 상대적인 거야. 이 학교에서는 1등 한 아이가 저 학교에 가면 3등을 할 수두 있구, 우리나라에서 제일 잘한 아이가 유럽이나 미국 같은 데 가면 10등 안에두 못 들 수가 있는 거야."

"허지만 소연이가 다닌 학교는 한국에서는 제일 좋은 학교 축에 드는 일류잖아? 내 얘긴 거기서 소연이가 몇 등이나 했냐는 거야."

"삼 년 내내 1등 한번 못했어. 왜 자꾸 그런 시시한 걸 알구 싶어 하지?"

드디어 국밥집 앞이다. 마침 밥 때가 된 탓인지 음식점에는 많은 사람들이 자욱한 수증기 속에서 정신없이 밥들을 먹고 있다. 대부분이 피난민들인 이들은 자기들 밥상 옆에 큼지막한 보따리들을 두고 있다. 음식 냄새가 코에 스며들자 정호는 자신도 모르게 침을 꼴깍 목으로 삼킨다. 실로 오래간만에 음식다운 음식을 눈앞에 보게 되었다. 정호가 곧 소연과 나란히 유리문을 밀치고 음식점 안으로 들어선다.

"정호야, 여기야!"

영선이 뜻밖의 장소에 앉아 있다. 손님들의 신발을 넣어두는 신발장 앞에 따로 앉아 있다. 옷주제가 너무 험해서 주인이 영선이를 안으로 들이지 않고 따로 앉힌 모양이다. 영선의 발치에는 바둑이가 엎드려서 뼈다귀라도 하나 차지했는지 좌우로 고갯짓을 하며 뼈다귀 핥기에 여념이 없다. 두 사람이 영선에게 다가가자 영선이 땀투성이 얼굴로 상 위에 놓인 빈 그릇들을 턱으로 가리킨다.

"여태 뭘 했어? 난 벌써 세 그릇째야."

상 위에는 과연 영선의 말처럼 빈 그릇 세 개가 가지런히 놓여 있다. 두 사람이 조용히 옆자리에 앉자 영선이가 문득 소곤대듯 낮게 지껄인다.

"거진 줄 알구 첨엔 날 내쫓을려구 하는 거야. 돈을 꺼내서 던지니까 끽소리 못하구 받아주더군."

10

열차가 멎는다. 주위는 역이 아니라 양쪽으로 높은 산이 깎아지른 V자 형의 깊은 계곡 바닥이다. 달도 없는 캄캄한 밤이어서 겨우 철로변의 눈들만 희끗희끗 보일 뿐이다.

오랜 여행에 시달린 난민들은 누구 하나 말이 없다. 열차가 갑자기 멈춘 것은 이번에도 역시 무슨 피치 못할 사정이 생겼기 때문일 것이다. 깊은 밤중이고 주위가 너무 어두워서 피난민들은 내릴 생각도 하지 않고 그냥 열차 위에 쥐 죽은 듯 웅크리고 있다.

"어딜까 여긴?"

담요를 목까지 둘러쓴 영선이 정호를 향해 졸린 듯이 말을 걸어온다. 그러나 칠흑 같은 어둠 속이어서 정호도 그것을 알 리가 없다.

"글쎄, 나두 모르겠어."

"왜 이런 데 차가 서지? 근처에 집 한 채 보이지 않잖아?"

딴은 그렇다. 역이 아니면 근처에 집이라도 한 채 보여야 하는데 이곳에는 집은커녕 철로변에 쌓인 눈과 가파른 산비탈에 아름드리 나무들뿐이다. 차가 갑자기 어둠을 뚫고 눈과 숲으로 둘러싸인 별

천지에 도착한 느낌이다.

"이상한데? 저길 보라구. 무슨 사고가 난 것 같은데?"

영선이 문득 열차 지붕에서 엉거주춤 일어나 한 곳을 손으로 가리킨다. 대전역에서 겉옷을 새로 사 입어서 영선은 이제 예전처럼 넝마 뭉치로는 보이지 않는다. 발에도 커다란 미군 군화 대신 안에 털을 댄 고무 단화를 신고 있다. 정호가 뒤따라 열차 지붕에서 일어서자 문득 어둠 속에 강렬한 불빛이 한 곳을 환히 비춘다. 불빛이 쏟아진 곳은 기관차 앞쪽으로 10여 미터쯤 되는 곳이다. 손전등을 휴대한 예닐곱 명의 군인들이 무엇인가를 레일 위에서 힘겹게 들어내고 있다. 어둠 속에서 얼핏 보기에도 그것은 전혀 엉뚱한 물건이다. 커다란 통나무 서너 개가 레일 위에 길게 가로놓여 있는 것이다. 영선이 다시 지붕 위로 앉으며 불안한 듯이 정호를 돌아본다.

"아니 누가 저따위 짓을 했을까? 철길 위에 통나무를 놓으면 열차가 탈선해서 뒤집힐 것 아니야?"

"이상한데 정말?"

"열차가 섰길래 망정이지 그대루 달렸더라면 큰 사고가 날 뻔했잖아?"

"왜들 그래? 무슨 일이야?"

이번에는 잠을 자던 소연이마저 소곤대듯 말을 물어온다.

"암것두 아니야."

그러나 바로 그때다. 고요하던 어둠을 뚫고 갑자기 벼락치듯 총소리가 들려온다. 그것도 한두 발이 아니고 여러 개의 총들이 한꺼번에 연발로 쏘아대는 총소리다. 너무나 급작스레 벌어진 일이어서 피난민들은 깜짝 놀라 몸들을 웅크린 채 얼어붙은 듯 움직이지 않는다. V자 형의 깊은 계곡은 이제 무수한 총소리로 귀청이 떨어질 지경이다. 깎아지른 듯한 양쪽 숲에서는 가끔 총소리와 함께 번쩍번쩍 섬광도 번쩍인다. 사방에서 쏘아대는 알 수 없는 총소리로 계곡은 온통 찌렁찌렁 울리고 있다.

도대체 무슨 일인지 알 수가 없다. 피난민들은 처음에는 황당하여 어리벙벙한 표정을 지었으나 이제는 공포에 질려 하나 둘씩 열차에서 땅으로 뛰어내린다.

"무슨 일이죠?"

"뭐예요, 이 총소리?"

"대체 누가 누구한테 총을 쏘는 거예요?"

열차에서 뛰어내린 많은 난민들이 상황을 알아보기 위해 허둥지둥 뛰며 고함들을 치고 있다. 총소리는 그러나 그 순간에도 좁고 가파른 산골짝에 벼락치듯 연이어 울려퍼지고 있다. 서로 고함쳐 묻기만 할 뿐 난민들 중에는 대답하는 사람이 아무도 없다. 한데 바로 이때 또 다른 총소리가 지금까지의 총소리에 대항하듯 아주 가까운 곳에서 울려퍼진다. 먼젓번의 총소리는 약간 먼 산비탈 숲에서 울려왔는데 이번의 총소리는 바로 피난민들이 타고 온 열차에서 울리고 있다. 그러자 누군가가 총소리 사이로 열차에 탄 피난민들을 향해 다급하게 고함을 친다.

"여러분, 빨치산입니다! 공비(共匪)가 열차를 습격해 왔습니다!"

수라장이다. 영문을 몰라 갈팡질팡하던 피난민들은 공비가 습격해왔다는 고함을 듣자 수라장을 이루어 열차에서 뛰어내린다. 비명이 울리고 고함이 터지고 무수한 발자국들이 땅을 울리며 어둠속을 내달린다. 총소리는 이제 공비뿐 아니라 열차에 타고 있던 이쪽 군경들의 응사(應射)까지 합세했다. 아비규환의 비명과 울부짖음 속에 양쪽의 총격전은 이제 완전히 전쟁터를 방불케 한다. 열차에서 뛰어내린 피난민들은 저마다 살길을 찾아 짙은 어둠 속을 무작정 뛰고 있다. 어둠이 먹장처럼 눈앞을 가로막아서 그들은 뛰고는 있지만 방향을 전혀 종잡을 수가 없다.

정호 역시 마찬가지다. 화차 지붕 위에서 구르듯이 뛰어내린 그는 소연의 손을 잡고는 왼쪽 경사지로 미끄럼을 타듯 뛰어내렸다. 그러나 두 걸음도 뛰지 않아서 정호와 소연의 몸은 한 뭉치가 되어 데굴데굴 비탈로 구르기 시작했다. 돌뿌리, 나무둥치 따위가 몸을 치거나 찔렀지만 그들은 앞이 보이지 않아서 좀체 몸을 멈출 수가 없다. 결국 그들이 멈춰 선 곳은 어느 우묵하게 패인 경사지의 바위틈이다. 한없이 굴러갈 그들의 몸을 다행히도 큰 바위가 간신히 잡아준 것이다.

"소연아! 괜찮아?"

"응, 정호는?"

"나두 괜찮아."

두 사람은 잠시 숨을 고르며 귀청을 쩔 듯한 총소리에 귀를 기울인다. 고개를 들어 위쪽을 바라보니 아직도 열차 주변에는 많은 피난민들이 우왕좌왕 뛰고 있다. 상당히 멀리 비탈을 굴렀다고 생각했는데 막상 위를 올려다보니 열차에서 불과 10여 미터가 될까 말까 하다. 소연이 문득 가쁜 숨을 몰아쉬며 정호를 향해 다급하게 소리를 친다.

"영선이, 영선이가 없어! 영선인 어딜 갔지?"

"……"

"어딜 갔어 영선이? 영선인 대체 어디 있는 거야?"

"나두 몰라."

"지붕에선 우리보다 개가 먼저 뛰어내렸어. 어디 갔을까? 바둑이두 안 보여. 대체 영선인 어디루 간 거지?"

정호는 대답 대신 소연의 몸을 조용히 끌어안는다. 영선이를 찾아야 한다. 그러나 지금은 영선이를 찾는 것보다 소연의 공포심부터 진정시키는 것이 더 급하다. 정호가 소연을 꼭 끌어안고 그녀의 귀에 대고 침착하게 입을 연다.

"정신 차려 소연아. 영선인 내가 잘 알지만 절대루 이런 일에 죽을 애가 아니야. 아마 지금쯤 어딘가에 숨어서 우리보다 더 안전하게 우리들 걱정을 하구 있을 거야."

소연이 이윽고 정호의 품 안에서 고개를 크게 끄덕인다. 그러나 고개는 끄덕이고 있지만 몸은 여전히 와들와들 떨고 있다. 정호가 다시 소연을 향해 냉정하게 입을 연다.

"안심해. 아무것두 아니야. 이쪽에두 군인이 있으니까 공비는 절대루 열차 가까이 오지 못해. 영선인 내가 찾아보겠어. 소연인 그동안 꼼짝 말구 여기 엎드려 있으라구."

"정호 안 돼. 지금 저 위루 올라가려구 그래?"

"응, 영선일 찾아봐야겠어."

"안 돼 정호! 올라가면 안 돼! 영선인 정호 말처럼 틀림없이 어딘가에 숨어 있을 거야."

"아니야, 가봐야겠어. 영선일 찾아서 이리루 곧 데려오겠어."

총소리는 여전히 칠흑 같은 어둠 속으로 골짝이 울리도록 찌릉찌릉 울려퍼진다. 정호가 드디어 소연을 품에서 떼어내고 다시 침착하게 타이르듯 입을 연다.

"소연아, 내 말 잘 들어. 넌 여기서 꼼짝 말구 내가 올 때까지 기다려야 해. 영선이만 찾아내면 나 한달음에 이리루 다시 내려올 거야. 자 그럼 나 올라간다. 내 말 명심해. 여기서 꼭 기다리는 거야!"

소연의 하얀 얼굴이 아래위로 조용히 끄덕인다. 정호는 이내 큰 바위를 돌며 다시 한 번 소연에게 고함치듯 다짐한다.

"내 말 명심해! 난 꼭 돌아올 거야!"

"알았어, 조심해 정호!"

"오케이 그럼 간다!"

말을 마친 정호는 대뜸 산비탈을 추어오른다. 주위는 여전히 칠흑 같은 어둠 속에 무서운 총소리만 콩 볶듯이 울리고 있다. 비탈은 경사가 매우 급했고 눈까지 쌓여 있어서 오르기가 무척 힘들다. 그러나 정호는 나무 밑동이나 풀뿌리 따위를 거머쥐며 철길 쪽으로 뻗은 가파른 비탈을 허겁지겁 기어오른다.

드디어 철길이다. 공비는 아마 열차가 멎어 있는 오른쪽 산비탈에서 총격을 가해오는 모양이다. 철길 주변에는 난민들의 보퉁이가 발에 차일 만큼 사방에 흩어져 있다. 처음에는 갈팡질팡하던 난민들도 이제는 둑 밑에 엎드려 죽은 듯 움직이지 않는다. 이쪽 군경(軍警)들은 열차를 방패 삼아 몸들을 잔뜩 웅크리고 연거푸 산비탈을 향해 총들을 쏘아댄다. 공비는 생각보다 숫자가 그렇게 많지 않은 모양이다. 처음에는 기습 공격에 당황해하던 이쪽 군경들도 이제는 자신이 생긴 듯 고함들을 쳐가며 서로를 격려하고 있다.

둑 위로 올라와 배를 깔고 엎드린 정호는 잠시 어찌할 바를 몰라 사방 어둠 속만 이리저리 살필 뿐이다. 둑 밑에는 어디를 보나 형형색색의 피난민들이 즐비하게 엎드려 있다. 산비탈 위에서 총탄이 날아오기 때문에 그들은 누가 시키지도 않았는데 스스로 총탄을 피해 열차에서 내려 비탈에 엎드린 것이다. 둑 위에서는 총을 쏠 때마다 오렌지 빛 불꽃들이 번쩍번쩍 어둠을 밝힌다. 총소리가 너무 요란해서 웬만한 고함 소리는 그 속에 묻혀 들리지도 않는다.

　정호가 드디어 몸을 굴려 피난민들 사이를 이리저리 더듬어가기 시작한다. 이쪽은 둑이 높아서 총탄이 날아올 염려가 없다. 엎드려 있는 피난민들의 몸에 걸려 정호는 연거푸 털썩털썩 비탈에 나뒹군다. 공포에 질린 여자 피난민들은 가끔 숨을 죽이고 흐득흐득 흐느껴 울기도 한다.

　열차 반 토막쯤을 둑을 따라 기어가던 정호는 드디어 힘이 빠진 듯 몸을 가누고 숨을 헐떡인다. 이런 혼잡 속에서 영선이를 찾는다는 것은 처음부터 불가능한 일이다. 총소리가 없으면 고함이라도 치겠는데 여러 총소리에 귀청이 떨어질 지경이어서 고함을 쳐봤자 소용이 없다. 그러나 정호가 숨을 고르고 막 둑 위로 몸을 일으키는 순간이다. 문득 둑 위의 군경들 사이에서 누군가가 다급하게 고함을 친다.

　"위생병! 위생병! 여기 부상자가 있다! 출혈이 심하다! 거기 누구 아무라두 이 사람 좀 도와줘요!"

　정호도 보았다. 화차 접속 부분에 올라가 있던 군인 한 명이 갑자기 총을 내던지고 몸을 뒤집으며 털썩 철길로 떨어진 것이다. 고함이 계속 울린다.

　"여봐요! 누구 좀 와줘요! 여기 국군이 부상당했소!"

　대꾸가 없다. 둑 밑에 엎드린 피난민들은 누구 하나 움직이지 않는다. 열차에서 떨어진 군인은 그 뒤로 죽었는지 살았는지 아무런 움직임이 없다. 고함은 계속 다급하게 울리지만 피난민들은 여전히 꿀 먹은 벙어리다.

　"도와줘요! 출혈이 심해요! 누구 한 사람 이리 와요! 이 사람 좀 잡아줘요!"

　그때다. 정호가 벌떡 몸을 일으켜 열차를 향해 쏜살같이 내닫는다. 총소리는 여전히 온 천지를 뒤엎을 듯 캄캄한 골짝을 찌렁찌렁 울리고 있다. 철길의 자갈을 까뭉개며 열차 밑에 도착하니 엎드려 있던 군인 한 명이 사정없이 정호의 덜미를 찍어 누른다.

"엎드려요! 서 있으면 위험해요!"

엄청난 힘에 덜미를 눌린 채 정호는 자갈밭에 배를 깔고 길게 엎드린다. 그러자 다시 군인의 입에서 다급한 목소리가 들려온다.

"어깨를 맞았어요. 출혈이 심해요. 지혈대나 뭐 동여맬 거 없어요?"

"저한텐 아무것두 없어요!"

"없으면 옷이라두 찢어요. 자 여기 칼이 있어요."

군인이 엎드린 자세에서 허리에 찬 대검을 뽑아 정호에게 건네준다. 그러나 정호가 손을 뻗어 막 대검을 받으려는 순간이다. 눈앞에서 섬광들이 번쩍번쩍하더니 뒤미처 자갈들이 튀고 짙은 먼지가 자욱하게 눈앞을 가로막는다.

정호는 본능적으로 고개를 자갈밭에 처박는다. 뜻밖이다. 어둠 속이라 잘 뵈지는 않았지만 그는 분명히 공비 한 명을 목격했다. 노란 섬광이 번쩍번쩍 빛난 것은 바로 공비가 발사한 총구에서 나온 빛이다. 공비는 산비탈에서 정호에게 곧장 달려왔고, 정호가 엎드린 자갈밭 바로 앞에 총탄을 일자로 기다랗게 발사한 것이다.

그러나 한차례 총격을 가하고는 그 뒤로는 더 이상 이어지는 총소리가 없다. 한참 만에 정호가 머리를 들자 공비는 물론이고 옆자리의 국군도 간 곳이 없다. 총탄을 맞아 피를 흘리던 부상병만이 같은 장소 같은 자세로 정호의 오른쪽 앞에 적막하게 누워 있다. 귀청을 찔 듯하던 양편의 총소리는 어느새 깨끗이 멎어 온 골짝이 쥐 죽은 듯 조용하다.

너무나 고요하다. 배를 깔고 엎드린 정호는 잠시 넋이 나간 듯 주위의 어둠 속을 찬찬히 둘러본다. 방금 전까지 요란하던 총소리는 왜 갑자기 멎은 것일까? 아니 총을 쏘며 이쪽으로 달려오던 공비는 대체 어디로 가버린 것일가?

그러자 곧 어둠 속에서 많은 사람들의 발자국 소리가 저벅저벅 들려온다. 발자국 소리는 한동안 두런대는 말소리와 함께 이곳저곳으로 돌아다니는지 멎었다가는 다시 들리고 들리다가는 다시 멎곤 한다. 어떤 발자국은 정호가 엎드린 바로 등 뒤 쪽을 허겁지겁 달려가기도 한다. 그러나 곧 적막을 깨고 누군가가 어둠 속으로 커다랗게 고함을 친다.

"어이, 김중사. 그쪽은 어때?"

"여긴 이상 없습니다! 놈들이 모두 퇴각한 모양입니다!"

정호는 깜짝 놀랐다. 주위에 아무도 없으리라고 생각했는데 목소리는 의외에도 정호의 바로 머리 위에서 울리고 있다. 머리 위 화차에 타고 있던 군인이 말을 마치고 화차 위에서 훌쩍 땅으로 뛰어내린다.

"어이, 여러분. 이제 모두 일어들 서시오! 공비들이 퇴각했소! 총격전은 더 없을 거요!"

자기네 동료에게 하는 말인지 피난민들에게 하는 말인지 알 수가 없다. 그러고 보니 이 군인은 조금 전까지 정호의 바로 옆자리에 엎드려 있던 그 사람 같다. 정호가 이윽고 두 손을 짚고 몸을 철길에서 일으켜 세운다. 그러나 그는 손을 짚자마자 자신도 모르게 그 자리에 우뚝 멈춰 선다. 뭘까? 뭐가 이렇게 손바닥에 끈끈하고 미끈거리는가? 철길 바닥에는 자갈만 깔려 있을 뿐 미끈거리는 물체는 있을 수 없다. 그런데 그는 손을 짚는 순간 뜻밖에도 자갈 대신 끈끈하고 미끄러운 액체를 짚은 것이다.

"어 어, 국군 아저씨!"

정호가 공포에 질려 다급하게 군인을 부른다.

"아저씨, 이리 좀 와보세요! 여기 뭔가 피 같은 게 잡혀요!"

"뭐요? 왜 그러시오?"

군인이 총을 수직으로 쳐들고 즉시 정호에게 다가와 허리를 굽혀 철길 위 자갈밭을 내려다본다.

"이 사람 총 맞았군? 벌써 절명한 모양인데?"

군인이 입으로는 말을 하면서 한 손으로 손전등을 꺼내 철길 한 곳을 환히 비춘다. 아니 어둠이 밝혀진 순간 정호는 자기도 모르게 눈을 질끈 감아버린다. 아아, 그것은 사람의 모습이 아니다. 몸뚱이는 분명히 옷을 갖춰 입은 사람인데 그 사람의 얼굴은 전혀 사람의 형상이 아니다.

"죽었어 벌써. 머리를 정통으로 관통한 모양이오."

이번 시체는 사오 미터 저쪽에 있는 군인의 시체와도 다르다. 위아래로 양복에 두꺼운 오버코트를 걸친 그는 등에 작은 짐까지 지고 있어서 첫눈에 보아도 피난민임을 알 수 있다. 교전 중에 그는 아무도 몰래 외진 곳에서 홀로 총탄을 맞은 모양이다. 군인이 손전등을 옮겨 현장을 떠나며 급하게 입을 연다.

"시체를 빨리 옮기도록 하시오. 열차가 곧 출발할 거요."

군인은 정호를 그 시체의 가족 중의 한 사람으로 아는 모양이다. 군인이 떠나 홀로 시체 옆에 지키고 서 있자니 정호는 몸이 떨려 턱이 아프도록 이를 악문다. 그는 지금껏 많은 시체들을 보아왔지만 지금의 이 시체처럼 끔찍한 시체는 본 일이 없다. 총탄이 마구 머릿골을 꿰뚫어서 그 시체는 머리 대신 깨진 수박 같은 반쪽의 머

146

리만 몸체 위에 조그맣게 붙어 있을 뿐이다.

구역질이 왈칵 솟는다. 그러나 정호는 이를 악물고 도망치듯이 시체 곁에서 떠나간다. 어느새 그의 주위는 둑 밑에서 기어오른 난민들이 열차를 향해 허겁지겁 달려오고 있다. 짐들을 이고 진 채 몸들을 서로 사납게 밀치며 난민들은 도망칠 때와는 달리 서로 다시 좋은 자리를 차지하기 위해 열차 위로 미친 듯 기어오르기 시작한다. 난민들의 발아래 거리낌 없이 시체가 밟힌다. 비명이 울리고 고함이 터지고 사방에서 가족들을 찾아 요란하게 이름들이 불려지고 있다.

피난민들의 악다구니를 뚫고 다시 군인들의 고함 소리가 들려온다.

"열차가 곧 떠납니다! 떠밀지 말구 순서대루 올라타요! 짐은 나중이오, 사람 먼저 타도록 하시오!"

다시 한 번 수라장이다. 개미 떼처럼 몰려든 난민들이 열차가 곧 떠난다는 말에 미친 듯이 차 위로 기어오른다. 비명이 울리고 고함이 터지고 사방에서 가족들을 찾아 이름들을 서로 외치고 있다.

우두커니 서 있던 정호도 그제야 정신이 번쩍 든다. 영선이를 찾아 올라왔지만 이제는 둑 아래 있는 소연을 찾는 일이 더 급하다. 몰려드는 난민들을 거꾸로 헤치며 정호는 허둥지둥 둑 아래로 달려 내려간다.

"소연아! 어서 올라와! 열차가 곧 출발한단 말야!"

대답이 없다.

"뭐 하는 거야! 빨리 올라와! 내 말 안 들려? 열차가 곧 출발한다구!"

여전히 대답이 없다. 정호가 드디어 참다못해 둑 아래 바위까지 한달음에 달려 내려간다. 그러나 막상 바위 앞에 도착해보니 소연은 어디로 갔는지 주변 어디에도 보이지 않는다.

"소연아! 어디 있어? 나야, 정호야! 위루 빨리 올라가라구!"

그때다. 갑자기 어둠을 뚫고 기차의 기적 소리가 커다랗게 골짝을 울린다. 정호는 순간 고개를 들어 다급한 표정으로 열차를 바라본다. 열차는 그러나 기적만 울려댈 뿐 아직 움직이지는 않고 있다.

몸이 떨려온다. 만일 이대로 열차를 놓친다면 이 깊은 산골짝에서 정호는 또 하나의 위험과 부딪쳐야 한다. 지금은 일단 퇴각했지만 열차가 떠나면 공비들은 다시 철길까지 내려올 것이다. 만일 그때 공비들에게 잡힌다면 그의 운명은 지금과는 전혀 다른 모습으로 바뀔 것이다.

정호가 철길 위로 올라온 것과 열차가 움직이기 시작한 것은 거의 동시의 일이다. 악다구니를 치던 그 많은 피난민들도 이제는 열차 위로 한 명 남김없이 주렁주렁 매달려 있다. 달리는 열차와 나란히 내달리며 정호는 매달릴 곳을 찾아 분주하게 열차를 바라본다. 그러나 사람이 매달릴 만한 곳은 이미 피난민들이 주렁주렁 열매처럼 매달려 있다. 자갈을 차며 열차와 나란히 달려가던 정호가 이윽고 몸을 날려 곡간차 한 편에 붙은 사다리를 잡는 데 성공한다. 막상 사다리에 성공적으로 매달렸건만 몸은 조금 전보다 더 심하게 떨려온다. 생각만 해도 방금 전의 일이 아찔했기 때문이다.

땀이 내밴다. 열차에 속력이 붙으면서 살을 엘 듯한 매서운 바람이 숨을 막을 듯 세차게 불어온다. 열차가 더 속력을 내기 전에 정호는 서둘러 사다리를 타고 곡간차 지붕 위로 올라간다. 지붕에는 이미 꽤 많은 피난민들이 저마다 자리들을 잡고 빼곡하게 앉아 있다. 방금 전까지도 악다구니를 치던 그들이건만 지금은 자리들을 잡은 채 아무 일 없다는 듯 그림처럼 묵묵히 앉아 있다. 혹시나 해서 소연과 영선을 찾아보았지만 두 친구의 모습은 어디에도 보이지 않는다. 결국 정호도 빈자리를 찾아 조심스레 한 곳에 내려앉는다. 이제 소연과 영선을 찾는 일은 이 열차가 멎게 될 다음 역에서나 기약해볼 수밖에 없다. 정호가 막 자리를 잡고 앉자 중년의 피난민 두 사람이 낮은 목소리로 대화들을 주고받는다.

"사람이 모두 몇이나 상했죠?"

"죽은 사람이 넷이나 되구 다친 사람은 그보다 훨씬 많은 모양입디다."

"헌데 이런 깊숙한 후방에서 공비들이 어떻게 피난민 열차를 습격했죠?"

"그동안 열차 습격이 자주 있었다구 하는군요. 그래서 우리 쪽에서두 군인이나 경찰을 열차에 꼭 태우구 다닌대요."

"하늘에서 떨어진 것두 아닐 테구 대체 공비들이 어디서 내려온대요?"

"지난가을 인천 상륙 때 미처 북으루 올라가지 못한 인민군 패잔병들이 근처 지리산이나 태백산 같은 데 숨어 있다가 열차가 지나갈 때를 기다려 습격해 오는 거라구 하더군요."

대화가 끊어진다. 큰 산에 공비가 있다는 것은 정호도 이미 들어서 알고 있다. 맥아더 원수가 인천에 상륙하자 낙동강까지 내리밀었던 인민군 주력 부대는 황급히 머리를 돌려 북쪽으로 퇴각했다. 그러나 워낙 유엔군의 반격이 급박해서, 그들은 퇴로를 찾지 못해 대부분의 병력들이 유엔군의 후방 지역에 갇혀버렸다. 그러나 후방 지역에 갇히거나 처지긴 했지만 이들은 유엔군에게 항복하는 대신 부근에 있는 큰 산을 찾아 임시로 몸을 숨겼다. 적당한 기회를 포착해서 산길을 타고 북으로 넘어갈 계획이었다. 그러나 유엔군의 북진이 계속되어 그들은 이 계획을 실행하기가 어려웠다. 그들이 산길로 퇴각하는 속도보다 유엔군의 북진 속도가 몇 배나 더 빨랐기 때문이다.

그러나 그들에게 새로운 희망이 찾아왔다. 중공군이 새롭게 전쟁에 개입하여 유엔군을 크게 무찌르고 전세를 다시 역전시킨 것이다. 청천강과 혜산진까지 북진했던 유엔군과 국군은 중공군에게 패퇴를 거듭하여 어느새 다시 서울을 내주고 점점 남쪽으로 쫓기기 시작한 것이다. 공비들이 준동하기 시작한 것은 바로 이 무렵이다. 그들은 유엔군이 북진을 계속할 동안은, 자기들은 영원히 산 속에 버려진 낙오병이라고 생각했다. 전선이 까마득히 북쪽으로 올라가 있어서 그들은 자기들의 본대(本隊)로 귀환하기는 틀렸다고 생각했다. 그러나 중공군의 대거 남침으로 그들도 이제는 절망 속에 새로운 희망을 살려냈다. 영원히 산 속에 패잔병으로 버려진 그들이, 전선이 다시 그들 부근으로 가까워짐으로써 본대로 귀환할 새로운 희망을 키우기 시작한 것이다.

공비들의 열차 습격이 시작된 것도 바로 이러한 전세의 역전 때문이다. 본대로 귀환하기 위해서는 그들은 후방에서나마 그들 나름으로 싸워야 했다. 귀환하기 전까지 살아남아야 하기 때문에 그들은 또 어떻게 해서든 식량이나 옷가지를 자체 힘으로 조달해야 했다. 그 목적으로 선택된 비상 작전이 바로 비무장의 피난 열차를 습격하는 것으로 나타난 것이다.

11

엄청나게 큰 역이다. 대구역.

정호는 열차가 홈에 들어서자 자리에서 서둘러 몸을 일으킨다.

공비가 열차를 습격한 지 벌써 이틀이 지났다. 열차는 그동안 네 번이나 멈춰 섰고, 헤아릴 수 없이 많은 역들을 서너 시간 혹은 반나절씩 머물곤 다시 떠났다. 다음 역에서는 쉽게 만나리라 생각했던 소연과 영선은 그 많은 역들을 거쳤건만 어느 역에서도 발견되지 않았다.

알 수 없는 일이다. 정호는 역마다 열차에서 내려 다른 화차나 곡간차를 찾아가 목청이 터져라고 두 친구의 이름을 불렀다. 그는 두 친구가 공비 습격 후 열차를 놓쳤으리라고는 생각조차 해본 일이 없다. 나중에 군경들의 말을 들으니 그 골짝에서 열차를 못 탄 사람은 한 명도 없다고 했다. 총격전 중에 죽은 시체들조차도 모두 거두어 떠났다는 것이다. 그렇다면 결국 한 열차를 탄 셈인데 다음 역에도 그 다음 역에서도 정호는 끝내 두 친구를 발견할 수 없었다. 하긴 콩나물시루처럼 사람들이 빽빽이 박혀 있는 피난 열차에서 두 사람을 찾는다는 것이 쉬운 일이 결코 아니다. 더구나 공비가 야간 기습을 한 후여서 다음 역에 열차가 멎었을 때는 열차에 대단한 혼잡이 찾아왔다. 대부분의 피난민들 역시 가족들과 헤어졌기 때문에 열차가 멎자마자 정호처럼 큰 소리로 잃은 가족들을 찾아 헤맸기 때문이다.

그러나 아무리 그렇다고는 해도 두 사람의 행방불명은 도시 이해가 되지 않는다. 날이나 어두웠다면 혹 모르지만 그때는 어둠이 걷히고 새벽빛이 부옇게 터오던 무렵이다. 반시간 가까이 열차를 이 잡듯 뒤졌는데도 정호는 끝내 두 친구 중 한 친구도 찾아낼 수 없었던 것이다.

첫번째 역에서 실패한 정호는 두번째 역에서는 찾아내리라고 자신했다. 하긴 첫번째 역에서는 열차가 머문 시간이 너무 짧았다. 화통에 물만 받아 실은 후 열차는 반시간 만에 곧 역을 떠났기 때문이다. 그러나 두번째 역에서도 정호의 기대는 허망하게 빗나가고 말았다. 이 역에는 정호네 열차 외에 넉 대의 열차가 더 있었다. 지금까지 보아온 간이역과는 달리 이 역은 역사도 컸고 피난민들도 엄청나게 많았다. 특히 이 역에서 곤란했던 점은 피난민들이 갈팡질팡 열차들을 서로 바꿔 타는 소동을 벌인 것이다. 여러 날에 걸친 피난 여행에 지친 난민들은 한 시간이라도 먼저 떠나는 열차를 타려고 눈에 불을 켜고 악다구니들이었다. 이왕이면 남들보다 하루라도 빨리 그들의 피난 목적지에 도착하고 싶었기 때문이다. 따라서 피난 열차 행렬이 네댓 개가 한꺼번에 몰리면 피난민들은 확실한 정보도 없으면서 소문만 듣고 허둥지둥 열차들을 바꿔 타곤 했다. 누군가가 이 열차가 먼저 떠난다는 말을 하면 그 열차는 삽시간에 수라장이 되는 것이다. 그런데 바로 두번째 역이 이런 수라장의 현장이었다. 엉뚱한 소문에 현혹된 피난민들은 3번 홈 쪽에 서 있는 제일 긴 열차로 개미 떼처럼 몰려들었다. 그러나 3번 홈의 열차가 수라장이 된 지 한 시간도 못 돼 이번에는 다시 1번 홈의 열차가 아비규환의 수라장이 되고 말았다. 이런 경우의 혼잡이란 이루 말로 다 표현할 수가 없다. 다섯 개 열차에 올라타고 있던 수천 명의 피난민들이 일시에 한 열차로 몰려들기 때문에 그 열차는 완전히 피난민들로 새까맣게 뒤덮여버리는 것이다. 혼란은 그러나 그 많은 피난민들이 어느 열차가 진짜로 먼저 떠나는지 아무도 모른다는 점에 있다. 이 열차 저 열차로 허둥지둥 옮겨다니고 있지만 진짜로 어느 열차가 먼저 떠나는지 그들은 아무도 모르는 것이다.

정호가 이 역에서 곤란을 느낀 것은 바로 이런 대 혼잡 때문이었다. 그는 어느 열차가 먼저 떠나는지 그런 것에는 관심이 없었다. 첫번째 역에서 두 친구를 못 찾았기 때문에 그는 이 역에서만은 틀림없이 잃어버린 친구들을 되찾을 수 있으리라고 생각했다. 그러나 그의 희망과 기대는 이 역에서도 역시 실망으로 드러났다. 다섯 개의 열차에서 쏟아져 내려온 피난민들로 이 역은 완전히 사람들의 홍수를 이루고 있었기 때문이다.

그런데 그 위에 더 일이 난감했던 것은, 그가 친구들을 찾을 짬도 주지 않고 열차들이 한 시간 간격으로 차례차례 역을 떠난 것이다. 난민들이 바꿔 탄 채 떠나갔기 때문에 정호는 이제 어느 열차에 두 명의 친구가 타고 있는지조차 알 수가 없게 되었다. 첫번째 열차로 옮겨 탔다면 그들은 이미 네 시간 전에 이 역을 떠난 셈이고, 두번째 열차로 옮겨 탔다면 그들은 세 시간 전에 이 역을 떠난 셈이다. 어느 열차에 옮겨 탔는지 모르기 때문에 정호는 먼저 떠나는 열차들을 홈에 서서 우두커니 지켜볼 수밖에 없었다. 피난 열차 석 대를 말없이 눈으로 전송하고 결국 그 역을 떠난 것은 마지막 열차인 3번 홈의 열차였던 것이다.

그 뒤로도 계속된 정호의 친구 찾기 노력은 더욱 절망적인 것이었다. 종잡을 수 없이 떠나고 닿는 열차들이어서 그는 이제 모든 것을 운에 맡기는 도리밖에 없었다. 여행은 부산이 가까워지자 점점 속도가 느려졌다. 전에는 열차가 한번 뜨면 백 리 정도는 쉬지 않고 달렸는데 요즘은 어쩐 셈인지 이삼십 리 정도에서 하루고 이틀이고 세월 좋게 붙박여 있곤 했다. 하긴 전국의 무수한 열차가 모두 남쪽 한 곳으로만 몰려 내려가니, 정해진 숫자의 레일로는 그 많은 열차들을 다 수용할 수가 없었는지 모른다. 그러나 피난민들 사이에는 그보다 더 그럴듯한 이유들이 소문으로 나돌았다.

피난민들이 너무 많이 부산 쪽으로만 편중되는 형편이라 군(軍) 당국에서는 앞으로 당분간 피난민들을 대구 이하로는 내려 보내지 않기로 했다는 것이다. 부산 이북의 소도시 역에서 피난민들의 열차를 정지시킨 후, 군경이 합동으로 피난민들을 강제로 하차시켜 부산 이북 지방에 분산시킨다는 것이다. 어떤 근거에서 나온 소문인지는 모르지만 이 소문은 피난민들에게 더 큰 혼란만 안겨주었다. 목적지를 이미 부산으로 정한 그들에게 중도의 강제 하차란 생각할 수도 없는 일이다. 그들은 저마다 강제 하차를 모면하기 위해 먼저 떠나는 열차를 타려고 필사적으로 뛰어다녀야 했던 것이다.

이 소문은 정호에게도 역시 큰 불안을 안겨주었다. 정호는 가까운 그의 친구들과 부산을 최종 목적지로 정한 바가 있다. 최악의 경우 피난 열차에서 친구들을 영영 못 찾는다 해도 그는 최후의 희망으로 부산역을 기대하고 있었다. 그러나 부산 이전의 역에서 강제 하차를 당한다면 그에게는 이 희망마저 절망적인 것이 되고 만다. 자기는 설혹 걸어서라도 목적지인 부산에 내려갈 수 있다지만, 다른 친구들도 그와 같이 부산으로 내려갈는지 확신할 수가 없기 때문이다.

정호는 그러나 대구역에 도착하자 막연하게나마 대구라는 도시에 새로운 희망을 걸기로 작정했다. 대구역은 크다. 경부선에 연한 도시들 중에서는 서울과 부산을 제외하고 첫번째로 큰 도시다. 그는 어쩌면 이 역에서는 잃었던 친구들을 되찾을 수 있으리라는 자신감이 생겼다. 만일 이곳에서도 실패한다면 친구들과는 왠지 다시 만날 수 없을 것 같은 두려움이 느껴진다. 이 역에서만은 무슨 일이 있어도 잃었던 친구들을 기어이 찾아내어야 하는 것이다.

열차에서 서둘러 뛰어내린 정호는 곧 엄청난 규모의 피난민들 무리 속에 자연스럽게 휩싸여버린다. 역이 큰 탓도 있겠지만 이 역의 피난민들은 글자 그대로 인산인해를 이루고 있다. 수십 가닥의 레일 위에는 거의 빈틈없이 기관차들이 들어차 있고, 홈과 역사 창고 주변에도 피난민들과 군인들이 발 들여놓을 틈도 없이 파도처럼 넘실거린다. 특히 이 역이 특이한 점은 도처에 헌병들이 총을 들고 서서 피난민들의 통행을 통제하고 있다는 점이다. 난민들의 통행을 통제하는 곳은 주로 군수품이 산더미처럼 쌓여 있는 역 구내의 창고 부근이다. 이 도시는 지난여름 전쟁에서도 부산과 함께 북한군에게 점령당하지 않은 곳이다. 한반도를 거의 다 휩쓸어버린 북한군이지만 대구와 부산을 잇는 낙동강 지역만은 공산군도 끝내 점령하지 못한 것이다. 따라서 이 역에는 일선으로 보낼 엄청난 양의 군수품들이 역구내 곳곳에 산더미처럼 쌓여 있다. 철로 위에 멈춰 있는 무개화차 위에도 군수품은 역시 빈틈없이 실려 있다. 탱크, 야포, 장갑차 따위는 물론이고 검은 천막포로 무겁게 들씌운 엄청난 양의 탄약 궤짝들이 전선으로 올라가는 특급 화차 위에 가득하게 실려 있는 것이다.

피난민들 속에 파묻힌 정호는 곧 사방을 살피며 역사 쪽으로 밀려가고 있다. 날씨는 오늘도 눈발이라도 휘날릴 듯 낮게 걸린 구름 아래 잔뜩 찌푸려 있다. 그러나 아직 해가 남아 있어서 주위가 별로 어둡지는 않다. 역구내가 너무 복잡한 탓인지 이 역의 홈에서는 밥 짓는 피난민이 한 명도 없다. 화재가 날 것을 염려해서 어쩌면 헌병들이 피난민들의 취사 행위를 금지시켰는지도 모른다. 무수한 보퉁이들을 이고 진 채 피난민들은 끊임없이 좁은 홈 위를 우왕좌왕 떼 지어 몰려다니고 있다. 저마다 각자 나름의 이유나 목적이 있겠지만 이것도 역시 이 역만의 특징 중의 하나인 모양이다. 어떤 피난민은 자기 가족이라도 잃었는지 판자 쪽에 가족 이름을 써서 피켓을 만들어 머리 위로 높이 쳐들고 다닌다. 주위가 너무 소란해서 아무리 크게 고함을 쳐도 별 효과를 거둘 수 없기 때문일 것이다. 특히 기차 화통들의 칙칙대는 소리와 기적 소리는 인간들의 자잘한 소리쯤은 한순간에 집어삼킨다. 기관차의 수가 워낙 많아 온 역이 흡사 기관차들의 주차장으로 보일 정도다.

두 개의 지하도를 통과한 정호는 이윽고 군중 속에 묻혀 커다란 역사로 느릿느릿 다가간다. 역사는 문이 활짝 열려 있건만 피난민들이 꽉꽉 끼어 선 채 웅덩이에 괸 물처럼 꼼짝도 하지 않는다. 나가고 들어가는 피난민과 승객들이 이 역 안에서 공교롭게 정면으로 부닥친 것이다.

숨이 막힌다. 앞길이 꽉 막혀 움직일 수 없는데도 불구하고 등 뒤에서는 나가려는 피난민들이 끊임없이 등을 밀어대고 있다. 중간에 끼어 오도 가도 못하는 피난민들은 앞뒤로 압박을 받아서 급기야 숨을 헐떡이며 비명들을 내지른다.

"사람 터져요!"

"밀지 말아요!"

"숨 막혀 죽겠소!"

"길 좀 비켜요!"

비명이 울리고 고함이 터지자 이윽고 한쪽 군중이 서서히 뒤로 밀린다. 나가려는 피난민이 숫적으로 우세해서 들어오려는 승객들을 조금씩 밀어붙이기 시작한 것이다. 한번 밀리기 시작하면 역 안은 삽시간에 수라장이 되고 만다. 앞을 막아주던 힘이 없어지자 앞쪽의 많은 사람들은 제물에 등을 떠밀려 몸들이 크게 앞으로 기운다. 문득 앞쪽에서 비명과 함께 고함 소리가 커다랗게 울린다. 아니 고함이 울린다고 생각하자 무수한 피난민들이 무더기를 이루어 한쪽으로 차근차근 엎어지기 시작한다.

사람이 밟힌다. 마치 막혔던 봇물이 터지듯 사람들은 겹겹이 쓰러진 사람들의 몸들을 허둥지둥 짓밟고 지나간다.

정호도 역시 마찬가지다. 번연히 발밑에 사람이 있는데도 그는 멈춰 서거나 넘어진 사람을 피할 수가 없다. 사람 몸뚱이가 발에 밟혀 뭉클뭉클한 촉감이 느껴진다. 그러나 그들을 짓밟지 않으려면 정호 자신이 쓰러지는 도리밖에 없다. 만일 이곳에서 쓰러지는 날이면 정호도 역시 누군가에게 사정없이 짓밟혀야 한다. 밟히지 않고 살아나가기 위해서는 정호도 할 수 없이 딴 사람의 몸을 짓밟아야 하는 것이다.

역 안은 삽시간에 무서운 비명으로 가득 찬다. 순간적으로 발생한 일이어서 역 밖에 있는 사람들은 역 안에 무슨 일이 벌어지고 있는지조차 모르고 있다. 그러나 정호가 사람들을 짓밟고 간신히 위험 권에서 벗어난 순간이다. 역 안에 문득 벼락치는 듯한 연발 총소리가 요란하게 울린다.

"비켜요! 물러서요! 물러서지 않으면 발포한다!"

군인들이다. 총을 천장으로 추켜든 군인들이 험악한 눈초리로 몰려드는 난민들을 사정없이 밀어붙인다. 총소리에 놀란 피난민들은 이제 있는 힘을 다해 몸들을 뒤로 버틴다. 사정없이 밀어붙이던 등 뒤의 난민들도 연거푸 울리는 총소리에 놀라 걸음을 늦추고 목을 뺀 채 앞쪽을 바라본다. 그들은 자기들의 앞쪽에 무슨 일이 일어났는지 아직도 모르고 있다. 총소리가 울리고 주위가 조용해지자 그들은 그제야 무슨 일인가를 알아보기 위해 저마다 목을 빼고 앞쪽을 바라보고 있다.

"비켜요! 뒤루 물러서요! 사람이 다쳤소! 사람이 밟혀서 죽었단 말이오!"

사람이 죽었다는 말에 피난민들은 저마다 놀란 표정으로 옆 사람을 돌아본다. 뒤미처 앞쪽의 피난민들 사이에서 기폭을 찢는 듯한 비명과 통곡이 터져나온다. 설마 하고 생각했는데 정말 여자 한 명이 축 늘어진 모습으로 사람들에 의해 무리 속에서 들려 나온다. 다친 사람은 이루 다 헤아릴 수가 없다. 다리가 부러지고 팔이 비틀렸고 더러는 얼굴을 짓밟혀 코와 입에서 시뻘건 피까지 흘리고 있다. 그러나 그보다 더 불행한 사람은 몸통을 발로 짓밟혀서 짐짝처럼 들려 나오는 기절한 사람들이다. 사람들로 겹겹이 짓눌려 있어서 맨 아래쪽에 깔린 사람은 거의 대부분 크게 다치거나 기절한 사람들이다. 자기 가족이 다친 것을 확인한, 살아남은 가족들은 저마다 축 늘어진 부상자들을 끌어안고 울음들을 터뜨리고 있다. 너무 창졸간에 당한 일이어서 어떤 가족은 울 기운도 없는지 들려 나온 부상자를 양팔로 껴안은 채 넋 나간 표정으로 멍하니 허공만 쳐다보고 있다.

그러나 이런 혼란 속에서도 놀랄 만한 기적이 하나 발생했다. 사람들로 겹겹이 포개어져 있던 역사 맨 밑바닥에서 열예닐곱 살쯤 되어 뵈는 다부진 소년 하나가 상처 하나 입지 않은 채 거뜬히 살아난 것이다. 소년은 자기 몸 위에서 사람들의 몸들이 하나하나 치워지자, 마치 잠을 자다 깨어난 사람처럼 제 발로 불쑥 일어나 몸에 묻은 먼지를 손으로 툴툴 털고 있다. 그러나 그것은 기적이 아니었다. 그는 마침 운 좋게도 두 개의 짐짝 사이에 엎어진 것이었다. 짐짝에 끼어 엎어진 그에게는 겹겹이 포개진 사람들의 체중이 미처 닿지 않은 것 같았다. 짐짝의 덕으로 살아난 소년은 곧 사람들을 헤치고 아무 일 없었다는 듯 역 밖으로 걸어나갔다.

그러나 소년이 군중들을 헤치고 막 역 밖으로 모습을 들어낸 순간이다. 누군가가 불쑥 소년의 앞을 막아서며 비명에 가까운 외침과 함께 소년의 몸을 얼싸안는다.

"창구야!"

"어, 정호야!"

"반갑다 임마! 진영인 어디 있니?"

"나하구 같이 있어. 너 언제 대구에 내려왔니?"

"저 열차루 방금 왔어. 너희들은 언제 이리루 내려왔냐?"

"오래됐어, 열흘두 넘었어. 헌데 영선일 잃어버렸다."

"알아, 너희들이 잃어버린 영선일 내가 다시 찾아냈어. 헌데 이틀 전 공비가 열차를 습격하는 바람에 다시 어느 산골짝에서 영선이와 헤어졌어. 그래 여기선 어떻게 지내냐? 옷주제를 보니 세월이 아주 좋아 뵈는구나?"

창구가 씩 웃으며 우쭐대듯 몸을 돌린다. 정호가 묵묵히 창구 뒤를 따라가자 창구가 다시 냉랭하게 입을 연다.

"나 이제 구두는 안 닦는다."

"그럼?"

"챙피해서 이제는 구두통 못 메구 다니겠어. 이리루 내려온 후 구두닦이는 이쪽 꼬마 똘마니들한테 깨끗이 인계했어."

정호는 순간 창구가 그동안 사람이 많이 변했다는 것을 깨닫는
다. 어떻게 변했는지는 아직 꼬집어 말할 수가 없다. 좌우간 며칠
새에 어른이라도 된 듯 창구는 발에 번쩍이는 구두를 신었고 목에
는 새빨간 머플러까지 두르고 있다.

"구두를 안 닦으면 어떻게 사냐? 버는 게 있어야 먹구살 게 아니
야?"

"먹구사는 방법은 구두닦이 말구두 얼마든지 있어. 좌우간 여기
서 노닥거리지 말구 진영이두 만날 겸 우리 사는 집으루 가자."

"사는 집이라니 방이라두 구했냐?"

"응, 엊그제 돈 생긴 김에 아쉬운 대루 방 하나를 세 들었어. 방
이 별루 신통친 않지만 그런대루 지낼 만해."

그럴싸해서 그런지는 모르지만 창구는 말투까지 변한 것 같다.
정호는 그러나 아무 내색 않고 묵묵히 창구 뒤를 따라간다. 어떻게
변했는가는 시간이 지나면 자연히 알게 될 것이다. 모처럼 그와 다
시 만났으니 정호는 궁금한 대로 잠시 기다려보기로 작정한다.

창구의 방은 역에서 불과 십 분 거리밖에 되지 않았다. 난리 후
대구와 부산 등의 대도시에는 어디를 가나 피난민들의 하꼬방(판
잣집)이 빽빽이 들어차 있다. 창구가 구한 단칸방 역시 어느 개천
가의 하꼬방 촌에 속해 있는 것이었다. 동네 골목으로 꺾어들자 사
방에서 분뇨 냄새 비슷한 악취가 풍겨왔다. 좁은 지역에 엄청난 사
람들이 몰려 살아서 길바닥에는 쓰레기는 물론이고 사람들의 배설
물까지 여기저기 널려 있다. 처마를 맞대고 늘어선 집집에는 저마
다 울긋불긋한 빨래가 만국기처럼 펄럭이고 있고, 집 안이 좁아 놀
곳이 없는 아이들은 떼를 지어 골목 양지쪽에 몰려 앉았거나 늘어
서 있다. 설거지물을 길에 그냥 내버려서 길에는 콩나물 대가리와

160

김치 찌꺼기 따위가 반질반질 얼어붙어 있다. 질서 없이 집들이 마구 들어차 있어서 골목은 미로처럼 한없이 꼬불꼬불 어딘가로 휘어진다. 집집에서 들려오는 소음 역시 역전 못지않게 떠들썩하다. 아이들의 울음소리, 여인들의 악 쓰는 소리, 그리고 어디선가는 어른들의 왁자지껄한 싸움 소리까지 들려오고 있다.

창구가 이윽고 골목길로 꺾어져 어느 집 앞에 발을 세운다. 찌그러진 판자문을 밀고 들어서자 눈앞에 곧 기역 자 집이 나타난다. 창구네 방은 기역 자 집의 문간 쪽에 자리잡고 있다. 마당에는 물을 끼얹어 얼음이 번들번들 얼어 있고, 빨랫줄에 갓난애 기저귀가 치렁치렁 늘어져 있다. 창구가 방 앞에 서더니 잠시 쑥스러운 표정으로 여자 신발 한 켤레를 우두커니 내려다본다. 그의 방 앞에는 의외로 여자 고무신 한 켤레가 놓여 있다.

방문이 열린다. 방은 한낮인데도 굴속처럼 어두컴컴하다. 담요를 둘러쓰고 잠을 자던 여자 하나가 방문이 열리자 눈살을 찌푸리며 일어나 앉는다. 여자는 입술이 새빨갛고 몸에 치렁치렁한 잠옷 같은 것을 걸치고 있다. 흩어진 머리털을 아무렇게나 쓸어 넘기며 여자가 창구를 발견하고 졸린 목소리로 입을 연다.

"추워, 문 닫어. 지금이 뭐 여름인 줄 알어?"

"어디 갔어 진영인?"

"몰라, 같이 안 나갔어?"

"자 빨랑 옷 입으라구. 귀한 친구가 왔단 말이야."

"친구? 친구면 어때? 내가 있으면 안 되나 뭐?"

"옷이나 입어야 들어갈 거 아냐. 남의 방에 왜 걸핏하면 찾아와서 낮잠이야?"

"괄세 마. 나가면 될 것 아냐. 누구야 친구라는 건? 이번에두 또 새파란 도령님이신가?"

"그 말버릇 좀 못 고치겠어? 넌 대체 몇 살이나 먹었다구 말끝마다 어른 흉내야?"

"흥 이래 뵈두 열아홉 살이라구. 너들보단 분명히 한두 살 더 잡순 누님이란 말이야. 그렇다구 느덜한테 누님 소리 듣자는 건 아니야. 동생처럼 보살펴주려는데 왜들 그렇게 나만 보면 쌍통들을 구기는 거지?"

"환장허네. 다 필요 없어. 어서 나가! 널 만난 게 처음부터 실수였어."

여자가 벌떡 일어나 잠시 뚫어지게 창구를 쏘아본다. 그러나 그것도 잠시 동안의 일이고 여자는 아무 일 없다는 듯 벽에서 옷들을 떼어 주섬주섬 몸에 걸친다. 마지막으로 오버를 걸치고 여자는 서둘러 방에서 마당으로 내려선다.

"방 하나 있다구 되게 비째네. 잠자리 없으면 저녁에 다시 들를 거야."

창구는 대답 대신 허리를 굽혀 구두끈을 끄른다. 그러나 그가 구두끈을 끄르고 막 구두를 벗으려는 순간이다. 여자가 열어놓고 나간 대문으로 뜻밖에도 진영이가 헐레벌떡 집 안으로 들어선다.

"창구야."

"뭐야 또?"

"진영아 오래간만이다."

"어렵쇼? 정호 아냐? 이거 대체 어떻게 된 거야? 어떻게 우리가 여기 있는 걸 알구 찾아왔지?"

"역에서 우연히 창구를 만났어. 그래서 창구 따라 여기까지 오게 된 거야."

"좌우간 잘 왔다. 헌데 창구야, 너 지금 당장 역전 용궁 다방으루 나오라더라. 곰보 형님께서 널 찾는다구 똥파리 새끼가 사방으로 뛰어다니구 있어."

"형님이 왜 날 찾는데?"

"몰라 그건, 똥파리 말루는 형님이 무척 화를 내구 있다는 거야. 이유는 자기두 모른다면서 빨리 안 나타나면 치도곤을 앵길 거라구 떠들더라."

창구가 고개를 끄덕하더니 정호와 진영이를 번갈아 바라본다.

"난 그럼 가봐야겠다. 미안해 정호. 곧 올 테니까 잠시 동안만 징영이랑 같이 있어. 그리구 진영이 넌 정호 데리구 중국집에 가서 기다려. 탕수육하고 빼갈이나 마시며 내가 올 때까지 꼼짝 말구 기다리란 말이야."

"알았어, 얼른 가봐. 궁금하니까 빨리 오라구."

"오케이."

창구가 말을 마치고 바람처럼 집을 나간다. 진영은 곧 정호의 팔을 잡고 대문 쪽으로 기세 좋게 몸을 돌린다.

"정호 너 정말 오래간만이다. 자, 배고플 텐데 어서 가서 한잔 빨자구."

어투며 행동들이 너무나 변한 친구들이서 정호는 입이 막혀 한동안 말이 안 나온다. 하긴 창구나 진영이나 전부터 약간씩은 불량기가 없지 않았다. 창구는 원래 고아원 출신이라 온갖 풍상 다 겪은 아이였고, 진영은 가난한 농사꾼 집안의 홀어머니 밑에서 자란 아이라 늘 도시 생활을 꿈꾸며 자라온 이른바 불량 가출 소년이다. 그러나 아무리 그렇다고는 해도 지금의 그들의 어투나 행동은 예전과는 전혀 다른 도시 건달들의 바로 그 행태며 모습이다. 정호가 계속 침묵을 지키자 진영이 다시 어른스럽게 입을 연다.

"너 지금 우리들이 옛날하구 많이 다르다구 생각하구 있지? 그래 많이 달라졌어. 우린 이제 어린애가 아니란 말야. 먹구살자니 도리가 없더라. 여기선 구두 닦아가지군 입에 풀칠두 어렵단 말야."

정호가 드디어 침묵을 깨고 앞을 향한 채 조용히 입을 연다.

"그래 너들 지금 무슨 일들을 하구 있냐?"

"무슨 일? 잠깐 기다려. 그건 중국집에 가서 자세히 말해줄 테니까. 헌데 참 너 열차 타구 내려오면서 영선이 새끼 못 만났냐?"

"만났어. 헌데 이틀 전에 사고가 생겨서 또 헤어졌어."

"만났어? 그런데 왜 또? 어떤 사고가 났다는 거야?"

"공비가 열차를 습격해 왔어. 그 통에 도망치다가 다시 영선이와 헤어진 거야."

"그 새끼 왜 그렇게 애가 얼뜨지? 그럼 그 새끼두 혹시 대구역에 내려왔는지 모르겠군?"

"어쩜 아마 내려와 있을 거야. 나두 그래서 역 밖으루 걔를 찾으러 나온 거야."

"좋아 그럼 한잔 빨구 창구랑 셋이서 샅샅이 찾아보자. 여기서 새 친구들두 많이 사귀었어. 그 친구들 모두 동원하면 그 새끼 찾는 것쯤 문제두 아니야."

12

진영은 식탁 앞에 앉으며 주방 쪽을 향해 손뼉을 딱딱 친다. 주방 안에 있던 진영 또래의 소년 한 명이 쟁반을 들고 빠른 걸음으로 그들 앞에 나타난다.

"형님 오셨수?"

자주 와서 얼굴을 아는 듯 소년은 비슷한 나이인데도 진영을 향해 깍듯이 형님이라 부른다. 진영이 곧 턱을 쳐들고 소년을 향해 점잖게 입을 연다.

"야, 오늘은 귀한 손님이 찾아오셨다. 인사해 임마. 김정호라구 내 형님뻘 되는 친구야."

"처음 뵙겠습니다. 저 최현철이라구 합니다."

소년이 깍듯이 고개를 숙여서 정호는 당황하여 진영을 돌아본다. 진영은 그러나 당연하다는 표정으로 다시 소년을 향해 명령하듯 입을 연다.

"얼굴 잘 익혀뒀다가 딴 데서 만나더라두 이 형님 잘 모셔라. 앞으루 우리하구 함께 사업할 형님이야."

"예, 형님, 염려 마십시오."

"자 그럼 주문부터 할까? 에 또 탕수육 하나하구, 팔보채 하나, 군만두 하나."

"술은 뭘루?······"

"짜식 왜 이렇게 눈치가 없어? 내가 여기 한두 번 왔나?"

"아 예, 빼갈 말씀이죠? 그럼 우선 빼갈 두 도꾸리만 올릴까요?"

"야, 왔다 갔다 할 것 없어. 아예 예닐곱 개 왕창 올려보내라구. 조금 있으면 창구 형님두 올 거야. 주문 받았으면 얼른 꺼져."

"예, 예. 곧 올리겠습니다."

소년이 머리를 조아리고 도망치듯 주방 쪽으로 사라진다. 진영이 주머니에서 담뱃갑을 꺼내더니 정호 앞으로 불쑥 디민다.

"태울래?"

정호가 말없이 고개를 천천히 가로흔든다. 그러나 진영은 씩 웃으며 능숙한 솜씨로 담배를 뽑아 입에 문다.

"사람 산다는 게 별거 아니드라. 언제 죽을지 모르는 판인데 난 해볼 건 다 해보구 죽을 생각이야. 창구 그 새낀 깔치까지 둘이나 있어. 아까 네가 창구 방에서 본 건 그냥 불쌍해서 장난삼아 건드린 계집애야. 진짜는 K동 설원(雪原)이라는 다방에 있어. 여고 2학년까지 다닌 계집앤데 그건 제법 삼삼하다구."

담배 연기를 길게 내뿜으며 진영은 계속 신명을 내어 지껄인다. 진영도 역시 창구처럼 옷주제가 깨끗하다. 아래는 염색한 사지 바지를 줄여 입었고, 위에는 줄여서 몸에 꼭 맞는 갈색 모직 잠바를 입고 있다. 두 손을 불쑥 상 위로 올려놓으며 그는 자랑하듯 손목시계까지 내보인다.

"이거 너 얼마 짜린 줄 아냐? 21석 스위스젠데 아마 못 받아두 만 원 한 장은 받을 거야. 옛날처럼 구두 닦아가지군 평생 가두 못 만져볼 물건이지. 허지만 이젠 예전 같은 어려운 세월은 다 지나갔어. 하루에 두어 탕만 부지런히 뛰면 이런 시계쯤은 두서너 개두 문제없어."

정호는 그러나 눈 하나 깜짝 않고 계속 진영의 얼굴을 뚫어지게 쏘아보고 있다. 절망이다. 이런 친구들을 만나보기 위해 그는 대구역에 내린 것이 아니다. 그들이 무슨 일을 하고 있는지는 묻지 않아도 뻔히 알 수 있다. 정호가 계속 침묵을 지키자 진영이 다시 걸직하게 입을 연다.

"좌우간 너 제때에 우리를 찾아왔어. 너두 이젠 옛날처럼 구두 닦을 나이는 지났어. 구두 같은 거 닦아가지군 여기선 하루에 피죽 한 그릇두 얻어먹기 힘들다 이거야. 우리들 지금 나이가 얼마냐?

구두통 깨끗이 때려치우구 지금부턴 근사하게 새출발을 하는 거
야."

"새출발이 뭔데?"

"서둘지 말라구. 그런 얘긴 술 한잔 빨구 얼큰할 때 쫀쫀이 상의
하자구. 헌데 이 새끼 뭘 하는 거야? 안주가 늦으면 술부터 먼저
가져와야지."

"아 형님, 술 갑니다. 군만두하구 팔보채는 좀 늦을 것 같습니다.
우선 탕수육부터 가져왔습니다. 되는 대루 곧장 가져올 테니 조금
만 더 기다려주십시오."

소년이다. 쟁반에서 접시와 술병을 내려놓으며 소년은 죄라도
지은 듯 연방 진영에게 머리를 조아려 보인다. 진영이 냉큼 술병을
집어들며 소년에게 다시 명령조로 입을 연다.

"야, 너 조금 있으면 창구 형님 오실 거다. 그 형님 오면 제까닥
이쪽 방으루 뫼시라구. 그리구 야 담배 떨어졌다. 담배 한 갑 부탁
한다."

"네 형님."

소년이 떠나간다. 창구가 곧 정호 앞에 놓인 빈 술잔에 술을 따
른다. 빼갈이라면 정호도 언젠가 장난삼아 마셔본 일이 있다. 맑은
색깔의 이 술은 입 안과 목구멍이 타는 듯한 독한 술이다. 진영은
그러나 술을 따른 후 건배를 하자면서 서슴없이 술잔을 집어든다.

"반갑다 정호야. 자 어서 탁 털어 넣어. 처음엔 화끈하지만 네댓
잔 마시면 아무렇지두 않아."

진영이 다시 시범이라도 보이듯 먼저 술잔을 입 안으로 탁 기울
인다. 그러나 기세는 당당했지만 술은 역시 독했던 모양이다. 빈
잔을 후닥닥 상 위로 내려놓은 후 진영은 서둘러 탕수육 한 점을

젓갈로 집어든다.

"크…… 술맛 조오타! 역시 술은 빼갈이 최고야."

정호는 잠잠히 진영의 하는 짓을 바라본 후 아무 말 없이 술잔을 집어들어 선뜻 입 안에 털어 넣는다. 숨이 막힌다. 입 안과 목구멍이 불에 덴 듯이 화끈하고, 술이 찌르르 식도로 넘어가며 전신으로 몸서리가 와싹 끼쳐진다. 그러나 정호는 이를 악물고 표정 하나 변함 없이 예사롭게 술병을 집어든다.

"자 이번엔 내 잔 받어. 그 술 정말 기막히게 달콤하구나."

"달콤해? 야 진짜야? 너 빼갈은 처음이잖아?"

"처음? 잘못 알았어. 빼갈에 한해서만은 내가 너들보다 한 수 위야."

진영과 자기 잔에 술을 채우고 정호는 픽 웃으며 다시 술잔을 집어든다. 왠지 모른다. 갑자기 정호는 진영과 창구에게 무서운 투지와 적개심이 솟아오른다. 그는 이들이 변했다 해도 옛날에는 자기와 함께 미군들의 구두를 닦던 가까운 친구라는 것을 알고 있다. 그들이 과거의 친구인 이상 정호는 무슨 일에도 그들에게 뒤질 생각이 없다. 정호의 냉정한 도전에 부닥치자 진영은 아니꼽다는 듯 술잔을 서슴없이 주고받는다. 분위기가 묘하게 돌아가서 두 사람은 이제 시합이라도 하듯 술잔을 앞다투어 기울인다. 안주는 두 사람 모두 손 하나 대지 않고 있다. 술병 세 개가 삽시간에 비워지자 진영이 드디어 빈 술잔을 식탁 위로 탁 엎어버린다.

"야 너 왜 이러니 새끼야? 안주 먹어가며 천천히 마시자구. 너 지금 나하구 술 시합 하자는 거냐?"

"천만에, 그럴 생각은 없어. 네가 내는 술 얼른 비우구 나두 한잔 사구 싶어서 그래."

“뭐? 네가 술을 사?”

“왜? 나는 술 사면 안 되냐? 너만 술 사구 내가 술 사면 동티라 두 나냐?”

“아니 너 돈이 어디 있어?……”

“닥쳐 이 새끼야! 느덜 날 뭘루 보는 거야?”

생각지도 않은 엄청난 고함이 좁은 방 안을 쩌렁 울린다. 너무나 급작스레 터져나온 고함이라 진영은 깜짝 놀라서 목을 움츠리고 눈만 크게 껌벅인다. 정호가 문득 잠바 속으로 손을 디밀더니 두툼한 돈뭉치 한 개를 꺼내 술상 위로 탁 찍듯이 내려놓는다.

“너들 하는 꼴 눈꼴시어 못 보겠다. 얼만가 한번 세어보라구. 난 그동안 빈 손 빨구 산 줄 알아?”

진영은 완전히 기가 질린 듯 돈뭉치와 정호를 번갈아 바라본다. 거지라고만 생각했던 정호에게서 이런 거액이 나올 줄은 상상도 못했던 일이다. 진영이 드디어 돈뭉치를 밀며 눈치라도 살피듯 조심스레 정호를 바라본다.

“이거 따신(훔친) 거야?”

“보면 몰라?”

“얼마야 모두?”

“몇 푼 꺼내 써서 얼만지는 몰라. 허지만 그 돈이라면 네가 찬 시계 같은 건 열 개라두 살 수 있어. 너들 하는 꼴이 하두 같잖아서 난 지금까지 보구만 있었다. 사람 우습게 보지 말라구. 너들이 나 성질나게 만들었어.”

진영이 드디어 고개를 떨구고 두 손을 썩썩 마주 비빈다. 손바닥의 때를 침착하게 밀어낸 후 진영은 다시 조심스레 고개를 든다.

“미안하다 정호. 난 네가 옛날 같은 줄 알았다구. 좌우간 면목 없다. 용서해라, 내가 잘못했다."

"용서 받자구 이러는 게 아냐. 헌데 너들은 여기서 뭣들 하구 지내는 거냐?"

"여기선 전처럼 단독 행동은 절대 금지야. 모두 조직에 들어가 있어. 조직 오야붕은 곰보 형님이구."

"누군데 곰보가?"

"팔 한 짝이 없는 사람인데 원래는 서울 왕십리서 한가락 했다더라. 대구역은 모두 그 사람이 쥐구 있어. 생긴 건 험악해두 우리 꼬붕들한테는 최고루 잘해주구 있어."

"그래 조직에서 하는 일은 뭔데?"

"여러 가지야. 소매치기, 들치기, 날치기, 그리구 가끔은 미군 부대 보급창을 털 때두 있어. 허지만 나하구 창구는 젊은 계집애들을 후리는 거야. 올 데 갈 데 없는 여자 애들을 꾀어갖구 곰보 형님이 하구 있는 캬바레나 술집에 넘기는 거야."

"넘기면?"

"넘겨진 여자는 형님이 심사를 해서 다방, 술집, 갈보집 등으루 두(頭)당 몇 푼씩 받구 적당히 팔아넘기지."

"사람을 팔아?"

"어쩔 거야? 소금을 팍 먹였는데?"

"소금을 먹이다니?"

"여자들을 처음 꾀자면 돈이 얼마쯤 들어가게 마련이야. 밥 사주구, 옷 사주구, 잠 재워주는데 돈 안 들구 어떡허냐? 이렇게 처음에 들어가는 돈을 소금 먹인다구 하구 있어. 소금을 먹여 꼼짝 못하게 묶어두면 제깐 게 목이 말라 물 안 쓰구 어떡헐 거야? 창구 깔치들두 그렇게 해서 생긴 거야. 그것들은 곰보 형님 몰래 창구가 슬쩍 빼돌린 것들이야."

"그래 그 형님 밑에 사람은 모두 몇 명이나 되나?"

"그걸 우리가 어떻게 알아? 그 형님 밑엔 우리들 말구 여관, 다방, 캬바레, 술집 등 엄청나게 딸린 식구가 많아."

"너들은 그럼 월급을 받냐?"

"아냐, 한 사람당 얼마씩으루 떼어주는 돈이 있어. 그리구 우린 그 일 말구 손님 소개두 해주구 있어."

"소개는 뭔데?"

"창녀촌 색시들한테 손님을 끌어다 주는 거야. 이때는 손님 한 사람에 포주나 색시들이 적당히 돈을 떼어주지."

술이 오른다. 정호는 너무나 뜻밖의 사실에 왠지 부들부들 몸이 떨려온다. 담배를 꼬나문 진영의 얼굴이 그에게는 갑자기 무시무시한 악마로 보인다. 어쩔 수 없다. 이들을 다시 친구로 삼기에는 정호는 이미 희망이 없음을 깨닫는다. 벌써 돈맛에 길들여진 그들에게는 이제 어떤 말도 통하지 않는다. 정호가 잠자코 돈뭉치를 쑤셔넣자 진영이 다시 술 취한 목소리로 입을 연다.

"정호야 어떠냐? 너두 우리 패에 낄 생각 없냐? 만일 너한테두 생각이 있다면 내가 큰형님한테 소개해주겠어. 부산에 가봐야 우리가 뭘 할 거야? 부산은 때려치우구 여기서 우리랑 함께 일하자."

"사양하겠어."

"사양? 왜?"

"난 누구한테 건 매여 사는 건 질색이야. 굶건 먹건 난 혼자 뛰어야지 남한테 간섭 받구는 단 하루두 살기 싫어."

"간섭이 아니구 보호라구. 사고가 터지면 여기선 형님이 우리를 철저히 막아주구 있어. 경찰에 잽히면 빼내주기두 하구, 다치거나 병이 들면 치료까지 해준단 말야.”

“글쎄, 난 필요 없대두. 그런 보호라면 깨끗이 사양하겠어.”

문득 층계 쪽에서 쿵쾅거리는 발자국 소리가 들려온다. 고개를 돌려 복도 쪽을 내다보니 뜻밖에도 창구가 피투성이 얼굴로 그들에게 다가온다. 진영이 깜짝 놀라 창구를 험악하게 쏘아본다.

“야, 창구야. 무슨 일이야?”

“……”

“대답해 새끼야! 누구한테 당했어? 누구한테 이렇게 터진 거야?”

창구는 여전히 입을 다물고 정호 옆자리에 털썩 앉는다. 피는 대강 훔쳤는데도 머리털, 목덜미 등에 찐득하게 들러붙어 있다. 왼쪽 눈두덩은 무엇으로 맞았는지 시퍼렇게 멍든 살이 퉁퉁 부어 눈꺼풀이 감겨 있다. 진영이 재차 팔을 잡아 쥐며 새하얀 얼굴로 다그쳐 묻는다.

“말을 하라구 이 새끼야! 누구야 대체? 어떤 새끼가 널 쳤냐구?”

“정호……”

창구가 문득 진영을 무시하고 정호의 얼굴을 돌아본다. 시퍼렇게 부어오른 눈두덩을 가리며 그가 다시 힘겹게 입을 연다.

“영선일 만났어.”

“뭐? 영선일?”

“응.”

“어디서?”

“지하실……”

“어느 지하실?”

“넌 몰라.”

"곰보 형님네 지하실 말인가?"

이번에는 진영이다.

"응, 우연히 지나치다가 힐끗 보니까 그 새끼가 손이 묶인 채 지하실에 무릎 꿇구 앉아 있었어. 웬 계집애도 함께 있더군. 말두 못 붙이구 그냥 나왔어."

"계집애라니 어떻게 생겼어? 혹시 쥣빛 오바 입은 애 아니야?"

"맞아 쥣빛 오바였어. 단발머리에 쥣빛 오바를 입구 있었어."

"……"

이번에는 정호가 입을 다물고 창구의 어깨를 꽉 움켜쥔다. 떨리는 목소리를 간신히 누르고 정호가 또박또박 침착하게 되묻는다.

"어디야 거기? 지금 나하구 같이 가자."

"안 돼."

"왜 안 돼? 그 앤 내가 아는 애야. 내가 가자면 담박에 따라나올 거야."

"데려올 형편이면 내가 왜 안 데려왔겠어? 그 앤 지금 갇혀 있어. 누가 가더라도 오늘은 그 앨 데려올 수 없어."

정호는 얼핏 사태를 짐작하고 구원을 청하듯 진영을 돌아본다. 진영은 그러나 정호를 무시하고 다시 창구에게 다그치듯 입을 연다.

"야, 대체 어떻게 된 거야? 설마 걔들 때문에 네가 이렇게 터진 건 아닐 테지?"

"아니야. 딴 일루 맞았어."

"무슨 일?"

"고만둬! 말 시키지 말라구. 너무했어 곰보 형님…… 이렇게 맞기는 생전 첨이야."

"야 그럼 형님이 쳤냐?"

창구가 고개를 끄덕하더니 불쑥 팔을 뻗어 상 위의 술병을 집어 든다. 술병을 나발처럼 위로 쳐들더니 창구는 숨도 안 쉬고 단숨에 술을 다 비운다. 빈 병을 힘껏 벽을 향해 내던진 후 창구가 갑자기 벌떡 자리에서 몸을 일으킨다.

"나 가겠어. 천천히들 마시구 나중에 오라구."

"야 창구야."

대꾸가 없다. 진영과 정호가 동시에 일어나 창구 뒤를 부리나케 따라간다. 층계를 내려와 중국집을 빠져나와서야 창구가 힐끗 정호를 돌아본다.

"나 뜨겠어."

"뜨다니?"

"여기 더러워서 못 있겠어. 어디라두 좋아. 확 불 싸지르구 오늘 밤에 떠버리겠어."

"새끼 너 돌았구나? 왜 그래 갑자기? 뜨긴 어디루 뜬다는 거야?"

"넌 있을려면 있으라구. 같이 뜨자는 건 아니니까."

"말을 해! 뭣 때문에 맞았어? 이유 없이 터진 건 아닐 것 아냐?"

"금숙이 때문이야."

"금숙이?"

"누가 찔렀는지 모르겠어. 걜 도루 찾아오라면서 오늘 안으루 못 찾아오면 날 아주 없애버리겠대."

진영이 컴컴한 골목길로 접어들며 침을 탁 길바닥에 뱉는다.

"그러게 내가 뭐랬냐? 그 계집앤 곰보 형님이 점찍어놓은 아이라구. 그걸 몰래 빼돌렸으니 형님께서 가만있겠어?"

창구가 대답 대신 후딱 몸을 돌려 길가의 어느 대폿집으로 들어
간다. 이곳도 역시 단골 술집인 듯 주인이 반갑게 일행을 맞이한
다. 그러나 창구의 터진 얼굴을 살피고는 주인이 머쓱한 표정으로
얼른 진영을 바라본다.

"무슨 일이우?"

"몰라두 돼요, 아주머닌."

"알겠수. 술은 뭘루?……"

"쇠주."

"예."

아주머니가 돌아가자 세 사람은 둥그렇게 화덕 주위로 둘러앉는
다. 그때까지 잠자코 침묵을 지키던 정호가 이윽고 창구를 향해 침
착하게 입을 연다.

"왜 갇혔냐, 영선이는?"

"계집애 때문이야."

"같이 있는?"

"응."

"계집애가 어째서?"

"나두 자세힌 모르겠구, 화식이한테 얼핏 들었어. 이쪽에서 누군
가가 계집애를 건드리니까 영선이가 가로막구 나서서 아마 누군가
가 손찌검을 한 것 같더군."

"가로막구 나서다니?"

"역전 패 한 명이 장난삼아 계집애를 건드렸나 봐. 가슴을 만지
려구 손을 옷속에 디미니까 영선이 그 새끼가 맥두 모르구 악을 쓰
며 덤비더라나?"

"그래서?"

"그래선 뭐가 그래서야? 왁 달려들어 뒈지게 짓밟은 거지."

정호는 순간 전신의 피가 욱 머리 위로 치솟는 것 같다. 쥣빛 오버의 계집애라면 소연이 틀림없다. 그토록 열심히 찾아 헤맨 두 사람이 뜻밖에도 엉뚱한 곳에서 무서운 곤경을 당하고 있다. 어떻게 그들 둘이 다시 만났는지 모르지만, 영선이가 소연을 보호하고 있다니 정호는 갑자기 코허리가 찡해온다. 정호가 막 입을 열려 하자 창구가 다시 침착하게 정호를 돌아본다.

"누구야 그 계집애?"

"……"

"애인이냐?"

"……"

"알겠다 그만허문."

술이 왔다. 턱 밑에 달라붙은 피딱지를 뜯으며 창구가 잔 세 개에 차례차례 술을 따른다. 밖은 완전히 어둠이 깔려 칠흑처럼 캄캄하다. 창구는 이제 분노가 가라앉은 듯 예전과 다름없는 예사로운 표정이다. 술잔을 천천히 입으로 가져가며 창구가 다시 정호를 돌아본다.

"영선인 걱정 마. 내일쯤 우리가 다시 빼내올 수 있으니까."

"소연인 그럼 안 된다는 이야기야?"

"얼굴이 무쪽이면 쉽게 되지만 반반하게 생겼으면 일은 아주 틀린 거야."

"경찰에 찔러두?"

"경찰? 헛수고 말라구. 역 근처의 관할 파출소는 모두 곰보가 손 안에 쥐구 있어. 아무리 너 혼자 악을 써보라구. 경찰들 눈 하나 깜짝할 줄 알아?"

"그렇담 돈으루 사겠어. 어딘가루 팔아넘길 거면 내가 돈 주구 사면 되잖아?"

"되지 돈이 있으면…… 허지만 그 계집앤 옛날하군 달라진 후야."

"달라지다니?"

"새걸루 곱게 팔지를 않거든. 누군가가 팔기 전에 하룻밤 데리구 자는 게 곰보 새끼의 수법이야. 내가 오늘 얻어터진 것두 금숙이를 그전에 빼돌렸기 때문이지. 애가 왠지 불쌍해서 곰보가 손대기 전에 내가 슬쩍 도망시켰거든."

정호는 다시 한 번 피가 욱 머리 위로 몰린다. 유들유들한 창구의 표정에 정호는 더 이상 참을 수가 없다. 정호가 갑자기 팔을 뻗어 창구의 멱살을 무섭게 틀어잡는다.

"어디야 지하실? 내가 직접 가보겠어."

"놔 이거. 놓구 말하라구."

"말해 어서! 당장 목을 비틀어버릴 테니까!"

"나 옛날의 내가 아냐. 못 놓겠어 이거? 너 나한테 칼 맛 좀 봐야겠냐?"

창구가 어느 틈에 멱살을 잡힌 채 허리춤에서 칼을 꺼내든다. 단추를 눌러 칼날을 펴 들고 그는 서슴없이 정호의 목줄기에 칼끝을 들이댄다.

"참어 정호. 나두 다 생각이 있어. 손 놓구 천천히 생각하자구. 너 혼자 지하실에 가봤자 놈들한테 너만 묵사발이 될 뿐이야."

정호가 드디어 잡았던 멱살을 확 밀치듯이 풀어준다. 창구가 칼을 재빨리 치우더니 문득 옆에 앉은 진영을 돌아본다.

"어떡헐래 넌?"

"어떡허다니?"

"나하구 같이 튈 거야 안 튈 거야?"

"너 정말 튈 생각이냐?"

"도망친 금숙일 찾아내지 못하면 난 내일 또 이렇게 터져야 돼. 이젠 더 이상 못 맞겠어. 앉아서 고스란히 맞아 죽기보다는 한바탕 휘젓구 깨끗이 튈 생각이다. 강제루 나하구 튀자는 건 아니야. 생각 없으면 넌 그냥 여기 있어."

"그래 대체 언제 튈 건데?"

"네 결심 여하에 달렸어. 난 지금이라두 당장 튈 수 있어."

"정호 넌 어떡헐 거냐?"

"우선 영선이하구 소연이부터 구해내야겠어. 원래 목적지가 부산이니까 여기서 뜨는 건 나두 찬성이야."

잠시 침묵이 흐른다. 술이 얼얼하게 취해오는지 진영은 연거푸 자기 머리털을 쥐어뜯고 있다. 창구가 진영에게 술을 권하자 진영이 드디어 고개를 번쩍 든다.

"좋아, 같이 튀자. 헌데 영선인 어떻게 빼내오지?"

"나한테 맡겨."

소주를 입 안으로 탁 털어 넣고 창구가 갑자기 부릅뜬 눈으로 목소리를 낮춰 입을 연다.

"그동안 꼼짝없이 죽어지냈지만 곰보 이 새끼 정말 너무했어. 오라구 해서 찾아가니까 다짜고짜 고무 호스루 개 잡듯이 두들겨 패는 거야. 진영아. 너두 그동안 뒈지게 맞은 거 나 다 알구 있어. 화식이, 범술이, 똥파리, 족제비 안 맞은 놈이 어디 있냐? 나 지난번에 정강이 까진 것두 빙판에 넘어졌다는 건 새빨간 거짓말이야. 그때두 곰보가 지하실루 끌구 가더니 곡괭이 자루를 집어들어 개 패

듯이 후려치더라."

13

침묵이 흐른다.

정호는 흐릿한 불빛 밑에서 창구와 진영의 얼굴을 번갈아 바라
본다.

폭력, 그것은 고아가 된 후로 정호네 패들에게는 세 끼 밥처럼
습관화된 일들이다. 어디를 가나 폭력뿐이다. 주먹과 흉기, 욕설과
협박 등 그들이 몸을 붙인 곳에는 그림자처럼 따라다니는 것들이
다. 그들을 폭력으로부터 구제해줄 사람은 아무도 없다. 전쟁에 휘
말려 먹고살기에 분주한 어른들은 아무도 그들의 고통을 막아주거
나 보호해주지 않는다. 경찰들 역시 마찬가지다. 파출소와 경찰서
유치장은 언제나 만원이다. 빨갱이, 병역 기피자, 부역자, 도망병
등 경찰들이 하는 일은 너무나 많고 방대하다. 좀도둑, 깡패, 들치
기, 소매치기 따위는 그들의 눈에는 대수롭지 않은 범법자(犯法
者)다. 다른 할 일들이 너무 많아서 좀도둑이나 깡패 따위는 경찰
이 미처 눈 돌릴 여유가 없는 것이다.

창구와 진영이 당한 폭행들도 결국 이런 전시에는 아무도 막아
줄 사람이 없다. 아니 정직하게 말하면 그들은 오히려 폭력과 결탁
하여 폭력을 이용해 생활하고 있다. 그들이 지금까지 누려온 생활
은 분명히 구두닦이보다는 배부른 호강이었다. 옷도 깨끗하고, 시
계도 사서 찼고, 그들은 건방지게도 나이에 맞지 않게 술과 담배까
지 입에 대고 있다. 그러나 그들의 이런 호강 뒤에는 뒷덜미를 꽉

찍어누르는 무서운 폭력이 숨어 있다. 결국 그들은 굶주림을 면하고 호강을 얻었지만 그 대신 누군가에 의해 매일처럼 감시당하며 더 큰 폭력의 위협 속에 살고 있다. 그들이 당하는 매일의 폭력은 따귀 정도의 가벼운 것이 아니다. 명령에 불복하거나 조직에서 이탈하면 그들은 폭력에 의해 손이 잘리고 다리가 부러지고 때로는 무참히 목숨을 잃기도 한다.

창구가 지금 몸서리를 치는 것도 바로 이런 무서운 폭력이다. 그는 웬만해서는 비명을 지르거나 엄살을 떨지 않는다. 줄곧 매만 맞고 자라온 그는, 웬만한 폭력쯤은 코웃음을 치며 늠름하게 견뎌낼 수 있다. 그러나 그가 오늘 당한 폭력은 외부에 드러난 상처만 보아도 얼마나 혹독하고 무서운 것인가를 알 수 있다. 머리털에 들러붙은 피딱지 정도는 그에게는 아마 아무것도 아닐 것이다. 옷을 벗겨 맨살을 보면 더 끔찍한 상처가 전신에 휘감겨 있을 것이다.

"몇 시냐 지금?"

창구가 문득 침묵을 깨고 감겨진 눈꺼풀로 진영을 돌아본다.

"여덟 시 오 분."

"가자."

"어디루?"

"우선 짐부터 옮겨야겠어."

"짐은 왜?"

"영선일 빼내어 들구 튈래면 놈들이 모르는 시내 변두리루 숨어야 돼. 이따가 옮길려면 시간이 없으니까 짐부터 미리 안전한 곳으루 옮기잔 말이야."

"좋아 가자."

세 소년은 곧 술값을 치르고 술집을 나와 골목길로 접어든다.

창구의 숙소는 술집에서 불과 50미터가 될까 말까 하다. 진영과 창구는 정호를 문 앞에 세워놓고, 즉시 집 안으로 들어가 짐들을 챙겨들고 밖으로 나온다.

두 소년들의 짐이라고 해봤자 겨우 사과 궤짝 크기의 헐렁한 보퉁이 두 개다. 그들의 행동이 너무나 민첩해서 집주인조차도 그들의 도망을 모르고 있다. 집에서 나와 좀더 좁은 길로 꺾어들자 창구가 걸음을 늦추며 재빠르게 입을 연다.

"진영이 너 언젠가 나하구 K동에 가본 일 있지?"

"K동 어디?"

"다리 못 미처 개천 위에 판자루 지은 국밥집 말이야."

"응 알아."

"지하실에서 영선일 빼내갖구 우선 우리 셋이 그 집으루 모이도록 하자."

"그 집에 누구 아는 사람이라두 있냐?"

"물론, 금숙이가 바루 그 집에 있어."

"그래? 거기서 뭘 하는데?"

"주인 할머니가 일할 아이 하나 구해 달라길래 내가 쥐두 새두 모르게 금숙일 그 집에 소개해줬어."

"야, 새끼 너무하다. 바루 그 집에 숨겨두구두 나한텐 끝까지 시침을 뗐구나?"

"금숙이가 누구야?"

정호다.

"아까 술집에서 말했잖아? 창구가 곰보 형님 몰래 슬쩍 빼돌린 여자 애 말이야."

"아, 알겠다."

"참 정호 넌 국밥집이 어딘지 모르지?"

"응, 어디쯤이야?"

"넌 대구 지리 조금두 모르니?"

"알 턱이 있어?"

창구다. 창구는 정호네 패 중에서는 가장 꾀가 많고 약삭빠른 친구다. 그는 자기에게 유리하다고 생각되면 아무리 나쁜 짓이라도 서슴없이 냉혹하게 해치운다. 모일 장소까지 지시하는 것을 보면 그에게는 이미 어떤 계획이 마음속에 세워진 모양이다. 등에 진 보퉁이를 훌쩍 추스르며 창구가 다시 침착하게 입을 연다.

"오늘 일은 섣불리 했다가는 영선이를 빼내기는커녕 우리가 되려 곰보한테 당할지두 몰라."

"참, 영선이를 지하실에서 어떻게 빼내올 작정이냐?"

"정호야."

창구가 문득 걸음을 늦추며 정호를 힐끗 돌아본다.

"왜?"

"너 그 계집애 포기할 수 없냐?"

"계집애 누구?"

"영선이하구 함께 잡혀 있는 여자 애 말이야."

"안 돼, 너들이 싫다면 난 혼자라두 쳐들어가겠어."

"절대루 포기할 수 없다 그거지?"

"부탁이다. 걔만 빼준다면 너들이 원하는 건 뭐라두 들어주겠어. 영선인 차라리 남자니까 그냥 놔둬두 위험하진 않아. 허지만 걘 여자 애야. 오늘밤에 빼내오지 않으면 어떻게 될른지 너들이 더 잘 알지 않냐?"

"참 걔 이름이 뭐라구 했지?"

"민소연."

"네 심정 그만하면 알 만하다. 헌데 걜 빼내자면 한바탕 요란하게 소동을 피워야 될 거야."

"무슨 소동?"

"지하실엔 가보면 알겠지만 지키는 놈이 한두 놈이 아니야. 지하실루 가기 전에 방이 하나 있는데 그 방엔 곰보 부하들이 매일같이 모여서 화투를 치구 있어. 아까 나오면서 얼핏 봤더니 오늘은 일거리가 없는지 거기 흠빡 모여들 있더라. 그놈들을 속여서 지하실루 내려가자면 무슨 짓을 해서든지 그놈들을 모두 방 밖으루 끌어내야 된다 이거야."

"그놈들을 무슨 수루 밖으루 끌어내?"

"방법이 하나 있기는 있어."

"뭔데 그게?"

"허지만 이건 잘못하면 우리들 모두 빨간 행이야."

"말해보라구. 그게 뭔데?"

"그건 우선 짐부터 맡기구 천천히 말해주겠어."

"그래 놈들을 끌어내구 우리 셋이 지하실루 한꺼번에 쳐들어갈 거야?"

"난 못 가. 거긴 너들 둘이서만 가야 해."

"왜 넌 같이 안 가냐? 금숙이 때문은 아니겠지?"

"미친놈. 이런 판국에 내가 너들처럼 계집애 생각이나 할 줄 알아? 난 따루 할 일이 있어. 두구 보라구. 곰보 이 새끼 눈깔을 확 잡아 뽑을 테니."

창구가 드디어 어느 건물 앞에서 조심스레 발을 세운다. 주위는 칠흑처럼 캄캄해서 코앞도 잘 안 보일 정도다. 그러나 창구와 진영이는 조금도 주저 없이 어딘가로 기어오른다. 정호가 우두커니 바라보자니 바로 담장 밑에 큼지막한 쓰레기통이 놓여 있다. 두 사람이 먼저 담장을 넘은 뒤 정호에게 곧 넘어오라는 손짓을 해 보인다. 쓰레기통을 딛고 담장을 타고 넘자 두 친구는 재빨리 정호의 팔을 잡는다.

"여긴 우리가 대구역에 도착한 후 처음 하룻밤을 잔 곳이야. 로깡(배수관)을 쌓아둔 빈 창곤데 밤이면 주인이 집으루 돌아가서 물건 감춰두기 아주 좋아."

창고에는 과연 수십 개의 콘크리트 배수관이 크기별로 분리되어 차곡차곡 쌓여 있다. 작은 것은 지름이 고작 한 아름도 되지 않지만, 큰 것은 사람이 그 안에 들어가서 허리를 펴고 서도 머리가 닿지 않을 정도다. 이처럼 큰 배수관은 집 없는 사람들에게는 아주 훌륭한 잠자리가 된다. 양쪽 구멍에 거적만 드리우면 그 안은 사방이 막혀 아주 아늑한 잠자리가 되는 것이다.

앞서 가던 창구가 발을 세우더니 거적을 쳐들고 어느 배수관으로 쑥 들어간다. 이것도 역시 엄청나게 커서 허리를 펴도 머리가 위에 닿지 않는다. 바닥에는 송판이라도 깔았는지 둥글지 않고 평평하다. 어둠 속에서 잠시 부스럭대더니 창구가 성냥을 그어 어둠 속에 작은 불꽃을 만든다.

배수관 속은 예측한 대로다. 진영이 곧 바닥에 깔린 송판 쪽 몇 개를 쳐들어낸다. 송판 밑에는 마대 자루 두 개와 깡통 세 개가 들어 있다. 깡통 속에서 초 토막을 찾아내자 창구가 곧 성냥불을 초 토막에 옮겨 붙인다. 주위가 환해진 뒤 마대 자루 두 개를 들어내고 진영이 고개를 젖혀 옆에 선 정호를 올려다본다.

"앉어 너두. 여기가 바루 우리들의 비밀 창고야."

"뭐냐 그 자루는?"

"쌀이야. 난 언젠가 우리들한테 오늘 같은 날이 닥칠 줄 알았어. 창구 저 새낀 비웃었지만 다 이렇게 숨겨두면 요긴하게 쓸 데가 생긴다구."

"시간 없다. 잔소리 그만 하구 이젠 차근차근 내 얘길 들어."

"오케이. 말해봐."

창구가 목소리를 낮추어 차근차근 입을 연다. 그의 작전은 예측한 대로 어마어마한 것이었다. 정호는 처음에는 작전이 너무 대담해서 그의 계획을 제지하려 했다. 그러나 곰곰이 생각해보니 소연과 영선을 구해내려면 그 방법밖에 별도리가 없다. 약 십 분쯤 작전을 짠 후 세 사람은 곧 긴장된 표정으로 서둘러 자리를 뜬다.

한밤이다. 통금(通禁)이 내린 캄캄한 거리에는 개미 새끼 한 마리 얼씬대지 않는다. 상점들은 이미 오래 전에 문을 닫아 지금은 불도 끈 채 깊은 고요 속에 잠겨 있다. 얼마 전까지는 빈 거리에 군용 차량들이 분주하게 오갔지만 지금은 밤이 깊은 탓인지 그것들조차 왕래가 뜸하다. 달빛도 없는 캄캄한 거리는 흡사 물속에 잠긴 듯 한없이 적막하고 스산하다.

그러나 이런 적막한 고요 속에 두 쌍의 눈동자만은 샛별처럼 반짝이고 있다. 그들은 지금 곰보 패들의 아지트인 2층 목조 건물의 왼쪽 벽 밑에 붙어 있다. 개미처럼 벽 밑에 붙어 선 그들은 끊임없이 고개를 돌려 무언가를 찾듯 북쪽 하늘을 바라본다. 그들이 찾는 것이 무엇인지는 모르지만 북쪽 하늘에는 아직은 짙은 어둠밖에 보이지 않는다. 정호가 이윽고 고개를 돌려 나란히 붙어 선 진영의 귀에 입을 가져간다.

"몇 분이야 지금?"

"이십 분 정각이야."

"왜 아직 소식이 없지?"

"글쎄, 지금쯤 보여야 하는데……"

그러나 그때다. 진영이 문득 고개를 쳐들다가 정호의 손을 번개처럼 움켜쥔다

"보인다, 보라구!"

"어디?"

"봐, 불빛이야! 저쪽 지붕 위가 훤하잖아?"

정호는 대답 대신 뚫어지게 북쪽 하늘을 쏘아본다. 그렇다. 불빛이다. 그들이 벽 밑에서 기다린 것은 바로 저 환한 불빛이다. 처음에는 희미하게 보이던 불빛이 드디어 어둠을 핥으며 점점 크게 부풀어 오른다. 이쪽에서 불빛까지의 직선거리는 불과 몇백 미터가 될까 말까 하다. 중간에 많은 집들이 가로막고 있어서 아직 불꽃까지는 보이지 않는다. 그러나 이 정도로 불빛이 확대되면 조만간 지붕 위로 무서운 불길이 치솟을 것이다. 정호와 진영 두 사람은 침을 삼키며 불빛이 좀더 크고 거세어지기를 기다리고 있다. 저 불빛은 그들의 작전의 제1단계가 성공했다는 신호다. 아지트에 모인 곰보 부하들을 끌어내기 위해 창구는 바로 곰보 집에 불을 지르기로 했던 것이다.

"봐, 불길이야!"

"가만있어!"

"뭐지 저 소린?"

"누가 고함을 치구 있어!"

두 사람은 시뻘건 불길을 바라보며 잠시 죽은 듯 어둠 속에 귀를

기울인다. 고함이 들린다. 처음엔 여자가 고함을 치더니 이제는 여러 남자들의 다급한 고함도 함께 들린다. 남자 여자가 모두 함께 '불이야!'를 외쳐대고 있다.

"됐어, 잘두 탄다! 곰보 새끼 아마 눈알이 뒤집힐 거다. 더 타라 더 타! 더럽게 모은 재산들 오늘밤에 아주 싹 타버려라!"

불길을 쏘아보던 진영의 입에서는 끊임없이 욕설이 나온다. 불을 지른 죄책감 같은 것은 그에게는 조금도 없다. 그동안 곰보로부터 당한 원한이 그에게는 아마 뼈에 사무쳤던 모양이다.

불길은 어느 틈에 하늘 높이 치솟아 인근 주위를 대낮처럼 훤히 밝힌다. 고함을 듣고 이웃 사람들이 깨어나서 현장에서는 이제 엄청난 소음이 와글와글 들려온다. 두 사람이 서 있는 이쪽에서도 주민들이 잠에서 깨어 문을 박차고 웅성대기 시작한다. 정호가 그제야 진영을 향해 침착하게 입을 연다.

"들어가자 이젠."

"벌써?"

"소방차 올 때까지 기다릴 것 없어. 저희들두 눈이 있음 무슨 일인가 다 알 테니까."

"좋아 가자."

벽 밑에서 떠난 두 사람은 즉시 건물 현관으로 달려간다. 잠겼을 것으로 알았던 현관문이 의외로 잠겨 있지 않다. 진영이 곧 건물 안으로 뛰어들며 귀청이 울릴 만큼 큰 소리로 고함을 친다.

"불이야! 형님들, 불입니다! 곰보 형님 댁에 불이 났습니다!"

정호는 2층으로 통하는 층계 밑에 숨어 있다. 고함을 듣고 방문이 열리더니 누군가가 대뜸 진영에게 소리를 친다.

"누구야 떠드는 게?"

“아 저 진영입니다. 헌데 형님들, 큰일 났습니다! 곰보 형님 댁에 불이 났습니다!”

“뭐? 불?”

“나와보십시오! 저 불길 좀 보십시오! 형님들 여기서 이럴 시간이 없습니다!”

“무슨 소리야? 불이 났다구?”

“정말이야 그게?”

“어이, 불났대 불!”

“비켜, 어디야 어디?”

“어 저 불길 좀 보라구!”

“야, 가자! 바루 곰보 형님 댁이다!”

쥐 죽은 듯 고요하던 아래위층에서 이윽고 고함과 함께 발자국 소리가 요란하다. 현장과 거리가 멀지 않아서 그들의 눈에도 시뻘건 불길이 보인 것이다.

“야 모두 가면 어떡해? 누구 한 명은 남아야 될 것 아냐?”

누군가의 외침을 듣고 진영이 기다렸다는 듯 마주 그에게 고함을 친다.

“용칠 형님, 여긴 제가 지키겠습니다! 전 곰보 형님을 방금 만나 뵙구 오는 길입니다! 절더러 여길 지키라구 하시며 큰형님들은 모두 현장으루 오라는 분부십니다!”

“오케이! 잘 지켜 너! 2층에 물건이 있으니까 집 비웠다간 뒈질 줄 알어!”

“형님, 염려 마십시오! 제가 목숨 걸구 지키겠습니다!”

“그럼 간다!”

“예!”

쿵쾅대던 발자국들이 삽시간에 집 안에서 사라진다. 진영이 곧 층계 밑으로 다가와 아래를 보고 숨가쁘게 입을 연다.

"됐어 정호야. 빨리 나와!"

"어디냐 지하실은?"

"따라와!"

진영이 몸을 돌리더니 오른쪽 복도로 급히 꺾여든다. 북쪽으로 뚫린 복도 창문으로 불길이 들이비춰 창문 전체가 시뻘겋다. 사이렌 소리까지 요란하게 들리는 것으로 보아 현장에는 어느 틈에 소방차까지 들이닥친 모양이다. 그러나 정호와 진영 두 사람은 그런 것에 일일이 신경 쓸 겨를이 없다. 진영이 곧 어느 방문을 발길로 박차고 돌진하듯이 뛰어든다. 방 안에는 커다란 탁자가 놓여 있고, 그 주위에 의자 네댓 개와 목침대 두 개가 놓여 있다.

"아 씨팔, 문이 잠겼어!"

"응?"

"이 문이 지하실루 통하는데 놈들이 문에 자물쇠를 채워놨어!"

"어디 보자."

정말이다. 문에는 정말 놋쇠로 된 커다란 자물쇠가 단단히 물려 있다.

"어떡하지?"

"부셔야지 뭐."

"뭘루 부셔?"

"기다려!"

정호가 곧 몸을 돌리더니 번개처럼 방 밖으로 사라진다. 잠시 후 나타난 정호의 손에는 어디서 났는지 손도끼 한 자루가 들려 있다.

"야, 그거 어디서 났냐?"

"층계 밑 비품 창고에서 아까 미리 봐둔 거야."

"됐다 그거면. 자 어서 문을 까부셔!"

정호가 도끼를 번쩍 들어 사정없이 문짝을 내려찍는다. 방 안에 도끼 소리가 요란했지만 정호의 도끼질은 조금도 주저 없이 연달아 문짝에 떨어진다. 판자로 된 단단한 문짝이 드디어 도끼를 맞아 우지끈 우지끈 부서진다. 창백한 정호의 이마에는 어느 틈에 땀방울이 방울방울 솟아오른다.

"됐다, 그만 해!"

문짝이 드디어 테두리만 남고 동굴 입구처럼 뻥 뚫렸다. 정호는 곧 도끼를 내던지고 진영과 나란히 뚫린 구멍으로 몸을 디민다.

어둡다. 문짝 바로 밑으로는 좁고 긴 통로가 지하실 아래로 가파르게 뻗어 있다. 앞이 너무 캄캄해서 정호의 눈에는 아무것도 보이는 게 없다. 그러나 정호의 급한 마음은 어둠조차도 막지를 못한다. 한달음에 층계를 달려 내려간 정호는, 층계가 끝나 지하실에 다다르자 숨을 헐떡이며 어둠 속으로 고함을 친다.

"영선아, 어디 있나!"

"······"

대답이 없다. 이번에는 진영이 정호 뒤에서 큰 소리로 소리친다.

"야, 영선아! 나다, 진영이다!"

"어, 여기 있어. 나 여기 있어······"

"여기가 어디야? 큰 소리루 다시 말해봐!"

"영선이는 많이 아파요. 누구세요 댁들은?"

여자 목소리다. 정호는 순간 그 목소리가 귀에 익은 소연의 목소리임을 깨닫는다.

"소연아, 나야! 정호가 왔어!"

“아 정호!……”

어둠 속으로 휘젓는 손에 문득 소연의 손이 덥석 잡힌다. 서로의 손을 잡았다고 느끼자 두 사람은 어느 틈에 한 몸처럼 와락 포옹한다.

“소연이, 이제 안심해. 우리가 소연일 구하러 왔어.”

“난 괜찮아. 영선이가 위험해. 날 위해서 대들다가 사람들한테 많이 맞았어. 어딜 얼마나 맞았는지 두 다리루 서지두 못해.”

“어디 있어 영선이?”

“이쪽이야. 내 손을 잡아.”

소연이 정호의 손을 잡고 어둠 속으로 인도한다. 손이 아래로 잡아끌리며 곧 정호의 손에 영선의 얼굴이 잡힌다.

“아야!”

비명이 울린다. 정호는 재빨리 얼굴에서 손을 떼고 영선이 앞에 무릎을 꿇는다.

“고맙다 영선아……”

대답이 없다. 아니 대답이 없는 것이 아니라 영선은 짧게 억눌린 흐느낌으로 대답을 대신하고 있다. 무릎을 꿇은 정호의 눈에서도 어느새 줄줄이 눈물이 솟아오른다. 그는 영선이 얼마나 겁이 많고 폭력을 무서워하는지 잘 알고 있다. 그런데 그 겁 많은 영선이가 소연을 위해서는 이처럼 죽도록 서슴없이 매를 맞은 것이다. 만일 영선만 아니었으면 소연은 지금쯤 어떻게 되었는지 알 수가 없다. 그의 반항이 헛되건 헛되지 않았건 그는 처음으로 정호와 소연에게 대단한 용기와 우정을 보여준 것이다.

“야 뭘 해, 시간 없어! 우물쭈물하다간 놈들한테 들킬지 몰라!”

진영의 다급한 재촉을 듣고야 정호는 번쩍 정신이 든다. 정호가 곧 두 손을 뻗어 영선의 어깨를 조심스레 더듬어 잡는다.

"영선아, 시간이 없다. 우선 여기부터 빠져나가자."

"응, 알았어."

"어서 내 등에 업혀. 내가 업구 나가겠어."

"아냐, 업힐 만큼 심하지는 않아. 팔만 좀 잡아주면 얼마든지 걸을 수 있어."

"오케이, 그럼 이렇게 하자."

정호가 곧 영선의 팔을 자기 목에 휘둘러 감는다. 감긴 팔을 오른손으로 잡고 정호는 즉시 영선의 몸을 일으켜 세운다.

걸음을 옮긴다. 영선의 반대편에는 어느새 소연이 부축을 하고 있다. 진영은 세 사람의 앞에 서서 뒷걸음질로 층계를 올라간다. 층계 중간쯤 올라가서야 드디어 그들의 눈에 어렴풋이 빛이 보인다. 걸을 수 있다고 장담을 했지만 영선의 다리는 간신히 발짝을 옮겨놓을 정도다. 층계를 다 올라와 밝은 방으로 들어서자 진영이 문득 발을 세우고 눈을 크게 뜬 채 영선을 돌아본다.

"아니, 영선아!……"

진영이 놀라는 것도 무리가 아니다. 어둠 속에서는 잘 몰랐으나 밝은 데서 보니 영선의 얼굴은 처참하다. 무엇으로 어떻게 맞았는지 모르지만 영선의 얼굴은 호박처럼 둥글기만 하다. 얼굴 전체가 퉁퉁 부어서 겨우 콧구멍 두 개만 빠끔히 뚫렸을 뿐이다.

자신의 처참함에 부끄러움을 느낀 듯 영선은 고개를 떨구고 서둘러 발걸음을 옮긴다. 소연도 이런 처참한 모습은 아마 밝은 데서 처음 본 모양이다. 반대편 팔죽지를 꼭 잡은 채 소연은 터지려는 울음을 이를 악물고 참고 있다.

드디어 현관 앞이다. 그러나 현관에 도착하자 영선이 문득 걸음을 세운다.

"바둑이, 바둑이를 찾아야 돼. 놈들이 바둑일 빼앗아갔어!"

"바둑이가 어디 있는데?"

"이 건물 어딘가에 있을 거야. 바둑이 짖는 소릴 여러 번 들었어."

말을 끝낸 영선이 몸을 돌리더니 어슴푸레한 건물 복도를 향해 고함을 친다.

"바둑아! 바둑아! 어디 있는지 짖어보라구! 바둑아, 내가 왔어! 어디 있는지 짖어봐 바둑아!"

그때다. 건물 어디선가 판자를 긁는 소리와 함께 개 짖는 소리가 아득히 들려온다. 정호가 곧 영선의 팔을 놓고 소리나는 쪽으로 한달음에 달려간다. 복도 안쪽 세번째 도어에서 다시 개 짖는 소리가 컹컹 들려온다. 정호가 급히 도어를 열자 바둑이가 훌쩍 뛰어올라 정호의 가슴에 덜컥 안긴다. 가슴에 안긴 바둑이가 정호를 알아보고 미친 듯 얼굴을 핥는다.

"바둑아, 그래 바둑아. 됐어 이제 그만 핥어!"

바둑이를 진정시키면서 정호가 일행 쪽으로 달려오는데 진영이가 정호를 막아서며 급하게 입을 연다.

"야 정호야. 영선이 데리구 너들 먼저 밖으루 나가. 나 여기두 불 싸지르겠어. 영선일 저 꼴루 만들어놨는데 이대루 곱게는 못 가겠어."

"불을 지른다구? 참아라 진영아! 집이 무슨 죄가 있냐?"

"먼저 가! 난로만 자빠뜨리면 불 지르는 건 문제두 아니야."

"아서 진영아. 네가 없으면 우린 어디루 가는지 길두 모르잖아."

진영이 잠시 망설이다가 할 수 없다는 듯 몸을 돌린다.

잠시 후 네 사람은 2층 건물을 나와 칠흑 같은 어둠 속으로 바쁘게 사라진다.

14

숨이 가쁘다.

두꺼운 내복 속의 등과 배로는 땀이 기름처럼 끈끈하게 내배었다. 다리가 후들거리고 숨이 가빠서 일행은 입을 다문 채 누구 하나 말이 없다.

거리는 텅 비었다. 화재 현장의 소란스런 소음도 이제는 그들의 귓가에서 아득하게 사라진 지 오래다. 지하실을 탈출한 지 삼십여 분의 시간이 경과해서 일행 네 명은 골목과 골목으로만 말 한마디 없이 바쁘게 내닫고 있다.

"쉿!"

길 안내를 맡은 진영이가 문득 골목길의 담장 밑으로 붙어 선다. 정호, 소연, 영선이도 제물에 놀라 숨을 훅 들이마신다. 바둑이만이 정호가 멘 커다란 륙색 속에서 영문을 몰라 작은 소리로 낑낑대고 있을 뿐이다.

순찰 헌병이 다가오고 있다. 하얀 바가지(헬멧)에 총을 둘러멘 헌병 두 명이 손전등으로 빈 거리를 비추며 저벅저벅 네 사람이 숨어 있는 골목 어귀를 지나간다. 통금이 내려진 텅 빈 거리에는 행인은 고사하고 불빛 한 점 내비치지 않는다. 거리에 불빛이 없는 것은 등화관제(燈火管制) 때문이다. 공산군의 적기(敵機)가 가끔씩 날아와서 이제는 아군 지역에도 밤에 불빛을 조심해야 한다.

헌병들이 이윽고 발자국 소리를 울리며 삼거리 번화가 쪽으로 점점 멀리 사라진다. 진영이 그제야 담장 밑에서 조심스런 동작으로 소리 없이 몸을 일으킨다.

"휴우, 놀랬다."

"아직 멀었냐?"

"다 왔어, 저쪽 모퉁이야."

진영이 다시 앞장서서 골목 깊숙이로 조심스레 움직인다. 골목은 코앞도 안 보일 만큼 칠흑처럼 깜깜하다. 정호와 소연의 부축을 받으며 영선은 지금까지 줄곧 질질 끌듯이 발걸음을 옮기고 있다. 진영이 차고 있는 야광 시계는 이미 열 시를 지나 열한 시를 가리키고 있다. 골목을 거쳐 큰길에 다다르자 진영이 다시 목소리를 낮춰 속삭이듯 입을 연다.

"다 왔어 이제. 바루 다리 건너 저 집이야."

"창구 왔을까?"

"왔을 거야 아마. 자 얼른 다리를 건너자."

쥐 죽은 듯 적막한 거리로 진영이 문득 토끼처럼 후다닥 내닫는다. 다리는 양쪽으로 난간이 달려 있고 길이가 불과 10여 미터가 될까 말까 하다. 앞서 내달은 진영이가 재빨리 다리를 건너 왼쪽의 판잣집들 쪽으로 사라진다. 판잣집들은 모두 이쪽으로 등을 돌린 채 기다랗게 개천 바닥으로 기둥들을 박고 있다. 말하자면 기둥들을 개천으로 내린 채 판잣집들은 누각들처럼 개천 위로 높게 세워져 있는 것이다.

쥐 죽은 듯 고요한 거리에서 문득 문 여닫는 소리와 함께 사람들의 발소리가 다급하게 들려온다. 다리 쪽을 바라보는 정호와 소연에게는 그 소리가 흡사 천둥소리처럼 크게 들린다. 이제나저제나

하고 어둠 속을 쏘아보는 그들에게 누군가가 드디어 다리를 건너 이쪽으로 바쁘게 달려온다.

"야, 정호야. 나다 창구다!"

"응, 알았다! 벌써 와 있었구나."

"영선이 어디 있냐? 얼굴 좀 보자, 얼마나 다쳤냐?"

창구가 어느 틈에 다리를 건너 골목 어귀로 구르듯이 뛰어든다.

"영선아!"

"창구야!"

"쌔끼 너!……"

"……"

창구와 영선이 마주 선 채 잠시 서로의 얼굴을 뚫어지게 쏘아본다. 너무나 극적으로 다시 만난 두 사람이라 그들은 말이 막혀 숨만 격하게 내쉴 뿐이다. 창구가 이윽고 영선의 앞에 등을 돌려대고 재빨리 무릎을 꿇는다.

"업혀 자식아."

"괜찮아……"

"업히래두 어서!"

"괜찮대니까……"

"새끼 고집은!"

창구가 말을 마치고 서슴없이 영선을 끌어당긴다. 영선이 후딱 등 쪽으로 엎어지자 창구가 재빨리 영선을 업고 몸을 일으킨다.

"어떠냐 정호야? 날씬하게 해치웠지?"

"언제 왔니 넌?"

"불 싸지르구 금방 왔어. 휘발유를 끼얹었구 불을 질렀더니 눈 깜짝할 사이에 불길이 확 번지잖아. 우물쭈물하다간 큰일 날 것 같아서 에라 모르겠다 하구 뒤두 안 보구 들구 튄 거야."

다리를 건넌다. 앞서 가는 창구의 뒤를 정호와 소연은 어깨를 맞대고 따라간다. 앞서 다리를 건넌 창구가 왼쪽의 어느 허름한 판잣집 앞에 발을 세운다.

"금숙아! 손님들 왔어!"

판잣집 문이 드륵 열리더니 소녀 한 명이 문 앞에서 급히 옆으로 비켜선다.

"어서들 와. 느덜 얘기 많이 들었다."

집 안으로 들어선다. 밖에서는 바람에 날아갈 듯 허름해 보였으나 집 안으로 들어와보니 판잣집은 의외로 단단하고 아늑하다. 석유등 두 개가 안방과 마루방에 걸려 있고, 널찍한 마룻바닥에는 탁자와 의자들이 한쪽 구석으로 차곡차곡 쌓여 있다. 창구가 곧 등에 업은 영선을 안쪽의 방 안으로 조심스레 내려놓는다. 방 안에는 어느새 준비를 했는지 더운 김이 무럭무럭 솟는 국밥 네 그릇이 상 위에 가지런히 놓여 있다. 진영이 허겁지겁 국밥을 퍼먹다가 정호와 소연이 들어서자 밥풀을 튀기며 급하게 손짓을 한다.

"들어와 어서. 야 영선아 너두 들어."

영선과 정호, 소연 세 사람은 그러나 우두커니 말들이 없다. 창구가 곧 눈치를 채고 소연의 앞을 우뚝 막아선다.

"얘길 들어서 알겠지만 내가 바루 정호 친구 창구야."

소연이 고개를 까딱 숙이며 조심스레 입을 연다.

"난 민소연이야. 우릴 구해줘서 정말 고마워."

"고맙긴…… 자 어서들 앉어. 배고플 것 같아서 미리 밥을 준비시켰어."

소연은 그러나 방바닥에 앉는 대신 몸을 빙글 돌려 금숙이라는 소녀를 정면으로 바라본다.

"미안해 폐를 끼쳐서…… 뭐라구 감사해야 될지 모르겠어. 내 이름은 민소연이구 이쪽은 정호, 저쪽은 영선이야."

금숙은 큰 눈을 똥그랗게 뜬 채 잠시 세 사람을 번갈아 바라본다. 나이는 소연과 비슷해 보였지만 어딘가 소연보다는 대담하고 쾌활한 표정을 하고 있다. 숱 많은 머리를 쌍갈래로 땋아 늘인 채 금숙은 쌩긋 웃으며 대뜸 소연에게 한 손을 불쑥 내민다.

"만나서 반가워. 창구한테서 그쪽 얘긴 대강 들었어. 앉어 어서. 밥부터 먹구 자세한 얘긴 나중 듣겠어."

내민 손을 쑥스럽게 잡은 뒤 소연은 정호와 나란히 방바닥에 내려앉는다. 창구와 금숙이까지 방바닥에 내려앉자 방 안은 사람 여섯으로 빈틈없이 꽉 차버린다. 일행이 대충 자리들을 잡자 창구가 새삼스레 영선을 보고 깜짝 놀란다.

"야 영선아, 너 대체 뭘루 맞았길래 그 모양이냐?"

"……"

영선은 대답 대신 퉁퉁 부어오른 얼굴로 빙그레 웃어 보인다. 그러나 얼굴이 너무 부어서 영선의 웃음은 눈가만 약간 찌푸린 정도다. 이번에는 정호가 침묵을 깨고 등에 진 륙색을 벗으며 금숙을 힐끗 돌아본다.

"바둑이 이 녀석 그새 잠이 들었나 보다. 금숙아 너 이 안에 뭐가 들었는지 한번 알아맞혀봐."

금숙이 고개를 갸웃하고 창구를 돌아보는데 정호가 빙긋 웃으며 담담하게 말을 잇는다.

"이 안에 강아지가 한 마리 들어 있어. 혹시 집에 눌은밥이나 먹다 남긴 대궁밥 없을까?"

정호가 말을 마치자 그제야 기다렸다는 듯 바둑이가 륙색 안에서 발버둥과 함께 낑낑댄다. 줄을 풀어 륙색 주둥이를 열어주자 바둑이가 이내 륙색 밖으로 몸을 던지듯 튀어나온다.

"어머나! 정말 강아지네? 어디서 났어 이 강아지?"

"전부터 우리랑 함께 지내던 강아지야. 허지만 강아지 진짜 임자는 바루 이 친구 영선이야."

이 사람 저 사람 냄새를 맡더니 바둑이가 드디어 주인인 영선을 찾아간다. 한동안 개와 주인이 한데 뒤엉켜 서로를 끌어안고 볼을 비비며 야단이다. 금숙이가 잠자코 지켜보다가 더 기다릴 수 없다는 듯 바둑이를 빼앗듯 번쩍 위로 안아 올린다.

"부엌에 아마 찬밥이 조금 있을 거야. 강아지 밥은 내가 먹일게 너들은 어서 밥들이나 먹어."

금숙이 말을 마치고 바둑이를 안고 방을 나간다. 방 안에 남은 다섯 사람은 그제야 서둘러 밥들을 먹기 시작한다. 영선은 그러나 입 안이 터졌는지 숟갈질을 하다 말고 가끔씩 숟갈을 든 채 얼굴을 잔뜩 찌푸린다. 음식이 워낙 맵고 뜨거워서 방 안에는 한동안 후후 부는 입김 소리와 코 훌쩍이는 소리만 요란하다. 늘 침착하고 단정하던 소연이까지도 오늘만은 시장했던 모양으로 오종종하게 땀방울이 돋은 얼굴로 억척스레 숟갈질을 하고 있다. 진영이 드디어 제일착으로 국물까지 홀랑 마신 뒤 끅 소리와 함께 상 앞에서 뒤로 물러난다. 뒤이어 정호와 소연이 숟갈을 내려놓자, 영선만이 급한 마음으로 땀을 뻘뻘 흘리며 옆 사람의 눈치를 살핀다.

"재촉하지 마, 입 안이 홀랑 터져서 난 빨리 먹을 수가 없어."

"알았어 자식아. 재촉할 사람 아무두 없으니까 그런 걱정 말구 천천히 먹어."

창구가 씩 웃은 뒤 곧 주머니에서 담뱃갑을 꺼낸다. 그러나 그는 담뱃갑을 꺼내든 채 자기도 모르게 정호의 눈치를 힐끗 살핀다.

"미안하다 정호야. 이왕 배웠으니 끊을 때까진 피워야지."

"나두 한 대 줘."

진영이다. 창구와 진영 두 사람이 나란히 담배를 꺼내 입에 문다. 정호, 소연, 영선 세 사람은 아무 말 없이 두 사람의 행동을 지켜보고 있다. 그러나 두 사람이 성냥을 쳐서 막 담배에 불을 붙이려는 순간이다. 어느새 금숙이 방 안으로 들어와 두 사람의 입에서 번개처럼 담배를 뽑아든다.

"피울려면 나가서 피워!"

"왜 이래 이거?"

"담배 피우는 거 싫단 말이야."

"허 참……"

침묵이 흐른다. 담배를 빼앗긴 창구와 진영이 머쓱한 표정으로 친구들의 얼굴을 둘러본다. 정호와 소연은 물론이고 이번에는 영선이까지도 숟갈을 내려놓은 채 뚫어지게 두 사람을 쏘아본다. 한동안 어색한 침묵이 흐른 후, 창구가 꾸물꾸물 자리에서 일어선다.

"할 수 없지. 나가자 진영아."

진영은 그러나 눈치만 살필 뿐 자리에서 일어설 기색이 아니다. 창구가 다시 한 번 친구들을 둘러본 후 갑자기 개천 쪽으로 뚫린 작은 창문을 드륵 연다.

"진영아."

"왜?"

"치사하다."

"뭐가?"

"모처럼 친구들과 다시 만났는데 이 우스운 담배 때문에 우린 또 헤어져야겠다. 보라구 저 눈빛들을. 우릴 모두 징그러운 뱀 보듯 하구 있어. 어떡헐래? 나갈래 있을래? 친구두 좋지만 담밸 끊을 수두 없지 않나?"

"끊을 순 없지."

"그럼 어떡허지?"

"나가야지 뭐."

창구와 진영은 말들을 주고받으며 약속이나 한 듯 방문 쪽으로 몸을 돌린다. 그러나 금숙이 두 사람 앞을 막아서며 다시 다부지게 입을 연다.

"약속했잖아 담배 끊는다구? 친구들 다시 찾았으니 이젠 담배 끊어야지?"

"알았어. 끊을 거야. 허지만 지금은 아니야."

"그럼 언제 끊을 거야? 친구들 다 있는 데서 언제 끊을 건지 날짜를 정해."

창구가 진영을 돌아보는데 진영이 벌컥 화를 낸다.

"아 씨팔, 뭐야 이거? 담배 끊는 게 쉬운 줄 알어? 약속했으니 끊을 거야. 제발 고만 좀 짱알대라구."

분위기가 이상하다. 그때까지 묵묵히 말이 없던 정호가 자리에서 천천히 일어나 진영의 등을 슬쩍 떠민다.

"약속했으니까 이젠 됐어. 자 어서 밖에 나가 피워."

창구와 진영 두 사람이 쫓기듯이 방을 나간다. 그러자 소연이 자리를 일더니 쾌활하게 정호를 부른다.

"정호, 그쪽으루 상 좀 들어줘. 설거지는 내가 하겠어."

정호가 상을 들기 위해 소연 쪽으로 몸을 돌린다. 그러나 정호보다 먼저 금숙이가 냉큼 상을 잡는다.

"이건 우리 여자들의 일이야. 비키라구 바지씨들은. 자 소연이 어서 들어."

밥상이 나간다. 상이 나가고 방문이 닫히자 정호가 그제야 영선을 바라본다.

"영선아, 좀 어떠냐?"

퉁퉁 부은 얼굴을 한 채 영선이 웃으며 예사롭게 입을 연다.

"괜찮어……"

"걷기두 퍽 힘든 모양인데 어딜 어떻게 다쳤는지 다리 좀 이쪽으루 뻗어봐."

"괜찮대두……"

방문이 다시 열리더니 창구와 진영이 방 안으로 들어선다. 밖에서 말을 엿들은 듯 창구가 자리에 앉으며 심각하게 영선을 바라본다.

"우린 내일 출발해야 해. 역에는 곰보 패가 있기 때문에 이번엔 기차를 못 타구 발루 걸어서 신작로나 시골길루 내려가야 될 거야. 몇백 리를 걸어서 내려가야 될 텐데 다리가 성치 않으면 걸어갈 수가 없지 않냐?"

영선이 아무 말 없이 얼굴을 찡그리며 다리를 뻗는다. 걸레처럼 해진 바짓가랑이 사이로 퉁퉁 부어오른 영선의 다리가 참혹하게 드러난다. 창구가 곧 정호를 거들어 바짓가랑이를 조심스레 걷어 올린다. 피와 때가 한데 말라붙어 다리는 흡사 까마귀 발처럼 새까 맣다. 그러나 그 새까만 다리가 지금은 퉁퉁 부어올라 피부가 팽창되어 거북이 등처럼 이리저리 터져 있다. 정호가 다시 고개를 들어 영선의 얼굴을 조심스레 돌아본다.

"뭘루 맞았냐?"

"짓밟았어."

"어디가 제일 아퍼?"

"왼쪽 무릎하구 허벅다리야."

"뼈는 괜찮아?"

"괜찮아 뼈는……"

바지를 걷고 살펴보니 다리는 너무 많이 부어올라 무릎과 발목 뼈가 보이지 않는다. 마치 난로의 연통처럼 위아래가 밋밋해져서 누르면 터질 듯이 탱탱하게 부어 있다.

"지독하구나 개새끼들……"

진영이 씹어뱉듯 한마디 내뱉고 문득 정호를 돌아본다.

"우리 정말 내일 떠날 거냐?"

"곰보 집에 불까지 질렀는데 여기 길게 눌러 있을 순 없지 않냐?"

"어디루 떠나지?"

"목적진 한 군데뿐이야. 애초에 정한 대루 부산으루 가는 거야."

"허지만 곰보 패가 우글거리는데 역으루 나가서 기차를 탈 수는 없지 않어?"

"내가 말할 때 어디 갔었냐? 기차는 안 된다구 내가 아까 말하지 않았어? 역 쪽으루 나갔다가는 우린 모두 잡혀서 죽어. 아마 지금 쯤 역 쪽에는 우릴 잡을려구 곰보 꼬붕들이 좍 깔려 있을 거야."

창구다. 자기가 불을 질렀기 때문에 창구는 정호보다 더 빨리 대구를 떠나고 싶다. 잠시 긴장된 침묵이 흐르자 진영이 다시 우울하게 입을 연다.

"허지만 영선이가 이 꼴인데 기차를 안 타면 어떻게 부산까지 내려가자는 거야?"

"그렇다구 여기 앉아서 곰보 패가 찾아올 때까지 기달릴 수두 없지 않냐?"

"자동차 같은 건 얻어 탈 수 없을까?"

"자동차래야 군용 트럭밖에 없는데 뭐가 이뻐서 우리 여섯 명을 군인들이 공으루 태워줄 거냐? 한 가지 방법은 군인들 몰래 달리는 차를 집어타야 되는데 여자 애들 둘하구 영선이한테는 그것 역시 어렵잖어?"

"금숙이라는 아이두 우리하구 같이 갈 거냐?"

"가겠대 개두. 이 집 주인인 할머니한테 아까 작별 인사까지 하구 왔어."

"어디 사는데 그 할머니가?"

"가까워 여기서. 이 집에서 바루 네 집 건너야."

다시 침묵이다. 밖에서는 두 소녀가 설거지를 하느라고 달그락달그락 그릇들을 부딪치고 있다. 영선이 걷어 올린 바지를 내리며 문득 세 친구들을 번갈아 바라본다.

"내 걱정 마. 난 너들하구 같이 안 갈 거야."

"같이 안 가면?"

"내가 알아서 할 테니까 나는 놔두구 너들 먼저 떠나라구."

"미쳤냐 너? 그걸 말이라구 하는 거야?"

"정말이야. 난 너들이 나 때문에 기다리는 건 조금두 반갑지 않어. 곰포 패거리가 언제 들이닥칠지 모르는데 나 때문에 우물쭈물한다는 건 말두 안 되는 이야기야."

"넌 곰보한테 잡히면 성할 것 같냐?"

"안 잡혀 난."

"어떻게?"

"다리가 웬만큼 나을 때까지 난 깡통 차구 거지짓을 하겠어. 누더기를 걸쳐입구 얼굴에 시커멓게 검댕이나 칠하면 곰보 패들두 내가 누군지 얼른 알아보기 힘들 거야. 그러다가 웬만큼 다리가 나으면 혼자서 천천히 너들 뒤를 따라서 부산으루 내려가겠어."

"영선아 그럴 순 없어. 네가 남겠다면 나하구 소연이두 같이 남겠어. 네가 이렇게 다리를 다친 건 소연이 때문이라구 알구 있어. 오래간만에 모두 다시 모였는데 너 하나만 뒤에 떼어놓구 우리들끼리 갈 순 없어."

"정호 말이 맞다. 우린 이제 죽건 살건 옛날처럼 같이 뭉쳐 살아야 돼. 네가 다리 때문에 못 따라가겠다면 나하구 진영이 정호 셋이서 번갈아 업구 가겠어. 네가 비럭질 잘하는 줄은 알지만 이번만은 어떻게 해서든 널 꼭 데리구 갈 거야."

영선의 수그린 얼굴에서 문득 눈물방울이 뚝뚝 방바닥으로 떨어진다. 성한 사람들도 살아남기 힘든 세상에 몸이 불편하다는 것은 치명적인 불행이다. 영선이 떨구는 눈물을 바라보자 세 사람은 저마다 가슴이 미어지는 것 같다. 정호가 이윽고 고개를 번쩍 들며 창구의 얼굴을 뚫어지게 쏘아본다.

"창구야, 방법이 하나 있긴 있어."

"뭔데?"

"몇십 리 정도라면 영선일 업구두 갈 수 있지만 여기서 부산까진 길이 아마 삼백 리두 넘을 거야. 업구 간다는 건 말두 안 되구 더 좋은 방법을 찾아야 돼."

"뭐야 더 좋은 방법이?"

"리어카를 한 대 사자."

"리어카?"

"거기다 영선일 태워갖구 우리 셋이서 끌구 가는 거야."

"야, 그거 좋다! 그렇지 리어카라면 우리 여섯두 탈 수 있어. 왜 진작 그 생각들을 못했지? 그래, 리어카를 사는 거야!"

"구할 순 있겠나?"

"문제없어 리어카 같은 건. 안 되면 슬쩍 남의 리어카를 실례할 수두 있어."

"창구야, 앞으루 우리 남의 물건에 손대는 따위는 하지 말자. 나한테 돈이 약간 있어. 제대루 돈 주구 한 대 사자구. 그래야 부산에 도착해서두 그걸루 짐 날라주며 벌어먹을 수두 있지 않냐?"

정호가 말을 끝내자 이번에는 영선이 허리띠를 끄르더니 사타구니 사이로 갑자기 한 손을 집어넣는다.

"정호야 이거 받어."

영선의 손에 때가 새까만 주먹만 한 크기의 작은 주머니가 들려 있다. 정호가 주머니를 조심스레 받아들며 의아한 눈길로 영선을 바라본다.

"뭐냐 이게?"

"네가 전에 나한테 맡긴 돈이야. 곰보 패들한테 붙잡히자마자 들킬 것 같아서 빤스 속에다 그 돈을 꼭 숨겼어."

정호는 주머니를 끄르며 그제야 얼핏 기억이 떠오른다. 이 돈은 대전역에서 정호가 뺑코한테 반 협박으로 우려낸 돈이다. 두 개의 돈 다발 중 하나를 영선에게 맡겼었는데 영선은 곰보 패들한테 붙잡혀서도 그 돈만은 빼앗기지 않고 숨기고 있었던 것이다.

정호는 곧 주머니 속에서 영선이 건네준 돈을 차곡차곡 꺼내놓는다. 그리고 주머니가 다 비워지자 이번에는 자기가 지니고 있던 나머지 한 다발까지 방바닥에 꺼내놓는다. 돈을 가지런히 간추린 정호는 그 돈을 불쑥 창구에게 건네준다.

"이건 영선이와 나 두 사람이 어렵게 만든 돈이야. 허지만 앞으루 여섯 명이 같이 살아가자면 누군가가 대표적으루 혼자 돈을 관리하는 게 좋을 것 같다. 내 생각엔 창구 니가 돈 관리를 가장 잘할 것 같다. 네가 전부 맡아가지구 있다가 필요할 때면 아껴가며 쓰도록 해라."

창구는 그러나 건네주는 돈을 펄쩍 뛰듯이 정호에게 되밀어준다.

"미쳤냐 너? 난 너들두 알다시피 돈 계산두 잘 할 줄 몰라. 돈을 맡을래면 네가 맡어. 그런 건 전부터 네가 해왔잖아?"

진영이 콧잔등을 찡긋하더니 아무 말 없이 주머니에서 자기 돈지갑을 꺼내 방바닥에 내려놓는다.

"난 현금이 얼마 안 돼. 그 대신 시계를 끌러놓겠어."

이번에는 창구가 꾸물대더니 역시 돈지갑을 꺼내놓는다.

"자, 나두 이게 다야. 난 끌러놓을 시계두 없어."

잠시 네 사람 사이에 묘한 침묵이 흐른다. 둥그렇게 둘러앉은 그들 복판에는 돈과 지갑 두 개와 손목시계 한 개가 놓여 있다. 창구가 이윽고 고개를 들더니 돈과 지갑, 시계를 정호 앞으로 조심스레 밀어놓는다.

"우린 돈들이 얼마 안 돼. 여기선 네 돈이 가장 많으니까 네가 이걸 맡는 게 좋겠어."

정호가 아무 말도 하지 않자 이번에는 영선이가 다시 점잖게 입을 연다.

"정호야, 심각하게 생각하지 말라구. 넌 전부터 우리 패의 우두머리였어. 네 명이 다시 한자리에 모였으니까 네가 다시 그 자릴 맡아줘야지."

정호가 이윽고 머리를 들더니 시계를 집어들어 진영에게 돌려
준다.

"이건 도루 네가 차."

"왜?"

"아직은 돈이 있으니까 시계까진 필요 없어. 돈이 떨어져서 굶게
되면 시계는 그때 다시 팔도록 하자구. 그리구 너희들 생각이 정
그렇다면 이 돈은 앞으루 내가 맡아서 쓰도록 하겠어. 모두 얼만가
세어본 후 돈 쓸 때는 반드시 너들 말을 듣구 쓰겠어."

말을 마친 정호가 즉시 돈들을 차근차근 세기 시작한다. 네 사람
의 돈들이 깨끗이 세어지자 방문이 드륵 열리고 소연과 금숙이 나
란히 들어선다.

"여러분 잠깐만 내 말 좀 들어요."

금숙이다. 뭐가 그렇게 유쾌한지 금숙이는 두 눈을 반짝이며 생
글생글 웃고 있다. 소연은 흰 피부에 침착하고 단정한 얼굴이지만
금숙은 건강한 피부에 쾌활하고 야무진 얼굴이다. 소년들 네 명이
우두커니 올려다보자 금숙이 드디어 상냥하게 입을 연다.

"나한테 오늘 새 언니가 한 명 생겼어요. 서루 나이를 따져봤더
니 소연 언니가 나보다 석 달 먼저 태어났어요. 쌍둥인 일 분 먼저
세상에 나와두 언니가 되니까 석 달이나 먼저 나왔으니 언니치구
두 대단한 언니에요. 허지만 내가 소연 언니를 언니라구 부른다구
해서 여러분들두 날 모두 동생 취급 하면 곤란해요. 이건 어디까지
나 우리 여자들 두 사람 사이의 일이니까요. 알았죠 바지씨 제군
들?"

15

햇살이 따스하다. 주위는 왼쪽으로 개천이 흐르고 오른쪽은 칠팔 도 경사의 밋밋한 산비탈이 비스듬히 뻗어 있다.

봄날 같은 날씨다. 새벽에 대구시를 빠져나온 일행은 한 시 가까운 현재까지 무려 육십여 리를 걸어온 셈이다. 오른쪽 산비탈에 네댓 채의 초가가 보일 뿐 사방은 어디를 보나 푸른 솔숲과 갈대밭이다. 도로 왼쪽으로 흐르는 개천은 유리알처럼 물빛이 투명하다. 물이 얕은 가장자리로 더러 얼음이 잡혀 있을 뿐 개천은 수많은 돌들 사이로 은구슬을 굴리듯 또랑또랑 흘러가고 있다. 사방이 너무나 고요하고 적막해서 일행 여섯 명은 자기들도 모르게 주위의 솔숲과 갈대밭을 휘휘 둘러보며 한가롭게 걷고 있다.

영선이가 올라앉은 리어카는 지금 창구와 금숙이가 앞뒤로 서서 끌고 밀고 있다. 소년들은 주로 앞에서 끌고 소녀들은 뒤에서 가끔 힘들어 보일 때만 밀어준다. 그러나 평지에서는 두 사람으로도 충분하지만 가파른 비탈길에서는 다섯 명 전부가 리어카에 매달려야 한다. 한 시간 간격으로 교대하는 리어카는, 창구와 금숙이 이전에는 정호와 소연이가 끌고 밀었다. 진영은 리어카를 끌지 않는 대신 등에 요란스런 취사도구들을 걸머메고 있다. 식구가 여섯으로 불었기 때문에 그들은 돈을 절약하기 위해 앞으로는 밥을 사 먹는 대신 자기들이 직접 해 먹기로 합의했다. 진영이가 등에 진 취사도구들은 이래서 급히 사들인 냄비와 솥과 밥그릇 따위다. 그러나 밥은 직접 해 먹기로 했지만 그들에게는 잠잘 때 침구가 여러 벌 필요했다. 영선이가 올라탄 리어카에는 이래서 이불 보퉁이 두 개와 바둑이까지 실려 있다. 이불과 쌀자루와 영선이와 바둑이까지 올라타고 있어서 리어카에는 더 이상 짐을 올려놓을 자리가 없다. 실을 데가 없는 취사도구들은 할 수 없이 진영이가 등에 지고 가기로 한 것이다.

묵묵히 걷고 있는 그들 앞에 문득 맞은편에서 소달구지 한 대가 다가온다. 달구지 위에는 개털 모자를 쓴 농부 한 명이 올라타고 있다. 짧은 곰방대를 입에 문 농부는 정호 일행과 맞닥뜨리자 고삐를 잡아채며 천천히 달구지를 세운다.

"느그들 지금 오데 가노?"

"부산 가는 길입니다."

"걸어서 말이가?"

"네."

"몬 간다 느그들……"

"왜요 아저씨?"

"여게서 이십 리 쯤 남쪽으로 내려가마 큰 강이 하나 나올끼다. 그런데 그 강에 힌빙(헌병)들이 지킴시로 피난민들을 한 사람도 다리를 몬 건너게 한다 아이가. 내도 지금 거까지 피난민들을 태워 주고 오는 길이다. 다리를 몬 건넌 피난민들이 다리 앞에 수도 없이 새까맣게 몰키 있드라."

"왜 헌병들이 다리를 못 건너게 하는 거죠?"

"피난민들이 너무 많이 부산으로 몰키가서 인자부터는 피난민들을 남쪽으로 내려보내지 않는다 카드라. 열차도 인자부터는 대구에서 끊아뿌고 피난민들을 그 아래로 보내주지 않는다 카드라."

농부의 말을 들은 정호와 창구는 어이없는 표정으로 서로의 얼굴을 멍하게 돌아본다. 피난민들의 남하를 막는다는 이야기는 벌써 오래 전부터 떠돌던 소문이다. 열차가 끊어지고 헌병들이 다리를 막고 있다면 그들의 부산행은 절망적인 것이나 다름없다. 이번에는 창구가 땀을 닦으며 농부의 얼굴을 똑바로 바라본다.

"그럼 부산으로 내려가는 길은 모두 막혔다는 이야긴가요?"

"하모, 다리가 막혀뿟는데 우찌 강을 건널끼고?"

"그 다리 말구는 강을 건널 데가 아무 데두 없나요?"

"있제, 있기는 있는데 그리로 갈라카마 길을 많이 돌아야 된다."

"좋습니다 돌아두. 그 길을 좀 가르쳐주십시오."

농부는 잠시 손에 든 담뱃대를 달구지 바퀴 위로 탁탁 두들긴다. 재를 털고 담뱃대를 입으로 분 뒤 농부는 새삼스레 일행 여섯 명을 죽 둘러본다.

"어른은 모두 오데 가고 느그 아아들뿐이고?"

"우린 모두 부모가 없습니다."

"부모가 없이마 고아란 말이가?"

"네. 아저씨, 우린 모두 고아들입니다."

망설이던 농부의 얼굴에 문득 동정 어린 처연한 표정이 떠오른다. 일행을 다시 한 번 찬찬히 둘러본 뒤 농부가 이윽고 차분하게 입을 연다.

"느그들 꼭 부산으로 가야 되긋나?"

"네, 아저씨. 꼭 부산으로 가야 됩니다."

"그라모 내 길을 일러줄낀께네 인자부터는 내가 하는 말 잊아뿌지 말고 단디이 들어야 된데이. 이 길로 한 이십 리쯤 가마 길 바른 쪽으로 큰 밤나무 숲이 나올끼다. 그 숲으로 쪼맨한 길이 뚫핏는데 느그는 큰길을 버리고 그 쪼맨한 길로 들어서그라. 그 길로 다시 시오 리쯤 가마 강가에 쪼맨한 동리가 나오고 나루터 하나가 있일끼다. 나루터 주인은 강서방이라카는 사람인데 내 얘기를 하마 느그 들을 배에 태워줄끼다. 내캉 동시(동서)되는 사람이라 조서방이 보 내서 왔다카마 그 아제씨가 느그들을 꼭 배에 태워서 건네줄끼다."

"아저씨 성씨가 조씨신가요?"

"맞다."

"고맙습니다 아저씨. 정말 이 은혜 뭘루 갚아야 될지 모르겠습니 다."

"나도 느그 같은 자슥이 있다. 부모 없는 고아들이라 케서 내가 특빌히 갈챠주는기다."

"아저씨 고마운 뜻 잘 알고 있습니다. 아저씨 정말 감사합니다."

"온냐, 어서들 가그라. 전쟁이 죄지 느그들이 무신 죄고……"

말을 마친 농부는 즉시 고삐를 채어 달구지를 다시 몬다. 정호를 비롯한 일행 여섯 명은 한동안 떠나가는 농부를 감사의 눈길로 멍 하니 바래준다. 농부가 서너 간 거리로 멀어지자 금숙이가 문득 소 연 쪽을 돌아본다.

"언니, 저 아저씨 말 사실일까?"

"무슨 말?"

"헌병들이 다릿목에서 피난민들을 막는다는 얘기 말이야."

소연은 대답 대신 정호 쪽을 잠잠히 바라본다. 정호가 곧 소연을 대신해서 금숙이를 향해 고개를 끄덕인다.

"그런 얘긴 전부터 있었어. 저 아저씨 얘긴 틀림없는 사실일 거 야."

"그럼 우린 어떻게 해야 되지?"

"어떡하긴 뭘 어떡해. 저 아저씨 말대루 나루터 강서방을 찾아가 야지."

창구다.

"허지만 이번엔 무사히 강을 건넌다 해두 앞으루 부산까지 가자면 자꾸 이런 일이 닥칠 것 아냐? 한두 번 닥치는 건 피할 수 있다 해두 수십 번씩 이런 일이 닥치면 어떻게 그걸 모두 뚫구 내려가지?"

진영이다. 그는 어느 틈에 등에 진 취사도구들을 길가의 갈대밭 속에 아무렇게나 벗어놓았다. 진영의 말을 묵묵히 들으며 일행은 한 명 두 명 길가 돌 위에 걸터앉는다. 다리도 아프고 숨도 가쁘지만 그들은 무엇보다 앞으로의 피난길이 아득하다. 고생들이 막심하리라고는 예측들을 했지만 피난길 첫날부터 이런 난관이 닥치리라곤 미처 몰랐다. 주저앉은 소년들을 잠잠히 돌아본 후 소연이 문득 진영을 내려다본다.

"진영이 지금 몇 시야?"

"한 시 반."

"그럼 여기서 점심밥 지어 먹어야겠어. 어차피 밥들을 먹어야 할 테니까 앞으로의 문제는 밥 지어 먹으면서 다시 의논하자구."

"오케이, 그거 좋았어! 자 어서 밥부터 해 먹자구!"

진영이 훌쩍 돌 위에서 일어서자 소년 세 명이 일제히 몸들을 일으킨다. 코앞에 괴로운 난관이 닥쳐왔어도 그들에게는 역시 먹는 일만은 늘 즐겁다. 더구나 이번에 해 먹는 밥은 그들로서는 피난 이후 처음으로 해 먹는 더운밥이다. 몸이 불편한 영선이까지도 밥 해 먹는다는 말을 듣고는 힘겨운 동작으로 리어카에서 내려선다. 그보다 한 발 먼저 리어카에서 놓여난 바둑이는 야외에 풀린 해방감 때문인지 일행들을 훨씬 앞질러 개천 쪽으로 껑충껑충 내닫고 있다. 창구가 곧 사방을 둘러본 후 정호를 향해 개천 쪽을 가리켜

보인다.

"우선 개천 모래밭으루 리어카를 끌구 내려가자. 길 위에서 밥을 해 먹을 순 없지 않어?"

"그래 저쪽 모퉁이에 양지바른 모래밭이 좋을 것 같다."

정호가 리어카 채를 잡고 창구와 금숙이가 뒤를 민다. 진영은 벗어놓은 취사도구들을 집어들고 소연은 다리를 저는 영선의 몸을 부축한다.

갈대가 키 높이로 듬성듬성 자란 개천가에는 서너 평 남짓한 하얀 모래밭이 볕을 받으며 곱게 펼쳐져 있다. 길 쪽을 향한 모래밭 뒤는 커다란 쑥색 바위들이 울퉁불퉁 박혀 있고, 그새 날이 풀렸는지 개천에는 의외로 얼음이 보이지 않는다. 가뭄 탓인지 개천물은 깊어야 고작 정강이가 잠길 정도다. 잔돌과 큰돌들이 뒤섞인 사이사이로 개천은 작은 물소리를 내며 느릿느릿 흘러가고 있다.

리어카를 길에서 좀 떨어진 갈대숲 사이의 모래밭으로 끌어내린 뒤, 일행은 밥을 짓기 위해 쌀자루와 간장 된장과 취사도구들을 모래밭에 늘어놓는다. 자기들 손으로 처음 지어보는 밥이어서 일행들은 흡사 소풍이라도 나온 듯 제가끔 부산을 떨며 바쁘게 움직인다.

소연과 금숙은 쌀자루에서 쌀을 퍼내어 맑은 개천물에 즐거운 듯 쌀을 씻고, 정호는 몸이 불편한 영선과 함께 모래밭 왼쪽 구석에 작은 돌을 괴어 솥을 걸 화덕을 만들고, 창구와 진영 두 사람은 불 피울 나무를 줍기 위해 개천 위 산비탈 쪽을 이리저리 쏘다니고 있다.

모두가 즐겁다. 전쟁의 무서운 참화조차도 지금의 그들에게는 먼 나라의 남의 일이다. 부모를 빼앗기고 집을 잃은 슬픔도 지금의 그들에게는 까마득한 옛날이야기다. 앞으로 어떻게 살아갈까 하는 걱정마저도 지금의 그들에게는 먼 훗날의 걱정일 뿐이다. 그들의 손으로 더운밥을 지어 먹는다는 소박한 작업이 잠시나마 이들의 머리에서 모든 고통들을 깨끗하게 몰아낸 것이다.

그러나 곰곰이 생각하면 이들의 즐거움은 목이 메도록 슬프고 처연하다. 밥은 쌀과 솥만 있으면 누구나 쉽게 지을 수 있다. 그러나 이들이 장만한 건건이는 날된장 두 근가량과 대두 한 병의 간장뿐이다. 아마 전쟁 전의 그들이었다면 이런 초라한 반찬으로는 한 술의 밥도 목으로 넘기지 못했을 것이다. 그러나 고난과 굶주림은 그들의 입맛까지도 바닥으로 격하(格下)시켰다. 그들은 이제 집집에서 구걸해 온 동냥밥조차도 꿀맛으로 삼킬 수 있다. 술지게미, 눌은밥, 밀개떡, 쑥버무리도 그들의 굶주려온 입은 걸신들린 듯 집어삼킨다. 더구나 그들은 한창 자라는 열예닐곱 살의 청소년들이다. 아무리 먹고 먹어도 입이 궁금한 그들의 위(胃)는, 전쟁이 아니었더라도 한없이 많은 음식을 왕성하게 소화시켰을 것이다. 그러나 그들은 전쟁 덕분에 한 번도 배불리 음식을 먹어본 일이 없다. 요행히 한 끼를 먹으면 그다음은 두 끼 세 끼씩 배 속에서 꼬르륵 소리가 나도록 판판이 굶기가 보통이었다.

그러나 오늘은 다르다. 비록 건건이는 날된장과 간장뿐이지만 그들은 몇 달 만에 처음으로 눈처럼 희디흰 쌀밥을 먹을 수 있다. 쌀밥! 옛날에는 그토록 흔하고 싱겁기만 하던 쌀밥이, 그러나 지금의 그들에게는 너무나 맛이 있어서 고결하고 아름답게 보이기까지 한다. 특히 밥물이 잦을 때의 그 독특한 쌀밥의 향기는 세상의 그 어떠한 냄새보다도 그들에겐 구수하고 정겨운 냄새였다. 요컨대 쌀밥은 쌀밥 하나로도 충분히 훌륭하다. 쌀밥에는 건건이 같은 것은 아예 없어도 좋은 것이다.

정호와 영선이가 화덕을 완성하자 소연과 금숙이가 뒤이어 쌀을 씻어 양은솥에 밥을 안친다. 창구와 진영이가 해온 나무는 메주콩이라도 삶아낼 만큼 화덕 바로 옆에 수북이 쌓여 있다. 정호가 곧 성냥을 쳐서 돌로 만든 임시 화덕에 정성스레 불을 피운다. 먼저 쏘시개로 준비한 마른 솔가지에 불이 붙고, 잇달아 자잘한 마른 나뭇가지로 불들이 옮겨 붙는다. 화덕 앞에 앉아 잔가지를 건네주던 금숙이가 나란히 앉은 정호를 장난스레 손으로 슬쩍 떠민다.

"자 이제 바지씨들은 저만치 물러나요. 공연히 불 땐다구 꾸물대다가 삼층밥 만들지 말구."

정호가 힐끗 금숙을 돌아본 후 웃는 얼굴로 화덕 앞에서 물러난다. 그러나 엉덩이만 약간 옆으로 옮겼을 뿐 소년들 네 명은 침을 삼키며 화덕 주위에 둘러앉아 있다. 진영이가 무언가를 생각해낸 듯 갑자기 창구를 향해 큰 소리로 입을 연다.

"야 밥만 짓구 국은 끓이지 않을 거야?"

"뭘루 국을 끓여?"

"날된장을 그냥 찍어 먹는 것보다는 된장을 물에 풀어서 국이라두 끓이는 게 낫지 않겠어?"

"그게 그거지 뭐가 나아? 배 속에 들어가면 풀어지기는 마찬가지야."

"정호야."

말없이 앉아 있던 영선이가 모처럼 정호에게 입을 연다. 그는 리어카에 실려 온 이후 웬일인지 줄곧 입을 다물고 말이 없다. 아마 자기 혼자 리어카에 실려 온 것이 친구들 보기에 미안하고 괴로웠던 모양이다.

"뭐야 영선아?"

"근사한 국을 끓일 수 있어."

"어떻게?"

"이 개울에 돌이 많아서 어쩜 가재가 살지두 몰라."

"가재?"

"맹탕으루 국을 끓이는 것보다는 가재를 잡아넣음 국이 아주 맛있을 거야."

"허지만 가재가 이런 겨울에 있을까?"

"가재는 돌 밑에 사는 동물이라 돌만 잘 들추면 언제라두 잡을 수 있어. 겨울이라 여름보다는 좀더 깊은 곳에 숨었겠지만 바닥까지 돌을 들추면 아마 쉽게 찾을 수 있을 거야. 옛날 시굴 외갓집에 내려갔을 때 외삼춘이랑 겨울철에 가재를 여러 마리 잡아본 일이 있어."

"야 정호야. 있는지 없는지는 잡아보면 알 거 아냐?"

성급한 진영이가 자리를 일며 대뜸 개천으로 달려 내려간다. 뒤미처 창구도 달려가자 정호가 곧 두 소녀를 내려다본다.

"소연인 지금 당장 냄비에 된장 풀어. 가재가 잡히든 말든 날된장보다는 된장국이 낫지 않아?"

"알았어. 준비할게."

그때다. 문득 개천 아래쪽에서 기쁨에 넘친 표정으로 창구가 크게 고함을 친다.

"야 있다 있어! 한 마리 잡았다! 이게 가재 맞지? 거기 어서 깡통 가져와!"

창구를 제외한 나머지 사람들이 일제히 자리에서 일어나 창구의 손을 바라본다. 그의 손에는 과연 손가락 크기의 가재 한 마리가 들려 있다. 정호가 곧 양재기 한 개를 찾아 들고 창구 쪽으로 한달음에 달려 내려간다.

"어디서 잡았니?"

"저 돌을 쳐드니까 그 밑에 이놈이 죽은 것처럼 엎더 있는 거야. 모두 두 마리가 있었는데 한 마린 깊은 물루 도망쳐버렸어."

"야, 나두 잡았다!"

이번에는 진영이다.

돌과 돌 사이를 껑충껑충 뛰어오며 진영이 곧 손에 든 가재를 양재기 속으로 얌전히 떨어뜨린다. 두 마리의 가재는 양재기 속에서 집게발로 서로를 잡은 채 한 덩어리로 엉겨버린다. 화덕 앞에 있던 금숙이까지도 어느 틈에 달려왔는지 창구의 등 뒤에서 양재기 속을 넘겨다본다.

"이게 가재라는 동물이니?"

"응."

"얼핏 보기엔 새우 비슷하게 생겼구나?"

"새우 사촌이야."

"이거 정말 먹을 수 있는 거야?"

"먹을 수 있다는 건 분명해. 디스토마란 게 무섭긴 하지만……"

"맞았어. 바루 이거야. 가재가 바루 디스토마의 중간 숙주야."

"괜찮어 금숙아."

저쪽에 앉아 있던 영선이가 커다랗게 고함을 친다. 그는 하는 행동은 얼뜨고 어수룩하지만 학교 공부만은 일행들 중에서 가장 우수했던 학생이다.

"디스토마는 가재를 날루 먹었을 때 생기는 기생충이야. 열에 특히 약하기 때문에 국에 넣어서 끓여 먹으면 그런 걱정은 조금두 없어."

“정말이니 너 그거?”

“영선이 말이 맞아. 끓여만 먹으면 아무렇지두 않아.”

소연이다. 소연이까지 맞장구를 치자 창구가 문득 금숙이 머리에 가볍게 알밤을 먹인다.

“아야, 왜 때려!”

“뭘 알려거든 똑똑히 알라구.”

금숙이가 후딱 주먹을 들어 반격을 하려 하자 창구가 훌쩍 몸을 물려 작은 바위 위로 올라간다. 잠시 멈칫했던 나머지 사람들은 다시 부산하게 개천의 돌들을 쳐들기 시작한다.

깊은 산골의 양지바른 개천이어서 가재는 생각보다 퍽 많이 잡혔다. 날씨가 따듯해서 물이 별로 차지 않은 데다가 소년 네 명이 부지런히 돌을 뒤져, 밥물이 잦을 때쯤 해서는 가재를 거의 한 양재기 가득 잡았다. 또 하나의 화덕에 올려놓은 국냄비는 그동안 불을 지펴 기분 좋게 끓고 있었다. 정호가 이윽고 잡아 모은 가재들을 개천물에 깨끗이 씻은 후 끓는 국냄비에 쏟아 넣었다. 가재는 원래는 연갈색을 띠고 있었는데 끓는 국 속에 들어가자 진달래 꽃잎 색깔의 빨간색으로 변해버렸다. 밥물이 잦고 가재가 익어가자 일행들은 화덕 주위에 둘러앉아 저마다 기대에 찬 얼굴로 침을 삼키며 밥물이 잦기를 기다렸다.

드디어 식사 준비가 끝났다. 소연과 금숙이가 여섯 개의 양재기에 눈부시게 흰 쌀밥을 수북 수북이 퍼 담았다. 그러나 된장국은 양재기가 모자라서 각자 앞으로 돌릴 수가 없어서 냄비를 통째 일행 복판의 모래밭에 옮겨놓았다.

먹는다는 것은 즐거운 일이다. 봄볕처럼 따스한 햇살이 여섯 명의 소년 소녀들 위로 눈부시게 내리비춘다. 주위는 도란도란 물 흐르는 소리만 들려올 뿐 그 흔한 바람도 없이 적막하고 고요하다. 하얀 모래밭에 둘러앉은 일행은 밥 배급이 다 끝나자 일제히 복판에 놓인 된장국으로 숟갈을 가져간다.

말은 한마디도 필요가 없다. 먹기에 바쁜 그들의 입은 말할 틈이 별로 없다. 여섯 개의 숟갈들이 노리는 것은 저마다 국 속에 떠도는 빨갛게 익은 가재다. 디스토마를 겁내던 금숙이조차도 연거푸 맑은 된장국 속에서 가재만을 건져 올린다. 욕심이 많은 진영이는 아예 자기 밥그릇 위로 가재를 수북히 대여섯 마리나 올려놓고 있다. 가재는 빨간 색깔과는 달리 껍질이 꽤 단단했고, 게 비슷한 맛이 났다. 그러나 맹탕의 된장국에 비하면 가재 찌게는 생각보다 꽤 훌륭한 성찬이다. 하긴 맹물에 된장만 푼 국이어서 가재가 없었다면 온통 텁텁한 된장 맛뿐이었을 것이다.

여섯 개의 숟갈들이 연거푸 건져가서 냄비 속에는 드디어 가재가 한 마리도 남지 않았다. 수북이 퍼 담은 밥 양재기도 어느 틈에 하나 둘씩 바닥을 보이기 시작한다. 일행 중 밥을 제일 빨리 먹은 사람은 이번에도 역시 정호다. 밥풀 하나까지 깡그리 긁어 먹은 후 정호는 미련 없이 모래밭에서 몸을 일으킨다.

"몇 시냐 지금?"

"두 시 반."

정호가 숭늉을 떠먹기 위해 양재기를 들고 밥솥 쪽으로 다가간다. 그러자 갑자기 진영의 입에서 급한 고함이 터져나온다.

"야, 눌은밥도 나눠 먹자구!"

진영은 아마 정호가 눌은밥을 긁어 먹기 위해 밥솥 쪽으로 간다고 생각한 모양이다. 정호가 숭늉만 말없이 떠 마시자 뒤미처 창구와 소연이가 빈 양재기를 들고 자리에서 일어선다.

잔치는 끝났다. 배가 불룩해진 소년들은 저마다 양지쪽에 팔베개를 하고 벌렁벌렁 누워버린다. 정호 역시 가까운 갈대숲에 팔베개를 한 채 벌렁 누워 파란 하늘을 올려다본다. 한없이 트인 파란 하늘이 정호에게 문득 처음 보듯이 신기하게 느껴진다. 옛날에는 그토록 자주 무심히 보아오던 하늘이건만 전쟁 후로는 무슨 까닭인지 한 번도 눈여겨본 기억이 없다. 땅 위에 사는 것이 너무 고달프고 분주해서, 고개만 쳐들면 볼 수 있는 하늘도 그에게는 지금까지 남의 하늘처럼 버려져 있었던 것이다.

하늘을 오래 쳐다보고 있자니 문득 정호의 두 눈에 눈물이 괴어온다. 그러나 이 눈물은 슬픔 때문에 나오는 것이 아니다. 슬픔이나 눈물을 음미할 정도로 정호는 지금 한가롭지 않다. 목적지인 부산은 넉넉잡고 앞으로 열흘쯤 후면 도착할 것이다. 정호가 지금 골똘히 생각하는 것은 바로 목적지인 부산에 도착한 후의 일이다. 막연히 목적지를 부산으로 정했을 뿐, 그들에겐 부산 도착 후 아무런 계획이 없다. 뺑코에게 뜯어낸 몇 푼의 돈은 리어카와 취사도구와 쌀 두 말을 사고 나자 삼분의 이나 줄어들어 앞으로 잘해야 보름쯤 견딜 정도다. 결국 보름 후에 돈이 떨어지면 그들은 부산에 도착하여 제대로 정착도 하기 전에 무일푼의 알거지가 된다는 이야기다. 정호의 머리를 짓누르는 걱정은 바로 이런 절망적인 상황이다. 그는 어떻게 이 난국을 타개해야 될지 막연하다. 더구나 지금은 옛날과는 달리 새 식구가 두 명이나 더 붙었다. 사내들은 배가 고프면 구걸이라도 한다지만 소연과 금숙이 두 소녀에겐 구걸까지는 시킬 수가 없다. 무언가 새로운 각오 없이는 앞으로 살아갈 일이 너무나 막막한 것이다.

"뭘 해 정호?"

갈대숲을 조용히 헤치고 소연이 정호 옆으로 얌전히 내려앉는다.

"설거지 끝났어?"

"응 방금."

"날씨 참 기막히게 좋군."

"그래 마치 봄날 같애."

침묵이 흐른다. 정호가 문득 팔을 뻗어 소연의 손을 더듬어 잡는
다. 소연이 흠칫 잡힌 손을 뽑으려다가 생각을 고쳐먹은 듯 잠자코
손을 맡긴다.

"나 정호 지금 무슨 생각하는지 알구 있어."

"언제부터 남의 속을 그렇게 잘 알지?"

"우리들 이렇게 헤프게 살다가는 앞으루 얼마 못 가서 다시 뿔뿔
이 흩어지게 될 거야."

"흩어져?"

"돈이 있구 먹을 게 있을 땐 누구나 마음들이 착하구 관대해지는
거야. 허지만 아무것두 남은 게 없을 땐 저마다 자기 살길만 찾아
서 뿔뿔이 흩어지게 되는 거야."

그렇다. 바로 그것을 정호는 지금 가장 두렵게 생각하고 있는 것
이다.

"그렇담 우리 앞으루 어떻게 해야 되는 거지?"

"당장 견디기는 괴롭겠지만 앞일을 생각해서 남은 돈을 아껴 써
야 해. 배가 고프지만 점심은 참구, 양식두 쌀 대신 보리나 밀가루
같은 값싼 양식으루 바꿔야 한단 말야."

정호가 문득 고개를 돌려 소연의 얼굴을 뚫어지게 올려다본다.
그렇다. 어려운 장래의 일을 걱정할 게 아니라 당장 할 수 있는 손
쉬운 일부터 실천으로 옮기는 것이다. 알거지가 되었을 때는 절약

할래야 할 수가 없다. 절약은 바로 지금같이 수중에 무언가가 남았을 때 하는 것이다. 정호가 이윽고 소연의 손을 잡고 벌떡 숲에서 몸을 일으킨다. 짧은 겨울 해가 어느 틈에 서쪽으로 훌쩍 기울었다. 숲에서 환한 모래밭으로 나오며 정호가 문득 큰 소리로 고함을 친다.

"자, 이젠 밥들 먹었으니 해 지기 전에 떠나자구!"

16

거무튀튀한 하늘에서 눈발이 한 송이 두 송이씩 꽃잎처럼 날리기 시작한다.

오후 다섯 시가 지났을 뿐인데 주위는 어느새 어둑어둑 땅거미가 지고 있다. 달구지 한 대가 겨우 지나갈 수 있는 길은 울퉁불퉁 돌들이 불거져 있어서 리어카가 제멋대로 껑충껑충 뛰고 있다.

대구를 출발한 지 어느새 엿새째다. 큰길을 피해 시골길로만 내려온 일행들은 창녕과 함안을 거쳐 지금은 엉뚱하게 마산 쪽으로 방향을 잡고 있다. 부산으로 향하는 피난민들의 통제는 창녕에 이르자 더욱 심하고 엄격해졌다. 길목마다 헌병들이 지키고 서서 들이닥치는 난민들을 대구나 마산 쪽으로 되돌려보내거나 내모는 것이다.

정호네 일행도 창녕에서만은 부산으로 뚫고 내려갈 재주가 없었다. 맨몸이라면 어떻게든 뚫고 나갈 수 있겠는데 그들에게는 짐과 함께 상처가 점점 심해진 환자 영선이가 있었던 것이다.

영선은 처음에는 좋아지는 것 같더니 길 떠난 지 사흘째 되는 날

부터 다리가 점점 걷잡을 수 없이 부어올랐다. 상처에 머큐로크롬
만 벌겋게 쏟아 부었을 뿐 하기는 치료 한번 제대로 하지 않았다.
그러나 상처가 덧난 것은 치료가 충분하지 않은 탓보다는 영선 자
신의 지나친 과로와 몸에 이는 열 때문이다. 그는 상처가 덧나 몸
에 열이 오르는데도 자기만 리어카에 실려가는 것이 미안해서 걸
핏하면 리어카에서 내려 걷겠다고 고집을 피웠다. 처음에는 영선
이가 걷겠다고 고집하는 것을, 일행들은 그동안 다리가 많이 좋아
져서 걸을 만하게 된 것으로 잘못 생각했다. 그러나 사흘째는 다리
가 풍선처럼 퉁퉁 부은 것을 발견하고 일행들은 기겁을 해서 그를
다시 리어카 위로 끌어올렸다. 하지만 영선이 쪽에서는 점점 그것
이 미안했던 모양이다. 하긴 일행들이 부산으로 내려가지 못한 것
도 어쩌면 그 이유의 절반이 영선이 때문이라고 할 수 있다. 몸들
이 성하다면 그들은 어떻게 해서든 헌병들의 초소를 뚫고 남쪽으
로 내려갔을 것이다. 아픈 영선이를 혼자 두고 떠날 수가 없어서
그들은 할 수 없이 마산 쪽으로 방향을 돌린 것이다. 한데 이 사실
을 알고 있는 영선이로서는 그것이 더욱 일행에게 무거운 부담으
로 된 듯하다. 자기 때문에 마산으로 방향을 돌렸다고 생각한 그
는, 그 뒤로는 입을 다물고 왠지 통 말이 없었다. 퉁퉁 부어오른 다
리도 문제지만 지금의 영선에게는 온몸이 불덩어리처럼 달아오르
는 열이 더 문제다. 오버에 두꺼운 이불까지 둘러쓰고 앉아서도 영
선은 열에 들떠 부들부들 전신을 떨고 있다. 정호가 생각다 못해
병원에라도 가자고 말해보았으나 영선은 눈살을 찌푸리며 완강히
고개를 내저었다. 친구들에게 폐를 끼치는 것도 미안한 판에 병원
신세까지 진다는 것은 말도 안 되는 이야기다. 영선이 너무나 완강
히 거절해서 이제는 아무도 병원 이야기를 꺼내지 않는다. 소연만

224

이 근심스런 얼굴로 끊임없이 영선 곁에서 그의 시중을 들어줄 뿐이다.

밋밋한 고개턱을 넘어서자 드디어 눈앞에 큰 마을이 나타난다. 온종일 시골길을 걸어온 일행들은 마을을 눈앞에 보자 안도와 함께 전신에서 쑥 힘이 빠진다. 마을은 개천을 앞으로 두고 달구지 길을 따라 기다랗게 뻗어 있다. 개천에는 가장자리로 살얼음이 잡혀 있고, 마을 소년들이 개천가 공터에 둘러앉아 작은 모닥불을 피워놓고 무언가를 구워 먹고 있다. 일행이 지친 몰골로 마을 초입으로 들어서자 소년들이 불을 쬐다 말고 우 몰려들어 일행 주위를 둥그렇게 에워싼다.

소년들 중에는 어린 꼬마도 있었지만 정호나 창구 또래의 다 큰 소년도 네댓 명 끼어 있다. 정호가 길 복판에 리어카를 세우자 문득 동네 소년 한 명이 험한 표정으로 입을 연다.

"느그들 뭐꼬? 껄뱅이(거지) 아이가?"

정호는 대꾸 없이 소년을 정면으로 쏘아본다. 부모 없이 살아온 그들에게는 이런 욕설쯤은 늘 당해온 모욕이다. 정호가 계속 말이 없자 두번째 소년이 다시 거칠게 시비를 건다.

"좋기 말할 때 퍼뜩 가그레이. 우리 동니엔 느그 같은 껄뱅이들 벌씨로 한 삐까리(무리) 왔다 갔데이. 피난민이라 카마 인자는 입에서 신물이 난다 아이가. 좋기 말할 때 퍼뜩 안 가마 우리가 패서 쫓아뿔기다."

"좋아 가겠어. 헌데 다음 동네까진 여기서 얼마나 더 가야 되냐?"

"사십 리만 더 가마 마산이다."

"마산?"

“온냐.”

“사십 리란 말이지?”

“그릏다.”

정호가 말없이 창구를 돌아보자 창구가 곧 소년들을 향한다.

“사십 리나 남았음 오늘은 더 못 가겠어. 몸이 아픈 환자가 있단 말야. 여기서 자구 내일 일찍 출발하자.”

“뭐라쿠네 이 자슥? 느그 같은 껄뱅이 새끼들을 누가 마을에 재 워준다 카드나?”

“우린 하루 종일 팔십 리를 넘게 걸어왔어. 그리구 얜 몸이 아 파서 더 이상 길을 떠날 수가 없단 말야. 우린 먹을 것을 가지구 있 어. 하룻밤 잠만 재워주면 내일 일찍 떠날 거야.”

“창구야 난 괜찮아. 싸우지 말구 그냥 떠나자.”

영선이다. 그는 벌겋게 열 오른 얼굴로 말을 마치자 꾸물꾸물 리 어카에서 내려온다. 소연이 곧 내리려는 영선을 기겁을 하듯 리어 카 위로 다시 앉힌다.

“안 돼 영선아. 넌 그대루 앉아 있어.”

영선이 다시 리어카에 내려앉자 이번에는 소연이 동네 소년들을 돌아본다.

“우린 이 동네에 아무 폐두 안 끼칠 거야. 집에서 재워줄 수 없음 다리 밑에서라두 자구 가겠어. 날이 저물구 눈발두 날리는데 어떻 게 사십 리 길을 더 걸어서 가란 말이니?”

“이그는 뭐꼬? 가스나 껄뱅이 아니가? 가스나는 비키라이. 느그 서불(서울)내기들은 딱 꼬라지도 보기 싫다. 주딩이 나불대지 말 고 좋기 가라쿨 때 퍼뜩 가그라. 우리 동니에 그동안 을매나 많은 피난민들이 난리 굿을 치고 간 줄 아나? 살(쌀) 훔치가고 딘장(된장) 퍼가고 느그들은 말캉(모두) 도둑놈뿐인기라. 동니에서 느그들이라 카마 인자는 말캉 패 직일라 카고 있다. 어른들도 몬 자고 떠나는데 느그들을 우리가 재워줄 것 같나?"

정호를 비롯한 일행들은 잠시 아무런 말이 없다. 어처구니없다. 대구를 출발한 엿새 동안 그들은 어디에서나 이런 푸대접과 멸시를 받아왔다. 곳곳에 피난민들이다. 창녕에서 길이 막힌 피난민들은 모두가 마산이나 진주 쪽으로 방향을 돌리고 있다. 어떤 때는 피난민들이 한꺼번에 백여 명씩 무리를 지어 어느 한 마을에 들이닥칠 때도 있다. 이런 경우 마을 사람들의 표정은 더러운 파충류를 봤을 때처럼 눈살을 찌푸리고 고개를 돌린다. 하긴 그들로서도 못해 먹을 노릇일 것이다. 헐벗고 굶주린 피난민들은 염치라는 것이 없다. 집주인이 마구 떠밀어내는데도 그들은 막무가내로 어떤 집이건 밀고 들어간다. 엄동에 한데서 잘 수 없으니 그들로서도 하긴 떼거지를 쓸 밖에 없다. 피난민 등쌀에 혼이 난 어떤 마을은 간혹 피난민들을 향해 폭력을 쓸 때도 있다. 대문을 닫아걸고 내모는 정도가 아니라 아예 마을로 들어서는 피난민들을 청년들이 우격다짐으로 개 쫓듯이 몰아내는 경우도 있는 것이다.

아마 이 마을도 소년들의 표정으로 보아 폭력을 써서라도 내쫓을 것이 분명하다. 양식과 된장까지 훔쳐 간 피난민들에게 이들은 무서운 증오심을 드러내고 있다. 이런 마을에서 잠자리를 얻기란 애초에 틀린 일이다. 더 큰 시비가 붙기 전에 일찍 이들을 피해 딴 곳으로 떠나느니만 못한 것이다.

"가자."

정호가 이윽고 리어카 채를 잡으며 창구에게 힐끗 눈짓을 보낸다. 우두커니 서 있던 일행들은 즉시 꾸물꾸물 리어카를 밀며 걸음을 옮긴다. 둥그렇게 둘러섰던 마을 소년들이 그제야 히히덕거리며 일행들에게 길을 터준다.

"잘 가라, 껄뱅이들아!"

누군가가 떠나가는 일행들에게 큰 소리로 야유를 퍼붓는다. 그러나 일행은 눈송이를 맞으며 아무 말 없이 터벅터벅 걸음을 옮긴다. 눈발은 어느새 차츰 굵어져 그들의 걸음을 재촉하듯 거칠게 휘몰아치고 있다. 대부분이 초가인 마을에서는 저녁밥 짓는 연기가 꾸역꾸역 피어오르고 있다. 마을 어른들도 네댓 명 만났으나 그들은 고개를 돌리고 일행을 본 체도 하지 않는다. 모포를 둘러쓴 리어카 위의 영선이는 추위 때문인지 우는 때문인지 전신을 여전히 부들부들 떨고 있다. 말이 많은 진영이조차도 지금은 입을 다물고 꿀 먹은 벙어리다.

개천을 건너고 정자나무 앞을 지나자 드디어 마을이 끝나고 눈앞에 시골길만이 구불구불 뻗어 있다. 눈송이는 바람과 함께 정신없이 얼굴을 때린다. 이렇게 눈이 짙게 와서는 오 리도 못 가서 길이 막힐 것이다. 길바닥에 눈이 두껍게 쌓이면 리어카는 미끄러워서 더 이상 끌 수가 없다.

얼마를 갔는지 모른다. 짙은 눈발에 파묻혀서 마을은 이제 흔적조차 보이지 않는다. 주위는 무덤들이 촘촘히 박힌 낮은 산이 대각으로 마주 보고 있다. 날은 그동안 많이 어두워져 10여 미터 전방만이 부옇게 보일 뿐이다. 리어카를 끌고 앞서 가던 정호가 갑자기 손을 들어 비탈 한 곳을 가리켜 보인다.

"저게 뭐지?"

"집이잖아?"

"이대룬 더 이상 못 가겠어. 잠깐 기다려. 내가 저기까지 올라가

보구 올 테니까."

"같이 가보자."

창구가 이마의 땀을 닦으며 정호와 나란히 산비탈을 향한다. 마을과 멀리 떨어진 이런 곳에 집이 있으리라곤 상상도 하지 못했다. 더구나 주위는 공동묘지인 듯 무수한 무덤들이 빽빽하게 박혀 있다. 문짝이 떨어져 나가고 불빛조차 없는 것으로 보아 어쩌면 이 집은 사람이 살지 않는 빈집인지도 알 수 없다. 사람이 살지 않는 빈집이라면 정호네 일행에게는 안성맞춤의 잠자리다. 하늘의 눈만 피할 수 있어도 그들에겐 그 이상 다행일 수가 없다.

묘지들을 지나 집 쪽으로 올라가자 집 주위에 네댓 평 크기의 작은 공터가 나타난다. 공터에는 숯덩이와 더불어 거적과 넝마와 삭은 새끼줄 등이 여기저기 널려 있다.

정호가 이윽고 집 앞에 다다라 조심스런 눈길로 집 주위를 둘러본다. 벽돌에 기와까지 얹은 건물은 시골에서는 보기 드물게 아주 견고하게 지어진 벽돌집이다. 한 가지 여느 집과 특이한 것은 집 뒤로 유난히 높은 굴뚝이 솟아 있다는 것이다. 출입구의 큰 문짝만 떨어져 나갔을 뿐 두 개의 창문은 유리가 그대로 멀쩡하다. 정호가 힐끗 고개를 돌려 옆에 선 창구를 돌아본다.

"빈집인 것 같지?"

"응."

"목욕탕두 아닌데 왜 이렇게 굴뚝이 높을까?"

"글쎄……"

"들어가보자."

"난 왠지 으스스하다."

"자, 따라와."

　문짝이 없는 출입구로 들어서니 눈앞에 대뜸 큰 아궁이가 나타
난다. 아궁이는 길게 터널처럼 속이 깊고 입구에 큼지막한 철문이
달려 있다. 아궁이 속을 들여다본 뒤 방 같은 곳을 찾기 위해 좀더
어두운 안쪽으로 들어간다. 왠지 이유는 알 수 없지만 정호는 으스
스한 무섬증 같은 것이 느껴진다. 건물 안에는 무엇을 태웠는지 누
린내 비슷한 냄새가 희미하게 코를 자극한다. 똑같은 세 개의 아궁
이를 지나쳐서야 정호는 걸음을 멈추며 숨을 훅 들이마신다.
　"창구야."
　"왜?"
　"이리 와봐."
　창구가 다가온다. 한 곳에 딱 붙어선 정호는 침착한 목소리와는
달리 몸을 가늘게 떨고 있다.
　"뭐야? 왜 그래? 어어!……"
　창구도 역시 정호처럼 말끝을 삼키며 그 자리에 딱 멈춰 선다.
너무나 뜻밖의 장면이어서 두 사람은 한동안 아무런 말이 없다. 먼
저 정신을 수습한 정호가 차분한 목소리로 조심스레 입을 연다.
　"치우자 저거."
　"치워서 뭘 하게?"
　"자야지 여기서라두……"
　"돌았구나 너…… 이런 데서 어떻게 자자는 거야?"
　"얼어 죽는 것보다는 나을 거야. 저딴 해골 처음 보는 것두 아니
잖아?"
　"헌데 사람 해골이 왜 이런 집 안에 있는 거지?"
　"아직두 모르겠어? 내 짐작이 틀림없다면 여긴 송장들 태우는
화장장이야."

창구도 그제야 알겠다는 듯 고개를 크게 끄덕인다. 정호가 다시 가라앉은 목소리로 창구의 어깨를 가볍게 두드린다.

"저건 내가 치울 테니까 넌 어서 아이들 불러와."

"너 그럼 이 집에서 정말 자구 갈 생각이냐?"

"도리가 없잖아? 한데서 잤다가는 이 날씨에 모두 얼어 죽어."

"난 자두 괜찮다만 여자 아이들이 잘려구 할까?"

"걔들한테는 비밀루 해두라구. 저것만 안 보이게 치워버리면 걔들은 이 집이 화장장이란 걸 모를 거야."

창구가 잠시 망설이는 듯하다가 이윽고 천천히 몸을 돌린다.

"알았어. 데리구 올게. 넌 그동안 저 해골부터 멀리 치워라."

"염려 마, 어서 내려가."

창구가 곧 몸을 돌려 빠른 걸음으로 산을 내려간다. 화장장에 혼자 남은 정호는 대뜸 불가마 뒤의 두개골 쪽으로 다가간다. 사람의 시체는 많이 봤지만 뼈만 남은 두개골은 정호로서도 처음이다. 살한 점 없는 하얀 두개골은 눈구멍 두 개가 무시무시하게 크게 뚫려 있다. 빠끔하게 뚫린 두 개의 콧구멍 밑에는 새하얀 윗니들이 히히웃듯이 가지런히 박혀 있다. 잠시 두개골을 내려다본 후 정호는 무릎을 꿇고 조심스레 두개골을 집어든다. 무거울 것으로 생각했는데 두개골은 의외로 바가지처럼 가뿐하다. 처음에는 몹시 무서웠으나 막상 손에 집어들고 보니 차가운 촉감뿐 아무렇지도 않다. 밖에서는 창구가 아이들을 데리고 오는지 두런두런하는 말소리와 함께 발자국 소리가 점점 가까이 들려온다. 두개골을 두 손으로 받쳐든 정호는 급히 몸을 돌려 뒷문으로 빠져나온다.

밖은 이미 어둠이 짙어 흰 눈발만 희끗희끗 보일 뿐이다. 어차피 화장장에 버려진 유골이니 아마 이 두개골은 주인조차 없는 모양이다. 어디에 버릴까 망설이다가 정호는 생각을 달리한 듯 두개골을 주변 덤불에 마른 풀을 덮어 얌전히 숨겨둔다. 다음 날 날이 밝으면 양지바른 산비탈에 묻어줄 생각이다. 빈손을 재빨리 바지에 닦고 정호는 부랴부랴 화장장 안으로 다시 들어온다.

"정호야 어딨어?"

창구 목소리다.

"응, 나 여기 있어."

"들어가두 되니?"

"응, 어서들 들어오라구."

창구를 선두로 하여 일행들이 우 화장장으로 들어선다.

"자, 들어와. 어때 여기? 하룻밤 자긴 안성맞춤이야. 여기쯤 모닥불을 피우면 눈바람두 피하구 따뜻할 거야."

창구가 일행들을 향해 떠들썩하게 설레발을 치는데 목줄 풀린 바둑이는 혼자 신이 나서 화장장 곳곳을 코를 킁킁대며 쏘다니고 있다. 처음에 혼자 왔을 때는 무섭고 섬뜩하더니 일행 여럿이 들이닥치자 별로 무섭지도 낯설지도 않다. 영선이를 부축하고 들어선 금숙이가 사방을 휘휘 둘러보며 의아스럽게 입을 연다.

"이 아궁이들 대체 뭐지? 목간통 아궁이두 아니잖아?"

"내 생각엔 아마 벽돌 굽는 공장 같아. 기와나 벽돌 같은 거 굽는 데는 왜 이것 비슷한 긴 아궁이가 있지 않아?"

창구의 그럴듯한 거짓말에 금숙이는 대뜸 고개를 끄덕인다. 그러나 나머지 진영과 소연 영선이는 여전히 의심스런 눈길로 이곳저곳을 둘레둘레 살피고 있다.

"자 이쪽이 아늑하구 넓어. 모두 이 안쪽으루 들어와 앉으라구."

정호가 영선을 부축하여 바로 두개골이 놓였던 구석 자리로 일행을 인도한다. 피로와 굶주림에 지친 일행은 아무 생각 없이 털썩 털썩 흙바닥에 내려앉는다. 소연만이 그대로 우두커니 서 있다가 정호를 빤히 내려다본다.

"밥 지어야 할 텐데 모두 앉으면 어떡하지?"

그렇다. 잠자리는 이럭저럭 마련이 되었지만 이제는 또 굶주린 배를 채워야 한다. 진영이 곧 몸을 털고 일어서며 창구와 정호를 번갈아 바라본다.

"정호 넌 화덕 만들구 창구 넌 나하구 땔나무 하러 가자."

"오케이."

창구와 진영이 나무를 줍기 위해 어둠 속으로 바쁘게 사라진다. 소연이 자루에서 쌀을 퍼낸 후 정호 옆으로 조심스레 붙어 선다.

"쌀을 물에 씻어야겠는데 나하구 개천까지 같이 안 가겠어?"

"응, 가자."

"금숙인 그동안 화덕 좀 만들어줘. 쌀만 씻음 곧바루 돌아올 거야."

"응, 언니, 어서 다녀와."

말을 마친 소연은 정호와 나란히 화장장을 나온다. 밖은 눈보라가 짙게 휘날려 코앞도 안 보일 만큼 캄캄하다. 비탈을 조심스레 내려가면서 소연이 문득 정호에게 입을 연다.

"알구 있지 정호는?"

"뭘?"

"묘지 속에 있는 걸 보니 저 집 분명히 화장장이야."

정호는 대꾸 없이 소연의 팔을 꼭 잡는다.

"무섭지 않어?"

"난 괜찮아."

"어때? 화장장이면? 밖에서 한뎃잠을 자다간 이런 날씨엔 모두 얼어 죽어."

"알아 나두. 첨엔 무섭더니 막상 들어가자 괜찮아졌어."

잠시 대화가 끊어진다. 비탈을 내려와 길을 건너자 길 밑에 곧 개천이 나타난다. 개천은 물살이 몹시 급해서 가장자리까지 얼음이 없다. 물가로 좀더 가까이 다가가며 소연이 다시 정호에게 입을 연다.

"마산이 사십 리밖에 안 남았다는데 내일이면 우리 마산에 닿겠지?"

"응."

"마산선 또 어디루 가지?"

"안 가 마산서는……"

"그럼 마산에 정착할 거야?"

"아니."

"그럼?"

"바닥이 좁아서 마산서는 살아갈 수 없어. 애초에 목적지가 부산이니까 얼마쯤 기다렸다가 다시 부산으루 떠나는 거야."

"왜 꼭 부산으루만 갈려구 하지?"

"벌어먹구 살자면 사람 많은 데가 제일이야. 사람이 많으면 일거리가 많을 꺼구 일거리가 많으면 벌어먹기가 편하잖아."

소연이 이윽고 쌀을 씻는지 양재기를 달그락대며 쌀을 북북 문대기 시작한다. 주위는 눈발만 어지럽게 날릴 뿐 쥐 죽은 듯 고요하다. 쌀을 씻어 물에 헹군 후 소연이 다시 입을 연다.

"정호, 나 부탁이 하나 있어."

"뭔데?"

"내일 마산에 도착하거든 영선일 꼭 병원에 데려가줘. 걔한테 만일 무슨 일이 생기면 난 괴로워서 살아질 것 같지 않아. 돈이 드는 건 나두 알아. 허지만 그 돈은 내가 어떻게든 갚아주겠어. 영선이만 다시 건강하게 된다면 난 무슨 짓이라두 할 수 있어."

정호가 문득 팔을 뻗어 소연의 어깨를 꼭 껴안는다. 영선에 대한 걱정과 두려움은 정호도 결코 소연에게 뒤지지 않는다. 이마를 서로 소싸움하듯 맞댄 채 정호가 낮은 목소리로 침착하게 입을 연다.

"약속할게. 꼭 영선일 병원으루 데려가겠어. 안 가겠다면 강제루라두 끌구 갈 거야. 나두 진작부터 그럴 결심이었어. 그 자식한테 만일 무슨 일이 생기면 나두 괴로워서 살구 싶은 생각 없어."

"고마워 정호."

이마를 맞댄 두 사람은 언뜻 서로의 입술이 맞닿는다. 두 사람은 잠시 입술을 댄 채 그 이상의 행동은 없이 서로의 숨소리를 묵묵히 듣고 있다. 그러나 정호가 소연의 목에 팔을 두르자 소연이 급히 입술을 떼며 가볍게 돌 위에서 몸을 일으킨다.

"가 이제, 쌀 다 씻었어."

몸을 일으켜 길 위로 올라오자 화장장 창문으로 불빛이 환히 내비친다. 아마 창구가 나무를 구해 화장장 안에 모닥불이라도 지핀 모양이다. 불빛을 본 두 사람은 자기도 모르게 걸음이 빨라진다. 소연을 부축하여 비탈길을 올라가며 정호가 다시 입을 연다.

"소연이만 알구 있어. 앞으루 우리 열흘치 쌀값밖에 남지 않았어."

"알아 나두……"

"내일 마산에 도착하거든 당장 일자리를 구해봐야 해. 리어카가 있으니까 부두나 역에 나가면 짐 실어 나르는 일은 쉽게 찾을 수 있을 거야. 양식두 물론 중요하지만 마산에 도착하면 우선 잠자리부터 마련해야 해. 내 생각엔 헌 천막을 한 장 사서 다리 밑이나 산비탈에 움막을 하나 지을 작정이야. 잠자리가 우선 마련되어야 다른 일들두 순조롭게 착수할 수 있어.”

“맞아. 영선일 생각해서라두 먼저 집부터 마련해야 돼. 마산에 도착하면 나두 금숙이랑 일자리를 찾아보겠어.”

드디어 화장장이다. 두 사람이 입구로 들어서자 창구가 모닥불 앞에서 흐느끼는 금숙이를 두 팔로 꼭 껴안고 있다. 소연이 주춤 발을 세웠다가 대뜸 금숙에게 주르르 달려간다.

“왜 우니 금숙아? 뭔지 어서 말을 해봐.”

“언니!”

금숙이가 문득 창구를 떠나 소연에게 와락 안긴다.

“언니, 여기 화장장이래!”

소연은 금숙의 머리를 다정스레 손으로 쓴다.

“괜찮아. 난 진작부터 알구 있었어. 화장장이면 어때. 산 사람이 무섭지 시체를 태우는 데가 뭐가 무서워? 난 조금두 무섭지 않아. 너 바보처럼 그것 때문에 우는 거니?”

17

날이 밝았다.

눈으로 뒤덮인 백색의 들과 산에 따스한 아침 햇살이 눈부시게 내리비친다. 파랗게 트인 하늘에는 구름 한 점 보이지 않는다. 화장장 지붕에 쌓였던 눈이 어느새 햇볕에 녹아 낙숫물처럼 줄줄이 쏟아져내린다. 이월 초순의 날씨치고는 드물게 볼 만큼 따스하다. 아마 이 정도로 포근한 날씨라면 길바닥의 눈도 한 시간 후면 다 녹을 것이다.

창구가 짐들을 리어카에다 챙기고 우울한 얼굴로 화장장 안의 정호에게 다가간다.

"가자 정호야."

"응."

대답은 선선히 해놓고 정호는 그러나 꼼짝도 하지 않는다. 소연 역시 정호 옆에 서서 돌이라도 된 듯 움직일 기색이 아니다. 창구 가 다시 두 사람을 향해 변명하듯 입을 연다.

"그만큼 찾아봤음 우리 할 짓은 다한 거야. 눈 위에 발자국이 없 는 걸 보면 영선인 틀림없이 어제 밤에 여길 떠났어. 벌써 까마득 하게 떠나간 개를 무작정 여기서 기다릴 수만은 없지 않냐? 마산 이 여기서 사십 리밖에 안 된다니까 어쩌면 영선이 개가 우리보다 먼저 마산에 닿았을지 몰라. 차라리 여기서 꾸물댈 게 아니라 영선 일 찾으려면 우리두 얼른 마산 쪽으루 뒤쫓아가는 게 좋을 거야. 여기서 괜히 우물쭈물하다간 개가 다시 우릴 피해 딴 곳으루 떠날 지두 모르잖아?"

정호가 대꾸 없이 소연을 돌아본다. 영선이 화장장에서 없어진 것을 확인한 지 어느새 두 시간이 흘렀다. 그동안 일행 다섯 명은 마을까지 올라가 사방으로 영선을 찾았다. 정호와 소연 두 사람은 바둑이까지 풀어놓고 묘지 주위와 산골짝까지 샅샅이 더듬어 올라 갔다.

꿈에도 생각지 못한 어처구니없는 일이었다. 영선이 없어진 것 을 처음 안 것은, 아침밥을 지으려고 일찍 일어난 소연이가 화장장

밖 어딘가에서 얼핏 개 짖는 소리를 들은 것에서 비롯된다. 날이 어슴푸레 밝아오는 무렵이라 그녀는 처음에는 영선이가 바둑이를 데리고 밖으로 잠깐 산책이라도 나간 것으로 생각했다. 밤새 참았던 용변이라도 보기 위해 부근의 나무덤불 같은 곳에 잠시 몸을 숨긴 것으로 생각했다. 그러나 쌀을 퍼 들고 바둑이를 부르며 개천가로 내려가자 뜻밖에도 부근의 숲이 아니라 아랫녘 큰길가에서 바둑이 짖는 소리가 커다랗게 들려왔다. 이유가 있었다. 화장장 진입로와 큰길이 이어지는 삼거리 모퉁이에 바둑이는 노끈으로 큰 나무에 단단히 묶여 있었다. 누군가가 바둑이를 그곳까지 끌고 온 후 일부러 길가 나무에 보란 듯이 묶어둔 것이다.

그러나 소연은 그때까지만 해도 영선이가 화장장 부근에 잠시 산책을 하는 것쯤으로 생각했다. 산책이 끝나면 돌아오리라 믿고 묶인 바둑이를 풀어준 후 쌀을 씻으러 개천으로 내려간 것이다. 그러나 잠시 후면 돌아오리라 믿었던 영선이는 밥물이 잦을 무렵에도 끝내 돌아오지 않았고, 부근 숲이나 골짝에서도 모습이 발견되지 않았다.

서둘러 아침들을 먹은 일행은 그제야 영선의 신변에 심상치 않은 일이 벌어진 것을 깨달았다. 바둑이가 신작로 길가에 묶여 있었던 것으로 보아 영선은 간밤에 바둑이를 데리고 일행들 몰래 큰길까지 나간 것이 분명하다. 그러나 무슨 이유에선지 영선이는 바둑이를 길가에 묶어두고 홀로 어딘가로 사라졌다. 아마 먼 길을 떠나기 위해서는 바둑이와의 동행이 불편하다고 생각했던 게 아닌가 싶다. 결국 여기까지 생각이 미치자 정호는 혹시를 기대하고 마을 쪽을 찾아보기로 했다. 약이나 혹은 필요한 물건을 구하기 위해 영선이 마을 쪽으로 올라갔을지도 모른다고 생각한 것이다.

그러나 그늘진 산굽이까지 올라갔던 정호는 갑자기 발걸음을 돌려 일행들에게 다시 돌아왔다. 간밤에 내린 눈이 그대로 산모퉁이 그늘 쪽에 쌓여 있는데 그 눈 위에 사람의 발자국이 하나도 찍혀 있지 않았기 때문이다. 결국 영선은 이렇게 되면 마을 쪽으로는 아예 가지 않았거나, 갔다면 새벽이 아니라 눈이 펑펑 쏟아지던 간밤에 화장장을 빠져나간 것이 틀림없었다. 간밤에 눈 속으로 바둑이를 데리고 떠났다가 아무래도 바둑이는 데려가기가 어렵다고 생각해서 일행이 잘 볼 수 있는 길가 큰 나무에 묶어두고 떠난 것이다.

영선의 의도적인 잠적(潛跡)이 사실로 확인되자 일행들은 입을 다물고 누구 하나 말이 없었다. 몸이라도 성했다면 일행은 그의 잠적을 지금처럼 심각하게 걱정하지 않았을 것이다. 비럭질을 잘하는 영선이기 때문에 그는 어디를 가도 굶어 죽을 염려는 없다. 그러나 비럭질이 영선의 장기이긴 하지만 지금의 그는 예전과 같은 온전한 몸이 아니다. 다리가 퉁퉁 부어 걸음도 제대로 걷지 못할 뿐만 아니라 온몸에 열이 올라 끊임없이 부들부들 몸을 떨고 있는 것이다. 이렇게 불편한 병자의 몸으로는 아무리 비럭질이 장기인 영선이라도 걱정이 안 될 수 없다. 몸이 성한 어른들조차도 지금은 도처에서 굶어 죽거나 얼어 죽고 있다. 길가나 다리 밑 개골창 근처에서는 걸핏하면 행인들의 눈에 주인 없는 사체가 발견된다. 불편한 몸으로 돈 한 푼 없이 떠나버린 영선 역시 언제 어느 곳에서 추위와 굶주림에 쓰러질지 알 수 없다. 오히려 지금 영선이 처한 형편으로는 살아남는다는 것이 기적에 가까운 일이다. 서둘러 그를 다시 찾지 않으면 영선은 사흘도 못 가 길가에 주인 없는 초라한 주검으로 발견될 것이 뻔한 것이다.

그러나 밤을 도와 떠나버린 그를 일행은 어디서 어떻게 찾아야 될지 막연하다. 더구나 그는 남들이 다 잠든 틈에 아무도 몰래 종적을 감추었다. 그가 몰래 도망친 이유는 묻지 않아도 뻔하다. 아마 그는 자기 존재가 일행에게 커다란 짐이 된다고 생각한 모양이다. 짐이 되어 일행의 행동에 큰 장애가 될 바에야 그는 자기 단독으로 살길을 찾겠다는 비장한 각오를 했음이 분명하다. 겁이 많고 얼뜨기는 하지만 영선은 의외로 독립심이 강하고 결심과 포기가 빠르다. 그는 또 머리 회전도 비상해서 자기가 처한 주변 상황을 누구보다 빨리 파악한다. 어쩌면 그는 이번 여행길에 자기의 종말을 각오했는지도 알 수 없다. 성한 사람들도 살아남기 힘든 판에 몸이 불편한 그로서는 성급히 자기 운명을 포기할 수도 있다. 이래도 저래도 죽음을 피할 수 없을 바에야 차라리 깨끗하게 혼자 죽기로 결심했는지도 모를 일이다.

그러나 영선의 이러한 결심은 남아 있는 일행들에게는 너무나 큰 충격이다. 만일 이대로 영선을 잃는다면 그들은 다음 차례는 자기들이 될 것을 잘 알고 있다. 떠나간 영선이나 남아 있는 일행이나 그들은 모두 똑같은 처지들이다. 한데 뭉쳐 서로 돕지 않으면 그들도 언젠가는 영선과 똑같은 운명을 걷게 된다. 영선과 그들과의 현재의 차이는 영선은 불행히도 몸이 성치 않고 그들은 아직은 건강하다는 것뿐이다. 그들도 병이 들어 일행에게 짐이 되면 영선처럼 일행들과 헤어져 스스로의 갈 길을 떠나야 하는 것이다.

그러나 그렇게 하도록 내버려둘 수 없다는 것이 일행들의 심정이고 결심이다. 자신들의 장래를 생각해서라도 그들은 기어이 영선을 찾아내어 절망의 구렁에서 그를 구출해내야 한다. 만일 영선을 구출하지 못한다면 그들의 단체 행동은 아무런 뜻이 없다. 그들이 한데 어울린 것은 서로의 도움이 절실하게 필요했기 때문이다.

누군가의 도움이 아쉬울 때 그 친구를 돕지 못한다면 그들이 떼를 지어 몰려다닐 이유가 없는 것이다.

"언니 어서 떠나요. 여기 있어봤자 점점 시간만 늦어질 뿐이에요."

어느 틈에 올라왔는지 금숙이가 조용히 소연의 팔을 잡는다. 자기 때문에 다친 상처여서 영선에 대한 소연의 감정은 일행들과도 남다른 바가 있다. 영선을 부르며 산을 헤매다가 그녀는 손과 볼에 가시에 찔린 상처까지 입고 있다. 그러나 그녀의 지친 얼굴에는 오히려 더 깊은 회한과 깊은 절망만이 감돌 뿐이다. 지어놓은 밥에도 숟가락 한번 대지 않은 채 그녀는 흡사 넋 나간 사람처럼 화장장 주위만 몇 바퀴씩 맴돌 뿐이다.

"가 언니. 내 생각엔 틀림없이 마산 쪽으루 갔을 것 같애."

소연이 이윽고 몸을 돌려 금숙과 나란히 화장장을 나간다. 뒤따라 정호도 창구와 함께 허탈한 표정으로 걸음을 옮긴다.

워낙 햇살이 따스해서 눈들은 이미 반나마 녹아 있다. 길 밑에 세워둔 리어카에는 짐들이 벌써 단단하게 묶여 있고, 짐 위에는 바둑이까지 넉살 좋게 올라앉아 있다. 리어카 채를 잡은 진영의 발에는 두툼한 새끼줄이 여러 겹으로 동여져 있다. 눈밭에 그냥 걸어가자면 발밑이 몹시 미끄럽다. 눈길에서 미끄러지지 않기 위해서는 발밑에 새끼줄을 감아두어야 하는 것이다.

"출발!"

먼저 내려간 창구와 금숙이가 리어카를 밀며 쾌활하게 고함을 친다. 영선을 잃은 것이 슬프기는 하지만 언제까지 슬픔에 잠겨 다음 행동을 미룰 수는 없다. 어쩌면 그들은 소연이 듣도록 일부러 쾌활하게 큰 소리를 지르는 것인지도 모른다. 영선을 다시 찾자면 슬픔만으로는 부족하다. 슬픔은 당분간 마음속에 접어두고 오히려 굳은 각오로 더 부지런히 그의 행방을 찾아야 한다.

진영이 앞에서 끌고 창구와 금숙이 뒤에서 밀어 리어카는 소연과 정호만을 남겨둔 채 빠른 속도로 비탈길을 달려 내려간다. 양지쪽의 눈들은 그동안 거의 다 녹아서 길 전체가 질퍽한 물투성이다. 소나무 가지 위에 쌓였던 눈들도 바람이 불자 뭉텅이로 와르르 쏟아지곤 한다. 산과 들이 온통 눈이어서 되쏘는 빛 때문에 눈을 제대로 뜰 수가 없다.

"정호."

뒤처져 가던 두 사람 중 소연이 먼저 입을 연다.

"응."

"마산에서 만일 영선일 못 찾으면 나 정호하구 헤어질 생각이야."

"헤어져?"

"영선이가 몸을 상한 건 순전히 나 때문이야. 난 영선일 찾을 때까진 아무 일두 못할 것 같아."

"그건 나두 마찬가지야. 허지만 헤어진다구 영선이가 더 빨리 찾아지는 건 아니잖아?"

"마산에 없으면 딴 곳이라두 찾아봐야 해. 그렇게 할려면 친구들하구 헤어질 밖에 도리가 없잖아?"

"그건 틀린 생각이야. 내 생각엔 오히려 혼자보다는 여럿이 함께 찾는 게 더 빨리 찾아질 것 같애. 만일 마산에서두 찾을 수 없다면 그땐 우리 모두가 뿔뿔이 흩어져 찾는 거야. 혼자 무작정 찾아 나서기보다는 여러 명이 조직적으로 찾는 게 훨씬 효과적이구 찾기두 쉬워."

"헌데 영선이가 정말 마산 쪽으루 갔을 것 같애?"

정호는 대답 대신 눈살을 찌푸리고 먼 산을 바라본다. 어려운 질문이다. 친구들에게 짐이 될 것이 싫어서 떠난 그가 바로 친구들이 뒤쫓아올 마산으로 떠났으리라곤 믿어지지 않는다. 그러나 한편으로 생각하면 영선이 갈 곳은 마산밖에 없을 것도 같다. 우선 길이 그쪽 방향밖에 없는 데다가 그에게 따로 목적지가 정해져 있는 것도 아니다. 일단은 우선 마산으로 나갔다가 그곳에서 다시 친구들을 피해 딴 곳으로 떠날 공산이 크다. 만일 영선이 정호의 생각대로만 행동해준다면 마산이나 그 근처에서 어쩌면 그를 붙잡게 될지도 알 수 없다. 다시 붙잡는다는 유일한 희망은 그가 몸이 성치 않아서 행동을 빨리 취할 수 없다는 것이다. 몸이 불편해서 행동이 자연 굼뜰 것이기 때문에 이쪽에서 급하게만 서둘면 도망치는 그를 따라잡을 수 있다. 그러나 이 모든 것이 아직은 단순한 희망에 불과하다. 더구나 시일을 오래 끌면 끌수록 그에게는 가장 최악의 무서운 불행이 닥칠지도 모른다. 불편한 몸에 돈 한 푼 지니지 않은 그가, 이 혹독한 추위 속에서 얼마나 견딜까가 의문이다. 만일 그를 찾는다 해도 시간을 제대로 맞추지 못하면 그가 이미 돌이킬 수 없는 최악의 불행을 맞이한 뒤가 될 수도 있는 것이다.

"정호두 역시 못 믿는 거지? 영선인 마산에 없을 수도 있지 않아?"

"아냐. 있을 거야. 문제는 우리가 영선이를 얼마나 빨리 따라잡는가 하는 거야."

"난 자꾸 불길한 생각만 떠올라. 너무너무 절망한 나머지 영선이가 덜컥 큰일을 저지를 것만 같아."

"그런 일은 절대루 없어. 걘 원래 마음씨가 착한 만큼 모진 생각을 할 줄 몰라. 그리구 또 하나 개한테 다행인 건 갠 아직두 자기 아버지가 살아 계시다구 믿구 있어. 아버지를 다시 만나보기 전에 는 갠 절대루 그런 모진 짓을 하지 못해."

"나두 그렇게 믿구 싶지만 왠지 자꾸 무서운 생각이 들어. 차라 리 그렇게 도망칠 줄 알았으면 개한테 미리 돈이라두 몇 푼 나눠주 는 건데……"

말끝을 우물우물 삼키더니 소연이 이윽고 결렬하게 흐느끼기 시 작한다. 터지려는 울음을 결사적으로 억누르고 있지만 그녀의 흐 느낌은 좀처럼 진정되지 않는다. 정호가 드디어 소연에게 다가가 두 팔로 어깨를 조용히 감싼다. 위로의 말이라도 해주고 싶지만 정 호도 입을 열면 격렬한 흐느낌이 폭발할 것만 같다. 부릅뜬 정호의 눈에 언뜻 영선의 착하고 익살맞은 모습이 떠오른다.

열에 들뜬 몸으로 다리를 쩔뚝이며 지금쯤 영선이는 어느 거리 를 외롭게 헤매고 있을까? 오전 열 시가 지난 이때 어느 집 대문 앞에 서서 터진 입술로 구걸을 하고 있을까? 만일 살아만 있어준 다면 다시는 도망 따위는 생각도 못하게 다짐을 받으리라. 만일 다 시 붙잡기만 한다면 이번만은 목이라도 매어 바둑이처럼 리어카 옆에 질질 끌고 다니리라. 나쁜 놈! 매정한 놈! 우리 가슴에 못을 치고 저만 몰래 도망치다니! 그러나 제발 살아만 다오. 죽지만 말 고 꼭 살아만 있어다오!

열 시에 화장장을 떠난 일행은 오후 세 시가 지나서야 마산 시내 에 도착했다.

날씨가 봄날처럼 따스한 때문인지 거리에는 행인들이 의외로 많 이 왕래하고 있다. 창구와 교대하여 리어카 채를 잡은 정호는 번잡한 거리를 걸어가면서 분주하게 사방을 살펴본다.

작은 도시라고 생각했는데 막상 와보니 의외로 번잡한 마산이다. 이곳에도 역시 피난민들이 많이 몰려들어 길거리마다 껌팔이, 구두닦이, 짐꾼들이 우글대고 있다.

마산에만 도착하면 금시에 영선을 찾을 것 같은 기분이었는데 막상 시내를 둘러보니 아득한 절망감이 다시 가슴을 답답하게 짓누른다. 이렇게 드넓은 마산 시내에서 어떻게 병든 영선을 되찾을 수 있을 것인가? 더구나 그는 일행들을 피해 도망치는 처지에 있다. 만일 으슥한 골목에라도 몸을 숨긴다면 정호 일행이 그를 다시 찾기란 바다 속에 빠진 바늘을 찾기보다 더 어렵다.

비탈길을 올라오느라 정호의 이마에서 땀방울이 방울방울 떨어진다. 지나가는 행인들은 일행들의 몰골을 보고 구경거리라도 생겼다는 듯이 힐끔힐끔 곁눈질을 하고 있다. 길가에 즐비하게 잇대인 음식점에서는 구수한 국밥 냄새가 향긋하게 코를 자극한다. 무수한 행인들이 스쳐가고 있지만 일행들과 아는 얼굴은 어디에서도 찾아볼 수 없다. 다섯 시간 남짓을 줄곧 걸어와서 일행들은 모두 지칠 대로 지쳐 있다. 어디에서건 잠시 쉬고 싶지만 그들에게는 앉아서 쉴 만한 빈 터 하나 눈에 띄지 않는다. 정호가 손등으로 이마의 땀을 닦자 진영이 문득 리어카 채를 잡는다.

"정호야, 교대하자."

"괜찮아."

"아냐, 어서 나와."

정호가 리어카 채에서 나오자 진영이 다시 채 안으로 들어간다. 금숙이도 재빨리 소연과 교대하여 리어카 뒤를 밀기 시작한다. 리어카에서 풀려난 정호와 소연은 잠시 숨을 돌리고 분주하게 땀을 닦는다. 창구가 문득 정호에게 다가와 지친 목소리로 입을 연다.

"우선 아무 데라두 쉴 자리를 잡아야겠다."

"그래."

"밥부터 해 먹어야지 배가 고파서 꼼짝할 힘두 없어."

"마침 저기 빈 터가 있다. 저기서 잠시 짐을 풀자."

"그래 괜찮아 뵌다. 진영아. 저기서 잠시 쉬어가자."

"오케이."

공터에 도착했다. 뒤로 높은 축대가 있고 공터에는 지저분한 나무판자들이 널려 있다. 주위를 둘러보니 가까운 생선 가게에서 생선 궤짝들을 쌓아두는 빈 터 같다. 길에서 약간 들어간 탓인지 주변에는 생선 비린내만 진동할 뿐 사람이 한 명도 보이지 않는다.

리어카를 세운 일행들은 곧 주변에 널린 나무판자들을 주워 모은다. 솥을 걸고 밥을 하자면 어차피 땔나무가 필요하다. 그러나 그들이 짐을 풀고 막 솥을 끌어내는 순간이다. 리어카에서 풀린 바둑이가 갑자기 미친 듯 짖어대기 시작하고, 뒤이어 왼쪽 창고에서 누군가가 내달아 댓바람에 정호의 등허리를 장작개비로 후려친다.

"이놈들 느그 뭐 하는 놈들이고?"

아픔을 참고 한 발 물러서서 바라보니 턱에 구레나룻이 시커먼 우락부락한 중년이다. 주워 모은 나무판자들을 다시 제 손으로 거둬들이며 중년은 일행들을 향해 두 눈을 무섭게 부릅뜬다.

"이눔들 이 판대기 쓸데가 있어 놔둔기다. 상자가 뿌싸지모 이걸로 다시 고칠라고 놔둔기라 말이다. 느그들 땔나무 하라꼬 여그다 내삐린 줄 아나? 그건 그릏고 느그들 여그서 뭐하노? 와 여그다 리어카 끌고와 짐을 풀고 난리들이고?"

"밥 좀 해 먹을려구 들렀습니다. 말루 해두 될 텐데 왜 사람을 장

246

작으루 패십니까?"

"이눔의 자슥 머라쿠네? 느그들 누구 허락받고 여그 함부로 기어들어왔네? 여그가 느그 땅이가? 말을 해봐라 느그 땅이가?"

"죄송합니다. 우리 땅은 아니지만 잠시 쉬어갈려구 들렀습니다. 가라면 곧 가겠습니다. 자 어서 딴 데루 가보자."

정호가 곧 끌어내린 솥을 리어카 위로 다시 싣고, 소연은 짖어대는 바둑이를 열심히 달래고 있다. 중년이 판자들을 손에서 내려놓고 더 이상 별말 없이 일행들을 지켜본다. 짐들이 대충 리어카에다 실리자 창구가 곧 떠날 채비로 리어카 채 안으로 들어간다. 일행이 막 공터를 떠나려 하자 중년이 무슨 생각에선지 큰 소리로 다시 말을 걸어온다.

"야들아 좀 보자."

"뭡니까 또?"

"느그들 모두 피난민이가?"

"예."

"어른은 우째 한 명도 없고 말캉 느그 아아들뿐이고?"

"우리들 모두 고아들입니다."

"고아라? 그래서 어른이 없다 말이제?"

"예."

중년은 잠시 망설이는 듯하다가 무슨 생각을 했는지 어정어정 그들에게 다가온다. 우락부락한 생김새와는 달리 의외로 얼굴 어딘가에 순박한 구석이 엿보이는 사내다. 리어카 앞으로 곧장 다가와 중년이 의외에도 정호의 어깨를 가볍게 부여잡는다.

"등으리 안 아프나?"

"괜찮습니다."

"난 느그들이 판자때기 훔치러 온 도둑놈이라꼬 생각했다."

"……"

"그래 느그들 모두 오데서 오는 길이고?"

"서울서 대구까지는 기차루 내려왔구 대구에서 여기까지는 걸어서 왔습니다."

"욕봤다. 그래 여그 마산에서는 오데 묵을 작정이고?"

"이제 막 도착해서 어디 묵을지는 정하지 못했습니다."

"그라모 느그 수용소 안 갈래?"

"수용소라뇨?"

"시에서 피난민을 위해 임시 수용소를 만들었다 아이가. 수용소 책임자가 내 친구다. 내가 소개해줄낀께네 느그들 거그서 살아라."

"고맙습니다 아저씨. 그렇게만 해주시면 우리들 얼마든지 우리 힘으루 살아갈 수 있습니다."

"가자 그라모. 여기서 벨로 멀지 않다."

"감사합니다 아저씨. 이 은혜 꼭 잊지 않겠습니다."

사내가 대꾸 없이 몸을 돌려 창고 안으로 되들어간다. 얼마쯤 기다리자 사내가 다시 양손에 뭔가를 들고 창고에서 나온다. 한 손에는 가마니짝과 큰 나뭇단이 들려 있고 다른 한 손에는 찌그러진 깡통에 자반갈치가 가득 담겨 있다. 가마니짝과 나뭇단과 깡통의 순서로 차근차근 리어카에 싣더니 사내가 곧 앞서 걸으며 우렁우렁한 목소리로 다시 입을 연다.

"수용소에서 살라카마 저 가마니가 필요하다. 쌀창고 하던 커다란 건물이라 바닥이 차갑은 콩크리튼기라. 바닥에 가마니를 깔지 않으모 겨울에 추바서 몬산다 아이가. 그라고 저 나무는 느그들 두 끼는 밥 해 묵을 수 있을끼다. 깡통에 든 그는 팔다 남은 자반 갈치다. 좀 짧고 자잘해도 묵고 죽지는 않을끼다.”

일행이 고마워서 할 말을 잊자 사내도 더 이상 아무 말이 없다. 생김생김은 무섭게 생겼는데 마음씨는 의외로 비단결같이 고운 아저씨다. 장작으로 등허리를 얻어맞긴 했지만 정호는 벌써 그 일은 다 잊고 자반갈치 먹을 생각에 입 안에 침이 가득 고인다.

시장 공터에서 수용소까지는 아저씨의 말대로 멀지 않았다.

산 중턱에 자리잡은 소용소는 먼발치로 보아도 우중충하고 썰렁하다. 리어카가 드디어 밋밋한 비탈을 추어올라 수용소라는 창고 앞으로 비스듬히 접어든다.

햇살이 따스한 창고 앞에 난민들이 옹기종기 늘어앉아 다가오는 일행들을 우두커니 지켜보고 있다. 대부분이 아낙네와 어린애들인 피난민들은 오랫동안 헐벗고 굶주려서 눈이 움푹 들어가고 온몸에 때가 꾀죄죄하다. 창고 좌우의 훤한 공터에는 온통 발 들여놓을 틈도 없이 똥 무더기와 오물들이 널려 있다.

리어카가 멎는다. 아저씨는 곧 일행들을 인솔하고 피난민들을 헤치며 성큼성큼 창고 안으로 들어간다. 한낮인데도 창문이 많지 않아 창고 안이 의외로 어둡다. 더구나 찬바람이 들이치는 것을 막기 위해 창문에는 모조리 거적들이 들씌워져 있다. 목조 골격이 드러난 높은 천장에는 지독한 악취와 더불어 썰렁한 냉기가 감돌고 있다. 바닥은 통로만 겨우 남겨놓고 난민들이 세대별로 구석구석까지 점유하고 있다. 한 세대가 차지한 면적은 겨우 두세 평에 불과하다. 바닥에는 어디서 구했는지 저마다 올이 해진 너덜너덜하는 가마니짝들이 깔려 있다. 침구와 상자와 무수한 깡통들이 그들의 거적 위에 어지럽게 널려 있다. 깡통들은 크기에 따라 용도가 각기 다른 모양이다. 큰 것은 물그릇과 냄비 밥솥의 역할을 하고,

작은 것은 밥그릇이 되고, 중간 것은 세수 대야나 요강으로 사용되는 모양이다.

"여그 잠깐 기다리고 있그라."

"예."

아저씨가 일행들을 통로에 남겨두고 창고 안에 마련된 작은 사무실로 사라진다. 난민들은 그동안 구경거리라도 생겼다는 듯 눕거나 앉거나 한 채 일행 다섯 명을 잠잠히 바라보고 있다.

아저씨가 다시 사무실에서 나온다.

"느그 이리 온나."

긴 통로를 가로지른 아저씨가 한쪽 구석에 발을 세운다.

"여그가 느그 자리다. 보소 영감, 쪼매만 좀 땡기주소."

노인 한 명이 거적 위에 누웠다가 아저씨의 고함을 듣고 부스스 일어나 앉는다. 가죽과 뼈만 앙상하게 남은 노인은 곧 꾸물꾸물 자기 짐들을 한옆으로 치워준다. 짐이 치워지고 공간이 생기자 아저씨가 다시 몸을 돌린다.

"자 여어가 느그들 자리다. 살기는 좀 불편해도 여그 있으마 하루 두 끼 강냉이죽이 나오니라. 그른데 참 이 강생이(강아지) 우짤끼고? 수용소에 강생이는 키울 수 없지 않겠나?"

"아니에요. 키울 수 있어요. 그리구 이 강아진 임자가 따루 있어요. 그 사람이 찾아갈 때까지 우리가 맡아서 키워야 해요. 이 강아질 못 키우게 하면 우리두 여길 떠날 수밖에 없어요."

"알았다, 옆 사람한테 폐가 안 되도록 해야 한다. 그라모 난 바빠서 이만 가볼낑게네 느그들은 짐 풀어놓고 퍼뜩 사무실에 가서 피난민 등록부터 하그라. 내가 대강 이야기를 해놨응끼네 느그들이 찾아가마 수속을 쉽게 해줄끼다."

"감사합니다 아저씨."

"그라모 나는 간데이."

"아저씨 정말 고맙습니다."

아저씨는 말을 마치자 웃지도 않고 재빨리 몸을 돌린다. 너무나 무뚝뚝한 그의 행동에 일행들은 제대로 인사말조차 건넬 틈이 없다. 아저씨가 휘적휘적 창고 문을 나가자 일행은 그제야 정신을 차리고 안도의 표정으로 서로를 돌아본다.

"고마운 아저씨다……"

"응, 정말."

"역시 어딜 가더라두 죽으라는 법은 없나 보다."

"재수가 좋았어."

"자, 그럼 짐들 들여놓구 일을 빨리 끝내도록 하자. 한 패는 사무실에 가서 피난민 등록하구, 여자들 둘은 시장하니까 어서 밥부터 짓도록 하자."

"오케이."

18

우중충하던 날씨가 갑자기 추워지더니 끝내는 오후가 되자 눈을 퍼붓기 시작한다. 피난민 수용소에 짐을 푼 지도 오늘로 벌써 이틀째다.

수용소에서는 털보 아저씨의 이야기대로 하루 두 끼의 급식(給食)이 있다. 급식이라야 멀겋게 쑨 강냉이죽이 고작이지만 돈을 거의 써버린 정호네 패들에게는 그나마 여간 다행한 일이 아니다. 수용소의 분위기도 밖에서 듣던 것처럼 못 견딜 정도로 열악한 것은 아니다. 너 나 없이 빈털털이로 피난을 떠나온 사람들이라 가릴 것 없고 숨길 것이 없어서 서로 간에 오히려 마음들이 더 잘 통한다. 가끔 이웃들 간에 욕설이 오가고 말다툼이 벌어지기도 하지만 그것도 길게 끌지 않고 잠시 만에 화해가 된다. 특히 정호네 패는 고아들만으로 구성되어 있어서 수용소 안에서도 묘한 대접을 받고 있다. 이웃에 물을 길어준다거나 잔심부름 따위를 해주어서 피난민들은 너 나 없이 그들을 고맙게 생각하고 있는 것이다.

그러나 다른 것은 다 견딜 만한데 오직 한 가지 견디기 힘든 고통이 있다. 그것은 몸에 우글우글 들끓는 헤아릴 수 없이 많은 이들이다. 많은 사람들이 한 지붕 밑에 다닥다닥 붙어 살고 있어서 이가 들끓는 것은 당연한 일이다. 더구나 그들은 피난길을 떠나온 이래 목욕은 고사하고 머리 한번 제대로 감아본 일이 없다. 고향을 떠나올 때 입고 나온 내복을 그들은 한 달이 다 되가는데도 지금까지 그대로 걸치고 있다. 하긴 목욕을 하고 옷을 갈아입는다 해도 이불이나 거적에 서캐가 그대로 붙어 있는 한, 하루만 지나면 이는 다시 새끼를 쳐서 바글바글 들끓을 것이다. 말을 들으니 수용소의 위생을 생각해서 가까이에 있는 군 병원의 군인들이 일주일에 한 번씩 예방주사도 놓아주고 소독약도 뿌려준다고 한다. 특히 그들 중에 소령 한 명은 자기 돈까지 써가며 환자 치료까지 해준다는 소문이다. 그러나 아무리 소독을 하고 치료를 해주어도 들끓는 이와 환자 발생은 좀처럼 근절되지 않는다. 환자는 날씨가 추운 탓으로 대부분이 감기 환자다. 밤에는 어찌나 기침들을 해대는지 제대로 잠을 이룰 수가 없을 정도다. 이가 들끓고 기침 소리가 요란해서 밤이면 아무리 피곤해도 잠들기가 쉽지 않은 것이 수용소 생활이다.

252

그러나 이런 괴로움쯤은 정호네 패들에게는 별로 큰 고통이 아니다. 소연이와 금숙이를 제외한 소년들은 이미 오래 전부터 이런 고생에 익숙해왔다. 그들은 무수한 밤을 별이 총총한 노천에서 지새웠고, 한 끼나 두 끼쯤 굶는 것은 하루건너 겪은 일상의 일이었으며, 목욕은 언제 했는지 기억조차 까마득한 것이다.

수용소에서 첫날밤을 새운 그들은 다음 날 바둑이를 포함하여 전원이 흩어져서 마산 시내를 온종일 쏘다녔다. 전원이 외출을 할 때는 수용소에 혼자 둘 수 없어 바둑이도 함께 그들과 동행했다. 바둑이는 주로 정호와 소연 두 사람 중 한 사람이 맡아 목에 줄을 매어 끌고 다녔다. 그들이 마산 시내를 쏘다닌 이유는 여기서 새삼스레 설명할 필요가 없다.

막연한 희망만으로 쏘다닌 그들은 결국 아무런 소득 없이 기진맥진하여 수용소로 돌아왔다. 그들은 영선이가 쉽게 찾아지리라곤 생각하지 않았다. 그러나 하루를 쏘다녀본 그들은 영선이를 찾는다는 것이 얼마나 어려운 일인가를 실감 있게 깨달았다. 마산은 생각보다 넓었다. 해변을 따라 긴 띠처럼 뻗어나간 시가지는 좁은 것 같으면서도 막상 뛰어들면 엄청나게 넓고 복잡했다. 아마 전쟁만 터지지 않았다면 이 도시가 이토록 복잡하지는 않았을지도 모른다. 시내 곳곳의 빈 터나 공터에는 피난민들의 허름한 판잣집들이 빈틈없이 박혀 있었다. 장바닥 선창가 뒷골목 다리 밑 등 웬만한 빈 터에는 행상과 막벌이꾼들이 장터처럼 바글바글 들끓었다. 넘쳐나는 것은 행상이나 막벌이꾼들만이 아니었다. 구두닦이, 껌팔이, 양공주, 거지들도 곳곳에 진을 치고 벌어먹기에 안간힘들을 쓰고 있었다.

하루를 허탕치고 돌아온 그들은 피로와 절망에 빠져 입들을 다

물고 말들이 없었다. 특히 이들 중 정호와 소연의 절망은 옆에서
보기에도 민망할 정도였다. 강냉이죽으로 저녁을 때운 후, 두 사람
은 어둠을 무릅쓰고 다시 시내로 힘없이 내려갔다. 그러나 낮에도
찾지 못한 영선이가 어둡고 추운 밤에 발견될 리 만무했다. 통금이
내려 나다닐 수 없게 된 후에야 그들은 새파랗게 언 얼굴로 따로따
로 수용소에 파김치가 되어 돌아오곤 했다.

영선을 찾는 작업은 다음 날도 계속되었다. 다음 날은 첫날의 경
험을 살려 각자가 구역을 정해 찾아나서기로 결정했다. 그러나 두
번째 날에도 영선의 종적은 묘연하기만 했다. 아무도 내놓고 말은
하지 않았지만 그들은 영선이가 혹시 마산에 없는 것이 아닌가 하
는 생각도 했다. 시내가 아무리 넓다고는 해도 그들은 이틀에 걸쳐
가볼 만한 곳은 대충 다 훑어보았다. 눈으로 찾아서 발견되지 않으
면 그들은 행인들에게 영선의 모습을 설명해주고 그런 소년을 보
지 못했느냐고 일일이 물어가며 거리를 쏘다녔다. 그러나 모든 것
이 허사였다. 그는 아무 데서도 발견되지 않았고, 그 비슷한 소년
을 보았다는 사람도 만나볼 수 없었다.

드디어 삼 일째인 오늘 아침에는 창구가 조심스레 이의(異意)를
제기했다. 이틀 동안을 찾아도 없는 것을 보면 그는 영선이가 이
도시에는 없는 것 같다고 입을 열었다. 돈도 떨어지고 생활도 막연
한데 언제까지고 영선이만을 찾아 헤맬 수는 없다고 창구는 말했
다. 따라서 그는 다섯 사람을 두 패로 나눠 한 패는 계속 영선이를
찾도록 하고 나머지 한 패는 돈벌이를 나가도록 하자고 제의했다.
일리 있는 제안이었다. 수용소에서 주는 강냉이죽만으로는 그들은
배가 고파 쓰러질 지경이었다. 영선이를 찾는 것도 중요하지만 앞
으로의 일을 생각해서 그들은 시내에 나가 무슨 일이건 해야 했다.

다행히 그들에게는 대구에서 끌고 온 리어카가 있었다. 선창이나 역전이나 시장 바닥에 나가면 그들은 리어카가 있어서 짐들을 쉽게 운반할 수 있었다. 언제까지고 무작정 영선이만을 찾을 게 아니라, 앞으로 살아갈 일을 생각해서 누군가는 한 푼이라도 돈벌이를 나가는 게 현명한 일이었다.

결국 창구의 제안은 조심스런 동의를 얻었다. 진영이와 창구 두 사람은 리어카를 끌고 돈벌이를 나가기로 했고, 정호와 소연, 금숙이는 시내에서 계속 영선이를 찾기로 한 것이다.

그러나 아침부터 수상하던 날씨가 갑자기 눈발을 날리기 시작해서 진영이와 창구는 일을 나갔다가 오후 두 시쯤에 일찍 들어왔다. 처음으로 나가본 돈벌이여서 두 사람은 일감이 있을 만한 장소만 둘러본 후 아무 소득 없이 빈손으로 돌아온 것이다.

한데 수용소로 돌아와보니 의외의 일이 벌어져 있었다. 한 달에 두 번 일정한 날짜에 수용소를 방문하는 군인들이 하필이면 눈 오는 오늘 소독을 하기 위해 수용소에 찾아왔다. 예상치 못한 전염병이 발생해서 우선 피난민 수용소부터 소독을 하기로 했다는 것이다. 군인들은 모두 네 명으로 세 명은 사병이고 한 명은 장교인 소령이었다. 두 소년들이 오기 전에 소독은 벌써 끝났지만 수용소 안팎에는 소독약 냄새가 코를 찌를 만큼 지독했다. 특히 수용소 건물 안에는 디디티 가루를 흠씬 뿌려서 매캐한 약 냄새 때문에 목 안이 다 칼칼할 지경이었다. 그러나 건물 밖에 세찬 눈발이 휘날려서 난민들은 지독한 소독 냄새에도 불구하고 밖으로 나가지 못하고 모두 건물 안에 모여 있었다.

소독을 끝낸 세 명의 병사들은 창구와 진영이가 도착하자 곧 차를 타고 수용소를 떠나갔다. 그러나 장교인 소령 한 사람은 진찰

가방을 휴대한 채 계속 수용소에 남아 있었다.

소령은 나이가 마흔쯤 되어 보였고, 계급이 높은 군인임에도 불구하고 난민들에게 아주 상냥하고 친절했다. 오래전부터 이 수용소에 드나든 탓인지 피난민들은 거의 전부가 그 장교를 잘 아는 눈치였다. 그를 부르는 호칭도 군인 아저씨가 아니고 민간인 의사를 부를 때처럼 선생님으로 불려지고 있었다. 비록 군복을 걸치긴 했지만 그는 원래가 의사였던 모양이었다.

리어카를 수용소 뒤뜰 작은 창고 안에 넣어둔 뒤 창구와 진영이는 맥 빠진 표정으로 수용소로 돌아왔다. 영선이를 찾아나선 나머지 세 사람은 아직 수용소로 돌아오지 않았다. 배도 고프고 피로감도 몰려와서 두 사람은 수용소로 돌아오자 곧장 그들의 잠자리에 팔베개를 하고 누워버렸다. 날씨가 좋지 않아서 그들은 정호네패도 곧 수용소로 돌아올 것을 알고 있었다. 하루 두 끼만 죽을 배급하기 때문에 하루 중 이맘때가 가장 배고픈 시간이었다. 배가 고플 때는 딴생각 말고 편안히 누워 잠을 자는 것이 가장 좋은 방법이었다.

그러나 자리 위에 눕기는 했지만 주위가 너무 소란해서 잠이 쉽게 올 리가 없다. 더구나 지금 수용소 안에는 소령이 환자들을 돌보느라 보통 때보다 더 시끄럽다. 그는 이리저리 자리를 옮겨가며 어떤 환자에게는 주사를 놓아주고 어떤 환자에게는 가루약이나 물약 따위를 먹이곤 했다. 피난민들은 소령이 공으로 약을 주기 때문에 남보다 먼저 약을 타기 위해 가끔 서로 다투기도 했다. 소령은 그러나 눈살 한번 찌푸리지 않고 그들을 좋은 말로 조용조용 타이르곤 했다. 가져온 약이 다 떨어져서야 피난민들은 소동을 그치고 자기들의 자리로 말없이 돌아갔다.

누군가가 어깨를 흔들어서 두 사람은 번쩍 눈을 뜬다. 깜빡 잠이 든 창구와 진영이는 멍한 눈길로 정호와 소연, 금숙이를 올려다본다.

"언제 왔냐?"

"방금."

눈을 털고 들어왔는데도 그들의 몸에서는 몇 송이의 눈들이 그대로 붙어 있다. 주위를 둘러보니 의사인 소령이 아직도 그들 옆자리의 노인 한 명을 정성스레 치료하고 있다. 창구와 진영이 자리를 비켜주자 세 사람이 그제야 엉거주춤 거적 위로 내려앉는다.

"너희들은 언제 들어왔어?"

"우리두 금세야."

"허탕이지?"

진영이 대답 대신 고개를 가볍게 끄덕여 보인다. 이번에는 창구쪽에서 조심스레 입을 연다.

"오늘은 어느 쪽을 훑어봤니?"

"구마산."

"셋이 같이?"

"아니 나 혼자."

"창구……"

잠자코 있던 소연이가 문득 창구와 진영에게 입을 연다.

"우리 둘은 허탕을 쳤지만 정호는 오늘 뭔가를 알아냈어."

"뭔데 그게?"

"이리저리 묻구 다니다가 영선일 봤다는 사람을 만났어."

"영선이를 어디서 봤대?"

"정호 니가 얘기해."

정호가 이야기를 꺼낼 셈으로 두 사람 쪽으로 몸을 돌린다. 그러나 그때 뜻밖에도 의사인 소령이 불쑥 그들의 대화에 끼어든다.

"자네들 지금 누구 이름을 불렀지?"

"이름을 부르다뇨?"

"자네들 중에 누군가가 방금 영선이란 이름을 부르지 않았나?"

"네 불렀어요. 헌데 왜 그러십니까? 그 앨 혹시 아십니까?"

"자네들이 아는 영선이라는 그 애 성씨가 어떻게 되나?"

"신(申)갑니다. 신영선이에요."

"고향은 어딘가?"

"서울입니다."

"혹시 서울에서 명문으루 알려진 K중학에 다닌 학생 아닌가?"

"맞습니다, K중학에 다녔습니다. 헌데 아저씨가 우리 영선일 어떻게 아시죠?"

소령은 그 말에는 대답을 하지 않고 갑자기 안주머니 속에서 사진 한 장을 꺼내든다. 그것을 불쑥 정호에게 보여주며 소령이 다시 급하게 입을 연다.

"이 사진 좀 자세히 보아주게. 혹시 이 아이가 아니든가?"

"맞습니다. 바루 얩니다. 누구십니까 아저씬? 혹시 영선이의……?"

"그래, 영선이 아버지야! 영선이가 바루 내 아들이야! 여기서 그놈을 찾을 줄은 몰랐군. 그래 그놈 지금 어디 있나?"

정호는 소령의 눈에 눈물이 번쩍이는 것을 발견한다. 그러나 정호는 대답을 못하고 하얗게 질린 얼굴로 소연 쪽을 돌아본다.

뜻밖이다. 이런 곳에서 영선이의 아버지를 만날 줄은 꿈에도 생각 못한 일이다. 그러나 그 기쁨을 즐기기 전에 정호에겐 또 하나의 슬픔이 목을 콱 조여온다. 영선이의 아버지는 나타났는데 이번에는 정작 영선이 본인이 이 자리에 없는 것이다.

"왜들 그래? 영선이 어디 있나? 말들을 하라구. 개한테 무슨 사고라두 생겼나?"

"아저씨……"

대답을 못하는 정호를 보자 이번에는 눈물을 번쩍이며 소연이 힘겹게 입을 연다.

"영선이는 지금 이 자리에 없어요…… 우리두 지금 영선이를 찾구 있는 중이에요."

"없다니? 개가 어딜 갔는데?"

"줄곧 우리하구 같이 지내다가 마산에 오기 며칠 전에 혼자 어딘가루 떠나갔어요."

"어디루? 어디루 갔어? 왜 개만 떠났다는 거냐?"

소연이 드디어 고개를 떨구고 눈물방울을 뚝뚝 떨어뜨린다. 그러자 다시 정호가 울먹이는 목소리로 소령을 향해 더듬더듬 입을 연다.

"다리를 심하게 다쳤어요. 그래서 우리한테 짐이 된다구 생각하구 밤중에 우리들 몰래 어딘가루 도망쳐버렸어요……"

"다리를 다치다니? 다리를 얼마나 다쳤는데?"

"심해요. 깡패들한테 매를 맞아서 다리가 잔뜩 부었어요. 제대루 걷지두 못할 정도여서 우리가 줄곧 리어카에 태우구 다녔어요. 거기다 또 도망칠 무렵에는 몸에 열이 나서 온몸이 불덩어리 같았어요."

아들을 찾은 기쁨에 눈물까지 번쩍이던 신소령이 이번에는 다시 어두운 얼굴에 불안과 근심을 가득 떠올린다. 소령의 주위에는 어느 틈에 많은 피난민들이 겹겹으로 둘러싸고 있다. 무슨 얘기인 가를 알아차린 그들은 숨을 죽이고 정호네 얘기를 귀 기울여 듣고 있다.

"그래 어디쯤에서 그 애가 도망을 쳤어? 마산 도착하기 전이라 면 딴 고장에서 도망쳤겠군?"

이번에는 말 한마디 없던 창구가 대답한다.

"여기서 사십 리쯤 떨어진 어느 시골 마을에서 도망쳤어요. 우린 영선이가 우리를 피해 이쪽 마산으루 왔을 거라구 생각했어요. 헌 데 벌써 여러 날째 찾아두 어디루 갔는지 영선이가 보이질 않아요."

"그럼 마산으루 안 왔다는 이야긴가?"

"마산으루 온 건 틀림없어요. 아마 이리루 왔다가 또 다른 도시 루 떠나간 것 같아요."

창구를 대신해서 정호가 갑자기 입을 연다. 새로운 정호의 정보 에 소령은 다시 정호를 향한다.

"다리가 많이 아프다면 그렇게 멀리는 못 갔을 것 아닌가?"

"그래요. 어쩜 영선이는 마산 부근이나 마산하구 붙어 있는 가까 운 도시에 숨어 있는지두 몰라요. 우리들 생각에두 몸이 불편해서 아주 멀리는 못 갔을 거라구 생각해요."

"개하구 헤어진 지 며칠이나 됐지?"

"오늘이 꼭 나흘째예요."

잠시 침묵이 흐른다. 주위에 둘러선 사람들은 이제 하나 둘씩 자 기들의 자리로 돌아간다. 이번에는 금숙이가 칼칼한 목소리로 정 호를 향해 입을 연다.

"얘기해 정호. 정호가 오늘 밖에서 듣구 온 소식 있잖아."

"뭔가? 얘기해보게."

정호가 다시 고개를 들어 영선이 아버지를 침착하게 바라본다.

"확실한 얘기는 아닙니다만 오늘 어떤 사람한테서 영선일 보았다는 이야기를 들었습니다."

"누군가 그 사람이?"

"진해루 넘어가는 고갯길 밑에 사는 아주머닌데 사흘 전에 영선이 비슷한 아이가 자기 집에 들렀더랍니다."

"그 집엔 왜 들렀지?"

"밥을 얻어먹으러 들렀던 것 같습니다."

"밥을 얻어먹으러?"

정호는 대답 대신 찌를 듯한 눈으로 신소령을 쏘아본다. 신소령은 자기 아들 영선이가 남의 대문 앞에서 밥을 얻어먹으리라고는 상상도 하지 못한 모양이다. 그러나 정호의 흔들림 없는 눈길을 받자 소령은 영선이 맞닥뜨린 모든 사태를 한꺼번에 깨달은 눈치다. 고개를 천천히 끄덕여 보이더니 소령이 다시 침착하게 입을 연다.

"그래 그 아주머니가 뭐라구 얘길 하던가?"

"오전 열 시쯤 해서 누가 대문에서 밥을 달라구 하더랍니다. 그래서 문을 열구 내다보니까 어른두 애두 아닌 거지 하나가 지팡이를 짚구 대문 문설주에 기대어 섰더랍니다. 옷주제와 얼굴 생김새를 물어보니까 영선이와 아주 비슷했습니다. 왼쪽 다리를 저는 것까지두 영선이하구 같았습니다."

"그래서 어떻게 했다던가?"

"몸이 불편하구 불쌍해 보여서 아주머니는 먹다 남은 밥에다 쉰 김치를 얹어주었답니다. 그랬더니 문 앞에서 그 밥을 다 먹구는 고맙다구 인사를 하더니 진해 쪽 고갯길루 쩔뚝쩔뚝 넘어가더랍니다."

“진해 쪽으루?”

“네.”

“그게 언젠가?”

“이틀 전입이다.”

신소령이 잠시 침묵을 지키더니 이윽고 가방을 챙겨들고 다섯 명의 일행들을 차근차근 둘러본다.

“너희들 아직 저녁 못 먹었지?”

“네.”

“저녁으루는 좀 이르지만 자 모두 날 따라오너라. 어디 가까운 음식점에 가서 이른 저녁부터 먹어야겠다.”

“아닙니다. 괜찮습니다. 수용소에서 곧 옥수수죽이 나올 겁니다.”

신소령이 고개를 내두르며 가까이 있는 정호의 어깨에 손을 얹는다.

“죽었는지 살았는지두 모르던 영선이를, 너희들 덕에 내가 오늘 처음으로 소식을 들었다. 너희들이 우리 영선이의 친구들이라는 것만으루두 난 너희들을 만난 게 한없이 고맙구 기쁘다. 자, 더 이상 다른 소리들 말구 모두 날 따라서 밖으루 나가자.”

영선이 아버지의 간곡한 말에 일행들은 말없이 몸들을 일으킨다. 신소령은 곧 앞장서서 빠른 걸음으로 수용소를 빠져나간다.

허기진 배 속에 더운 음식이 들어가서 일행들은 저마다 온 얼굴에 땀들이 오종종 돋았다. 전쟁이 터진 후 일행들은 오늘 처음으로 호화판 저녁을 먹었다. 음식점 역시 그들로서는 처음 들어와보는 고급이었다. 방 하나를 완전히 따로 잡은 그들은 빈 밥상이 물러가자 나른한 피로감과 침묵 속에 빠져 있다.

이미 식전에 인사들을 한 터여서 영선이 아버지 신소령은 일행들의 이름을 낱낱이 외고 있었다. 그동안 영선이와 지낸 이야기도 정호가 사실 그대로 차근차근 들려주었다. 영선이 아버지도 그간 자신의 지난 이야기와 아들 영선이와 헤어지게 된 내력을 자세하게 들려주었다.

그는 지난가을 유엔군의 인천 상륙으로 서울이 다시 수복된 후 군의관으로 군에 징집되어 서울 영등포 부근의 군 병원에 근무하게 되었다고 했다. 그런데 중공군의 참전으로 그해 초겨울 전선이 다시 남쪽으로 내리밀리자 그가 소속된 군 병원도 급히 남으로 피난을 떠나게 되었다고 했다. 당시 영선은 아버지와 떨어져 먼 친척 할머니와 함께 강북 A동에 홀로 살고 있었다. 떠나기 직전 시간을 내어 한강을 건너 집에 도착하니 아들 영선이는 어딘가로 가고 없고 웬 낯선 피난민 가족만이 그의 집을 차지하고 있었다고 했다. 철수 시간이 임박해서 더 기다릴 수도 없었지만 그는 우선 아들 영선이가 어디로 갔는지를 알 수가 없었다. 결국 두 시간을 더 기다린 후 철수 시간이 임박해서야 그는 다시 한강을 건너 영등포 부대로 돌아갔고, 그 길로 군 병원과 함께 피난길에 오르게 되었다는 것이었다. 한편 영선이 어머니는 그보다 앞선 지난여름, 식량을 구하러 시골에 있는 친정에 내려갔다가 돌아오는 길에 미군의 폭격을 맞아 바로 폭격 현장에서 돌아가셨다고 했다.

군 병원과 함께 단숨에 대구까지 내려온 영선이 아버지는 그 뒤 다시 마산으로 옮겨 다른 군 병원에 배치되었다. 다행히 이번에 배치된 곳은 부상병들의 요양을 겸한 후방의 조용한 병원이어서, 신소령은 일과 후에는 시간을 내어 백방으로 아들을 찾았다. 수용소

를 뒤지고 고아원을 찾아다니고 행려병자를 수습하는 등, 그는 혹
시 아들의 소식이라도 들을까 해서 그동안 자진하여 난민 구호에
앞장을 서왔다고 했다. 그러나 한번 잃어버린 아들 영선이는 끝내
어떤 곳에서도 발견되지 않았다. 생각다 못해 그는 최근에는 근무
처를 옮겨볼 생각까지 했노라고 했다. 대구나 부산 같은 큰 도시로
옮겨 좀더 광범위하게 아들을 찾아볼 생각이었다. 그는 아들 영선
이가 잘못되었을 것으로는 생각하지 않았다. 어딘가에 꼭 살아 있
으리라 믿고 기회만 있으면 사방으로 잃어버린 아들을 찾곤 했다.
이곳 마산 수용소에 환자 치료를 나오는 것도 실은 잃어버린 아들
영선이를 혹시 그곳에서 만날지도 모른다는 막연한 희망이 있었기
때문이라고 했다. 그런데 그 막연한 희망이 오늘 뜻밖에도 하늘의
도움인 듯 기적처럼 현실로 나타났다. 아들의 친구인 정호네 패들
을 만나 무려 넉 달 만에 아들의 소식을 듣게 된 것이다.

　영선이 아버지의 이야기를 듣자 정호는 그제야 영선이가 걸핏하
면 자랑스레 떠들던 옛날 말들이 생각났다. 아버지가 그동안 아들
영선이를 죽지 않았다고 믿었듯이, 영선이 역시 입버릇처럼 자기
아버지만은 살아 있다고 굳게 믿고 있었다. 정호와 창구, 진영이는
그러한 영선이를 걸핏하면 놀려먹거나 비웃었다. 그들은 자기들의
아버지가 이미 죽었기 때문에 영선이 아버지 역시 전쟁 중에 죽었
을 것으로 굳게 믿었다. 자기 아버지만은 죽지 않았다고 바락바락
우기는 영선의 말에 그들은 허튼소리 말라고 언제나 비웃거나 면
박을 주곤 했던 것이다

　그런데 그 허튼소리가 드디어 눈앞에 거짓 아닌 사실로 드러났
다. 과거에 그를 놀려먹던 일들이 정호와 창구에게는 그래서 더욱
민망하고 후회스럽다. 이렇게 아버지를 만날 줄 알았으면 그들은

무슨 짓을 해서라도 영선이의 도망을 사전에 막았을 것이다. 그러나 그는 아버지와의 재회도 포기한 채 홀로 어딘가로 도망쳐버렸고, 공교롭게도 도망친 직후에야 그의 아버지가 기적처럼 나타났다. 영선이 아버지를 눈앞에 보게 되자 그들은 자기들이 마치 공모하여 일부러 영선이를 내쫓은 것 같은 죄스러운 기분이 들었다. 나흘만 영선이가 참아주었어도 영선이는 꿈속에서 그리던 그의 아버지를 만날 수 있었을 것이다. 그 나흘을 참지 못해서 영선이는 그 아픈 몸으로 어느 추운 거리를 혼자 방황하고 있는 것이다.

그러나 어떤 아주머니의 얘기로 그들은 잃어버린 영선이를 다시 찾을 희망에 부풀었다. 진해 쪽으로 넘어간 것이 확실해진 이상 일행은 영선을 뒤쫓아 빠르면 오늘 저녁에 진해로 넘어갈 것이다. 진해라는 한 도시로 영선의 행방이 좁혀진 이상, 그들은 잘만 하면 며칠 안에 영선을 되찾을 수 있을 것이다.

침묵에 싸인 조용한 방에 누군가가 똑똑 노크를 보내온다.

"원장님 계십니까?"

"응 누군가?"

방문이 조용히 열리더니 군인 한 명이 머리를 디민다. 그는 영선이 아버지를 보자 차렷 자세를 취하며 엄숙하게 경례를 한다.

"구급차 방금 도착했습니다. 지금 음식점 밖에 대기하고 있습니다."

"음 수고했네. 곧 나가겠네."

"그럼 전 밖에서 기다리겠습니다."

신소령이 고개를 끄덕이고 이번에는 다시 정호네 패를 바라본다.

"밖에 차가 온 모양이다. 너희들은 피곤하니 오늘은 그냥 쉬도록 해라."

"아닙니다 아저씨. 우리두 꼭 데려가주십시오."

"고맙다. 자 그럼 시간이 없으니 어서들 밖으루 나가자."

음식점을 나온 일행 여섯 명은 바둑이까지 대동하고 대기 중인 구급차에 오른다. 밖은 어느새 눈이 그친 대신 바람이 세차게 불고 있다.

영선이 진해로 이틀 전에 넘어갔다니 약간의 불안이 없지도 않았다. 그러나 영선은 일행 중에서는 누구보다 비위도 좋고 비럭질도 잘하는 편이다. 몸에 열만 계속되지 않는다면 그는 비럭질을 해서라도 꿋꿋하게 살아갈 녀석이다.

차가 드디어 발동을 걸더니 해 기운 저녁 거리를 빠른 속도로 달리기 시작한다.

19

해가 졌다.

눈 덮인 거리에는 어둑어둑 땅거미가 내리고 있다. 훤히 넓기만 한 도로에는 군용 트럭만이 부산하게 오갈 뿐 행인은 별로 보이지 않는다. 줄지어 늘어선 길가의 벚나무들은 앙상한 가지들을 하늘로 뻗은 채 갑자기 추워진 칼바람 속에 윙윙 소리를 내고 있다. 술 취한 해군 병사 서너 명이 서로 부축하고 부축당하며 텅 빈 거리 복판으로 노래를 부르며 지나간다. 노끈에 묶여 끌려가던 바둑이가 술 취한 군인들을 향해 멀리서 장난하듯 컹컹 짖어댄다. 아무것도 모르는 바둑이만이 제 세상이라도 만난 듯 눈길 속을 활발하게 목줄을 당기며 앞서 가고 있다.

"몇 시나 되었을까?"

침침한 하늘을 올려다보며 정호가 문득 혼잣말처럼 중얼거린다.

"여덟 시쯤 됐을 거야."

소연이 긴 한숨과 함께 정호와 나란히 검은 하늘을 올려다본다.

"이 넓은 하늘 아래 영선이는 어디 있을까……?"

"없나 봐, 진해에두……"

"죽지만 않았음……"

"아아 정말 어디 있을까……"

넓은 거리로 바람이 휘몰아쳐 먼저 내린 눈들이 떡가루처럼 두 사람의 발등을 뒤덮는다. 라디오방 앞에서 얼핏 들은 일기 예보는 하필이면 바로 오늘밤이 올겨울 들어 최저 기온을 기록 중이라고 한다. 노끈에 묶인 바둑이만이 두 사람 바로 앞에서 줄을 탱탱히 잡아당기며 빨리 가자는 듯 경정경정 뛰고 있다.

진해에 도착한 지 어느새 두 시간이 흘렀다. 세 패로 나뉜 일행들은 제각각 영선을 찾아 넓은 시내로 흩어졌다. 정호와 소연이 한 패가 되고, 창구와 금숙이가 또 한 패가 되고, 진영은 영선이 아버지와 한 패가 되어 시내로 뿔뿔이 흩어진 것이다. 그러나 영선은 진해에서도 두 시간이 지나도록 종적이 묘연하다. 비럭질을 할 것으로 예상해서 일행들은 진해에 도착하자 우선 거리에 흩어진 거지들을 찾아나섰다. 설혹 그들 중에서 영선을 찾지는 못한다 하더라도 그들의 입을 통해서 혹시 영선이의 소식이라도 들을까 해서였다. 그러나 스무 명 남짓한 걸인 패들을 만나보았지만 영선이를 보았다는 사람은 한 명도 만나볼 수 없었다. 끼니때 맞춰 집집으로 비럭질을 다니는 걸인들은 제각기 자기만의 구역이 따로 있어서 새 걸인이 나타나면 구역을 조정하기 위해 서로 신참(新參) 걸인의 출현을 사방에 알리기 마련이다. 어느 동네 어디에 신참자가 나타났으니까 어떤 놈인가를 알아보아 서투르면 두들겨 패서 쫓아버린다는 식인 것이다. 그러나 영선이는 어쩐 셈인지 그 많은 걸인패들에게도 발견되지 않고 있다. 영선이를 보았다는 마산의 아주머니는 영선이가 분명히 다리를 쩔뚝이며 진해 쪽으로 넘어갔다고 했다. 진해로 넘어가는 길이 그 부근에서는 그 길 하나뿐이어서 영선이가 아주머니 눈을 피해 딴 곳으로 갔을 것 같지는 않다. 진해로 넘어간 것만은 틀림없는 모양인데, 영선이는 어디로 사라졌는지 진해에서도 끝내 종적이 묘연한 것이다.

해가 지고 어둠이 깔리자 날씨가 갑자기 살을 엘 듯 매서워졌다. 가까운 어느 이층집에서 누군가가 한가롭게 피아노를 치고 있다. 모처럼 듣는 피아노 연주의 귀에 익은 멜로디에 소연과 정호는 갑자기 왈칵 눈물이 솟는다. 영선의 행방은 차치하고라도 그의 생사만이라도 알 수 있었다면 그들은 이토록 가슴이 저미도록 슬프지는 않았을 것이다. 저녁 무렵의 텅 빈 거리에 한가롭게 울리는 피아노 소리는 두 사람의 슬픔과 외로움을 한층 사무치게 충동할 뿐이다.

주택가 골목길을 벗어나자 큰길 왼쪽으로 제법 큰 개천이 나타난다. 눈밭에 코를 끌며 앞서 가던 바둑이가 갑자기 목줄을 당기며 미친 듯이 정호를 끌고 간다. 팽팽해진 줄을 손에 단단히 말아 쥐며 정호가 바둑이를 향해 타이르듯 입을 연다.

"진정해 바둑아. 우린 지금 한가하게 너랑 장난칠 기분이 아니야."

석 달도 안 된 어린 강아지가 끄는 힘이 제법이다. 바둑이가 끄는 대로 터벅터벅 따라가며 정호는 고개를 돌려 왼쪽 개천 밑을 내려다본다. 폭 20여 미터쯤 되어 뵈는 개천에는 저만치 떨어진 아랫녘에 큰 돌다리가 놓여 있고, 복판에는 물이 얼어 그 위로 눈이 하얗게 뒤덮여 있다. 노끈을 당기며 앞서 가던 바둑이가 돌다리 못미처에 멈춰 서더니 갑자기 꼬리를 치며 정호와 소연을 번갈아 올려다본다. 바둑이 앞에는 야트막한 돌다리 옆으로 꽤 가파른 돌층계가 개천 바닥까지 뻗어 있다. 정호가 소연을 돌아보며 알 수 없다는 표정으로 고개를 갸웃해 보인다.

"바둑이 이 녀석, 어쩌자는 거야? 아까는 정신없이 잡아끌더니 지금은 버티구 서서 뭐가 좋은지 꼬리를 치구 있어."

소연이 덩달아 발을 세우고 바둑이를 무시한 채 개천 바닥을 굽어본다. 주변 바닥과 돌다리 밑을 살피더니 소연이 자신 없는 목소리로 중얼거리듯 입을 연다.

"바둑이가 꼼짝두 않구 개천 바닥을 내려다보구 있어. 혹시 우리한테 저 바닥으루 내려가자는 동작 아닐까?"

"개천 바닥에 뭐가 있다구? 허연 눈밭하구 마른 풀더미뿐이잖아?"

정호가 가자는 듯 목줄을 힘주어 잡아당기자 바둑이가 네 발로 버티며 갑자기 개천 바닥을 향해 컹컹 짖기 시작한다. 조용하던 빈 거리에 바둑이 짖는 소리가 의외로 크게 울린다. 정호가 더 참지 못하고 바둑이의 목줄을 거칠게 잡아끈다.

"이 녀석 너 자꾸 이러면 내가 되게 혼내줄 거야. 시끄러워! 고만 짖어! 너 정말 맞구 싶어?"

그때다. 네 다리를 길게 뻗은 채 세차게 뒤로 버티던 바둑이가 갑자기 중심을 잃고 눈밭에 벌렁 나뒹군다. 목에 감겨 있던 목줄이 벗겨지면서 바둑이가 자유롭게 풀려난 것이다.

“어렵쇼? 어디 가니 바둑아? 안 돼! 떨어져! 그쪽은 위험하단 말야!”

눈길에 세차게 나뒹굴었던 바둑이가 어느새 다시 일어나 다리 옆 돌층계를 향해 쏜살같이 달려간다. 아니 층계 앞에 다다른 바둑이가 가파른 층계를 따라 개천 아래로 뒤뚱뒤뚱 내려간다. 그러나 위태롭게 층계를 내려가던 바둑이가 돌층계 중간쯤에서 발을 헛딛고는 그대로 땅에 떨어진다. 쿵 소리가 나는 듯싶더니 바둑이는 어느새 개천 바닥 눈밭에 떨어져 있다. 바둑이를 소리쳐 부르며 정호와 소연도 역시 돌층계를 급하게 내려간다. 개천 바닥 눈밭에 곤두박질로 떨어진 바둑이는 다쳤는지 죽었는지 한동안 움직임이 없다. 그러나 정호가 막 개천 바닥에 내려서자 바둑이가 다시 몸을 일으켜 미친 듯이 눈밭을 내뛰기 시작한다.

“바둑아! 어디 가! 거기 서! 저게 미쳤나?”

정호가 땅에서 나뭇가지를 집어들고 화난 얼굴로 바둑이 뒤를 쫓으려는데, 뒤따라 층계를 내려온 소연이 황급히 정호의 팔을 잡는다.

“정호, 가만있어봐! 바둑이 하는 짓이 뭔가 좀 이상해! 코를 땅으루 끌구다니더니 냄새루 뭔가를 찾아낸 것 같아!”

“찾다니 뭘?”

“혹시 알아? 영선이 냄샌지?”

“설마?”

고래를 갸웃하다가 정호가 갑자기 몸을 돌려 소연의 팔을 덥석 잡는다.

“그래! 그런지두 몰라! 그러라구 우리가 일부러 바둑이를 끌구 나왔잖아!”

어딘가로 앞서 달려간 바둑이가 다리 밑 교각 근처에서 다시 컹컹 짖기 시작한다. 정호가 곧 소연의 손을 잡고 개천을 따라 교각 쪽으로 뛰기 시작한다.

"뭐야 바둑아? 기다려 바둑아! 거기 누구 사람이라두 있니?"

바둑이 짖는 소리가 평소와는 어딘가 다르다. 짖다가는 안타깝게 낑낑대고, 낑낑대다가는 다시 우렁차게 사람을 부르듯 짖곤 한다. 다리 밑 교각에 이르러 바둑이 쪽을 바라보니 바둑이의 엉덩이만 보일 뿐 머리 부분은 보이지 않는다. 움집 비슷한 컴컴한 구멍 안에 바둑이가 머리를 처박고 움집 안의 누군가를 향해 세차게 꼬리를 치고 있는 것이다.

"바둑아 뭐야? 뭘 보구 꼬리를 치는 거야?"

정호가 덥석 바둑이를 안아 구멍 밖으로 들어낸다. 뒤따라온 소연에게 바둑이를 떠안기고 정호가 무릎을 꿇고 움집 비슷한 구멍 속을 들여다본다.

"움집 안에 뭔가 있어!"

"뭔데?"

"사람인 거 같아!"

"들어가봐 그럼!"

정호가 안으로 들어가는 대신 땅바닥에 쭈그려 앉아 가마니짝 비슷한 것을 구멍 입구에서 조심스레 걷어낸다. 작은 입구가 크게 열리면서 드디어 어둠 속에 웅크린 사람의 형체가 나타난다. 거적을 머리 위까지 덮어쓴 사람은 밖의 소란에도 불구하고 죽었는지 살았는지 기척이 없다. 소연의 팔에 안겨 있던 바둑이가 가마니짝이 쳐들리자 더욱 격렬하게 몸부림을 치며 낑낑댄다. 정호가 무릎걸음으로 좀더 가까이 다가가서 이번에는 팔을 뻗어 조심스레 거적을 들어낸다. 아니 거적을 들어낸 순간 갑자기 정호의 입에서 세찬 고함이 터져나온다.

"영선아! 영선아! 나야 영선아! 나 정호야! 정신 차려 영선아!"

"영선아!"

입을 가리고 서 있던 소연도 와락 달려와 정호 옆에 무릎을 꿇는다. 소연의 팔에서 풀려난 바둑이는 아예 웅크린 영선의 몸 위로 뛰어올라 영선의 머리와 얼굴을 미친 듯이 핥기 시작한다.

"영선아! 정신 차려 영선아! 우리야 영선아! 정호하구 소연이라구!"

영선은 그러나 들었는지 말았는지 웅크려 누운 자세로 아무런 대꾸가 없다. 정호가 바둑이를 밀치고 윗몸을 두 팔로 끌어안았으나 영선은 참혹한 얼굴로 여전히 꿀 먹은 벙어리다. 두 사람은 그제야 숨을 들이쉬고 겁에 질린 얼굴로 영선의 얼굴을 내려다본다. 처참하다.

입술은 열에 떠서 갈라지고 터져 검은 고약처럼 말라붙어 있고, 두 볼과 귀는 얼어 터져서 멍든 과일처럼 푸르딩딩하게 부어 있다. 어디로 보거나 영선의 얼굴은 살아 있는 사람의 모습이 아니다. 흡사 무덤 속에서 방금 꺼낸 사람처럼 영선의 얼굴과 몸은 무섭도록 처참하다.

얼어붙은 듯 옆에 앉았던 소연이 문득 정호를 밀치며 허겁지겁 영선의 가슴을 풀어 헤친다. 누더기가 헤쳐지고 가슴이 드러나자 소연이 재빨리 영선의 가슴에 귀를 가져간다. 다른 시체를 보고는 덜덜 떠는 그녀였지만, 영선이를 향해서만은 아무런 공포가 없는 것 같다. 약 오륙 초쯤 귀를 기울인 후 소연이 이윽고 목멘 목소리로 외치듯이 소리를 친다.

"살았어! 심장이 뛰구 있어! 아아 하나님! 정말 감사합니다!"

이번에는 정호가 소연을 밀치고 자기 윗옷을 벗어 영선이를 감싸고는 댓바람에 등을 돌려 영선이의 몸을 등에 업는다. 그는 무어라고 말을 하고 싶었으나 목이 메어서 숨도 제대로 쉴 수가 없다. 영선을 업고 몸을 일으키자 그는 미친 듯이 돌층계를 향해 내달리기 시작한다.

햇살이 따스하다.

밋밋한 산비탈에 자리잡은 집은 눈 아래로 시가지 일부와 넓은 바다를 훤하게 내려다보고 있다. 열댓 평 남짓한 작은 집이지만, 이 집에는 지금 여섯 명의 식구가 불편 없이 살고 있다.

그러나 오늘은 여섯 명의 식구에 또 한 명의 새 식구가 붙어 일곱으로 늘어날 판이다. 새 식구라고 말했지만 오히려 이 집의 주인은 바로 그 새 식구다.

개천 속 다리 밑에서 극적으로 구출된 영선이는 그 후 보름 동안을 줄곧 병원에 입원해 있었다. 영선이를 구출하여 다시 마산으로 돌아온 정호네 패는, 영선이 아버지인 신소령의 우격다짐으로 피난민 수용소를 떠나 현재의 이 집으로 모두 옮겨왔다. 그동안 줄곧 신소령 혼자서 살아온 이 집은, 신소령이 낮 근무를 마치고 밤에 돌아와서 잠만 자던 빈 집이다. 아들의 친구이자 아들의 생명까지 구해준 일행들에게 신소령은 한없는 고마움과 따뜻한 정을 느끼는 듯했다. 이쪽에서 누차 사양을 해봤지만 신소령은 그들의 사양을 들으려고도 하지 않았다. 이쪽에서 계속 사양의 뜻을 비치니까 나중에는 참다못했는지 벌컥 화까지 냈던 것이다.

수용소에서 이 집으로 옮겨온 일행은, 그러나 전쟁 후 처음으로 아늑하고 평온한 행복을 누렸다. 그들은 무려 반년 만에 깨끗한 침구와 따뜻한 방에서 잠을 잤고, 하루 세 끼 더운 김이 무럭무럭 오르는 찰진 쌀밥을 양껏 먹었다. 그 외에 신소령은 일행들을 시장으로 몰고 가서 다섯 명 모두에게 새 옷과 새 신발들을 사주었다. 어느 때는 퇴근길에 자기가 손수 어시장에 들려서 싱싱한 생선이나 육고기를 사오기도 했다. 특히 그중에도 가장 큰 환대를 받은 것은 절망적인 위급한 순간에 극적으로 옛 주인 영선이를 찾아낸 바둑이였다. 수용소에서 집으로 옮겨온 바둑이는 하루 두 끼 푸짐한 식사에, 목수에게 맞춰 지은 훌륭한 집까지 선물로 받았다. 너무나 자상한 신소령의 보살핌에, 일행들은 시간이 갈수록 고마움 대신 몸 둘 바를 모르는 황송함에 휩싸일 정도였다.

그러나 오늘만은 일행들의 얼굴에 환한 웃음이 끊임없이 맴돌았다. 소년들은 아침 일찍부터 떠들썩하게 집 안팎을 청소했다. 소연과 금숙, 두 소녀들은 잔치라도 만난 듯이 정성 들여 특별 요리를 만들었다. 그들은 수용소에서 이리로 옮겨오자 갑자기 남자들을 부엌에서 몰아내고는 스스로 식사 당번이라며 부엌을 점령했다. 양식과 찬대 등 주로 식사에 필요한 경비는 신소령이 열흘치를 그들에게 미리 떼어주었다. 그러나 두 소녀가 찬대를 너무 아껴 가끔 반찬이 부실할 때도 있어서, 그럴 때는 그녀들은 신소령에게 호된 꾸지람을 듣기도 했다. 그러나 오늘만은 두 소녀도 절약해온 식대와 생활비를 아낌없이 특별 요리에 투입했다. 오전에 시장에 다녀온 그녀들은 장바구니가 넘칠 만큼 많은 찬거리를 사 들고 돌아왔다. 명태 세 마리, 닭 두 마리, 계란 한 꾸러미, 돼지고기 두 근, 두부 세 모…… 그러나 일행들이 가장 침을 흘리는 것은 명태도 닭도 아닌 저 시큼한 김장 김치였다. 전쟁 전에는 그들의 밥상에서 가장 천대를 받아오던 찬이 김치였다. 그러나 지금의 그들에게는 바로 그 김치가 세계 최고의 특급 반찬 대우를 받고 있다. 한데 오늘은 그 김치를 자린고비 두 소녀가 무려 세 포기나 시장에서 사온 것이다.

그러면 대체 오늘의 이 호화판 파티는 모두 누구를 위한 것인가? 일행 중 누군가가 생일이라도 맞이했단 말인가? 아니다. 그들은 아무도 생일을 찾아 먹을 만큼 호사스런 처지가 아니다. 오늘은 바로 돌다리 밑에서 다 죽어가던 영선이가 보름 동안의 입원을 마치고 퇴원하는 날인 것이다. 목숨만 간신히 붙어 있던 그가 보름 동안의 정성스런 치료 끝에 오늘 드디어 건강한 몸으로 퇴원하는 것이다.

준비는 다 끝났다. 집 안팎은 청소를 해서 티끌 하나 보이지 않는다. 오후 한 시의 따스한 햇살은 봄날처럼 훈훈하다. 부엌에는 닭튀김을 비롯하여 침 넘어가는 김장 김치가 두 보시기나 상 위에 놓여 있다. 새벽에 근무처인 군 병원으로 출근한 신소령은 일행들의 이런 준비를 감쪽같이 모르고 있다. 마침 오늘이 토요일이어서 신소령은 오후 한 시쯤 아들을 퇴원시켜 함께 집으로 돌아오기로 되어 있다. 그들 부자(父子)에게는 비밀로 한 채 일행들은 아침부터 모든 준비를 서둘러 시작한 것이다.

"몇 시나 진영아?"

닦던 유리창에 입김을 훅훅 불며 창구가 지루하다는 듯 진영을 돌아본다.

"한 시 오 분."

"뭘 하느라구 여태 안 오지?"

"올 거야 곧. 이제 겨우 오 분 지났어."

"난 벌써 배가 고프다. 아침부터 청소한다구 젖 먹던 힘까지 다 쏟았거든."

"야 니가 뭘 했다는 거니? 청소한답시구 싸리비 들구 처마 밑의 거미줄이나 걷어낸 주제에."

"어 새끼, 우물에서 물을 몇 바께쓰나 길었는 줄 알어? 부엌에 여섯, 걸레 빠느라구 다섯, 이래 뵈두 이 몸이 물을 모두 열한 바께쓰나 길었다구."

"넌 그래두 양손에 물 한 방울 안 묻혔어. 보라구, 난 걸레 빠느라구 찬물에 손이 얼어서 아직두 손등이 새빨갛단 말야."

정호는 두 친구의 말싸움을 들으며 아무 말 없이 부엌 쪽으로 돌아간다.

그는 요즘 웬일인지 걸핏하면 침울한 표정이다. 전쟁 후 그들로서는 가장 평온하고 행복한 나날을 보내는데도 정호는 곧잘 씨무룩한 표정으로 일행들과 동떨어져 어딘가로 사라지곤 한다. 어느 때는 어디를 갔는지 한나절이 지나도록 보이지 않을 때도 있다. 어딜 갔었느냐고 친구들이 묻기라도 하면 그는 시침을 떼듯 잠깐 해변가로 바람을 쐬러 갔었노라는 대답이다.

그러나 요즘 들어 갑자기 생긴 정호의 이런 돌출 행동을 일행 중 오직 한 사람 소연만은 알고 있다. 이 집에서의 현재 생활은 글자 그대로 만사태평이다. 전에는 아침을 먹으면 저녁 끼니가 걱정이었고, 하룻밤을 처마 밑에서 자고 나면 다음 날은 또 어디서 잘 것인가가 걱정이었다. 그러나 이 집에서의 요즘 생활에는 이런 걱정이 전혀 없다. 부엌의 커다란 쌀독에는 양식이 그득 담겨 있고, 소년 소녀들이 각각 따로 쓰는 두 개의 방은 장작불을 듬뿍 지펴서 언제나 바닥이 절절 끓는다. 몸에 걸친 옷이나 신발 역시 지금은 전쟁 전처럼 깨끗하고 말쑥하다. 먹고 자고 입는 이른바 의식주에 그들은 전쟁 후 처음으로 아무 불편도 걱정도 없는 것이다.

그러나 정호의 침울함은 바로 이런 것이 문제로 되어 있다. 자신들을 거두어준 영선이 아버지에게 정호는 한없는 고마움과 감사를 느끼고 있다. 아들의 친구들이자 생명의 은인이라고는 하지만 신소령의 입장에서 보자면 정호네 패들은 모두가 남남이다. 지금은 비록 친자식들처럼 돌보고 있지만 언제까지고 신소령 혼자서 이 많은 식솔들을 먹여 살릴 수는 없는 일이다. 더구나 그들은 어린애가 아니고 하루가 다르게 쑥쑥 자라는 십대 후반의 청소년들이다. 설혹 신소령이 그들을 끝까지 돌본다 해도 언제까지고 그의 보호 밑에서 놀고먹을 수는 없는 일이다. 정호가 자주 침울한 표정을 짓는 것은 바로 여기에 그 이유가 있다. 영선이는 이제 아버지를 만났으니 더 이상 그들과 어울려 거리를 떠돌아다닐 필요가 없다. 아마 그는 병원에서 퇴원하면 잠시 집에서 요양을 한 후 금년 봄에는 중학교로 다시 복학하게 될 것이다. 그러나 영선이는 복학을 한다지만 나머지 일행들은 학교로 복학할 여유도 없고 복학할 형편도 아니다. 더구나 창구와 진영이는 국민학교도 제대로 다니지 못한 아이들이어서 중학교 진학은 현실적으로 불가능하다. 그들 둘을 남겨두고 학교로 다시 들어갈 수 없다면 정호는 그들과 어울려 끝까지 행동을 같이할 수밖에 없는 것이다.

그러나 현재의 이런 상황에서 어떻게 다시 마음을 가다듬어 새 출발을 할 것인가? 정호는 이제 과거의 떠돌이 생활은 생각만 해도 두렵고 지긋지긋하다. 굶주림, 추위, 구두닦이, 폭력 등 그것은 정호에게는 몸서리쳐지는 공포요 고통이었다. 며칠을 지내본 이 집에서의 안락한 생활이, 말하자면 정호에게는 삶의 게으름을 부추기는 유혹으로 다가오고 있는 것이다.

이제 그는 언제까지고 이 집에서 식객(食客)으로 어정댈 수만은 없다는 생각이다. 남의 보호 밑에 산다는 것은 안락하고 편안한 일이지만 한편으로는 그의 자존심이 허락하지 않는 일이기도 하다. 아니 그는 일 안 하고 먹는다는 것에 본능적인 수치심을 느끼고 있다. 이것은 전쟁이 터진 후 그가 뼈저리게 터득한 교훈이다. 내 입에 밥을 먹여줄 사람은 이 세상에 오직 나밖에 없다. 나만이 이 세상에서 나를 먹여 살리는 유일한 사람이며, 삶의 시작과 끝을 책임지는 유일한 사람인 것이다.

그러나 이 집을 떠나 혼자 힘으로 독립하고 싶지만 대체 어디로 가서 무엇을 할 것인가? 이 행복한 생활의 유혹을 뿌리치고 대체 어디로 가서 무엇으로 먹고살 것인가? 더구나 그들에게는 옛날과는 달리 두 명의 소녀들이 더 따라붙어 있다. 사내들끼리라면 걸식도 하고 다리 밑이나 처마 밑에서 한뎃잠도 잘 수 있지만 소연과 금숙 두 소녀에게는 그럴 수도 없는 일이다. 결국 정호의 고민과 울적감은 이러한 불확실한 미래에 대한 걱정과 불안에서 기인된 것이다. 하루속히 어떤 결정을 내려야 할 텐데 현재의 정호에게는 이럴 수도 저럴 수도 없는 어정쩡한 망설임만이 머릿속을 가득 짓누르고 있는 것이다.

"응 정호, 집 안 청소 다 끝났어?"

부엌 앞에 나타난 정호를 발견하고 소연이 물손을 닦으며 쾌활한 목소리로 입을 연다.

"응 부엌은 어때?"

"우리두 벌써 오래 전에 끝냈어. 헌데 지금 몇 시나 됐지?"

"한 시 십 분."

"한 시쯤 온다구 했으니까 그럼 곧 도착하겠네?"

"웅 헌데 금숙인 어딜 갔어?"

"아 갠 시장에 갔어. 밥상을 차려놓구 수저를 챙기다 보니까 정작 오늘의 주인공인 영선이 몫의 숟갈 젓갈이 없지 않아? 그래서 지금 수저 한 벌을 사기 위해 금숙이 허겁지겁 시장으루 달려간 거야."

쾌활하게 지껄이던 소연이 문득 살피듯이 정호의 얼굴을 올려다본다. 부엌 문설주에 어깨를 기댄 채 정호는 언제나처럼 담담한 얼굴이다. 소연이 그제야 표정을 바꾸고 마치 동생이라도 타이르듯 조용조용 입을 연다.

"정호, 오늘만은 참어. 나 요즘 정호가 왜 우울해하는지 알구 있어. 다른 친구들은 모르지만 나만은 정호가 왜 걱정에 잠겼는지 다 알구 있어. 영선일 다시 되찾아서 나 앞으루는 어떤 고생두 무섭지 않아. 정호만 옆에 있어준다면 난 당장 내일이라두 이 집에서 훌훌 떠날 수 있어."

"누가 이 집에서 떠난다구 했어? 너무 그렇게 넘겨짚지 말라구."

"나한텐 제발 그러지 말어. 나 정호 가슴속을 거울 속처럼 훤하게 알구 있어."

"아니 다행이군. 아 점점 시장해지는데? 뭐 요리하다가 부스러기 같은 거 남지 않았어?"

"참아, 한 시가 지났으니까 영선이가 곧 도착할 거야."

그때다. 문득 대문 쪽에서 왁자지껄한 고함 소리가 들려온다. 우두커니 서 있던 정호와 소연은 고함 소리를 듣자 한달음에 대문께로 달려간다.

"영선아!"

"응, 정호야!"

"왔구나 드디어!"

"응 보라구. 이젠 이렇게 깨끗이 다 나았어."

아버지의 부축을 조용히 밀치고 영선은 보란 듯이 일행들 앞에서 지척지척 걸어 보인다. 동상에 걸린 그의 다리는 하마터면 병원에서 절단할 뻔한 위기를 맞기도 했다. 그러나 지금 영선이는 불안하기는 하지만 그 다리로 훌륭히 걸음을 옮기고 있다. 영선이 드디어 마루 앞에 당도하자 신소령이 일행들을 향해 쾌활하게 입을 연다.

"자 너희들 오늘 저녁은 내가 한턱 내기루 했다. 지금 곧 옷들 갈아 입구 외출 준비들 서둘라구."

일행들은 그러나 영선을 둘러싼 채 누구 하나 움직이지 않는다. 신소령은 그제야 의아스런 얼굴로 소연 쪽을 돌아본다.

"아니 한턱 내겠다는데 왜들 이러구 섰는 거지?"

"아저씨."

소연이다.

"왜?"

"아저씨 한턱은 다음에 받기루 하구 오늘만은 저희들이 내는 한턱을 받으세요."

"아니 그건 또 무슨 소리야? 너들이 한턱을 낸다구?"

"무슨 소린지는 저 방 안에 들어가보시면 알게 돼요. 자, 모두들 뭘 하는 거예요? 시장하다구 하더니 언제까지 이렇게 서 있기만 할 거예요?"

<h1 style="text-align:center">20</h1>

　창이 부옇게 밝아온다. 멀리 바다 쪽 부둣가에서 뱃고동 소리가 아득하게 들려온다.

　영선은 잠에서 깨자 힐끗 옆자리에서 주무시는 아버지 쪽을 돌아본다. 사흘간을 연거푸 부대에서 야근을 하신 영선이 아버지는 곤한 때문인지 동트는 새벽까지 정신없이 자고 계신다. 병원에서 퇴원한 지 열흘이 다 돼가지만 영선이 아버지와 함께 자보기는 오늘로 겨우 세번째다. 전선에서 부상병이 끊임없이 몰려와서 신소령은 일주일이면 닷새 이상을 군 병원에서 야근을 하는 것이다.

　침구에서 소리도 없이 빠져나온 영선은 재빨리 옷을 꿰어 입고 안방에서 마루로 나온다. 시간이 아직 이른 탓인지 건넌방과 아랫방에서는 아무런 기척이 없다. 아랫방에는 정호, 창구, 진영이 세 소년이 들어 있고, 건넌방에는 소연과 금숙 두 소녀가 들어 있다.

　마루에서 잠시 기척을 살핀 후 영선은 신을 찾아 신고 미끄러지듯 마당으로 내려선다. 이월 하순으로 접어든 마산의 날씨는 낮이면 너무 따스해서 벌써 봄인가 착각할 정도다. 오늘도 역시 안개만 낮게 깔렸을 뿐 구름 한 점 없는 쾌청한 날씨다. 머잖아 다가올 봄날을 기다리듯 담장 밑 개나리 가지에도 작은 꽃망울들이 고기 눈알처럼 통통하게 부풀어 있다.

　마당에서 잠시 서성대는데 부엌 뒤 개집 쪽에서 바둑이의 낑낑대는 소리가 들려온다. 돌아가보니 자고 있어야 할 바둑이가 목줄을 탱탱히 당기고 사람처럼 뒷다리로 꼿꼿이 서서 영선이를 반긴다. 다가가 머리를 쓰다듬는데도 바둑이의 흥분은 좀처럼 진정되지 않는다. 집안사람들이 잠을 깰 것을 염려해서 영선은 바둑이를 큰 소리로 꾸짖을 수도 없다.

"알았어 임마, 어쩌라는 거야? 목줄 끌러주면 또 냉큼 방 안으루 뛰어들려구?"

머리를 쓰다듬고 막 자리를 일어서려다가 영선은 뜻밖의 광경에 두 눈을 크게 뜬다. 비어 있어야 할 바둑이의 밥그릇에 건빵이며 비스킷 따위가 수북이 담겨 있다.

"뭐야 이거? 건빵 안 먹어? 바둑이 너 건빵 제일 좋아하잖아?"

좋아하는 건빵이 밥그릇에 수북이 남은 것은 바둑이가 이미 실컷 먹어 더 먹을 생각이 없다는 뜻이다. 건빵 한 개를 받아먹기 위해 평소에는 온갖 재롱을 다 떨던 바둑이가 오늘은 어쩐 일인지 건빵과 비스킷을 수북이 남겨둔 채 거들떠보지도 않고 있다. 누군가가 간밤에 바둑이에게 정량 이상의 많은 건빵을 준 것이 분명하다.

낑낑대는 바둑이를 몇 차례 더 달래준 뒤 영선은 발걸음을 죽여 아랫방 쪽으로 소리 없이 다가간다. 보통 날의 이맘때 같으면 아랫방과 건넌방에서 친구들이 부산하게 잠자리를 털고 일어날 시간이다. 그러나 오늘은 어쩐 셈인지 집 안에 전혀 인기척이 느껴지지 않는다. 친구 다섯 명이 약속이나 한 듯 오늘은 모두 늦잠들을 자고 있는 모양이다.

방문 앞에 조용히 발을 세운 영선은 숨소리라도 엿들으려는 듯 허리를 굽히고 방 안 동정에 귀를 기울인다. 그러나 아무리 귀를 세우고 엿들어도 방 안에서는 이상하게도 숨소리 하나 들려오지 않는다. 영선이 이윽고 의아한 표정으로 툇마루 앞을 이리저리 살펴보기 시작한다. 친구들이 방 안에 있다면 그들이 신발이 툇마루 아래 놓여 있을 것이다. 그런데 오늘은 이상하게도 신발 한 켤레도 눈에 띄지 않는다.

신발이 없음을 발견한 영선은 더욱 얼굴에 의아한 표정을 떠올린다. 신발이 마루 밑에 없는 것을 보면 친구들이 현재 방 안에 없다는 이야기다. 그러나 이렇게 이른 새벽에 모두들 어디로 갔다는 이야긴가? 신발은 아랫방 툇마루 밑에만 없는 것이 아니다. 마치 누군가가 감추기라도 한 듯 다섯 명 친구들의 신발이 어느 곳에도 보이지 않는 것이다

두 방을 번갈아 바라보던 영선이 이윽고 결심이라도 한 듯 아랫방 방문을 조용히 열어젖힌다.

"정호?"

"……"

대답이 없다. 아니 아무도 없는 텅 빈 방 안에서 대답이 들려올 리 만무하다. 이불까지 깨끗이 윗목에 개켜진 채, 방 안에는 사람은 고사하고 썰렁한 냉기만이 횅하니 감돌 뿐이다.

"아니 모두들 어딜 갔지?"

혼잣말로 지껄이는 말이 의외로 크게 입 밖으로 튀어나온다. 그러나 영선은 다음 순간 방 한 곳을 똑바로 바라본다. 옷들도 없다. 창틀 밑 안쪽 벽에는 언제나 친구들의 옷들이 주렁주렁 걸려 있었다. 그런데 지금은 새 옷, 헌 옷 할 것 없이 옷은 한 벌도 걸려 있지 않고 텅 빈 벽만이 허옇게 드러난 것이다.

"정호……"

넋 빠진 듯이 우두커니 서 있다가 영선은 별안간 허겁지겁 건넌 방 쪽으로 내닫는다. 소녀들이 들어 있는 방이지만 영선은 이제 그런 것을 가릴 여유가 없다. 방문을 왈칵 열어젖히며 그는 헐떡이듯이 방 안으로 소리를 친다.

"소연이……!"

말끝을 입 안으로 천천히 삼키며 영선은 바보처럼 또 한 번 우뚝 멈춰 선다. 침구가 깨끗이 개켜진 방 안에는 두 소녀의 신발은 고사하고 헌 옷과 소지품들까지 말끔히 없어진 것이다.

우두커니 서 있던 영선의 머릿속에 이윽고 생각하기도 싫은 무서운 사태가 불길하게 떠오른다. 이렇게 이른 꼭두새벽에 그들은 모두 어디로 갔을까? 이불을 개켜두고 헌 옷과 소지품까지 모두 챙겨든 채 그들은 무슨 볼일로 다섯 명이 한꺼번에 집에서 없어졌을까? 대답은 간단하다. 그들은 더 이상 이 집에 머물기가 싫었던 것이다. 아니 싫다기보다는 이 집에 머물기가 미안했는지도 알 수 없다. 붙잡을 것이 뻔하기 때문에 그들은 아무도 몰래 꼭두새벽에 집을 떠나갔다. 친구인 자기에게 작별 인사조차 생략한 채 그들은 발걸음을 죽여가며 다섯 명이 소리 없이 컴컴한 어둠 속으로 하나하나 이 집을 떠나간 것이다.

망연히 서 있는 영선의 뒤쪽에서 문득 누군가의 인기척이 들려온다. 고개를 돌려 바라보니 방금 잠자리에서 일어난 영선의 아버지 신소령이다.

"뭘 하니 밖에서?"

아무것도 모르는 신소령은 댓돌에서 고무신을 찾아 신고 하품을 끄며 마당으로 내려선다. 영선은 방 앞에서 한 발 옆으로 비켜서며 아버지의 얼굴을 눈부신 듯 올려다본다.

"없어요 모두……"

"응?"

"새벽에 모두 우리 집을 떠나갔어요."

"떠나다니 누가 말이냐?"

“와보세요. 아무두 없어요. 친구들이 우리들 몰래 전부 이 집에서 떠나갔단 말이에요.”

하품을 삼키던 신소령이 그제야 깜짝 놀란 듯 성큼성큼 방 앞으로 다가온다. 건넌방을 부리나케 둘러본 신소령은, 대번에 몸을 돌려 아랫방 쪽으로 성큼성큼 걸어간다. 그러나 그 방에도 아무도 없음을 확인하자 신소령은 믿을 수 없다는 듯 아들의 얼굴을 찬찬히 돌아본다.

“정말이구나. 어디들 갔지?”

“떠나갔어요.”

“어디루?”

“아마 부산으루 갔을 거예요.”

“넌 그럼 알구 있었니?”

“아뇨, 몰랐어요. 부산 쪽으루 갔을 거라는 것만 추측으루 알 뿐이에요.”

“몇 시냐 지금?”

“일곱 시예요.”

“가자 어서!”

“어디루요?”

“부산 쪽으루 떠나갔다면 아직 멀리는 못 갔을 게다. 얼른 뒤를 따라가면 다시 녀석들을 붙잡을 수 있을 거야.”

영선은 그러나 움직이는 대신 아버지를 향해 고개를 천천히 내둘러 보인다.

“놔둬요 아버지……”

“왜?”

“붙잡아와야 소용없어요. 개들은 어차피 다시 떠나갈 아이들이에요."

"무슨 소린지 알 수가 없구나. 걔들이 왜 꼭 떠나야 된다는 이야기냐?"

"걔들은 우리건 누구한테건 얹혀살기를 원하지 않아요. 아무리 우리가 친절하게 대해줘두 걔들은 언젠가는 우리 곁을 떠나갈 아이들이에요."

"……"

이번에는 신소령이 아무 말 없이 마루 끝에 걸터앉는다. 아무리 니이 어린 아들의 말이지만, 그는 이번만은 아들의 말이 옳다는 것을 알고 있다. 신소령은 그동안 아이들의 표정 속에서 한없이 깊고 차분한 슬픔의 그림자를 읽어왔다. 겉으로 보기에는 명랑하고 쾌활한 척했지만 그들의 눈가와 입술 끝에는 구제할 길 없는 깊은 슬픔과 외로움이 마치 그림의 바탕색처럼 진하게 배어 있었다. 이 슬픔을 구제해줄 사람은 이 세상에는 존재하지 않는다. 어떠한 친절과 호사로도 이 슬픔은 결코 해소되지 않는다. 그것을 이기고 극복할 사람은 오직 그것을 지닌 본인 자신들뿐인 것이다.

"망할 녀석들!"

마루 끝에 걸터앉은 신소령의 입에서 이윽고 꾸짖음 비슷한 한숨의 말이 새어나온다.

"낯선 고장 부산 땅에서 돈 한 푼 없이 어떻게 살겠다구. 떠나갈 테면 하루쯤 먼저 작별 인사라두 할 일이지…… 돈이나 몇 푼 쥐어줬어두 이렇게 마음이 허전허진 않을 텐데……"

아버지의 말을 귓등으로 들으며 영선은 재빨리 아랫방 안으로 들어간다. 눈물이 솟는다. 전쟁이 터진 후 가장 괴로웠던 넉 달가량을 함께 지낸 친구들이다. 그들과 함께 살아왔기 때문에 영선은 그들이 앞으로 어떻게 살아갈 것인가를 누구보다 잘 알고 있다. 그들은 잠자리를 찾아 다리 밑과 대합실과 빈 창고를 찾아다닐 것이다. 굶주린 배를 채우기 위해 그들은 쓰레기통을 뒤지고, 남의 집 대문 앞을 얼쩡거리고, 미군 부대 주변에서 다시 구두를 닦을 것이다. 이제는 그들 중 아무도 전쟁을 원망하는 사람은 없다. 부모를 빼앗기고 집과 재산을 불태웠지만, 그들은 지금까지 잡초처럼 꿋꿋하게 살아왔다. 어떠한 고난이 닥치더라도 그들을 더 이상 굴복시키거나 절망시키지는 못한다. 아무것도 가진 것이 없기 때문에 그들은 더 이상 잃을 것이 없다. 거리에 버려진 알몸 그대로, 그들은 어제와 그제처럼 오늘도 꿋꿋하게 그들의 방식대로 살아갈 것이다.

그러나 이렇게 꿋꿋하고 정겨운 친구들이 이제는 영선이만을 남겨둔 채 어딘가로 훌훌히 떠나갔다. 어쩌면 영선은 이 다정한 친구들을 다시는 그의 생애 중에 만나볼 수 없을지도 모른다. 아버지를 다시 찾았다는 이유로 해서 영선은 하루아침에 그들과는 전혀 다른 신분으로 격상되었다. 그들은 여전히 거리에 버려진 전쟁고아들이지만 영선은 아버지를 만남으로써 평범하고 행복한 보통의 소년으로 돌아간 것이다.

"영선아."

문득 방문 앞에서 아버지가 조용히 영선을 부른다.

"네……"

"이게 건넌방 책상 위에 있더라. 누군가가 너한테 작별 편지를 쓴 것 같다."

흐르는 눈물을 손등으로 문대고 영선은 재빨리 아버지의 손에서 종이 한 장을 받아든다. 넷으로 접힌 종이를 펼쳐들고 영선은 슬픔을 억누르며 차근차근 편지를 읽어간다.

'영선아!

벌써 오래 전에 결심했던 일을 겨우 오늘에야 실천으로 옮기게 되었구나. 너무 바쁘게 떠나는 길이어서 너하구 아버님한테 작별 인사조차 제대로 못 올리게 되었다. 그러나 인사도 없이 급하게 떠나긴 하지만 우리는 너와 너의 아버님한테 큰 은혜를 입었고 그 은혜를 평생 잊지 못할 고마움으로 느끼고 있다.

돌이켜보면 겨우 스무 날 남짓한 기간이지만 우리는 그동안에 전쟁 후 처음으로 아무런 걱정도 근심도 없이 즐겁고 유쾌하게 하루하루를 평화롭게 살아왔다. 더구나 네가 병원에서 퇴원한 후로는 하루하루가 너무나 행복해서 우리는 밤마다 잠을 제대로 못 이룰 정도였다. 건강해진 너를 바라보는 것만으로도 우리들의 가슴과 가슴은 고마움과 기쁨으로 터질 듯 부풀었었다. 하지만 우리는 어차피 우리들의 길을 찾아 떠나야 될 사람들이야. 너하구 헤어지는 것은 죽기보다 싫은 일이지만, 너와 우리가 잘되기 위해서는 어차피 우리 다섯 사람은 눈물을 머금고 네 곁을 떠나지 않을 수 없었어. 우리가 왜 떠나지 않으면 안 되는지는 여기서 굳이 설명할 필요가 없을 거야. 우리들 중에 가장 머리가 좋은 너니까 그만 한 이유쯤은 설명이 없어도 네가 더 잘 이해하고 있을 테니까. 좌우간 우리는 지금 네 곁을 떠나지만 비럭질 잘하고 찔찔 잘 울던 신영선이라는 친구는 평생 잊지 못할 게다. 너는 우리 패거리들 중에서는 언제나 동작이 느리고 구두도 잘 못 닦고, 싸움도 잘 못하는 가장 얼뜬 머저리였지. 그러나 넌 또 우리들 중에서는 가장 인정이 많고 마음씨 곱고 의리 있는 친구였어. 비록 우리 모두 네 곁을 떠나긴 하지만 너의 그 어질고 착한 마음씨는 우리 마음속에 언제까지고 아름다운 추억으로 살아 있을 거야. 그만큼 너는 우리들에게는 헤

288

어지기 가슴 아픈 다정한 친구였다.

우리들의 앞으로의 계획은 현재로서는 말하기가 어렵구나. 하지만 우리는 전쟁 터진 후 지금까지도 아무 도움 없이 우리들 힘만으로 살아왔다. 어떠한 고난이 닥쳐오더라도 우리는 이제 조금도 무섭지 않아. 총탄이 빗발치는 전쟁터 복판에서도 살아온 우린데, 우리가 이제 또 새삼스레 무엇을 겁내고 무서워하겠니? 더구나 우리는 지금 네가 행복해진 것을 본 후여서 옛날보다 몇 배나 더 새로운 용기와 힘이 솟고 있다. 앞으로는 너와 함께 지낼 때보다 좀더 열심히 좀더 꿋꿋하게 철든 어른처럼 살아볼 작정이다. 그래서 언젠가 너를 다시 만날 때는 너보다 훨씬 더 훌륭한 어른이 되어 네 코를 납작하게 만들어줄 생각이다.

밤이 너무 깊어서 이제는 이 편지도 끝을 내야 될 시간인 것 같다. 인사도 못하고 떠나는 우리들을 너무 나무라지 말기 바란다. 아버님한테는 네가 우리 대신 좋은 말로 변명 좀 해다오. 언젠가 다시 만날 날을 기약하며, 자 그럼 어렵고 힘든 편지여서 여기서 그만 접어야겠다. 잘 있거라 영선아. 다시 만날 그날까지 우리 울보, 아버님 모시고 몸 건강히 잘 있거라. 너의 친구 정호, 창구, 진영, 소연, 금숙이가.'

햇볕이 따스하다.

훤히 트인 신작로에는 앙상한 가로수만이 끝없이 뻗어 있다.

군용 트럭 한 대가 산굽이를 돌아 문득 소년들 등 뒤로 덜컹거리며 다가온다. 신작로 복판으로 걸어가던 소년들이 트럭을 발견하자 저마다 느릿느릿 길옆으로 비켜선다. 그러나 그중에 한 소년만은 다가오는 트럭을 보고도 그냥 꿋꿋이 길 복판에 버티고 섰다.

다가오던 트럭이 소년을 발견하고 클랙슨을 꽝꽝 울린다. 소년은 그러나 비켜서는 대신 다가오는 트럭을 향해 엄지손가락을 꼿꼿이 세워 열심히 흔들기 시작한다.

트럭이 이윽고 속력을 줄이더니 소년 바로 앞에 먼지를 일으키며 멈춰 선다. 소년은 그제야 차 앞에서 비켜서며 상냥하게 웃는 얼굴로 운전석을 향해 고함을 친다.

"국군 아저씨! 미안함다! 우리들 차에 좀 태워주세요!"

화를 낼 듯하던 운전병이 잠시 어이없는 듯 일행들을 죽 내려다본다. 소년들은 모두 고만고만한 체격으로 나이도 비슷해 보이고 몸에 지닌 짐들도 비슷하다. 소년 소녀가 모두 하나같이 류색이나 작은 보퉁이를 멜빵 지워 등에 지고 있다. 침을 차 밖으로 툭 뱉은 뒤 운전병이 이윽고 큰 소리로 되묻는다.

"너들 대체 어디까지 가냐?"

"부산요!"

"그래 날더러 부산까지 태워달라는 얘기냐?"

"아님다! 가는 데까지만 태워주십쇼! 가다가 길이 다르면 우린 다시 내리겠슴다!"

"좋아 어서 타!"

"고맙슴다 아저씨!"

운전병이 목을 빼고 일행들이 타는 것을 지켜본다. 일행은 모두 다섯 명으로 소년이 세 명이고 소녀가 두 명이다. 다섯 명이 차례로 짐칸에 올라타자 트럭이 다시 느릿느릿 굴러가기 시작한다.

널찍한 트럭 짐칸에는 천막이 씌워져 있고 바닥에 네댓 장의 가마니짝이 깔려 있을 뿐이다. 정호가 곧 소연과 금숙을 가마니짝 위로 내려앉히고, 자기는 창구와 나란히 맨바닥에 주저앉는다. 진영

만이 사방으로 앉을 곳을 찾다가 허리를 잔뜩 굽히고 네모진 구멍
을 통해 운전석으로 고함을 친다.

"아저씨 이 차 어디까지 갑니까?"

"김해!"

"김해가 어디쯤 있죠?"

"부산 바루 못미처야!"

"알겠습다, 고맙습다!"

운전석 쪽에서 돌아서며 진영도 이윽고 정호 옆자리에 털썩 앉
는다. 통금이 풀리는 새벽 다섯 시에 마산을 떠난 그들은 어느 틈
에 여섯 시간을 터덜터덜 걸어서 이곳까지 도착했다. 중간에 또 한
번 트럭을 얻어 타서 그들이 떠나온 거리는 백 리가 넘을 듯하다.
다리도 아프고 배도 고파서 일행들은 잠시 말들이 없다. 그러나 얼
마쯤 맥없이 앉아 있다가 문득 소연이 무릎을 꿇고 차 바닥을 찬찬
히 내려다본다.

"뭘 찾아?"

정호다.

"잘 봐, 차에 쌀알이 흩어져 있어."

"쌀이?"

일행은 그제야 눈을 크게 뜨고 저마다 자기 근처의 차 바닥을 둘
러보기 시작한다. 정말이다. 차 바닥에는 여기저기 상당한 양의 쌀
알들이 흩어져 있다. 무심히 주위를 둘러보던 그들은 저마다 약속
이라도 한 듯 손으로 열심히 흩어진 쌀알들을 쓸어 모으기 시작한
다. 비록 차 바닥에 흩어진 쌀알이지만 그들은 버려진 낱알조차 예
사롭게 무시할 수 없다. 물에 씻고 돌을 골라내면 훌륭한 양식이
될 수 있기 때문이다. 영선의 집을 떠나온 이상 그들은 그 시각부

터 다시 옛날의 궁핍한 생활로 돌아가야 하는 것이다

차 바닥을 이리저리 기어다니며 일행들은 삽시간에 흩어진 쌀알들을 모두 한곳으로 쓸어 모은다. 검불과 돌들과 흙이 섞였지만 한곳에 쓸어 모으니 얼추 반 되쯤은 되는 것 같다. 소연과 금숙이 쓸어 모은 쌀을 작은 보자기에 옮겨 담자 창구가 문득 팔꿈치를 들어 정호의 옆구리를 쿡 찌른다.

"깨끗하게 떠나오긴 했지만 앞으루 대체 어떻게 살 거야?"

"우선 부산에 도착하면 장사 자리부터 잡아야 해."

"장사 자리라니 돈이 어디 있어서 장사를 한다는 거야?"

"구두닦이가 장사지 우리 형편에 무슨 장사가 또 있겠어?"

"당장 돈 한 푼 가진 게 없는데 구두통과 구두약은 어떻게 장만하구?"

"너들은 내가 영선네 집에 있으면서 밖으루 매일 놀러나 다녔다구 생각했냐?"

"아니면?"

"부두쪽 하역장에서 잔일이나 허드렛일 거들며 어른들 절반 임금으루 하루에 몇 푼씩 돈을 모았어."

"정말이야 그게?"

"많지는 않지만 그동안 모은 돈으루 구두통과 구두약은 마련할 수 있을 거야."

"언니, 이젠 우리두 고백하는 게 좋지 않아?"

금숙이가 소연에게 동의라도 구하듯 장난스런 눈짓을 보내온다. 소연이 그제야 륙색을 끌어당겨 쌀자루 비슷한 큼직한 보퉁이를 차 바닥으로 꺼내놓는다.

"이건 그동안 금숙이하구 나하구 끼니때마다 조금씩 아껴가며 비상식량으루 마련한 누룽지야. 넉넉하진 않지만 아마 이걸루 다 섯 끼는 넉넉히 먹을 수 있을 거야."

두 소녀의 륙색이 유난히 무거워 보이더니 소연과 금숙 두 소녀는 그들 나름으로 길 떠날 차비를 미리미리 준비해온 모양이다. 소년들이 감탄의 시선으로 두 소녀들을 바라보는데 비스듬히 기대어 앉아 있던 창구가 윗몸을 일으켜 세우며 시큰둥하게 입을 연다.

"그렇담 나두 고백을 해야겠군."

"뭔데 넌?"

"너들이 알면 나를 별루 좋지 않게 생각할 거야. 나두 이런 짓은 하구 싶지 않았어. 허지만 먹구살자니 이렇게라두 안 하군 도리가 없겠더라."

"대체 뭐야? 무슨 일이야?"

"이거야 바루."

창구가 문득 주머니에서 시계 하나를 꺼내들어 보인다. 정호는 순간 깜짝 놀라서 얼빠진 표정으로 창구를 쏘아본다.

"아니 그 시계는?……"

"그래 바루 영선이 아버지 손목시계야."

"아니 너 어쩌자구?……"

"너무 그렇게 화내지 말라구. 장차 돈을 벌어서 더 좋은 시계를 사드리면 될 거 아냐? 나두 그동안 신세 진 걸 생각해서 차마 이렇게까지는 하구 싶지 않았어. 이왕이면 깨끗이 떠나오구 싶었지만 앞으루 살아갈 일을 생각하구 눈물을 머금구 이 시계를 들구 나온 거야."

정호는 어이가 없었지만 더 이상 창구를 나무라지 않는다. 하긴 이제 와서 나무라봤자 훔쳐 온 시계를 되돌려줄 수도 없는 일이다.

시계 훔친 것을 고백한 것만으로도 창구의 평소 행실로는 대견스러운 일인 것이다.

"야 너들 참 부산에는 누굴 찾아가는 거가?"

문득 운전석 쪽에서 운전병이 크게 말을 걸어온다.

"없어요, 그런 사람!"

"없다니, 너들 그럼 집에서 모두 뺑소니친 놈들이구나?"

"뺑소니쳐 올 집두 없어요! 우린 모두 고아들이에요!"

"뭐라구? 고아들이라구?"

"그렇다니까요! 아무두 없다구요! 당장 여기서 죽어봤자 울어줄 사람두 없다구요!"

운전병이 갑자기 입을 다물고 차의 속력을 푹 줄인다. 잠시 씨무룩이 말이 없다가 운전병이 다시 큰 소리로 입을 연다.

"그럼 너들 알구 보니 내 처지하구 똑같구나? 나두 이북에서 가족들 다 버리구 나 혼자 내려온 38따라지야. 이남엔 가족은커녕 아는 사람 한 명 없다구! 고향 떠난 지 삼 년이 지났지만 난 군대 친구밖에는 아무두 아는 사람이 없어!"

"그래두 아저씬 우리보담은 나아요! 먹는 걱정, 입는 걱정 군대에서 다 해결해주잖아요!"

"그래 너들 부산에 가서는 뭣들 해서 먹구살 거냐?"

"몰라요 아직! 거기 가서 생각해봐야죠!"

침묵이 흐른다. 차는 왼쪽으로 강을 끼고 넓은 들판을 느릿느릿 달려가고 있다. 길 오른쪽의 질펀한 들에는 어느 틈에 겨울 보리싹이 파릇파릇 움을 트고 있다. 갑자기 찾아든 침묵에 짓눌린 듯 소연과 금숙은 몸을 웅크린 채 자기 발등만을 하염없이 내려다보고 있다. 아침을 굶은 그들의 배에서는 아까부터 끊임없이 꼬르륵

소리가 울리고 있다. 차가 이윽고 돌다리를 건너서자 정호가 다시
운전병을 향해 커다랗게 입을 연다.

"아저씨 우리 노래 불러두 괜찮겠죠?"

"좋지, 얼마든지 부르라구! 말릴 사람 아무두 없어!"

"그럼 심심한데 노래라두 부르겠습니다! 아저씨두 심심하시면
우리하구 같이 합창해두 좋아요!"

"알았어, 어서 불러봐!"

정호가 곧 몸을 돌려 진영을 향해 눈짓을 보낸다. 진영은 노래라
면 모르는 것이 거의 없다. 동요와 유행가와 군가를 물론이고 심지
어는 장타령과 각설이타령까지 뜨르르 꿰는 친구다. 정호의 눈짓
을 받은 진영이 이윽고 자리에서 일어나 엉거주춤 폼을 잡는다. 배
에서는 비록 꼬르륵 소리가 울리지만 이런 때는 목이 터져라고 노
래라도 불러야 속이 후련하다. 돈 안 드는 노래쯤이야 아무리 불러
봐야 손해 볼 것이 없다. 진영이 헛기침을 한 번 뽑더니 드디어 씩
씩하게 장단을 치기 시작한다. 그가 첫번째로 뽑은 노래는 요즘 한
창 유행하는 군가 중의 하나인 「전우가(戰友歌)」라는 노래다.

전우의 시체를 넘고 넘어

앞으로 앞으로

낙동강아 잘 있거라

우리는 전진한다

원한이야 피에 맺힌

적군을 무찌르고서

화랑 담배 연기 속에

사라진 전우야

아득히 뻗은 김해 평야 복판으로 국방색 트럭 한 대가 신나게 달리고 있다. 그리고 그 자그마한 트럭에서는 듣기에도 씩씩한 군가 합창이 점점 크게 울려퍼진다. 한동안 신나게 넓은 들을 달려간 트럭은 이윽고 산굽이를 돌아 작은 점이 되어 시야에서 사라진다. 트럭이 사라진 넓은 들 위로는 어디서 날아왔는지 백로 두 마리가 한가롭게 날아가고 있다.

작가의 말

　이 작품은 작가가 1951년 겨울, 경기도 수원에서 경상남도 밀양까지 8일 간에 걸쳐 기차를 타고 피난 여행을 했던 실제 경험을 토대로 하여 제작된 소설이다. 당시는 중공군의 전쟁 개입으로 후퇴를 거듭하던 유엔군이 한 해 전(1950년) 여름에 이어 두 번째로 서울을 적에게 내준, 이른바 1·4 후퇴라는, 한국전쟁 중에서도 가장 참담했던 위기의 기간이다.

　후퇴의 와중에 아무런 조처 없이 현장에 버려진 서울과 경기도 일원의 수많은 일반 국민들은 저마다 자기 재주껏 알아서 피난을 떠나야 했다. 모든 차량들이 징발되고 도로와 교량들이 군에 의해 통제되던 당시에는, 일반 국민이 이용할 수 있는 교통수단은 철도가 유일한 것이었다. 피난해야 할 국민은 엄청나게 많았고 이용할 수 있는 교통수단은 경부선 철도 하나뿐이었다. 석탄 연기를 칙칙 뿜어대는 증기 기관차가 앞에서 끌던 당시의 피난 열차에는 요즘 우리가 흔히 이용하는 안락한 객차는 한 대도 없었다. 원래부터 객차가 없었던 것은 아니다. 후퇴가 시작되자 많은 객차들이 정부의 중요 인사들을 싣고 서둘러 남쪽으로 피난을 떠나버렸고, 얼마 남지 않는 객차들은 전선에서 끊임없이 실려오는 부상병들을 실어 나르기도 모자랄 지경이었다. 따라서 일반 피난민들이 탈 수 있는 열차는 벽도 지붕도 없는 무개화차와 네 벽만 둘린 상자형의 화물차와 요즘의 컨테이너처럼 생긴 곡간차 따위가 전부였다. 피난 짐들을 이고 진 수많은 피난민들은 이 세 종류의 화차에 발 들여놓을 틈도 없이 하얗게 올라타고 있었다. 그나마 미처 자리를 잡지 못한 난민들은 까마득한 곡간차 지붕 위에도 올라탔고, 열차와 열차를 연결하는 연결판 위에도 올라탔고, 심지어 몇몇 대담한 난민들은 기관차 앞과 옆의 좁은 공간에도 아슬아슬하게 매달렸다. 그들은 이런 위태로운 상태로 달리는 열차에서 살을 엘 듯한 삭풍을 맞으며 짧게는 닷새에서 길게는 열흘 이상씩 남쪽으로의 기약 없는 절망적인 피난 여행을 해야 했다.

당시 열여섯 살의 중학생이었던 작가 역시 눈보라 휘몰아치는 곡간차 지붕 위에서 온몸을 웅크린 채 한뎃잠을 자야 했고, 이틀 사흘씩 아무것도 먹지 못한 채 눈덩이를 뭉쳐 씹으며 혹독한 굶주림을 견뎌야 했다. 특히 지금도 잊을 수 없는 것은 피난길 곳곳에 아무렇게나 방치된 여러 형태의 동사(凍死)자들의 시체다. 포대기에 싸인 채 길가에 버려진 수많은 젖먹이 갓난애들, 시골 역사 한 귀퉁이에 웅크린 자세로 동사한 수염이 허연 노인의 시체, 얼굴에 하얗게 서리가 앉은 채 자기 피난 짐에 비스듬히 기대어 예쁘게 동사한 갈래머리의 소녀 시체…… 비참함을 강조하기 위해 나는 지금 이런 장면들을 나열하고 있는 것이 아니다. 반세기가 지난 지금까지도 나는 이런 참담한 장면들을 꿈에서 가끔 생생하게 보곤 한다. 그것이 가상이 아닌 직접 체험의 사실이었기 때문이다.

한국전쟁이 발발한 지도 어느새 반세기가 지났다. 얼마 전 작가는 어느 작은 모임에서 한 십대 소년으로부터 뜻밖의 질문을 받았다. 한국전쟁과 임진왜란이 지금의 우리에게 어떻게 다른가 하는 것이 그 학생의 질문이었다. 이 질문이 내게 준 충격은 당혹감이나 놀라움이 아니라 그 무지한 솔직성에 있다. 자기들이 태어나기 오래전에 발생한 두 전란에 대해 그들은 별로 큰 차별 의식이 없는 듯했다. 4백 년의 시차에도 불구하고 그들은 한국전쟁과 임진왜란이 어떻게 다른지 실감할 수 없었다는 이야기다. 나는 이들의 무지한 고백에 솔직하게 말해 심정적으로 동의하고 싶다. 반세기가 지난 한국전쟁은 이제 이 소년들에게처럼 우리 국민 모두에게 까마득한 4백 년 전의 임진왜란이 되어야 마땅하다. 더 이상 한국전쟁은 지금의 우리 생활을 간섭하지 않아야 한다.

그러나 불행하게도 우리의 현실은 그렇지 않다. 악몽과 같은 그 전쟁은 아직도 우리에게 현재진행형의 많은 후유증들을 남기고 있다. 휴전선의 긴장이 그렇고, 이산가족의 눈물이 그렇고, 북한의 핵 문제, 주한 미군 문제, 젊은이들의 병역 의무 등이 한국전쟁의 후유증으로 간단없이 우리를 괴롭히고 있는 것이다. 우리의 생존과도 무관하지 않은 이런 후유증들은, 그것들에 대한 올바른 대처를 위해서도 우리에게 한국전쟁에 관한 새로운 일깨움과 지속적인 관심을 요구한다. 한국전쟁이 임진왜란과 어떻게 다르며 왜 달라야 하는가는, 그러한 관심과 일깨움을 통해서만 설득과 이해가 가능하기 때문이다.

작품을 새로 내기 위해 옛 원고를 정리하면서, 나는 내 자신에게 정직하게 반문하지 않을 수 없었다. 반세기 전에 있었던 이 이야기가 지금의 젊은 세대에게 어떻게 읽힐 것이며, 이 해묵은 전쟁이야기는 아직도 우리에게 유효한가 하는 반문이다. 다행히도 이 반문은 애초부터 잘못된 것이었다. 전쟁이 작품의 배경으로 되어 있지만 막상 이 소설에는 전쟁 이야기가 별로 없다. 전쟁의 주역을 담당했던 당시의 어른들도 이 작품에는 거의 등장하지 않는다. 열여섯 살 안팎의 사춘기 청소년들이 한 달 남짓한 기간 동안 피난 열차를 타고 남으로 내려가며, 싸우고 죽고 헤어지고 사랑하는 그들만의 소박한 여행 모험담이 이 소설의 주된 내용이다. 어른들이 일으킨 전쟁에 그들은 가장 큰 희생자들이었다. 전쟁의 한복판에 고아로 버려진 그들은, 그들 스스로 먹을 것을 찾아 먹어야 했고, 얼어 죽지 않기 위해 남의 집 헛간이나 다리 밑에서 잠자리를 찾아야 했다. 살아남는 것만이 유일한 선(善)이었던 그 계절에, 그들의 살기 위한 노력은 처절할 수밖에 없다. 그러나 사람의 삶은 처절한 것만으로는 부족하다. 사람이 사람인 이유를 끊임없이 확인하고 점검하며, 사람답게 살기 위해 그들은 더욱 큰 어려움들과 부닥치곤 한다. 이들의 굳세고 아름다운 삶은 반세기가 지난 지금도 여전히 눈물겹도록 대견하고 장해 보인다. 생존과 맞닥뜨린 막무가내의 굳셈 때문에 오히려 그들의 처절한 삶이 요즘의 젊은 세대에게 새로운 자극으로 다가갈지도 모를 일이다.

2003년 12월
홍성원